Knaur

Über die Autorin:

Susan Carroll lebt und arbeitet in Rock Island, Illinois, und ist für ihre Bücher bereits mit mehreren Preisen ausgezeichnet worden.

Susan Carroll

Der Fluch der Feuerfrau

Roman

Aus dem Amerikanischen
von Marcel Bieger

Knaur

Die amerikanische Originalausgabe erschien 1998 unter dem Titel
»The Bride Finder« bei Fawcett/Ballantine, New York

Besuchen Sie uns im Internet:
www.knaur.de

Deutsche Erstausgabe 2001

Redaktion: Ilse Wagner
Umschlaggestaltung: ZERO Werbeagentur, München
Umschlagabbildung: Jill Baumann, via Agentur Schlück, Garbsen
Satz: Ventura Publisher im Verlag
Druck und Bindung: Nørhaven A/S
Printed in Denmark
ISBN 3-426-61282-7

1 2 3 4 5

Zum Gedenken an meine Mutter Sally,
eine überaus geduldige,
praktische und sanfte Frau,
die ihre Tochter zum Träumen ermutigte.

Prolog

Nur wenige Menschen wagten sich in den alten Teil von Castle Leger. Das Licht von tausend Kerzen hätte nicht ausgereicht, die Dunkelheit aus der großen mittelalterlichen Halle zu vertreiben. Finstere Schatten lauerten hier, und uralte Geheimnisse hatten sich seit Jahrhunderten angesammelt, bis sie den unebenen Steinboden dicht wie Staub zu bedecken schienen.

Der gegenwärtige Herr von Castle Leger fürchtete die große Halle nicht wirklich, er verachtete sie eher. An den Wänden hingen die Porträts seiner Ahnen – allesamt Personen, die kein Mensch, der noch bei Verstand war, gern zu seinen Vorfahren gezählt hätte. Doch dieser Ort eignete sich ideal dafür, sich zurückzuziehen, wenn man allein sein wollte oder Angelegenheiten zu regeln hatte, die niemand anderen etwas angingen. Allerdings hielt man es in der Halle nur dann aus, wenn es einem nichts ausmachte, ständig von einem guten Dutzend gemalten Augenpaaren angestarrt zu werden oder immer wieder das Gefühl zu erleben, eines dieser Bilder könne lebendig werden, sobald man ihm den Rücken zukehrte.

Anatole St. Leger hatte sich schon vor langem daran gewöhnt. Manchmal kam es ihm so vor, als stünde er schon seit der Stunde seiner Geburt unter einem Fluch. Angetan mit seinem weißen Leinenhemd, der ledernen Hose, die wie eine zweite Haut an seinen kräftigen Schenkeln klebte,

und den schweren Landstiefeln, schob er den reich verzierten Sessel näher an den langen Eichentisch heran.
Jenseits der schmalen, hohen Fenster ging das Abendgrau eines weiteren Wintertages ins Schwarz der Nacht über. Das Feuer, welches im offenen Kamin prasselte, warf ein fast schon dämonisches Glühen auf Anatoles kantige Wangenknochen und sandte den Schatten seines muskulösen Körpers an die hohe Steinwand, wo er bis unter die Decke aufragte.
Der Burgherr wirkte wie ein Kriegerkönig, als er das mittelalterliche Schwert vor sich betrachtete, die Klinge, von der er geschworen hatte, sie nie wieder zu gebrauchen. Sein Mund verzog sich zu einer Grimasse des Selbstzweifels.
Anatole widerstand der Versuchung noch einen Moment länger, dann zog er die Waffe zu sich heran. Der fein verarbeitete, goldene Griff funkelte im trüben Schein, doch fiel dem Betrachter der glitzernde Edelstein ins Auge, welcher im Knauf eingelassen war – ein Kristall von erstaunlicher Reinheit und Schönheit und gleichzeitig das einzige Überbleibsel der Zauberei, die sein bereits vor langer Zeit verstorbener Urahn, Lord Prospero, betrieben hatte. Aber selbst dieses kleine Stück hatte es in sich, bot dieser Kristall doch ein Fenster, durch das man in die Zukunft schauen konnte.
Der Lord umschloss den Knauf mit beiden Händen und ärgerte sich darüber, dass seine Finger, obwohl sie in Lederhandschuhen steckten, zu zittern begannen. Er starrte in den Kristall und bekam zuerst nicht mehr als sein eigenes Antlitz zu sehen, das darin widergespiegelt wurde: die hohe Stirn, die kantigen Wangenknochen, die Adlernase, welche er von seinen englischen Vorfahren geerbt hatte, die nachtschwarzen Augen, die dunkle Haut und die ebenholzfar-

bene Mähne, die ihm bis zu den Schultern reichte und zusammen mit einigen eher finsteren Talenten von seiner spanischen Seite stammte.
Nur die Narbe, die sich quer über eine Schläfe zog, war ganz allein sein eigener Verdienst, dachte der Burgherr, ein weitaus jüngeres Erbe von Hass und Furcht.
Er umschloss den Schwertgriff mit der Rechten und presste die Finger der Linken an die Stirn, um hinter sein Abbild und tiefer hinein in den Kristall zu gelangen.
»Konzentrier dich, verdammt noch mal, du musst dich konzentrieren«, murmelte Anatole vor sich hin, bis er das vertraute Prickeln spürte, wie stets am Anfang schmerzhaft, so als stächen hundert weiß glühende Nadeln in die Innenseite seiner Augen. Sein Körper schien zu entschwinden und sich immer tiefer in den Stein zurückzuziehen.
Nun bewölkte sich der Stein, und mitten im wirbelnden Dunst nahm allmählich eine Vision Gestalt an … eine Frau.
Nein, *sie*, die junge Lady mit dem flammend roten Haar, das im Wind wehte und so rotgolden leuchtete, als stünde es in Flammen.
»Die Feuerfrau«, sagte der Burgherr leise und spähte genauer hin, um ihre Gesichtszüge erkennen zu können. Er presste die Fingerspitzen gegen die Stirn, als wolle er den Knochen zerdrücken, und der Schmerz hinter seinen Augen nahm an Intensität zu.
Wie auch schon bei den früheren Gelegenheiten, wollte der Kristall das Gesicht der Frau nicht preisgeben. Dennoch hatte Anatole das Gefühl, dass sie ihm näher kam.
Die Haare in seinem Nacken stellten sich auf, als ihn düstere Vorahnungen von einem drohenden Unheil befielen und er zu wissen glaubte, dass dieses rothaarige Wesen, wer immer es auch sein mochte, Anatole St. Leger in den Untergang treiben würde.

»Hüte dich vor der Feuerfrau. Sie kommt zu dir …«
St. Leger hörte kaum, wie er diese Worte leise vor sich hin sprach. Die Vision verblasste, und mochte Anatole sich auch noch so sehr anstrengen, bis ihm der Schädel zu platzen drohte, er konnte sie nicht halten. Die Rothaarige verschwand, und der Burgherr starrte schließlich auf nichts anderes als den Schwertknauf.
Er atmete tief aus und schloss die Augen, bis der Schmerz nachließ. Erst dann fühlte er sich in der Lage, über das Gesehene nachzudenken.
Hüte dich vor der Feuerfrau …
Was, zum Teufel, hatte das zu bedeuten? Er zog die Augenbrauen zusammen. Ein wenig willkommenes, düsteres Omen, wo er sich doch kürzlich entschlossen hatte, sich eine Ehefrau zu suchen. Warum nur wurde er ständig von Visionen über eine Hexe geplagt, die ihm nichts Gutes verhießen. Doch wann, fragte er sich bitter, hatte die Zukunft ihm schon einmal etwas Besseres in Aussicht gestellt?
Anatole schob das Schwert in die Scheide zurück und hängte sie in die Halterung an der Wand. Natürlich gab es für dieses Problem nur eine einfache Lösung.
Er würde sich wieder hinter den Wällen seines festungsartigen Heims einschließen müssen und jedem Mitglied des schönen Geschlechts den Zutritt verwehren. Und den Gedanken daran, sich zu verheiraten, begrub er am besten gleich wieder.
Dummerweise bot sich ihm diese Möglichkeit nicht so ohne weiteres; denn der Vermählungswunsch war nicht unbedingt seine Entscheidung gewesen. In Wahrheit konnte er sich nicht einmal dagegen wehren. Die St.-Leger-Männer spürten immer, wann es für sie an der Zeit wurde, zu freien; und auch das war Bestandteil des Fluches, der über dieser Familie lag.

Ein Hunger stellte sich dann bei ihnen ein, der aus ihrem tiefsten Innern kam und weit über die fleischlichen Gelüste hinausging. Eine Art uralten Instinkts und ein Verlangen von der Wildheit und Kraft des Meeres, das tief unten gegen die Klippen schlug, auf der die Burg erbaut war. Anatole spürte die Einsamkeit so schwer, dass er am liebsten nachts ins Moor hinausgelaufen wäre, um wie ein schwarzer Wolf den Mond anzuheulen.
Diesem Drang Widerstand entgegenzusetzen, brachte einem nur noch mehr Schmerzen ein. Anatole hatte sich in den vergangenen Monaten nach Kräften bemüht, das Kochen in seinem Blut zu ignorieren, doch wie alle St. Legers vor ihm hatte er sich schließlich geschlagen geben müssen. Mochte er auch noch so fluchen und wüten, am Ende hatte er das Undenkbare getan und nach dem Brautsucher geschickt.
Der alte Mann befand sich vermutlich schon auf dem Weg hierher. Anatole erwartete Reverend Septimus Fitzlegers Ankunft in einer Mischung aus dumpfer Resignation und wachsender Ungeduld. Vor allem letztere hatte ihn gerade dazu verleitet, wieder in den verdammten Kristall zu schauen.
Der Burgherr lief zu einem der hohen Fenster, so als könnte er den Brautsucher durch bloßes Hinausstarren zur Eile antreiben, damit er diese unangenehme Angelegenheit rasch hinter sich gebracht haben würde.
Die alte Halle war auf der meerabgewandten Seite der Burg angelegt worden, und durch das Fenster bekam man nur die in Dunkelheit daliegenden Hügel zu sehen. Ein heller Mond, wie Jäger ihn sich nur wünschen konnten, hing über dem wilden und öden Land, das in dem bleichen Schein noch mehr an das Land der Feen und Sagen erinnerte; denn dies war Cornwall, die Heimat von König Ar-

tus, von Tristan und Isolde, von den alten Priesterinnen, die unter Erdhügeln begraben waren, und der geheimnisvollen Steinringe, kurzum: das Reich der Magie.
Anatole liebte diese Gegend, aber auf die Zauberei hätte er gern verzichtet; von der hatte er nämlich in seinem Leben bereits mehr als genug gehabt. Überdruss befiel den Burgherrn, und er wünschte, er könne ein ganz normales Leben führen. Keine Kristallkugeln mehr, keine Feuerfrauen, keine Burgteile mehr, die in ewigem Schatten lagen, und erst recht keinen Brautsucher.
St. Leger wünschte sich nichts mehr als die Freiheit, selbst seine eigene Braut zu finden, mit ihr wunderbare Söhne aufzuziehen, die für ihre Reitkünste gerühmt wurden und nicht wegen ihrer befremdlichen Art in Verruf gerieten, und als alter Mann zufrieden zu sterben – und nicht wie sein Vater verbittert und gebrochen.
Unerfüllbare Wünsche, wenn man St. Leger hieß.
Anatoles Muskeln spannten sich an, und seine Sinne erfuhren eine schärfere Wahrnehmung: Fitzleger war eingetroffen. Andere hätten vielleicht geglaubt, der Burgherr besitze ein ausgezeichnetes Gehör, aber St. Leger wusste es leider besser.
Er spürte, wie der Brautsucher durch den Kreuzgang schlurfte, der den neuen Teil der Burg mit dem alten verband. Anatole wandte sich vom Fenster ab und der schweren Tür zu.
Wieder durchfuhr ihn ein stechender Schmerz, und im selben Moment flog die Tür auf. Normalerweise behielt St. Leger diese Gabe lieber für sich, aber der alte Mann, der jetzt im Türrahmen stand, war mit den Geheimnissen der Familie St. Leger viel zu vertraut, um sich über Trivialitäten wie eine Tür zu erschrecken, die sich wie von selbst auftat.

Der Reverend trug einen langen braunen Umhang mit Kapuze und trat jetzt in die große Halle. Die Kleidung ließ ihn wie einen finsteren Mönch erscheinen, doch als er die Kapuze zurückwarf, verflüchtigte sich dieser Eindruck sofort. Fitzlegers Haar war in der Mitte nur noch sehr spärlich, verdichtete sich aber an den Seiten zu zwei weißen Schwingen. In Kontrast dazu standen die von der kalten Winterluft geröteten Wangen. Die sanften Gesichtszüge verrieten die Geduld dieses Mannes, und die hellblauen Augen kündeten davon, dass ihm zwar alle Übel dieser Welt nahe gingen, er aber dennoch nie die Hoffnung verlor, dass sich doch noch alles zum Guten wenden würde.
»Guten Abend, Reverend«, grüßte Anatole.
Fitzleger verbeugte sich. »Euch ebenso, Mylord.« Wie die meisten im Dorf erwies er dem Burgherrn immer noch die Höflichkeit, ihn mit seinem alten Titel anzureden, obwohl die Familie ihn schon vor Generationen verloren hatte.
Anatole bat den Gast, der sichtlich fror, ans Feuer. Der Alte streckte die zierlichen und von blauen Venen durchzogenen Hände über die Flammen und seufzte: »Ah, so ist es schon viel besser. Draußen ist es bitterkalt.«
Er reichte St. Leger den Mantel, und Anatole bemerkte, dass der Kirchenmann für diesen Besuch seine beste Wolljacke, Weste, Kniebundhose und eine weiße Krawatte angelegt hatte.
Der Anblick des Mannes machte es dem Burgherrn bewusst, wie wenig attraktiv sein eigenes Äußeres war. Er hätte dem alten Mann etwas mehr Respekt erweisen sollen, der früher sein Lehrer und Beschützer gewesen war und unter anderen Umständen wohl auch sein Freund geworden wäre.
Doch wer möchte schon mit einem gefallenen Engel Freundschaft schließen?

Anatole rollte die aufgekrempelten Ärmel wieder nach unten und schob dem Gast einen Sessel ans Feuer. Wie sooft verwunderte es ihn auch heute, dass dieser zerbrechliche alte Mann und er entfernt miteinander verwandt waren. Wie konnten der Auswurf der Hölle und der Herold der Engel in einer Blutsbeziehung zueinander stehen? Äußerlich hatten sie nichts gemein, wenn man von der berühmten St.-Leger-Nase absah. Und dennoch teilten sie sich einen gemeinsamen Vorfahren: den bösen Lord Prospero St. Leger, der seinen Samen ebenso fröhlich wie wahllos über die ganze Gegend verbreitet hatte.

Aus einer dieser schlechten Früchte seiner Lenden war eine Bastard-Linie der Familie entstanden, die sich schließlich den Namen Fitzleger zugelegt hatte, was so viel wie Sohn des Leger bedeutete. Zweifelsohne hätte sich der alte Teufel Prospero königlich darüber amüsiert, dass sich aus den Nachkommen eines seiner unehelichen Kinder einmal eine allseits respektierte Familie von Pastoren entwickeln sollte.

Doch Prospero hatte sich an allem Möglichen erheitert, dachte Anatole, während er einen angewiderten Blick auf das Porträt des Mannes warf, welches das eine Ende der Halle dominierte. Dort war sein Ahn als stolzer Ritter in prächtigem Hemd und Umhang zu erkennen. Die dunklen Augen blitzten belustigt, und die halb vom Bart verborgenen, vollen Lippen waren zu einem höhnischen Grinsen verzogen.

Der verfluchte Mann hatte stets einen Grund zum Lachen gefunden. Angeblich soll er auch auf dem Weg zum Scheiterhaufen gegrinst haben, wo man ihn wegen Hexerei verbrennen wollte …

Der Burgherr wandte den Blick von dem Gemälde ab und wurde sich der unangenehmen Stille bewusst, die sich zwischen ihn und den Reverend geschoben hatte. Obwohl er sich dem Alten nicht allzu nahe fühlte, hatte er früher nie Schwierigkeiten gehabt, mit ihm ein Gespräch zu beginnen. Vielleicht lag das auch in dem Umstand begründet, dass Fitzleger heute Abend nicht erschienen war, um mit ihm über den Kirchenzehnten zu diskutieren oder Hilfe für die Armen im Dorf zu erbitten.

Der Reverend war in seiner viel älteren Eigenschaft als Brautsucher gekommen, und Anatole sah sich ihm gegenüber in der Rolle des Bittstellers, was ihm überhaupt nicht behagte.

Während der Burgherr noch nach einem passenden Gesprächsbeginn suchte, räusperte sich der Alte schließlich.

»Ich bitte um Vergebung, Mylord, erst so spät Eurem Ruf Folge geleistet zu haben, aber ich wurde leider nach dem Abendbrot aufgehalten. Die junge Bess Kennack suchte mich auf, um die Taufe ihrer Schwester zu bereden.«

Anatole erstarrte, als er diesen Namen hörte, und wollte eigentlich nicht nachfragen, doch konnte er sich nicht dagegen wehren.

»Und wie geht es den Kennack-Kindern?«

»Nun, sie haben gerade ihre Mutter verloren, tragen das aber mit bewundernswerter Fassung. Nur Bess ist immer noch verbittert.«

»Und zürnt mir? Nun, das ist … verständlich.«

»Verständlich möglicherweise, aber nicht richtig.«

»Wie könnt Ihr so etwas sagen?« Anatole starrte trübsinnig ins Feuer. »Marie Kennack hatte all ihre Ängste überwunden und den schrecklichen Herrn von Castle Leger aufgesucht, weil sie sich um die Zukunft des Kindes sorgte, das sie in ihrem Bauch trug. Ich konnte ihr nur den bitteren Trost gewähren, dass ihre Tochter gesund und wohlauf das

Licht der Welt erblicken, die Mutter das aber nicht überleben würde.«
Fitzleger beugte sich vor und legte ihm eine Hand auf den Arm. »Visionen von einer Tragödie zu bekommen, bedeutet aber nicht, sie auch zu verursachen, Mylord.«
Das war Anatole natürlich bewusst, tröstete ihn dennoch wenig. Ungeduldig riss er seinen Arm von der Hand des Alten fort.
»Ihr habt alles in Eurer Macht Stehende unternommen, Mylord. Habt sogar Euren Vetter zu ihr geschickt. Und Marisu ist sicher der beste Arzt in ganz Cornwall, wenn nicht in ganz England –«
»Aber das war nicht genug! Wie es überhaupt nie reicht … Welchen verdammten Nutzen sollen diese Visionen haben, wenn ich doch nie –« Der Burgherr spürte, wie der Zorn in ihm immer stärker wurde, und versuchte, ihn zu unterdrücken, zusammen mit der Hilflosigkeit und der Enttäuschung.
Nach einem Moment erklärte er deutlich ruhiger: »Aber deswegen habe ich Euch nicht rufen lassen.«
»Das ist mir klar, Mylord.«
»Natürlich. Schließlich teilt Ihr ja mit mir die eigentümliche Abstammung.« Er sah dem Alten direkt ins Gesicht. »Beantwortet mir bitte eine Frage, die mich schon seit langem beschäftigt: Wie vereinbart Ihr unsere teuflischen Talente mit der Berufung zum Geistlichen?«
»Mylord, ich glaube, dass alle Gaben, die ein Mensch mit auf den Weg bekommt, von Gott stammen. Nur wenn man sie falsch einsetzt, verwandeln sie sich in ein Geschenk des Satans.«
Anatole schnaubte leise. Fitzleger hatte gut reden, besaß er doch nur einen Bruchteil der Talente, die den Burgherrn nun schon sein Leben lang plagten. Eigentlich ver-

fügte der Geistliche nur über eine einzige Gabe, die untrügliche Gabe nämlich, für einen St.-Leger-Mann die einzig richtige Braut zu finden.
Der Burgherr bezweifelte stark, dass für ihn eine solche Frau überhaupt existierte, aber er brachte nicht den Mut auf, der Familientradition zu trotzen. Sein Vater hatte das getan, und der Sohn wusste nur zu gut, zu welcher Tragödie das geführt hatte. Und falls Anatole das je vergessen sollte, brauchte er nur die Narbe an seiner Schläfe zu berühren. Unruhig, als wolle er vor diesen Erinnerungen flüchten, lief er vor dem Feuer auf und ab.
»Gut, dann wissen wir ja beide, aus welchem Grund Ihr gekommen seid. Wollen wir also keine weiteren Worte verlieren. Ich habe nur wenige Anforderungen, die meine Zukünftige erfüllen muss, und die will ich Euch jetzt nennen. Ich möchte eine stämmige Frau mit kräftigen Gliedmaßen haben. Da ich selbst von einigem Körperwuchs bin, sollte sie mir mindestens bis hier reichen.« Er legte eine Hand an seine Schulter. »Außerdem muss sie klug, praktisch veranlagt und eine gute Reiterin sein. Des Weiteren wären mir Kenntnisse über die Jagd und die Pferdezucht lieb; dann hätten wir zumindest etwas, worüber wir uns beim Dinner unterhalten können.«
»Mylord, Ihr verwirrt mich!«, beschwerte sich der Reverend. »Was verlangt Ihr eigentlich von mir, das ich Euch finden soll: ein Pferd, eine Frau oder einen neuen Stallknecht?«
Aber Anatole ging gar nicht darauf ein und fuhr fort, seine Braut zu beschreiben: »Darüber hinaus sollte sie Mut haben, und Nerven aus Eisen.«
»Warum? Planen Mylord vielleicht, ihr neben der Jagd und der Pferdezucht auch noch die Verteidigung der Burg zu übertragen?«

Anatole warf ihm nur einen finsteren Blick zu und zählte weiter auf: »Ich verlange nicht, dass sie eine Schönheit ist. Eigentlich wäre mir eine Unscheinbare lieber als irgendsoein Frauenzimmer, das den ganzen langen Tag nur vor dem Spiegel hockt und die anderen Männer in Versuchung führt, mich zum Hahnrei zu machen.«

»Mylord –«, versuchte es Fitzleger noch einmal, aber der Burgherr ließ ihn immer noch nicht zu Wort kommen.

»Und vor allem will ich keine mit flammend rotem Haar. Sie kann auf dem Kopf schwarz, blond, braun oder sogar grau sein, Hauptsache kein Rotschopf.«

»Aber –«

»Und wie ich schon sagte, sie darf nicht zierlich sein. Ein paar Rundungen zu viel stören mich nicht.«

»Soll ich vielleicht an ihr Maß nehmen?«, konnte der Reverend sich endlich Gehör verschaffen. »Mylord, so funktioniert das leider nicht.«

»Würde es Euch dann, verdammt noch mal, etwas ausmachen, mir zu verraten, wie Euer Geschäft funktioniert?«

»Ich lasse mich von meinem Instinkt leiten, und wie der das bewirkt, ist ebenso unerklärlich wie Eure verschiedenen Talente. Wenn ich der Richtigen gegenüberstehe, weiß ich es einfach. Das verhält sich so ähnlich wie bei einem Wünschelrutengänger. Wenn die Rute ausschlägt, bin ich am Ziel.«

»Meine eigene Wünschelrute hat mich schon ins Bett so mancher Dorfschönen geführt, doch keine davon wollte mir als geeignete Gemahlin erscheinen.«

»Wovon Ihr redet, Herr, ist die schiere Fleischeslust. Wir sprechen hier aber von etwas ganz Anderem, und das wisst Ihr auch sehr gut. Bitte, Mylord, vertraut mir. Ich werde Euch Eure Braut schon finden.«

»Wenn sie die Rechte für mich ist, werdet Ihr feststellen, dass sie alle meine Kriterien erfüllt.«

»Das wird sich noch herausstellen, Mylord.«
»Nein, verflucht noch mal, genau so wird es kommen!« Der Burgherr schlug mit der Faust in die Handfläche. »Ich kann mir selbst und völlig frei ein Pferd, ein Gewehr oder einen Hund aussuchen. Habe ich denn bei der Auswahl meiner Frau überhaupt kein Wörtchen mitzureden?«
»Ich verstehe ja, wie schwer einem das fallen muss«, redete der Reverend beruhigend auf ihn ein, »und dann noch eine so delikate und persönliche Angelegenheit einem anderen Mann übertragen zu müssen. Doch habe ich Eurer Familie bislang stets treulich und zu deren Zufriedenheit gedient. Eurem Großvater habe ich Eure Großmutter gefunden, und damals war ich noch ein Jüngling. Die beiden haben lange und glücklich zusammengelebt. Ähnlich verhielt es sich mit Euren Onkeln und Vettern. Die einzige Braut, die ich nicht gesucht habe, war …«
Fitzleger brach ab und räusperte sich unbehaglich. Verlegen blickte er zu Boden.
»Ihr habt meine Mutter nicht gesucht«, beendete Anatole den Satz für ihn. »Danke, aber daran muss ich nicht erinnert werden.«
Das Bild seiner Mutter war unauslöschlich in sein Gedächtnis eingebrannt, obwohl seit ihrem Tod bereits neunzehn Jahre vergangen waren. Noch heute konnte der Burgherr ihre bleiche Haut, die feinen Knochen und das feengoldene Haar deutlich vor sich sehen; und ihre Augen würden ihn wohl für immer verfolgen.
Ein Knabe sollte in den Augen seiner Mutter nur Liebe entdecken können, aber niemals solche Furcht.
»Tut mir Leid, mein Junge«, riss der Reverend ihn aus seinen Gedanken. »Ich wollte nicht die Gespenster der Vergangenheit heraufbeschwören.«
»An diesem Ort muss man das auch gar nicht, Fitzleger.

Die zeigen sich nämlich hier von ganz allein, gleich, ob gebeten oder ungebeten.«
Anatole kehrte zum eigentlichen Thema zurück. »In England muss es eine ganze Reihe von Frauen geben, auf welche diese Anforderungen zutreffen. Warum beschränkt Ihr Eure Suche nicht auf diesen Kreis?«
»Aber, Mylord –« Fitzleger wollte widersprechen, erkannte aber rechtzeitig die Fruchtlosigkeit solchen Bemühens. So entgegnete er seufzend: »Wie Ihr wünscht, Herr. Ich werde mein Bestes versuchen, Euch eine solche Braut zu finden.«
»Fein. Wann wollt Ihr damit beginnen? Ich möchte die Angelegenheit vor dem Sommer hinter mich gebracht haben.«
»Ist es Eurer Lordschaft denn so dringlich damit?«
»Nein, Seine Lordschaft will sich nur nicht mehr mit Hochzeitsvorbereitungen herumplagen müssen, wenn die Jagdsaison beginnt.«
Fitzleger verzog den Mund. »Natürlich nicht. Niemand möchte Euch eine solche Härte aufbürden. Nun verstehe ich auch, dass ich mich baldigst auf die Suche machen muss. Gleich morgen früh werde ich nach London aufbrechen.«
»London!«, entfuhr es Anatole, als habe der Brautsucher ihn zutiefst beleidigt. »Dort werdet Ihr keine rechte Frau für mich finden! Ausgerechnet unter diesen verwöhnten Stadtdämchen, die nichts anderes im Kopf haben, als die Modegeschäfte zu stürmen und Klatsch und Tratsch weiterzugeben!«
»Ich bin mir sicher, dass man in London auch andere Frauen antrifft. Außerdem rät mir mein Instinkt, mich dorthin zu wenden.« Fitzleger erhob sich. »Glücklicherweise ist meine älteste Tochter dort mit einem Kaufmann verheiratet. Ich werde mich bei ihr für eine Weile einquartieren

und dabei nach Eurer Zukünftigen Ausschau halten. Und wenn ich sie gefunden habe, lasse ich es Euch sofort wissen, damit Ihr nachkommen könnt.«

»Das werdet Ihr hübsch bleiben lassen. Ich habe London in meinem Leben noch nie betreten und werde das auch in Zukunft nicht tun. Diese Stadt hat sich für uns St. Legers immer als Fluch erwiesen.«

»Das ist leider wahr. Einigen Eurer Vorfahren sind dort ein paar unangenehme Dinge zugestoßen –«

»*Unserer* Vorfahren«, erinnerte Anatole ihn mit grimmiger Befriedigung.

Unwillkürlich fiel Fitzlegers Blick auf das Porträt des gemeinsamen Ahnen. Der alte Schurke schien noch breiter zu grinsen als sonst.

»Nun denn, ich für meinen Teil glaube nicht an diesen Londoner Fluch«, erklärte der Reverend. »Doch wenn Ihr nicht in diese Stadt kommt, wie wollt Ihr dann Eurer Braut den Hof machen?«

»Das könnt Ihr für mich übernehmen. Besser noch, wir führen eine Stellvertreter-Hochzeit durch.«

»Was?«

»Wenn ich sowieso davon ausgeschlossen bin, mir die Richtige auszusuchen, sehe ich auch keinen Grund dafür, sie zu umwerben.«

»Mylord, Ihr könnt doch keine Lady heiraten, ohne sie wenigstens vorher gesehen zu haben!«

»Warum nicht? Ihr habt doch eben selbst gesagt, ich solle mein ganzes Vertrauen in Euch setzen.«

»Ja, natürlich, nur –«

»Darüberhinaus bin ich nicht so ein Mann, zu dessen Natur es gehört, eine Frau zu umgarnen.«

»Aber, Mylord, wir leben doch nicht mehr im Mittelalter! Keine wohl erzogene junge Dame aus guter Familie wird

sich heute noch auf eine Heirat mit einem Mann einlassen, den sie vorher überhaupt nicht zu Gesicht bekommen hat.«
»Wieso denn nicht, wenn das Schicksal sie bereits zu meiner Braut auserkoren hat?«
»Ach, mein Sohn, selbst dem Schicksal muss gelegentlich ein wenig nachgeholfen werden.«
»Und genau das ist doch Eure Aufgabe, oder? Ich hege keinerlei Zweifel daran, dass Ihr für mich genug Süßholz raspeln werdet. Und natürlich bin ich gewillt, Euch sehr großzügig mit Mitteln auszustatten und eine enorme Mitgift in Aussicht zu stellen.«
»Ihr könnt doch keine Braut kaufen!«
»Natürlich, warum denn nicht? So etwas wird doch überall auf der Welt getan. Sucht mir einfach eine Lady aus einer Familie mit eher bescheidenem Einkommen, denn diese wird sich leicht von meinem riesigen Landbesitz und meinem sonstigen Vermögen beeindrucken lassen.
Und wenn das noch nicht reichen sollte, dürft Ihr Sie gern mit meinen äußerlichen Vorzügen und meiner hervorragenden Ausbildung bezaubern. Nur von einem werdet Ihr kein Wort verlieren.«
»Und das wäre, Mylord?«
»Ihr sagt nichts über meine eher ungewöhnliche Herkunft.«
»Haltet Ihr das wirklich für klug, Mylord? Ich meine Fitzleger zögerte einen Moment – »ich fürchte, genau diesen Fehler hat Euer Vater auch begangen.«
»Nein, im Gegenteil, mein Vater war in diesen Fragen sehr offen zu meiner Mutter, auch schon vor der Vermählung. Da Vater selbst nur wenig von den besonderen Gaben unserer Familie mitbekommen hatte, empfand Mutter die Geschichte unserer Familie wohl eher als recht romantisch … bis zu dem Tag, an dem ich geboren wurde …

Aber hier geht es nicht um meine Mutter, sondern um meine zukünftige Frau. Glaubt Ihr vielleicht, irgendeine Frau, die ihre fünf Sinne beisammen hat, würde mich noch zum Mann haben wollen, nachdem sie erfahren hätte, welche dunklen Seiten an mir sind? Nein, meine Braut wird in Unkenntnis darüber bleiben, bis ich den geeigneten Moment für gekommen halte, sie über alles aufzuklären.«
»Aber wie wollt Ihr ein solches Geheimnis verborgen halten? Oder verhindern, dass Eure Frau Gerüchte von den Dörflern oder der Dienerschaft aufschnappt?«
»Niemand wird wagen, so etwas zu äußern, wenn ich es verbiete.«
»Dennoch gibt es auf dieser Burg einen, der sich Eurem Befehl nicht unterwirft.« Fitzleger nickte in Richtung des Prospero-Porträts.
Anatole verzog das Gesicht. »Ja, doch wird dieser dort seine Einflüsterungen auf einen bestimmten Teil der Burg beschränken. Und deswegen untersage ich meiner Braut, jemals hierher zu kommen.«
»Mylord, das gefällt mir nicht. Man sollte eine Ehe nicht mit solcher Geheimniskrämerei beginnen.«
»Dennoch wird es so gemacht. Wir halten es so, wie ich es will, oder die ganze Geschichte wird abgeblasen.«
Der kleine Pastor fuhr sich mit beiden Händen durch das weiße Haar. Als Anatole ihm seinen Mantel reichte, war Fitzleger zu aufgebracht, um ihn anziehen zu können.
»Das ist nicht gut. Nein, gar nicht gut«, murmelte der Brautsucher unentwegt. »Ihr stellt harte Bedingungen, Mylord, sehr harte sogar. Ich weiß nicht einmal, wie ich mir all Eure Instruktionen einprägen soll.«
»Keine Sorge, aus eben diesem Grunde habe ich sie samt und sonders zu Papier gebracht.« Anatole griff in seinen

Stiefelschaft und zog ein kleine Pergamentrolle heraus, die er drei Stunden vorher dort hineingesteckt hatte.
Der Burgherr rollte sie auf, überprüfte, ob er nichts vergessen hatte, und reichte sie dann Fitzleger. Er hatte auf der Rolle allerdings nicht erwähnt, nur ja keine Rothaarige zu finden, denn die Niederschrift hatte vor der Kristallbeschau stattgefunden, und da hatte er die ständige Vision nicht bedacht. Doch war Anatole sich sicher, dass der Reverend auch diese Forderung bedenken würde, hatte er doch mehrfach eindringlich darauf hingewiesen.
Ansonsten stand dort alles zu lesen, auch, dass die Zukünftige Mut haben müsse.
Weil sie sich sonst leicht zu Tode erschrecken könnte.
Dieser Gedanke wurde von einem kalten Lufthauch begleitet, der die Kerzenflammen zum Flackern brachte.
Das Pergament flog fort, als hätten unsichtbare Finger es entrissen, und der Burgherr hörte ein höhnisches Lachen. Er erstarrte für einen Moment und fluchte dann, ehe er hinter der Liste her eilte und sie mit dem Stiefel gerade in dem Moment festhalten konnte, als sie ins Feuer zu fliegen drohte.
Der Wind verging ebenso rasch, wie er gekommen war, und die Kerzen brannten wieder ungestört. Anatole hob das Blatt auf, und als er es dem Brautsucher geben wollte, sah dieser ihn ein wenig erschrocken an.
»War *er* das?«, fragte Fitzleger leise.
»Wer, Prospero? Natürlich.« Beide Männer warfen einen vorsichtigen Blick auf das Gemälde, und die schwarzen Augen schienen sie wieder zu verspotten. »Wäre es nicht wunderbar, Reverend, tote Verwandte zu haben, die auch in Frieden ruhen, wenn man ihnen das wünscht?«
Wieder hallte das gespenstische Lachen durch die Halle.
Der Alte legte St. Leger eine Hand auf den Arm. »Ihr tut mir

wirklich Leid, und ich möchte Euch Ruhe vor diesem Spuk wünschen.«
»Ruhe? Frieden?« Anatole lachte bitter. »Die bekomme ich frühestens, wenn ich tot bin. Und da ich zu den St. Legers gehöre, vermutlich nicht einmal dann.«
Er drückte dem Priester das Pergament in die Hand. »Nein, alter Freund, es gibt nur eines, was Ihr für mich tun könnt: Zieht los, und findet mir eine Braut.«

1

Die Kavalkade wirkte fehl am Platz, wie sie da über die schmale Landstraße rumpelte. Die Vorreiter in ihrer lilafarbenen Livree eilten vornweg, und dann folgten zwei Kutschen, die von je zwei prächtigen Braunen gezogen wurden. Besonders ersteres Gefährt bot einen überaus vornehmen Anblick: Himmelblau gestrichen und mit vergoldeten Rändern, wirkte es wie ein Wagen aus einer der Sagen der hiesigen Einwohner. In den Geschichten Cornwalls existierten Feenkutschen, die einsame Wanderer in menschenleeren Mooren überholten und sie lockten, ihnen in eine andere Welt zu folgen. Die junge Frau, die aus dem Fenster des ersten Wagens schaute, hätte man ebenso leicht für eine Feenkönigin halten können: feine Knochen in einem zierlichen Gesicht von einer Blässe, die nicht von dieser Welt zu sein schien. Der schlanke Hals wirkte kaum kräftig genug, das Gewicht des Kopfputzes zu tragen, eine gepuderte weiße Perücke mit dicken, zusammengerollten Locken, die von einem breitrandigen schwarzen Samthut gekrönt wurde, auf dem vier weiße Federn steckten.

Doch Madeline Elizabeth Bretons grüne Augen blickten sehr irdisch drein. Unter den dunklen und zart gewölbten Brauen schauten sie mit lebendiger Neugier und Intelligenz in die Welt. Während die junge Frau sich festhalten musste, um von den Stößen der Kutsche nicht völlig durch-

gerüttelt zu werden, studierte sie mit großem Interesse die Landschaft, durch welche sie zogen.
Eine öde, zerklüftete Region, die der Frühling vergessen zu haben schien. Nirgends auch nur das kleinste Anzeichen von Grün, nur endloses Moorland mit dunkler Erika und niedrigen Büschen. Hier und da streckte ein knorriger Baum nackte Zweige himmelwärts und wirkte wie eine verlorene Seele, die vergeblich ins Paradies auffahren möchte.
Sie gelangten nun in *sein* Land, hatten den Rand *seiner* Welt erreicht. Anatole St. Leger. Ihr Gemahl. Der Mann, dem sie vor knapp zwei Wochen Treue und Gehorsam geschworen hatte.
Madelines Hand glitt wie von selbst zu dem Medaillon, das sie unter ihrem Kleid aus reich bestickter, aprikosenfarbener Seide trug. Das elfenbeinerne Oval hing an einem dünnen blauen Band direkt über ihrem Busen. Reverend Fitzleger hatte ihr dieses Bildnis Anatoles geschenkt, zusammen mit dem einfachen goldenen Ring, der jetzt fest auf ihrem Finger steckte. Dieser verband sie mit einem Mann, den sie noch nie vor sich gesehen hatte.
Die junge Frau spürte das Schmuckstück, und es zauberte das Bild eines sanften dunkelhaarigen Mannes in ihre Gedanken zurück. Das Medaillon verlieh ihr eine Art Sicherheit, und die brauchte sie auch immer mehr, je näher das Ziel heranrückte. Während der letzten Reisemeilen schienen sogar die Kutschräder ihr mit Knarren und Quietschen die Frage gestellt zu haben, welche sie schon lange plagte.
Was hast du getan? Was hast du nur getan?
»Grundgütiger, Madeline, das hier muss das Ende der Welt sein.« Die strenge Stimme ihrer Reisegefährtin rief die Aufmerksamkeit der jungen Frau ins Innere des Wagens zurück.

»Nein, nicht das Ende der Welt, Hetty, nur Cornwall«, entgegnete sie mit entschlossener Fröhlichkeit. Madeline lehnte sich in die samtenen Polster und blickte in die sauertöpfische Miene ihrer Base.

Mit ihren dreißig Jahren war Miss Harriet Breton eine große, stämmige Frau, deren breite Schultern die Stutzer in London oft dazu verleitete, ihr kumpelhaft darauf zu klopfen. Sie hatte das dunkelbraune Haar unter einen einfachen Hut mit weiter Krempe zurückgesteckt, der das Grimmige ihres Gesichtsausdrucks noch betonte.

»Dies ist der gottverlassenste Landstrich, den ich je gesehen habe«, beschwerte sich Harriet. »Hier draußen steht ja rein gar nichts, nicht einmal ein einsames Gehöft. Wo soll sich denn dieses Castle Leger befinden?«

»Das weiß ich auch nicht so genau. Es kann aber nicht mehr weit sein.«

»Genau das hast du mir geantwortet, als wir in diesem erbärmlichen Kaff angehalten haben. Doch seitdem haben wir nichts als Moor zu sehen bekommen. Der richtige Ort für Strauchdiebe. Wenn die uns hier für tot liegen lassen, werden wir niemals gefunden.«

»Du hast wirklich eine ansteckend gute Laune, Hetty«, schnaubte die junge Ehefrau.

»Ich habe deinem Vater von Anfang an gesagt, dass wir mehr Reiter für unseren Schutz benötigten. Tja, mir kann man jedenfalls keinen Vorwurf machen, wenn wir am Ende geschändet und ausgeraubt im Heideland liegen, während die Spitzbuben mit deinen Brautgewändern über alle Berge sind!«

»Diese Galgenstricke, von denen du da sprichst, würden zu albern aussehen, wenn sie in meinen Brautgewändern durch die Gegend liefen. Weißt du, Hetty, du sprichst so oft davon, geschändet und entehrt zu werden, dass man fast den Eindruck gewinnen könnte, es wäre dir gar nicht so unrecht, wenn unvermittelt ein paar hübsche Banditen auftauchten.«

Die Base reagierte darauf nur mit einem schockierten und indignierten Blick. Madeline legte ihr spöttisches Lächeln ab und hoffte inständig auf ein Wunder, infolgedessen Harriet endlich so etwas wie Humor entwickelte. Fünf Tage eingesperrt mit dieser Frau und ihren düsteren Vorahnungen hatten in Madeline den starken Wunsch hervorgerufen, der Konvention und den Elementen zu trotzen und auf einem Pferd hinter der Kutsche her zu reiten. Nur eines hatte sie bislang davon abgehalten: die Furcht davor, ein Tier zu besteigen, das sich schneller als Schrittgeschwindigkeit bewegte.

Harriet bedachte die Landschaft mit einem weiteren missbilligenden Blick und wandte sich dann wieder ihrem Lieblingsthema zu: »Ich hoffe, du bist jetzt zufrieden, meine Liebe. Hierher hat dich nämlich deine übereilte Entscheidung geführt, in dieses wilde, unzivilisierte –«

»Bitte, Hetty!«

»Ich habe es dir einmal gesagt, ich habe es dir ein Dutzend Mal gesagt –«

»Wohl eher hundert Mal«, warf Madeline müde ein.

»Das ist doch die reine Narretei! Irgendeinen fremden Gentleman zu heiraten, von dessen Familie niemand in ganz London jemals gehört hat! Was weißt du denn schon über deinen frisch gebackenen Bräutigam?«

»Genug«, entgegnete die junge Frau mit mehr Überzeugung, als sie tatsächlich verspürte.

»Papperlapapp!«, schnaubte die Ältere. »Ich kann mir immer noch nicht vorstellen, wie es dir gelungen ist, deine Eltern dazu zu bringen, dieser doch sehr fragwürdigen Verbindung ihren Segen zu geben!«

»Sobald ich Mutter und Vater mitteilte, welch großzügige Mitgift Mr. St. Leger geben wollte, waren die beiden recht schnell mit ihm einverstanden.«

Madeline hatte nicht zynisch oder bitter klingen wollen, aber sie kannte ihre ebenso charmanten wie in Gelddingen unerfahrenen Eltern nur zu gut. Mama beharrte darauf, dass das Stadthaus von Grund auf renoviert werden müsse, obwohl das gerade erst vor kurzem geschehen war. Und Papa hatte einen fatalen Hang zum Kartenspiel und einen noch fataleren zu jungen Operntänzerinnen.

Gar nicht erst zu reden vom Rest ihrer Familie, den beiden jüngeren Schwestern Juliette und Louisa mit ihrer Vorliebe für vornehme Kleider, für Schmuck und für Verehrer mit ellenlangen Titeln und schmalen Börsen. Und nicht zuletzt Bruder Jeremy, für den das Leben aus einer einzigen Bildungsreise quer durch Europa zu bestehen schien.

Keiner unter ihnen verfiel jemals auf den Gedanken, dass alle diese Tätigkeiten Unsummen Geldes verschlangen, und seit einiger Zeit schon bewegte sich die Familie Breton am Rande des Bankrotts. Stets hatte es an Madeline, der einzigen praktisch Veranlagten in der Sippe, gelegen, im letzten Moment einen Ausweg zu finden.

Die Base schüttelte wieder den Kopf. »Ich weiß nur, dass du diesmal nicht so klug und umsichtig gehandelt hast wie sonst.«

»Doch, genau das habe ich getan. Was könnte es Umsichtigeres geben, als eine Vernunftehe einzugehen? Die werden heutzutage doch überall geschlossen.«

»Aber nicht so eine wie deine, wo der Bräutigam es nicht einmal wagt, sein Gesicht zu zeigen, so als müsse er ein schlimmes Geheimnis verbergen. Statt mich mitzuschicken, hätten deine Eltern dich begleiten sollen. Man sollte doch annehmen, es sei ihnen daran gelegen, sicherzustellen, dass du nicht mit irgendeinem Ungeheuer verheiratet worden bist.«

Der Gedanke war Madeline auch schon gekommen, aber sie hatte ihn rasch wieder verscheucht. Schließlich hatte in London gerade die Ballsaison begonnen. Mutter hatte bereits ein Dutzend Einladungen erhalten, und auf Vater warteten eine ganze Reihe neuer Spielhallen. Immerhin war die Familie dank der Mitgift wieder flüssig.

»Ich hoffe nur, sie sind dir alle dankbar dafür, dass du ein so grässliches Opfer auf dich genommen hast«, nörgelte die Base weiter.

»Ach, Hetty, wie kommst du nur auf so etwas? Einen Mann zu heiraten, bedeutet doch kein Opfer. Mr. St. Leger hat eine Ehefrau gesucht, und ich brauchte einen vermögenden Gatten. So einfach ist das. Ich bin bestimmt keine Märtyrerin. Mit ihm den Ehebund einzugehen, war doch nur logisch.«

»Mein armes, kleines Lamm. Ach, mein armes, armes Lämmchen!«

Madeline verzog das Gesicht und presste die Finger an die Schläfen. Selbst in ihrer Anteilnahme konnte Harriet einem gehörig auf die Nerven gehen.

Sie empfand es als großen Segen, als die Ältere in Schweigen verfiel. Die Base meinte es nur gut, aber sie rührte dabei an den Ängsten und Zweifeln, die Madeline unter Verschluss halten wollte. Mehr als einmal während der Reise hatte sie die Versuchung gespürt, in die nächstbeste Kutsche nach London zu steigen, um in das Leben voller Gesellschaften, Bälle und Salons zurückzukehren, wohin sie zwar nie gehört hatte, wo sie aber Vertrautheit und Sicherheit fand.

Aber etwas hatte sie davon abgehalten. Sie zog erneut das

Medaillon heraus und hielt es wie einen kostbaren Schatz in der Handfläche.

Madeline betrachtete das hübsche Gesicht mit den maskulinen Zügen. So sah ein Dichter aus, ein Träumer. Das nachtschwarze Haar war zurückgekämmt, der Mund wirkte sinnlich, und die Kinnpartie zeugte von Entschlossenheit. Doch am meisten zogen seine Augen sie in ihren Bann, und das schon vom ersten Moment an. Ein dunkles inneres Feuer schien aus ihnen zu leuchten, das von starkem Sehnen und unbekanntem Schmerz kündete.

Als sie sich sicher war, dass Harriet gerade nicht hinsah, hob Madeline das Elfenbein, drückte es sanft an die Lippen und lächelte über ihre eigene Torheit.

Mitgift, Vernunftehe und all das andere. Es war Madeline nicht schwer gefallen, so vor Hetty und auch vor der Familie zu reden. Doch in Wahrheit hatten sie weder sachliche noch logische Gründe dazu gebracht, Anatole St. Leger zu heiraten. Und wenn sie ehrlich war, hatte sie sich noch törichter verhalten als ein junges Ding, das ihr Herz an einen Verehrer verlor, der ihr gerade erst vorgestellt worden war.

Madeline hatte sich in ein Elfenbeinporträt verliebt und auch noch zugelassen, sich von einem merkwürdigen alten Mann mit weißem Haar und Engelsaugen umgarnen zu lassen.

Mr. Fitzleger gehörte nicht zu den Männern, die in London für Aufsehen sorgten oder Einladungen in die besten Häuser erhielten. Bei ihm handelte es sich um einen bescheidenen Gentleman, um einen Geistlichen vom Lande, und normalerweise hätte die junge Frau ihm nur wenig von ihrer Zeit gewidmet. Pastoren aus der Provinz waren ihr bislang stets als ignorant, grob und von schlechtem Benehmen erschienen.

Aber Mr. Fitzleger hatte sich als erstaunlich sanftmütig und gebildet entpuppt. Doch das allein konnte nicht der Grund dafür gewesen sein, warum sie sich zu ihm hingezogen gefühlt hatte. Ihre erste Begegnung hatte eher zufällig stattgefunden, als Madeline gerade in einer der Buchhandlungen in der Oxford Street gestöbert hatte. Dabei war dem Gentleman der Dreispitz heruntergefallen, und sie hatte den Hut für ihn aufgehoben.
Die junge Frau wusste heute nicht mehr, wie daraus ihre Bekanntschaft entstanden war. Madeline wusste nur noch, dass sie seitdem Tag für Tag darauf gehofft hatte, dass er ihr Haus aufsuchen würde. Sie hatte sich auf ihn wie auf einen alten Freund gefreut. Sicher, der Landpfarrer war gebildet, aber ihr ging es nicht darum, mit ihm über Philosophie oder Bücher zu diskutieren.
Nein, viel mehr faszinierte Madeline der sonderbare Auftrag, der den reiferen Herrn in die Stadt geführt hatte. Und bald wollte sie immer mehr über diesen Mr. Leger erfahren, der diesem Pastor genug vertraute, um ihm die Aufgabe zu übertragen, für ihn die rechte Braut zu finden.
»Und Mr. St. Leger lebt wirklich allein in dieser großen, alten Burg?«, fragte sie ihn einmal.
»Nun ja, ein paar Diener sind schon bei ihm. Doch liegt Castle Leger wirklich sehr abgeschieden, und der Burgherr hat sich in seinem ganzen Leben nie weiter als ein paar Meilen von seinem Stammsitz entfernt.«
»Was? Hat er denn keine Universität besucht? Ist er nie auf Reisen gegangen?«
»Nein. Mr. St. Leger legt größten Wert auf Privatheit und Ungestörtheit.«
Das rührte an etwas in ihr, und sie musste unbedingt mehr erfahren. »Und ist er so schüchtern, dass er nicht einmal aus seiner Burg kommt, um sich eine Frau zu suchen?«

»Mr. St. Leger hat gute Gründe, mich damit zu betrauen. Schließlich war ich früher sein Lehrer.«
»Und ist er gebildet und von angenehmem Wesen?«
»Der Burgherr besitzt einige … eher ungewöhnliche Talente …« Fitzleger schien von einem Hustenanfall übermannt zu werden. Madeline wartete ungeduldig auf seine weiteren Ausführungen.
»Mr. St. Leger ist ein guter und sehr gewissenhafter Herr. Er kümmert sich um seine Pächter und überhaupt um alle seine Untergebenen. Castle Leger ist groß und reich, die Burg selbst voller Historie.«
»Was meint Ihr genau damit?«
»Nun, man findet dort eine ausgesuchte Bibliothek, die von mehreren Generationen zusammengetragen wurde.«
»Dann liest Mr. Anatole wohl gern?«
»Oh, äh, er … zieht großen Nutzen aus Büchern.«
»Ahh«, seufzte die junge Frau.
Ihre Phantasie füllte die restlichen Lücken aus, und sie glaubte, ihn schon deutlich vor sich sehen zu können: Ein sanftmütiger Gelehrter, der ein Leben in einsamem Studium den schalen Vergnügungen vorzog, nach denen so viele andere Männer strebten. Sicher war Anatole auch schlank und blässlich, weil er nachts immer so lange aufblieb, um in seinen vielen Büchern Weisheit und Erkenntnis zu finden.
Als Fitzleger ihr dann das Medaillon überreichte, war Madeline schon vollkommen hingerissen.
»Mein junger Herr fühlt sich oft sehr allein in seiner Burg am Meer«, meinte der ältere Gentleman.
»Man kann sich auch inmitten einer brodelnden Stadt allein fühlen«, entgegnete die junge Frau mit einem traurigen Lächeln.
»Ihr könntet ihn aus dieser Einsamkeit erlösen, meine liebe

Miss Breton. Ich glaube, das Schicksal hat Euch dazu auserkoren, die Frau von Anatole St. Leger zu werden.«

»Mich?« Madeline lachte und schüttelte den Kopf. »Ich fürchte, ich besitze weder das Vermögen noch die sanfte Grazie, welche die meisten Männer bei einer Frau suchen.«

»Mr. St. Leger ist aber nicht so wie die meisten Männer. Ich kann es Euch nicht genau erklären, aber in mir ist diese besondere Gewissheit ...« Er legte eine Hand auf die ihre und drückte sie leicht. »Ich bin mir sicher, dass Ihr die Frau seid, die mein Herr sich immer gewünscht hat. Und mein Herz sagt mir überdeutlich, dass Ihr die Einzige seid, die er jemals wird lieben können.«

Der schiere Wahnsinn. Doch als Madeline in die blauen Augen Fitzlegers geblickt hatte, fing sie auch an, das zu glauben. Und das war höchst merkwürdig, hatte die junge Frau doch schon vor längerem alle Hoffnung auf eine Vermählung begraben.

Madeline wusste, sie besaß nicht den Charme, mit dem man einen Mann so um den Verstand bringen konnte, dass er darüber vergaß, wie wenig Vermögen sie in die Ehe einbringen würde. Und wenn sie jemals daran Zweifel hegen sollte, blieben ihr immer noch Mutter und die Londoner Gesellschaft, welche ihr das deutlich klarmachten.

Mit ihrer Intelligenz, ihrer Logik und ihrer direkten Art hatte sie die wenigen Verehrer abgeschreckt, die sich ihr zu nähern gewagt hatten. Der arme Mr. Brixstead versteckte sich immer noch hinter der nächstbesten Säule, sobald sie einen Ballsaal betrat.

In ihrem hohen Alter von zweiundzwanzig Jahren hatte Madeline sich längst damit abgefunden, so zu enden wie Cousine Harriet: als alte Jungfer, die arme Verwandte eben, welche ständig bemüht war, sich dem Rest der Familie als nützlich zu erweisen, und die nur dann zu einer Abend-

runde eingeladen wurde, wenn man dringend einen Ausgleich für die Gästezahl am Tisch benötigte.
Und da tauchte wie aus heiterem Himmel Mr. Fitzleger auf und bot ihr Möglichkeiten, die sie nicht mehr zu träumen gewagt hatte: ein eigenes Heim, Kinder, einen liebevollen Gemahl, der sich um sie kümmerte und ihr nicht nur Reichtum, sondern auch Geist bieten konnte; und der ihre eigene Bildung zu würdigen wüsste.
Ich bin mir sicher, dass Ihr die Frau seid, die mein Herr sich immer gewünscht hat.
Madeline hatte diese Worte seitdem in ihrem Herzen aufbewahrt. Als sie an jenem Tag auf das Porträt geschaut hatte, wagte die praktische Frau zum ersten Mal in ihrem Leben zu träumen …
Sie wurde abrupt aus ihren angenehmen Gedanken gerissen, als die Kutsche einen Satz machte, der die Insassen fast von den Sitzen gerissen hätte. Und gleich darauf wurde der Wagen langsamer.
»Was ist denn jetzt schon wieder?«, schrie die Base. »Banditen?«
Madeline ließ das Bildnis verschwinden.
»Am helllichten Tag? Das glaube ich kaum …«, begann sie und hielt inne, als einer der Vorreiter herangaloppiert kam. Der Jüngling mit der weiß gepuderten Perücke und der lilafarbenen Livree ritt neben der Kutsche her und bedeutete der jungen Frau, das Fenster zu öffnen.
Trotz Harriets Protesten folgte sie seiner Aufforderung.
»Was liegt denn an, Robert?«
»Die Burg, sie ist schon zu sehen!«, rief er aufgeregt. »Castle Leger.«
Madelines Herz klopfte schneller. Trotz der Schäden, die sie damit dem Hut und der Perücke zufügen würde, steckte sie den Kopf hinaus und spähte in die Ferne.

Das Land stieg deutlich an, und auf einem hohen Fels erhob sich die Burg, schien wie eine Festung aus Granit aus ihm herauszuwachsen. Seine mit Schießscharten und Zinnen versehenen Türme und Wehrgänge zeichneten sich deutlich vor dem bleigrauen Himmel ab.
»Großer Gott, wie aus einem Schauerroman!«, keuchte Harriet, die neben der jungen Frau den Kopf aus der Kutsche streckte.
»Unsinn«, entgegnete Madeline, obwohl der Anblick auch ihr ein wenig in die Knochen fuhr. »Das ist nur eine alte Burg. Die aufgegebene Feste, von der Mr. Fitzleger mir berichtet hat.«
»Mir will es eher so scheinen, als sei die ganze Gegend aufgegeben und verlassen worden.«
Die junge Frau ging nicht darauf ein, sondern schaute nur noch in die Ferne. Vom Knarren und Rütteln der Kutsche bekam sie ebenso wenig mit wie vom Murren ihrer Base. Während der Wagen hinaufrollte, rückte die Burg immer näher, und Madeline starrte wie gebannt auf die mächtigen Türme und die alte Zugbrücke, welche hochgezogen war, um alle unerwünschten Besucher abzuschrecken.
Castle Leger wirkte auf den ersten Blick Furcht einflößend … doch in ihrer Isoliertheit ging auch etwas Wildes und Großmächtiges von der Burg aus, als wäre sie verwunschen. Eine Stätte, der selbst die Zeit nichts anhaben konnte. Könige und Reiche mochten aufsteigen und fallen, aber Castle Leger würde ewig bestehen.
Madeline presste die zitternden Finger gegen das Medaillon und spürte ein machtvolles Gefühl in sich, für das sie keine Bezeichnung finden konnte. Ihr kam es so vor, als sei ihr ganzes bisheriges Leben nur das Vorspiel für das gewesen, was sie hier erwartete. Endlich hatte sie ihre Bestimmung erreicht – eine Burg über den Meeresklippen, in der

ein Prinz darauf wartete, dass sie erschiene, um die Ketten seiner Einsamkeit zu brechen.
Nach Jahren der Wanderung kehrte Madeline St. Leger nun nach Hause zurück.
Sie sank auf ihren Sitz zurück und schüttelte den Kopf, als wolle sie ihren Geist von solch sonderbaren Ideen befreien. Die junge Frau versuchte, sich auf praktischere Erwägungen zu konzentrieren, wie zum Beispiel auf den Umstand, dass sie schon in wenigen Minuten aus der Kutsche steigen und von ihrem Ehemann auf das Herzlichste begrüßt werden würde.
Panik stieg in ihr auf, doch Madeline rang sie nieder und befeuchtete nervös ihre Lippen. Niemals hatte ihr äußeres Erscheinungsbild sie so mit Sorge erfüllt wie heute. Immer waren es die jüngeren Schwestern gewesen, die mit ihrer blonden Schönheit die Galane scharenweise anzogen hatten. In diesem Moment hätte Madeline mit Freuden all ihre Klugheit und Bildung für Louisas wunderbare Figur oder Juliettes blaue Augen hergegeben.
Im gleichen Moment verachtete sie sich natürlich für solche Gedanken, beschäftigte sich aber doch damit, einzelne Perückenlocken zu richten und den Ausschnitt am Hals geradezuziehen.
»Hetty, sehe ich akzeptabel aus?«, fragte sie nervös.
»Gut genug, um einen Provinztrottel zu beeindrucken.«
»Mr. Anatole ist kein Tro-ho-ho-« Das letzte Wort ging in einem heftigen Keuchen unter, als die Kutsche unvermittelt zum Stehen kam.
Madeline schlug das Herz bis zum Hals. Als einer der Lakaien die Tür öffnete, musste sie um Fassung ringen, bevor sie die kleine Leiter hinunterkonnte.
Die junge Frau zog mit der Rechten die pelzbesetzte Pelisse enger um die Schultern und hielt mit der Linken den Hut

fest, um ihr Haar vor der frischen Brise zu schützen. Selbst die Luft schien hier in Cornwall rauer zu sein und roch nach Meer und der Kraft der See. Der Wind heulte um die Steinbastion ihres neuen Heims.

Die zweite Kutsche, in der sich Madelines Gepäck und ihre elegante französische Zofe befanden, hielt nun neben der ersten an. Beide Wagen standen auf einem Kiesweg, der zu einem Flügel von Castle Leger führte, den man offenbar umgebaut hatte, um ihm ein zeitgemäßeres Aussehen zu verleihen. Die Fenster waren verbreitert worden, und die Fassade hatte man im palladischen Stil restauriert, natürlich komplett mit korinthischen Säulen und einem überdachten Eingang. Eine Doppelreihe geschwungener Steinstufen führten zur imposanten Tür hinauf.

Dieses Anwesen vermochte wirklich zu beeindrucken, sogar noch mehr als das hübsche Steinhaus auf dem Landbesitz ihrer Eltern, welches sie nur so selten aufsuchten. Und dennoch …

Die junge Frau runzelte die Stirn. Der modernisierte Teil von Castle Leger wirkte neben der mittelalterlichen Burg seltsam deplatziert. Fast so, als habe der Burgherr das wuchtige und bedrohliche Gemäuer vergessen machen wollen, damit aber keinen allzu großen Erfolg gehabt.

Harriet stampfte neben Madeline auf und begutachtete das Bauwerk mit ihrer üblichen Missbilligung.

»Also, wo steckt er?«, beschwerte sie sich dann. »Ich kann hier nichts von einem frisch Vermählten erkennen, der unbedingt seine Braut begrüßen will.«

»Robert ist vorhin vorausgeritten, um unsere Ankunft anzukündigen. Ich habe kaum damit gerechnet, dass Anatole die ganze Zeit am Fenster wartet und nach mir Ausschau hält. Schließlich sind wir einige Tage früher als erwartet eingetroffen.«

»Wenigstens ein Stallknecht oder sonst ein Diener dürfte sich aber zeigen. Wo sind denn alle? Haben alle die Flucht aus dieser Ödnis ergriffen, oder sind die Menschen hier samt und sonders gestorben?«
Bevor Madeline antworten konnte, glaubte sie, das schwache Echo eines Männerlachens zu vernehmen. Sie drehte sich um, und ihr Blick fiel unweigerlich auf den hohen Turm, der hinter dem Neubau aufragte.
Anscheinend hatte doch jemand sie beobachtet. Die junge Frau glaubte, einen Mann zu erkennen, der an den Zinnen entlanglief. Eine seltsame Gestalt mit Spitzbart und einem Umhang … Madeline öffnete überrascht den Mund, als der Fremde stehen blieb und sich höfisch vor ihr verbeugte.
Sie schirmte die Augen mit einer Hand ab, um besser sehen zu können, aber dort oben war kein Mann mehr zu erkennen. Madeline befielen Zweifel, ob sie ihn überhaupt erblickt hatte. Vermutlich steckte nicht mehr als eine Lichtspiegelung der Sonne dahinter, die gerade durch die Wolken gebrochen war.
Dennoch fing die junge Frau an zu zittern und zog den langen Mantel fester zusammen. Doch dieser sonderbare Vorfall war rasch vergessen, als sich Schritte näherten. Mit erhöhtem Pulsschlag fuhr Madeline herum und bereitete sich darauf vor, ihren neuen Gemahl mit dem allerhöflichsten Knicks zu begrüßen.
Doch da kam nur ihr Vorreiter herangelaufen.
»Robert? Habt Ihr uns nicht angekündigt?«
»Doch, Madam, aber man will uns nicht einlassen!«
»Was?«, kreischte die Base.
»Ein furchtbarer alter Mann hat geöffnet und meinte, Mr. Leger sei nicht im Hause.«
»Nicht im Hause?«, wiederholte Madeline.

»Der Alte sagte, wir sollten verschwinden und später wiederkommen.«
»Von allen Unverschämtheiten ist das wohl die ungeheuerlichste!«, schimpfte Harriet. »Habt Ihr ihm nicht mitgeteilt, wer wir sind?«
»Vergebung, Miss Breton, aber der alte Narr ließ mich überhaupt nicht zu Wort kommen. Kaum hatte er seinen Spruch aufgesagt, da schlug er mir auch schon die Tür vor der Nase zu.«
Die Lippen der älteren Frau verwandelten sich zu schmalen Schlitzen. »Das wollen wir doch mal sehen.«
»Nein, Harriet«, mahnte die Jüngere, »es hat doch keinen Sinn, jetzt übereilt zu handeln. Warten wir lieber, bis –«
Doch die Cousine ließ sich nicht aufhalten und stürmte schon die Stufen hinauf wie ein General, der die Burg einnehmen will. Madeline seufzte tief und eilte der Base hinterher, so rasch ihre hochhackigen Schuhe das zuließen.
Als die junge Frau oben anlangte, hämmerte Harriet bereits mit dem Messingklopfer einen Trommelwirbel auf die Tür, unter dem das ganze Haus zusammenlaufen musste.
Bevor Madeline sie bitten konnte, doch etwas sanfter vorzugehen, öffnete sich die Tür einen Spalt weit. Ein grauhaariger Mann mit Halbglatze spähte heraus. Seine schwarzen Augen blickten unter buschigen Brauen hervor, und insgesamt erinnerte er die junge Frau an ein Märchen ihres alten Kindermädchens, bei dem es um einen Gnom ging, der an den dunkelsten Plätzen der Erde nach Gold grub.
Dieser Wicht hier schob argwöhnisch die Unterlippe vor. »Ich hab euch Leuten doch schon gesagt, dass Ihr wieder verschwinden sollt. Lucius Trigghorne lässt keine Fremden nicht ein, wenn der Herr außer Haus ist. Das gilt ganz besonders für *Weiberröcke.*« Er sprach das letzte Wort aus, als handele es sich dabei um lästiges Ungeziefer.

»Wir sind keine Fremden, Ihr flegelhafter Tölpel«, gab Harriet zurück. »Also, wohin ist Mr. Leger unterwegs?
»Ist ausgeritten.«
»Und wann dürfen wir mit seiner Rückkehr rechnen?«
»Keine Ahnung. In 'ner Stunde, vielleicht auch in zehn. Der Herr ist niemand nicht Rechenschaft schuldig, nein, niemand nicht!«
»Das wird sich hier bald ändern, verlasst Euch drauf«, erwiderte die Cousine empört.
»Harriet, bitte!«, brachte Madeline sie zum Schweigen und stellte sich mit der Erfahrung vor ihre Begleiterin, die aus der Regelung etlicher widriger Umstände im Hause ihrer Eltern erwachsen war. Die junge Frau blickte den Alten mit ihrem vertrauensvollsten und beruhigendsten Lächeln an.
»Natürlich war es recht von Euch, dem Befehl Eures Herrn so brav Folge zu leisten, Mr .... äh, Trigghorne war der Name, nicht wahr? Aber ich fürchte, Ihr versteht die Situation noch nicht ganz. Ich bin die Braut Eures Herrn und den ganzen Weg von London bis hierher gereist.«
»Aha.« Der Alte dachte gar nicht daran, die Tür weiter zu öffnen, beäugte stattdessen die junge Frau mit noch größerem Misstrauen. »Ich hab so was reden hören, dass mein Herr sich eine Londonerin zur Frau nehmen will.«
»Und seht Ihr, genau die steht nun vor Euch. Wenn Ihr jetzt also so freundlich wärt, uns hineinzulassen, und vielleicht noch die Güte besäßet, den Hausverwalter zu rufen –«
»So was hab'n wir hier nicht.« Trigghorne blähte die schmale Brust auf. »Und Weiberröcke hab'n wir hier schon seit Jahren nicht mehr gehabt, nein, hab'n wir nicht.« Und dann fügte er halblaut hinzu: »Wenigstens keine, die bei Verstand geblieben sind.«
»Wie bitte?«, entfuhr es Harriet, aber Madeline hielt es für

klüger, diese Bemerkung zu ignorieren, auch wenn es ihr schwer fiel, sich länger in Geduld zu fassen.
»Dann führt uns wenigstens ins Malzimmer, damit wir dort auf die Rückkehr Eures Herrn warten können.«
»Nix da. Nicht solange der Herr nicht da ist.«
»Aber sie ist seine Ehefrau, Idiot!«, bellte die Base.
»Da gibt's keine Ausnahme nicht.« Und damit bekam auch Madeline die Tür vor der Nase zugeschlagen. Wie erstarrt stand sie da, bis Harriets indignierte Stimme sie in die Wirklichkeit zurückriss.
»Von allen Zumutungen, die je geschehen sind, was soll das denn für eine Begrüßung sein? An was für einen Ort hast du uns geführt, Madeline, wo man der Hausherrin nicht einmal gestattet, den Fuß auf die Schwelle zu setzen?«
»Das weiß ich leider auch nicht, Hetty«, murmelte die junge Frau, drehte sich langsam um und fühlte sich am Boden zerstört. Sie wurde nicht von einem zärtlichen Bräutigam willkommen geheißen, und dann versperrte ihr auch noch ein Troll von einem Mann den Zutritt. Nichts entwickelte sich so, wie sie es sich erträumt hatte.
Als Madeline die Treppe hinunterging, kam die Base hinter ihr hergelaufen und schrie: »Und was hat dieser Grobian damit gemeint, als er meinte, hier seien schon seit Jahren keine Frauen mehr gewesen, zumindest keine, die bei Sinnen gewesen wären?«
»Das weiß ich nicht, Hetty, wirklich nicht.« Sie drückte die Fingerspitzen gegen die Stirn, um besser nachdenken zu können. »Vielleicht hat sich der Alte nur einen Spaß machen wollen. Oder er hat das gesagt, um uns zu verscheuchen. Offensichtlich liegt hier ein Missverständnis vor.«
»Ja, richtig, dass du nämlich überhaupt hierher gekommen bist.« Die Base hielt Madeline am Arm fest. »Ich hielte es für ratsamer, von diesem Ort zu verschwinden, solange uns

noch Zeit dazu bleibt. Diese Burg ist mir viel zu düster und unheimlich.« Harriet schüttelte sich zur Betonung ihrer Worte. »Ich glaube, niemand könnte dir einen Vorwurf machen, wenn du angesichts solcher Umstände gleich die Heimreise antreten würdest.«
Niemand? Madeline spürte das Gewicht des Medaillons zwischen ihren Brüsten. Die Erinnerung an den traurigen jungen Mann auf diesem Bildnis gab ihr die Kraft, einen Entschluss zu fassen.
Sie befreite sich aus Harriets Griff. »Ich lasse mich nicht einfach von einem Diener davonjagen, der lediglich ein bisschen übereifrig ist. Wenn Mr. Leger zurückkehrt, wird er sicher entsetzt darüber sein, wie man mich hier behandelt hat.«
»Und was gedenkst du, bis dahin zu tun? Dich auf die Stufen hocken und auf ihn warten?«
»Ja, wenn es sein muss.«
Die Base sah sie entsetzt an. Die beiden Frauen debattierten noch darüber, als von den Kutschen ein Ruf ertönte. Der junge Robert eilte auf die Treppe zu, und seine Perücke rutschte zur Seite, als er den Hut abnahm, um damit zu winken. »Ein Reiter nähert sich, Madam. Vielleicht ist das Euer Gemahl!«
Madeline erstarrte wieder, vernahm jetzt aber auch das Donnern von Pferdehufen. Von ihrem erhöhten Standort auf halber Treppe konnte sie einen Reiter ausmachen, welcher über den Weg heranpreschte, der auf Castle Leger zu führte.
Das konnte nur Anatole sein. Die junge Frau drehte sich zu Harriet um und bedachte sie mit einem triumphierenden Blick.
»Da kommt mein Ehemann. Wart's nur ab, Cousine, jetzt wird sich alles zum Guten wenden.«

Sie wartete die Entgegnung ihrer Base gar nicht erst ab, sondern starrte wieder in einer Mischung aus Erregung und Nervosität auf den Weg. Doch als der Reiter näher kam, verging ihr das Lächeln.
Das war nicht ihr Anatole, sondern ein großer, sehr kräftiger Fremder, der mehr an die von Harriet so gefürchteten Straßenräuber erinnerte als an ihren sanften Bräutigam. Vom Reitumhang bis hinab zu den Stiefeln war er ganz in Schwarz gekleidet, und natürlich ritt er einen Rappen. Sein schulterlanges dunkles Haar wehte ebenso wild um sein Gesicht wie die Mähne seines Rosses.
»Beim Erbarmen des Himmels!«, ächzte Harriet. »Sag mir bloß nicht, dass dieser Riesenkerl dein –«
»Nein!« Madelines Finger umschlossen wieder das Medaillon, so als sei es ein Talisman, um alles Übel abzuwehren. »Niemals ist dies mein Gemahl!«
Eine dunkle Vorahnung beschlich sie, wurde stärker und löste in ihr den dringenden Wunsch aus, von hier zu fliehen. Doch dafür war es schon zu spät. Der Reiter galoppierte auf den Hof, und Madelines Dienerschaft rannte hinter die Kutschen, als habe sich gerade der Boden aufgetan und den Fürst der Hölle selbst ausgespien.
Der Fremde zog kurz vor der Treppe die Zügel an. »Wo ist sie?«, rief er voller Ungeduld.
»Wo, zum Teufel, ist meine Braut?«

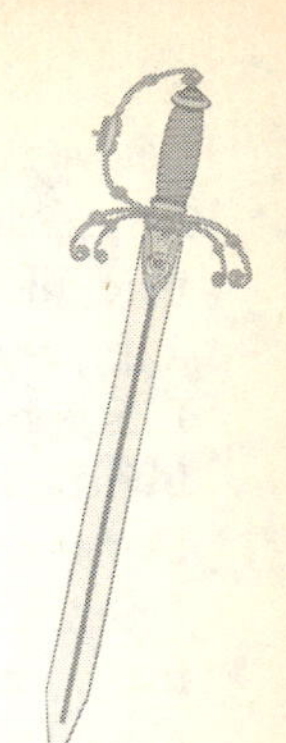

2

Die Worte des Fremden hallten überall um Madeline herum wider und wurden sogar von den Burgmauern zurückgeworfen.

Wo, zum Teufel, ist meine Braut?

Das Herz blieb ihr stehen, und ihre Finger umklammerten das Medaillon so fest, als wollten sie das Elfenbein zerbrechen.

»Nein!«, entfuhr es ihr leise und fast flehentlich. Nur am Rande ihrer Wahrnehmung bekam sie Harriets zweifelnden Blick mit.

»Nein, das ist er nicht, glaub es mir!«, platzte es aus der jungen Frau heraus, noch bevor die Base etwas sagen konnte. »Das kann nie und nimmer Anatole sein.« Doch sie klang viel zu verzweifelt, um irgendjemand damit überzeugen zu können.

»Das kann nur ein furchtbarer Irrtum sein«, fügte sie matt hinzu.

Oder ein Albtraum.

Als der Riese vom Pferd stieg, warf Madeline einen raschen Blick auf das Medaillon und fürchtete, eine Ähnlichkeit zwischen diesem grässlichen Kerl und dem Mann ihrer Träume zu entdecken. Aber sie konnte beruhigt feststellen, dass der Reiter nichts von der Sanftheit und den schönen Augen auf dem Bildnis besaß.

Außerdem bewegte er sich breitbeinig wie ein Krieger, keineswegs wie ein Dichter. Seine breiten Schultern strahlten Autorität von der Art aus, die keinen Widerspruch duldete. Und plötzlich tauchten von überallher die Stallburschen auf, die sich bei ihrer Ankunft nicht hatten blicken lassen. Ein jeder verbeugte sich artig vor dem Herrn, und dann übernahmen sie gemeinsam sein Ross.

Der Fremde überließ ihnen die Zügel und schritt dann mit einem unerhörten Selbstbewusstsein, so als gehöre ihm hier alles, auf die Treppe zu.

Madeline sank das Herz. Sogar Robert wich vor dem Hünen zurück. Als der Mann dann den Kopf hob und zu ihr hinaufschaute, musste sie sich endlich der entsetzlichen Tatsache stellen, dass es sich bei ihm nur um Anatole St. Leger handeln konnte.

Mein Gemahl.

Ihr Magen zog sich zusammen, und die Miniatur glitt ihr aus den Fingern und baumelte vor ihrer Brust. Sie fühlte sich betrogen und zutiefst enttäuscht ... und geriet in Panik, als der Burgherr die Stufen heraufkam.

»Harriet«, flüsterte sie erstickt und hielt sich Hilfe suchend an der Hand der Base fest.

Auch dieser war alle Farbe aus dem Gesicht gewichen, was sie aber nicht daran hinderte, Madeline Vorwürfe zu machen. »Ich habe es dir ja gesagt: Wir hätten kehrt machen sollen, als wir noch die Gelegenheit dazu hatten. Wenn das nicht dein Gatte ist, dann suchst du dir besser eine Pistole und schießt ihn auf der Stelle nieder. Er sieht gemein genug aus, um eine Frau wie dich zu packen und ihr Gewalt anzutun –«

»Wenn er mein Gemahl ist«, entgegnete die junge Frau flüsternd, »braucht er sich die Mühe gar nicht erst zu machen.« Allein bei der Vorstellung drohten ihr die Knie nachzugeben.

Anatole langte vor den Ladys an und blieb stehen. Aus der Nähe wirkte er noch einschüchternder. Der Wind zerrte an der schwarzen Mähne, und die dunklen Augen unter den buschigen Brauen schauten so grimmig drein wie bei einem antiken keltischen Krieger. Wenn ein Landstrich seine Bewohner formen konnte, dann hatten sie hier jemanden vor sich, der hervorragend zu Cornwall passte: grob, dunkel und grimmig. St. Legers Gesicht schien nur aus Ecken und Kanten zu bestehen – von der Hakennase über die hohen Wangenknochen bis hin zu der weißen Narbe an der Schläfe.

Sein Blick glitt unsicher zwischen den beiden Frauen hin und her. »Madame St. Leger?«, fragte er harsch.

Madeline wollte sich gerade mit einem Knicks zu erkennen geben, als Harriet sich vordrängte und ihn anfuhr: »Wer will das wissen?«

Die finsteren Züge des Mannes hellten sich ein wenig auf. »*Mister* St. Leger.«

Er stellte sich direkt vor die Cousine, betrachtete sie rasch von Kopf bis Fuß und schien mit dem Ergebnis zufrieden zu sein.

»Dann seid Ihr also endlich gekommen, Madeline. Willkommen auf Castle Leger, Mylady.«

Bevor Harriet ihn auf seinen Irrtum hinweisen konnte, riss der Burgherr sie schon an sich wie ein Mann, der fest entschlossen ist, seine Pflicht zu tun. Er senkte den Kopf und presste seine Lippen auf die der Cousine.

Madeline sah ebenso entsetzt wie verblüfft zu. Nach einem schwachen Versuch, sich zu wehren, erschlaffte die arme Harriet in Anatoles Armen – schließlich war sie nie zuvor von einem Mann geküsst worden.

Genauso wenig wie Madeline. Auch hatte sie niemals einen Mann gesehen, der mit so roher Leidenschaft küsste wie ihr Gatte. Fast glaubte sie schon, die Hitze seiner Lippen auf ihrem eigenen Mund zu spüren. Als die junge Frau leicht mit einem Finger über ihre Lippen strich, bekam sie eine Gänsehaut.

Endlich ließ Anatole von der Base ab und verzog den Mund in einer Art, die wohl ein Lächeln sein sollte; ganz sicher war Madeline aber nicht. Ihre Base starrte den Mann mit rotem Gesicht und aufgerissenen Augen an.

So weit die junge Frau sich erinnern konnte, hatte sie Harriet noch nie sprachlos erlebt. Doch genau dies geschah hier und jetzt. Ein langer Moment verging, ehe die Base vernehmlich einatmen konnte. Dann blinzelte sie und gab einige erstickte Laute von sich. Schließlich rannte Harriet an dem nun seinerseits verwirrten Anatole vorbei und stolperte die Treppe hinunter. Sie kam auch tatsächlich bis zur letzten Stufe, wo ihre Beine nachgaben. Ohnmächtig sank sie gegen Robert und riss ihn mit zu Boden.

Dunkles Rot zeigte sich auf St. Legers Hals, breitete sich aus und bedeckte schließlich seine stolzen Wangen. Schweigen legte sich über die Szene, in der Madeline nichts anderes mehr wahrnahm als das überlaute Klopfen ihres Herzens.

Eigentlich wäre sie gern an Harriets Seite geeilt, aber sie konnte sich nicht von der Stelle rühren. Außerdem versperrte Anatole ihr wie ein Berg voller verletztem männlichen Stolz den Weg. Madeline wusste nicht, ob St. Leger sie bislang überhaupt wahrgenommen hatte. Wenn ja, dann hatte er sie inzwischen vollkommen vergessen.

Irgendwer müsste jetzt vortreten und ihn über seinen Irrtum aufklären, aber als die junge Frau sich zu ihrer Entourage umdrehte, erkannte sie rasch, dass sie von dort keine Hilfe erwarten durfte. Die Diener, Kutscher und Reiter wagten nicht einmal, sie anzusehen, geschweige denn, die

Treppe hinaufzusteigen und den Riesen Anatole darauf hinzuweisen, dass er sich gerade zu einem kolossalen Narren gemacht habe.

Die meisten standen rings um die bewusstlose Harriet zusammen und beratschlagten, was zu tun sei, denn Harriet gab zwischendurch ein heulendes Stöhnen von sich.

Anatole warf noch einen Blick auf seine vermeintliche Braut, drehte sich dann abrupt um und stürmte zur Tür. In wenigen Sekunden würde er sich in seiner Festung verbarrikadiert haben und immer noch nicht wissen, dass seine echte Braut nur wenige Meter von ihm entfernt stand, wenn auch ängstlich wie ein Mäuschen.

Als Madeline sich ihrer Feigheit bewusst wurde, riss sie sich zusammen und eilte dem Riesen hinterher. An der Tür holte sie ihn ein und zupfte an seinem Umhang.

»Mr. St. Leger, Anatole, Sir …« Die junge Frau kam sich wie eine Idiotin vor, weil sie nicht einmal wusste, wie sie ihren Ehemann anreden sollte.

Er drehte sich zu ihr um, und zum ersten Mal bekam sie die ganze Eindringlichkeit seiner dunklen Augen zu spüren, bei der man unwillkürlich zurückschrak. Madeline zog sofort die Hand zurück.

»Ja? Was?«, schnappte er.

»Ich … äh … es geht um Eure Braut … Und ich … äh … ich wollte Euch mitteilen …«

»Da gibt es nichts mehr mitzuteilen. Das vorhin war ja wohl eindeutig: Meine neue Frau fürchtet sich vor mir zu Tode.« Etwas blitzte in seinen Augen auf, was Madeline an Verzweiflung erinnerte. War es denn möglich, dass dieser grobe, wuchtige Kerl auch empfindsamere Seiten hatte?

»Ihr habt einen Fehler begangen, Sir … Die Lady, die Ihr eben geküsst habt, war nicht Eure Braut … die bin nämlich ich.« So, nun war es heraus.

»Ihr?« Er schaute sie so grimmig an, dass sie unwillkürlich zusammenzuckte.
»Ja, ich bin Madeline Bret-, nein, St. Leger.« Sie zwang sich zu einem Lächeln, das gleich wieder verging, als er einen Schritt auf sie zu trat.
Seine Augen zogen sich zusammen, während sein Blick über ihr elegantes Kleid, die Pelisse, die sorgsam gepuderte Perücke und den teuren Hut wanderten, die allesamt nicht in diese raue Gegend zu passen schienen. Anatole trat einen Schritt nach links, so als wolle er um sie herumgehen und sie von allen Seiten betrachten. Madeline war die Vorstellung unerträglich. Sie kam sich vor wie ein Lamm, das von einem Wolf umschlichen wurde. So drehte sich die junge Frau mit ihm, und dieses Spiel fand seine Fortsetzung, bis der Burgherr donnerte: »Haltet endlich still!«
Madeline erstarrte.
Als er sich hinter ihr befand, stellten sich ihre Nackenhaare auf. Die junge Frau verschränkte die Finger hart ineinander, um sich zur Ruhe zu zwingen, und konnte dabei nur an eines denken: *Wenn ich mich nicht bewege, wird er mich auch nicht beißen … oder?*
Was würde Anatole tun, sobald er die Begutachtung beendet hatte? Sich bei ihr für seinen Irrtum entschuldigen? Und dann genauso wölfisch über sie herfallen wie vorhin über Harriet? Die Vorstellung ließ sie noch mehr erstarren und brachte gleichzeitig ihren Puls zum Rasen.
Dann stand er wieder vor ihr, und sie hob die Hände, um seine Attacke abzuwehren. Doch er schien sie gar nicht küssen zu wollen, nicht einmal anfassen. Verachtung stand in seinen Augen zu lesen. Harriet hingegen schien ihm gefallen zu haben. Der Gedanke traf Madeline härter, als sie für möglich gehalten hätte.
Dann stemmte er die Fäuste in die Hüften, und seine Miene

verdüsterte sich. Nach einem weiteren musternden Blick stieß der Riese einen Fluch aus, bei dem Madeline sich am liebsten die Ohren zugehalten hätte.
»Der Alte muss komplett den Verstand verloren haben«, knurrte Anatole.
»Welcher Alte?«, fragte die junge Frau.
»Fitzleger natürlich. Der gottverdammte Trottel.«
Madeline hatte in diesem Moment auch nicht gerade die wärmsten Empfindungen für den Gottesmann, aber sie fühlte sich dennoch verpflichtet, ihn zu verteidigen.
»Ich bin mir sicher, dass Mr. Fitzleger sein Bestes gegeben hat, Sir. Allem Anschein nach seid Ihr aber nicht mit seiner Brautwahl einverstanden.«
»Bei allen Mächten der Hölle, nein!«
Ihr frisch gebackener Ehemann war offensichtlich kein Freund feinfühliger Worte. »Ihr entsprecht nicht einem Punkt auf meiner Liste«, fügte er unwirsch hinzu.
»Liste?«, keuchte Madeline. »Ihr habt ihm eine Liste aufgeschrieben, wie Eure Braut zu sein habe, so wie einen Einkaufszettel für die Magd?«
»Ja, doch statt Hammelfleisch und Gemüse hat die Fitzleger-Magd nur Flitter und Tand besorgt. Ich hätte mich ja schon mit etwas … Größerem, Runderem zufrieden gegeben.« Sein Blick wanderte über die junge Frau und blieb an ihrem Busen hängen.
Madeline verschränkte empört die Arme vor der Brust. Ursprünglich hatte sie vorgehabt, ihn zu trösten. Aber dieser ungehobelte Klotz besaß ja überhaupt kein Mitgefühl für sie. Und eben noch hatte sie sich einzureden versucht, dass dieser ungeschlachte Kerl so etwas wie eine empfindsame Seite besäße.
»Dann trifft es sich ja gut«, entgegnete sie, »dass Ihr ebenfalls so gar nicht meinen Vorstellungen entsprecht, Sir.«

»Nicht?«, entgegnete er so, als könnte ihm nichts gleichgültiger sein. Trotzdem fragte er: »Was hat der alte Narr Euch denn über mich berichtet?«
»Eigentlich hat er gar nicht so viel gesagt, sondern vielmehr …« Sie nahm das Bildnis in die Hand, das ihr immer noch an der Brust hing. Das Herz wollte ihr zerreißen, als sie den hübschen Mann darauf noch einmal ansah, der in den vergangenen zwei Wochen all ihre Träume ausgefüllt hatte.
Anatole riss ihr das Medaillon aus der Hand. Da das Stück sich immer noch an dem blauen Band befand, wurde Madeline mit nach vorn gezogen und geriet mitten in den Bannkreis des Burgherrn. Seine Ausstrahlung war die eines Sturms, der jeden Moment ausbrechen konnte.
»Wo, zum Teufel, habt Ihr das her?«
Das Herz schlug ihr bis zum Hals, aber sie antwortete tapfer: »Von Mr. Fitzleger. Er behauptete, darauf wärt Ihr sehr gut getroffen.«
»Damit hat er Euch also hierher gelockt?« Anatole hielt ihr das Elfenbein direkt vor die Nase. »Und Ihr glaubtet natürlich, hier würde ein gottverdammter Märchenprinz auf Euch warten?«
»Nein, kein Märchenprinz, aber zumindest ein Gentleman!«
St. Leger zerrte heftig an dem blauen Band, das sofort zerriss. Madeline legte zwei Finger auf den schmerzenden Nacken, während er ausholte und das Medaillon fortschleuderte.
Auf eine so zornige Reaktion war sie nicht gefasst gewesen, und sie fuhr vor ihm zurück.
»Ich will Euch einmal etwas sagen, Madam –«, begann er, hielt dann abrupt inne und starrte sie wie von Sinnen an.
Was würde dieser Wilde jetzt von ihr herunterreißen?

Madeline zog den Mantel enger zusammen. Als er erneut die Hand ausstreckte, wich sie unwillkürlich zurück, doch dann bemerkte sie, dass seine Finger zitterten. Er berührte etwas an ihrem Hals und erbleichte. Die junge Frau verdrehte die Augen, um zu entdecken, was ihn denn da so sehr aus der Fassung gebracht hatte.

Doch sie entdeckte nur eine Locke, die sich aus der Perücke befreit hatte.

»Euer Haar ... ist ... rot ...«, keuchte Anatole.

»Ja. Tut mir Leid, Ihr hättet sicher eine Blondine vorgezogen.«

Der Burgherr schien sie gar nicht zu hören. Etwas senkte sich vor seine Augen, und er schien in Trance zu geraten. Dieser Gesichtsausdruck versetzte sie noch mehr in Angst als seine unbeherrschte Wildheit.

»Die Feuerfrau«, murmelte er.

»Wie bitte?«

Anatole riss die Hand zurück, als habe er sich an der Locke die Finger verbrannt. Wenn das bei einem solchen Mann nicht völlig ausgeschlossen wäre, hätte sie glauben können, kurz so etwas wie Furcht in seinen Augen aufleuchten zu sehen.

Ohne ein weiteres Wort zu verlieren, stampfte der Burgherr zur Tür, die sich vor ihm wie von selbst zu öffnen schien. Als er eintrat, brüllte er: »Fitzleger! Schaff mir jemand sofort diesen Pfaffen herbei!« Die Tür flog mit einer Wucht ins Schloss, unter der die Fundamente der Burg erbebten.

Die junge Frau starrte auf den Eingang. Sie brauchte einige Momente, ehe ihr bewusst wurde, wie sehr sie zitterte. Danach musste sie sich vor Schwäche gegen eine der korinthischen Säulen lehnen.

Dieser Mann war nicht nur ein Grobian, er benahm sich

auch wie ein Wahnsinniger, dachte Madeline verzweifelt. Sie hatte nicht die geringste Ahnung, was ihn in die Flucht geschlagen haben konnte. Das Porträt? Ihr rotes Haar? Ihr bloßer Anblick?

Eigentlich spielte das im Moment weniger eine Rolle als der Umstand, dass Madeline nun schon zum zweiten Mal vor der verschlossenen Tür des Hauses stand, das sie als ihr neues Heim angesehen hatte.

»Wenn Anatole kommt, wird sich alles zum Besseren wenden«, äffte sie sich selbst nach und wusste nicht, ob sie weinen oder lachen sollte. Wie aus weiter Ferne hörte sie Roberts Stimme. Der Vorreiter schlich die Treppe zu ihr hinauf. Anatole war zwar verschwunden, aber er schien ihn immer noch zu fürchten.

»Madam, Ihr müsst bitte sofort kommen. Miss Harriet befindet sich in einem schlimmen Zustand. Wir konnten sie in die Kutsche tragen, aber sie scheint ein Fieber bekommen zu haben und stöhnt wie eine Besessene. Ich wollte schon Eure Zofe hinzuholen, aber die junge Frau hat solche Angst, dass sie nicht einmal den anderen Wagen verlassen will. Und die Kutscher erklären, dies sei ein Ort des Bösen.«

Des Bösen?, dachte Madeline, nein, der Leere und Verzweiflung. Eine Burg, in der sie alles zu finden gehofft und stattdessen nichts bekommen hatte. »Ich komme sofort«, erklärte sie Robert dumpf.

Harriet hatte sich genau den richtigen Moment ausgesucht, um einen hysterischen Anfall zu bekommen, und die Zofe Estelle war wie üblich zu nichts nutze. Die Französin taugte ohnehin nur dazu, ihr die Frisur zu richten. Wie stets blieb es wieder einmal der praktischen Madeline überlassen, das Riechsalz zu besorgen und die verängstigten Diener zu beruhigen.

Doch in diesem Moment fühlte Madeline sich so hilflos wie nie zuvor. Sie war erschöpft, und am liebsten hätte die junge Frau sich vor die Eingangstür gehockt und hemmungslos geweint. Nach einer langen Reise und nach all den Hoffnungen, die sie gehegt hatte, musste sie feststellen, dass der Mann, in den sie sich verliebt hatte, gar nicht existierte.
Madeline konnte ihre verlorene Liebe nicht einmal beweinen – denn ihr Anatole hatte sich als ein ganz anderer entpuppt. Ein bitteres Lächeln legte sich auf ihre Lippen. Hatte sie nicht großes Glück gehabt, schon gleich am Anfang die Wahrheit herauszufinden? Der Prinzessin dieses Märchenprinzen war die Tür vor der Nase zugeschlagen worden, und nun erwartete man auch noch von ihr, die Jungfer wieder zu beleben, welche statt ihrer seinen Kuss empfangen hatte.
In ihrem Alter hätte sie eigentlich wissen müssen, was man von Märchen zu halten hatte.
Madeline wusste nicht, wie lange sie dort mit trockenen Augen stand. Alles tat ihr weh, so als habe sich ihr Herz in einen schweren Stein verwandelt. Irgendwann bemerkte sie, dass sie nicht allein war. Ein leises Hüsteln ertönte, und die junge Frau glaubte schon, Robert sei zurückgekehrt, um sie endlich zu der Cousine zu bringen.
Doch als sie sich umdrehte, blickte sie in das Gesicht von Reverend Septimus Fitzleger.
Nach der Stellvertretervermählung hatten sie sich rasch voneinander verabschiedet; Madeline, weil sie noch Vorbereitungen für die Reise nach Cornwall treffen musste, und Fitzleger, weil er in die Heimat zurück und seinem Herrn Bericht erstatten wollte.
Die junge Frau presste die Lippen aufeinander. Der Reverend sah auch jetzt noch so aus wie ein Engel, und das verdross Madeline zusätzlich. Wie konnte ein Mensch, der an-

dere Menschen derart getäuscht hatte, in so völliger Unschuld vor jemanden treten?
Er hatte demütig den Dreispitz abgenommen und wirkte wie jemand, der gerade einen harten Ritt hinter sich gebracht hat. Die weißen Haarbüschel waren vom Wind zerzaust, die Wangen gerötet. Und seine Miene sah bekümmert aus wie bei jemandem, der nach dem Kampf ein Schlachtfeld betritt.
»Madeline, ich habe gehört, was … Es tut mir so Leid.«
So viel Mitgefühl stand in seiner Miene, dass es der jungen Frau die Kehle zusammenschnürte. Für einen Moment konnte sie nichts sagen und ihn nur mit ihrem Blick tadeln.
»Anatole saß gerade bei mir im Pfarrhaus, als wir die Nachricht erhielten, Eure Kutsche sei auf dem Weg hierher. Der Burgherr war schon zur Tür hinaus, bevor ich ihn aufhalten konnte, und wenn er auf seinem ungestümen Ross reitet, kann ihn niemand einholen. Dabei wollte ich so gern dabei sein, wenn Ihr beide Euch zum ersten Mal begegnen würdet.«
»Tatsächlich? Das ist aber eigenartig. Ich hätte eigentlich geglaubt, Ihr hättet dann weit weg sein wollen, am liebsten am anderen Ende der Welt.«
»Dann ist Euer erstes Zusammentreffen also nicht sehr erfolgreich verlaufen?«
»Ihr seid ein Meister der Untertreibung, Sir. Außer natürlich, wenn Ihr die Vorzüge Eures Mister St. Leger preist und mir weis macht –« Sie konnte nicht weiter sprechen, weil ihr die Tränen in den Augen brannten.
Der Geistliche wollte eine Hand auf die ihre legen, aber Madeline wehrte ihn ab.
»Nein! Am schlimmsten ist wohl, dass ich Euch für meinen Freund hielt! Und ausgerechnet Ihr musstet mich so hintergehen!«

»Das Ganze tut mir mehr Leid, als Ihr je erahnen könnt. Offensichtlich habe ich einen großen Fehler begangen. Ich hätte wirklich offener zu Euch sein müssen.«

»Jawohl, das hättet Ihr.«

»Aber mir war so daran gelegen, Euch als Braut für Anatole zu gewinnen, und da ist mir leider kein anderer Weg eingefallen.«

»Als der der Lügen und Täuschungen? Ich bitte Euch, Sir! Ihr wusstet doch ganz genau, wie dringend meine Familie Barschaft benötigte. Da hättet Ihr lediglich die Mitgift erwähnen müssen, und schon hätte ich eingewilligt.«

»Ach, Madeline ...« Er betrachtete sie mit traurigen, wissenden Augen. »Eure Familie war schon früher in Finanznöten und hat doch immer einen Ausweg gefunden. Ihr hättet Anatole St. Leger niemals des Geldes wegen geheiratet.«

Dass Fitzleger so genau Bescheid wusste, versetzte ihr einen neuen Stich. Eine Träne rollte über ihre Wange, und sie wandte sich von ihm ab. »Wie konntet Ihr so etwas nur tun? Mich dazu ermutigen, mich in einen Mann zu verlieben, der gar nicht existiere? Mich glauben zu machen, dass es sich bei der Person auf dem Bildnis um Anatole handele?«

»Aber er ist es.«

»Dann muss der Künstler mit Blindheit geschlagen gewesen sein! Der Mann auf dem Porträt hat nichts mit dem brutalen Kerl gemein, der über meine Base hergefallen ist und nicht schnell genug vor mir davonlaufen konnte.«

»Ich fürchte, da habt Ihr erst einmal nur die schlechten Seiten meines Herrn kennen gelernt. Doch er besitzt ein Herz, auch wenn es tief unter dieser rauen Schale vergraben ist. Das Bildnis gibt viel mehr seine Seele als sein äußere Erscheinung wieder.«

»Na wunderbar. Ich hätte mir manches ersparen können,

wenn Ihr diese Kleinigkeit eher zur Sprache gebracht hättet. Unglücklicherweise wird es sein Körper sein, mit dem ich es hauptsächlich zu tun haben werde. Und der ist wirklich enorm, lassen Sie sich versichert sein.«

Die junge Frau erschrak im selben Augenblick, in dem sie diese Worte aussprach. Da sie in allen ehelichen Angelegenheiten noch äußerst unerfahren war, hatte sie bislang kaum einen Gedanken an die bevorstehende Hochzeitsnacht verschwendet. Wenn überhaupt, hatte sie sich vorgestellt, wie ihr zärtlicher Ehemann all ihre jungfräulichen Ängste zu beschwichtigen wusste.

Aber wenn sie jetzt daran dachte, mit diesem Wilden eine Nacht im Schlafzimmer zu verbringen, der einer Frau mit einem einzigen Kuss die Sinne rauben konnte … Eiskalte Schauer liefen ihr über den Rücken.

Der Pastor legte ihr die Hände auf die Schultern und drehte sie sanft zu sich um. »Mein liebes Kind, ich weiß, dass Anatole sehr grobschlächtig sein kann, aber glaubt mir, er würde es nie über sich bringen, eine Frau ernstlich zu verletzen.«

Madeline hob skeptisch eine Braue. »Nun, wenigstens darum muss ich mich nicht sorgen, denn er lässt mich ja nicht einmal ins Haus.«

»Er hat Euch ausgesperrt?«

»Ja, und er kann meinen Anblick nicht ertragen. Dabei habt Ihr mir doch versichert, dass ich genau die Frau sei, die St. Leger sich wünsche, und er nur mich lieben könne.«

»So wird es auch kommen, meine Teure … eines Tages.«

»Offensichtlich wird bis dahin noch eine Weile verstreichen müssen. Und was fange ich in der Zwischenzeit an, Mr. Fitzleger? Soll ich in seinem Vorgarten ein Zelt aufschlagen oder gleich nach London zurückreisen?«

»Oh, nein!«, rief er besorgt. »Das dürft Ihr nicht!«

Die junge Frau betrachtete ihn ungnädig und gab dann mit einem Seufzer nach. »Nein, natürlich kehre ich nicht zurück. Ob mir das nun gefällt oder nicht, ich habe den Eheschwur geleistet. Und meine Familie hat die Mitgift bestimmt schon bis auf den letzten Penny verprasst. Ihr habt gute Arbeit geleistet, Mr. Fitzleger: Ich sitze in der Falle.«

»Danach stand mir bestimmt nicht der Sinn, meine Liebe. Lasst mich mit dem Jungen reden. Ich werde versuchen, die Dinge gerade zu rücken, und bis dahin dürft Ihr den Mut nicht verlieren. Alles, was ich Euch in London versprochen habe, wird auch eintreffen, wenn Ihr nur Geduld bewahrt. Ihr und Anatole werdet Euch aus tiefstem Herzen lieben lernen, und –«

»Erspart mir das bitte, Mr. Fitzleger, und verschont mich mit neuen Märchen. Vielleicht habe ich das heute nicht unbedingt unter Beweis gestellt, aber im Grunde bin ich eine sehr vernünftige Frau. Ich bin es gewöhnt, aus einer schlechten Lage das Beste zu machen. Glaubt mir, darin habe ich einige Erfahrung. Wenn Ihr mich jetzt entschuldigen wollt, ich muss mich zu meiner Base begeben. Auch die wurde nämlich von den Aufmerksamkeiten Eures Herrn ein wenig überwältigt.«

Der Reverend schien noch etwas sagen zu wollen, unterließ es aber und machte ihr mit einer Verbeugung Platz.

Als Madeline die Stufen hinunterging, fiel ihr etwas ins Auge: die Miniatur. Sie lag an der steinernen Balustrade; dort, wo Anatole sie in seinem Zorn hingeworfen hatte.

Ein Sprung, der sich direkt durch die sanften Züge des Burgherrn zog, verunstaltete jetzt die feine Malerei.

Das Abbild seiner Seele, dachte die junge Frau grimmig. Das musste der größte Unsinn sein, den Fitzleger ihr aufgetischt hatte. Wenn St. Leger überhaupt so etwas wie eine

Seele besaß, musste sie so schwarz sein wie seine Stimmung.
Madeline wollte weiter, doch irgendetwas hielt sie zurück. Vielleicht der Umstand, dass man eine solche Kostbarkeit nicht einfach achtlos liegen lassen durfte. Oder aber …
Sie schalt sich zwar eine Närrin, bückte sich aber trotzdem und hob das auf, was von ihren Träumen übrig geblieben war.

3

Anatole zog die Karaffe mit dem Brandy zu sich heran und wollte nichts anderes, als sich zu betrinken. Doch als er den Stopfen herausgezogen hatte, zögerte er und machte sich klar, dass ihm selbst dieses Vergnügen versagt bleiben musste. Für jemand mit seinen besonderen Fähigkeiten war es nicht eben weise, die Kontrolle über seinen Verstand zu verlieren, denn im Rausch konnte er sich in einen gefährlichen Mann verwandeln.

Mit einem leisen Fluch verschloss er die Karaffe wieder und schob sie von sich fort.

Die Tür zu seinem Arbeitszimmer öffnete sich leise hinter ihm, und Anatole spürte Reverend Fitzleger, der hereinschlüpfte. Die Jagdhunde, die vor dem offenen Kamin dösten, richteten sich auf und begrüßten den Neuankömmling freudig.

»Platz!«, befahl der Burgherr, ohne sich zu ihnen umzudrehen.

Während die Tiere sich wieder hinlegten, rang St. Leger seinen Zorn nieder. Immerhin war Fitzleger der Geistliche der Gemeindekirche und sein alter Lehrer – und nicht nur ein alter Trottel, wegen dessen Fehler Anatoles gesamtes restliches Leben verpfuscht worden war.

»Tretet ein, und setzt Euch«, forderte er ihn knurrig auf.

»Danke, Mylord.« Der Alte hielt den Dreispitz wie einen

Schild vor sich, während er durch den Raum schritt. Das Zimmer hatte eine sehr maskuline Ausstrahlung: Die Wände waren mit englischer Eiche getäfelt, und keine zwei Möbelstücke passten zusammen; einiges davon stammte sogar noch aus der zwei Jahrhunderte zurückliegenden Tudor-Zeit. Dieser Raum war einer der wenigen in der Burg, der sowohl die Verwüstungen von Cromwells Truppen im Englischen Bürgerkrieg wie auch die Renovierungswut von Anatoles verstorbener Mutter relativ unbeschadet überstanden hatten.

Cecily St. Leger hatte zu Lebzeiten den Rest des Anwesens mit neuen Tapeten, Stoffen und Vergoldungen überzogen, um aus der Burg ein zivilisiertes Heim zu machen. Anatole hielt das für ein Ding der Unmöglichkeit; genauso gut könnte man versuchen, in der Hölle Engelsflügel herzustellen.

Er ließ dem Pastor gerade so viel Zeit, sich in einen der gepolsterten Sessel zu setzen.

»Was habt Ihr mir bloß angetan, alter Mann?«, fragte der Burgherr gefährlich ruhig.

»Ich verstehe nicht recht, Euer Lordschaft.« Fitzleger wagte dennoch nicht, Anatole anzusehen. »Ich habe nichts Unrechtes getan, außer Euch die perfekte Braut zu bringen.«

»Die perfekte Braut?« Madeline erschien vor seinem geistigen Auge, und schon explodierte er wütend. »Dieses zerbrechliche Porzellanpüppchen? Ein leichter Windstoß würde sie schon davonwehen, wenn sie nicht dieses unmögliche Ding von einer Perücke auf dem Kopf trüge!«

»Madeline erfüllt alle Bedingungen, die Ihr in der Liste gestellt habt.«

»Den Teufel tut sie!«, brüllte Anatole, und die Hunde hoben den Kopf; bis auf den ältesten von ihnen, Ranger, der wei-

terschlief, da er die Ausbrüche seines Herrn gewöhnt oder taub geworden war.
»Ich habe nichts von einer Modeschönheit gesagt, und auch nichts von flachen Brüsten. Und erst recht habe ich mir rotes Haar verbeten!« Der Burgherr riss frustriert die Arme hoch. »Die Mühe, eine Liste aufzustellen, hätte ich mir genauso gut ersparen können. Aber da Ihr ja ein studierter Mann seid, dachte ich, dass Ihr auch lesen könntet. Oder lässt Euch mittlerweile das Augenlicht im Stich?«
»Mit meinen Augen ist alles in Ordnung«, entgegnete der Gottesmann indigniert, griff in die Tasche seines Radmantels und zog Anatoles zerknitterte Liste heraus. Dann setzte er sich eine Brille mit schmalen Rändern auf die Nase und begann vorzutragen: »Eine Frau von freundlichem und liebreizendem Wesen, mit der Erziehung einer Lady. Klug und lerneifrig –«
»Was?« Der Burgherr riss Fitzleger den Fetzen aus der Hand und starrte ungläubig auf den Text.
»Mit einer Haut wie Elfenbein und Rosen … eine schlanke Figur mit schmaler Taille und zierlichen Fesseln … Ihre Kleidung muss betont feminin sein … Augen wie Smaragde … *und das Haar wie flammendes Gold!*«
Er starrte den Reverend anklagend an.
»Was, zum Teufel, soll das sein? Ich erkenne meine Handschrift wieder, aber irgendwie ist es Euch gelungen, die Liste in ihr Gegenteil zu verkehren!«
»So etwas würde ich nie tun, Mylord! Und wie vermöchte ich Eure Handschrift nachzuahmen?«
»Das weiß ich auch nicht, aber nur Ihr könnt –« Anatole hielt inne, als ihm plötzlich die Nacht wieder einfiel, in der er Fitzleger den Zettel gegeben hatte … Ein Windstoß hatte ihm das Papier aus der Hand gerissen, und dazu ertönte ein spöttisches Lachen.

»Prospero!«
Der Burgherr knirschte mit den Zähnen. Sein Vorfahr war für einige üble Tricks berüchtigt gewesen. »Möge der Bastard in der Hölle schmoren. Das hier ist sein Werk. Als wenn dieser Teufel in Menschengestalt nicht schon zu seinen Lebzeiten genug Unheil angerichtet hätte – jetzt muss er mir auch noch mein Leben sauer machen!«
Er schleuderte den Zettel mit solcher Wut ins Feuer, dass diesmal sogar Ranger den Kopf hob.
»Ihr meint also, Prospero habe die Liste gefälscht? Ich muss schon sagen ...« Der Reverend hielt rasch die Hand vor den Mund, um sein Grinsen zu verbergen. »Für einen dreihundert Jahre alten Geist ist er aber noch ziemlich rege. Doch hat man ihm immer schon einen Kennerblick für die Damenwelt nachgesagt.«
Ein Blick Anatoles genügte, um Fitzleger die Heiterkeit auszutreiben.
»Fluch über Prospero und seine Streiche. Dennoch bleibt die Schuld an diesem Desaster an Euch hängen, alter Mann. Ich habe Euch an jenem Abend sehr deutlich erklärt, was ich mir wünsche. Die Liste wäre gar nicht vonnöten gewesen.«
»Vorsicht, Mylord, ich habe Euch von Anfang an gewarnt, dass die Brautsuche nicht auf diese Weise zu Wege gebracht werden kann. Ein höherer Instinkt führte mich zu Madeline.«
»Dann hat Euer Instinkt diesmal aber weit am Ziel vorbeigeschossen! Nun denn, für diese Geschichte gibt es nur eine Lösung: Ich schicke Madeline nach Hause zurück.«
»Was?«, rief Fitzleger mit weit aufgerissenen Augen. »Mylord, wir reden hier über Eure Braut. Ihr könnt sie doch nicht einfach zurückgeben wie ein Paar Stiefel, die nicht passen!«

»Warum nicht? Ich bin mit ihr noch nicht zu Bett gewesen, und der Bund fürs Leben wurde von einem Stellvertreter geschlossen.«

»Dennoch bleibt der Eheschwur heilig und bindend.«

»Ich sehe keinen Grund, warum diese Ehe nicht annulliert werden könnte.«

Der Reverend sprang auf. »Und was ist mit Eurer Ehre? Oder mit Freundlichkeit, Sitte und Anstand? Das arme Mädchen ist von weither angereist und war voller Hoffnungen und Träume.«

»Ja, ich habe ihren Traum gesehen. Er hing an einem blauen Band von ihrem Hals. Dabei dachte ich, dass ich dieses verwünschte Porträt schon vor langer Zeit vernichtet hätte!«

Anatole war die Wut deutlich anzuhören. Der Anblick der Miniatur hatte eine alte Wunde in ihm wieder aufgerissen, die er längst geheilt geglaubt hatte.

»Ich habe keine Ahnung, wie Ihr an das Bild gelangt seid, Fitzleger. Gleich wie, was ist Euch bloß eingefallen, es ihr zu geben und zu behaupten, ich sähe so aus?«

»Vergebung, Mylord, aber Ihr habt mir keine große Wahl gelassen.« Er breitete entschuldigend die Arme aus. »Ich durfte ihr ja so gut wie nichts von Euch berichten. Und Ihr selbst wolltet nicht nach London kommen, um ihr den Hof zu machen. Wie sonst hätte ich die Lady denn überzeugen sollen?«

»Also habt Ihr sie lieber in dem Glauben gelassen, ich sei ein hübscher, junger Stutzer. Und gleich nach Eurer Rückkehr vor mir so getan, als seien alle meine Wünsche aufs Beste erfüllt worden. Was glaubtet Ihr denn, würde geschehen, wenn wir uns zum ersten Mal begegneten? Hofftet Ihr vielleicht, wir würden dann beide im selben Moment mit Blindheit geschlagen?«

»Nein, ich dachte, ich könnte dabei sein, um Euch beide einander näher zu bringen.«
»Ja, bei Gott, das wäre mir recht gewesen. Dann hättet Ihr mich wenigstens daran hindern können, mich zum Narren zu machen und die Falsche zu küssen.« Bei der Erinnerung lief der Burgherr rot an.
»Das verstehe ich auch nicht, Mylord. Bei Euren außergewöhnlichen Wahrnehmungen, wie konnte Euch da ein solches Missgeschick widerfahren?«
»Es war eben einfach ein ganz normaler Irrtum, verdammt noch mal! Die große, kräftige Frau entsprach so sehr meinen Vorstellungen, dass Madeline mir überhaupt nicht aufgefallen ist.«
»Habt Ihr denn gar nichts gespürt, als Euer Blick auf Eure wahre Braut gefallen ist?«
»Nein, nicht das Geringste«, entgegnete Anatole. Aber beide wussten, dass er damit nicht ganz die Wahrheit gesagt hatte. In dem Moment, in dem er die zerbrechliche Lady zum ersten Mal wahrgenommen hatte, war eine befremdliche Unruhe in ihm erwacht. Eine Frau wie sie war ihm noch nie begegnet, und irgendwie befand Madeline sich außerhalb der Reichweite seiner besonderen Sinne. So hatte der Burgherr sie bewusst nicht weiter beachtet, sich lieber auf die andere konzentriert und damit das Unheil auf den Weg gebracht.
»Sagt mir, mein Sohn, was Euch an Madeline so in Angst versetzt.«
»Angst?« St. Leger lachte schallend. »Ich glaube, jetzt habt Ihr wirklich den Verstand verloren.«
»Aber warum habt Ihr Euch dann ihr gegenüber so befremdlich verhalten und sie ausgesperrt? Jetzt wollt Ihr sie sogar wieder nach Hause schicken.«
»Weil Madeline nicht die Braut ist, die ich mir gewünscht

habe. Ein zierliches kleines Püppchen. Hölle und Verdammnis, wenn ich mich unbedacht im Bett herumdrehe, würde ich sie wahrscheinlich zu Staub zermahlen.«
Doch Anatole sah den alten Mann bei diesen Worten nicht an. Wie gewöhnlich hatte der Reverend den Finger genau auf die Wunde gelegt.
Der Burgherr fürchtete Madeline mit ihrer feenhaften Erscheinung und ihrem zerbrechlichen Äußeren tatsächlich, denn sie erinnerte ihn an die Porzellanfiguren in Mutters Kabinettschrank, eine exquisite Sammlung von Nymphen, Schäferinnen, Göttinnen und Waldgeistern.
Am Morgen nach dem Tod Cecilys hatte Anatole vor den Glastüren gestanden und auf die Figurinen gestarrt. Mit seinen gerade erst zehn Jahren hatte er noch nicht gelernt, seine besonderen Fähigkeiten und Kräfte im Griff zu halten. Zorn und Kummer waren unendlich stark in ihm gewesen, und mit einem Mal fingen die Porzellanfiguren an zu wackeln und zerbarsten schließlich eine nach der anderen. Als dem Knaben die Tränen versiegt waren, entdeckte er, was er angerichtet hatte. Er legte die Scherben vor sich auf den Teppich und konzentrierte sich darauf, die Figurinen wieder zusammenzufügen – ein hoffnungsloses Unterfangen.
Damals hatte er zum ersten Mal die bittere Wahrheit erkannt. Seine Kräfte vermochten nur zu zerstören, niemals zu reparieren.
»Mylord?«
Anatole kehrte in die Wirklichkeit zurück. Die Erinnerung hatte dem Zorn in ihm einiges von seiner Schärfe genommen.
»Vielleicht habt Ihr Recht, alter Mann. Diese Madeline, die Ihr mir da ins Haus gebracht habt ...« Er zögerte. Wie könnte er einem anderen seine Ängste eingestehen?

»Sie beunruhigt mich. Es war nicht nur eine Laune von mir, als ich Euch bat, mir eine starke, ausdauernde Frau zu besorgen. Ich möchte in diesem Hause keine weiteren Tragödien erleben.«

»Madeline zurückzuschicken wäre aber eine Tragödie.«

»Seid Euch da mal nicht so sicher.« Der Burgherr trat ans Fenster und betrachtete die kleine Bucht, die sich unter ihm ausbreitete. Die Wellen schlugen gegen die Klippen, und normalerweise beruhigte ihn dieser Anblick, aber heute nicht.

»Ich habe Prosperos Kristall nach meiner Zukunft befragt.«

»Oh, nein, Mylord! Ihr habt geschworen, dieses Teufelswerk nie wieder in die Hand zu nehmen!«

»Ich habe es dennoch getan«, entgegnete Anatole achselzuckend. »Und zwar an jenem Abend im Dezember, an dem ich Euch beauftragte, mir eine Braut zu suchen. Und seitdem habe ich den Stein noch weitere Male befragt. Stets entsteht mir dieselbe Vision: Eine Frau mit flammend rotem Haar, deren Züge ich jedoch nicht genau erkennen kann.«

Nach einem Moment des Schweigens meinte Fitzleger: »Ich wünschte, Eure Lordschaft hätten mir früher davon erzählt.«

»Warum? Hättet Ihr dann etwa nach einer anderen Braut Ausschau gehalten?«

»Nein … Was macht diese Rothaarige denn? Bedroht sie Euch?«

»Nein, sie tut eigentlich nichts. Aber diese Frau versetzt mich in Unruhe. Ich habe das starke Gefühl, wenn ich sie zu nahe an mich heranlasse, werde ich ihr unterliegen.«

»Es ist für einen Mann nicht immer das Schlimmste, mein Sohn, einer Frau zu unterliegen.«

»Geht zum Grab meines Vaters, und erzählt ihm das.«

»Mein armer Anatole, Ihr müsst die Tragödie Eurer Eltern endlich hinter Euch lassen. Und was diese Visionen angeht, könnte es nicht sein, dass Sie Euch etwas Gutes verheißen?«
Der Burgherr sah den Reverend skeptisch an, doch der ließ sich nicht beirren: »Gebt Madeline wenigstens eine Chance. Trotz ihrer äußeren Zerbrechlichkeit wohnen ihr Stärke und Mut inne, die selbst Ihr bewundern müsst.
Sie ist eine sehr liebenswürdige Person mit einem angenehmen Sinn für Humor. Und solche Klugheit und frische Aufnahmefähigkeit findet man bei jemand ihres Alters nur selten. Und was ihre Schönheit angeht, so reicht diese weit über ihre bemerkenswerten Augen hinaus –«
»Ihr hört Euch an, als hättet Ihr Euch selbst in sie verliebt. Könnte es sein, dass Euer Instinkt von Eurem Herzen getrübt wurde?«
Anatole stellte verblüfft fest, wie Fitzleger errötete. »Immerhin seid Ihr schon seit einigen Jahren Witwer. Warum habt Ihr das junge Ding nicht gleich selbst gefreit, statt es hierher zu bringen und mir das Leben schwer zu machen?«
»Wenn ich vierzig Jahre jünger wäre, hätte ich wohl keinen Moment gezögert«, entgegnete der Alte. »Aber nein, das wäre nicht möglich gewesen. Sie ist für Euch bestimmt, Anatole.«
»Und was soll ich mit ihr anfangen? Mit ihren Rüschen und ihrer gepuderten Perücke? Wohl kaum die rechte Aufmachung für die Wildnis Cornwalls, oder?«
»Ihr könntet damit anfangen, Euch bei ihr für Euer bäurisches Verhalten zu entschuldigen. Ihr habt noch nicht einmal der Dienerschaft Bescheid gegeben, dass Eure Braut eintreffen würde.«
»Die Hochzeit geht das Gesinde nichts an, und auch niemanden sonst. Außerdem ist Madeline früher als erwartet hier eingetroffen.«

»Wie? Habt Ihr Euren Verwandten nichts von Eurer Braut erzählt? Nicht einmal Eurem Vetter Roman?«
»Warum, zum Himmeldonnerwetter, sollte ich?«
»Euer Hang zur Privatheit hat etwas von einer Manie an sich, Mylord. Roman hätte von Euren Hochzeitsplänen in Kenntnis gesetzt werden müssen. Immerhin betrachtet er sich als Euren Erben.«
»Dann muss er ein verdammter Idiot sein.« Der Burgherr verspürte wieder das vertraute irritierte Prickeln, das die Erwähnung dieses Namens stets in ihm auslöste. »Niemals werde ich zulassen, dass Castle Leger in die Hände dieses –«
Anatole hielt inne, als er Schritte wahrnahm, die sich seinem Arbeitszimmer näherten. »Tretet ein«, rief er.
Nach einem Moment schlurfte Lucius Trigghorne herein. »Es wäre wirklich schön, wenn man wenigstens einmal die Chance zum Anklopfen erhielte.«
»Ich habe Euch doch gesagt, dass ich nicht gestört zu werden wünsche.«
Der grauhaarige Diener ließ sich nicht abschrecken. Während er sich die Hände an der Schürze abwischte, meinte er: »Ich bin es nicht, Mylord, der Euch stört, nein, wirklich nicht. Sondern dieses aufgedonnerte Weibsbild. Sie hämmert schon wieder an die Tür und will unbedingt eingelassen werden.«
Fitzleger riss Mund und Augen auf. »Wie, Madeline wartet immer noch auf der Schwelle? Ihr alter Trottel, ich habe Euch doch aufgetragen, die Lady in den Salon zu führen, während ich mit Eurem Herrn spreche.«
»Bei allem Respekt, Reverend«, entgegnete der Diener, »aber Befehle nehme ich nun einmal nur von Seiner Lordschaft entgegen.«
»Und was meint Seine Lordschaft?« Der Priester sah Ana-

tole streng an. »Wird er der Lady Einlass gewähren oder nicht?

Der Burgherr zuckte zusammen, wusste er doch, dass Fitzleger nicht nur den Einlass in dieses Haus, sondern auch in Anatoles Bett, in sein Leben meinte. Alles in ihm wehrte sich zwar dagegen, aber er gab schließlich nach. Wenn er dem Instinkt des Brautsuchers nicht traute, hätte er ihn gar nicht erst beauftragen dürfen.

»Sie ist immerhin meine Braut, Trigg«, erklärte er dem Diener. »Führt diese infernalische Frau ins Haus.«

4

Madeline folgte dem Alten in die Halle und hob ihre Röcke an, um die Säume nicht über den schwarzen Marmorboden schleifen zu lassen, der dringend der Reinigung und des Einwachsens bedurfte. Die Mauern von Castle Leger ragten über ihr auf, aber es fehlte ihnen entschieden an Wärme. Ein paar Familienporträts oder Landschaftsidyllen könnten hier Wunder bewirken.

Eine Freitreppe führte hinauf ins nächste Stockwerk. Spinnweben hingen in den Winkeln der Stützbalken und zwischen den Geländerstangen aus feinstem Mahagoniholz.

Während Trigghorne sie tiefer ins Haus führte, hatte die junge Frau das Gefühl, in eine Burg gelangt zu sein, die zu lange belagert worden war. Kein Zauber, kein Verwunschensein war hier zu spüren, sondern nur Trauer.

Madeline straffte sich und wollte nicht länger an die närrische junge Lady denken, deren romantische Träume so brutal zerschmettert worden waren.

Bis man sie endlich eingelassen hatte, hatte sie sich um ihre Base gekümmert, die Zofe beruhigt, die einen Anfall erlitten hatte, den Dienern gut zugeredet und darüber hinaus versucht, sich wieder in die praktische Madeline zu verwandeln.

Der Alte blieb vor einer gewaltigen Eichentür stehen. »Der Herr ist da drin.« Er deutete mit einem schmutzigen Dau-

men auf den Eingang und machte Miene, sich wieder zu entfernen.
»Wartet!«, rief die junge Frau. »Wollt Ihr mich denn nicht anmelden?«
Zu ihrem Erstaunen setzte der Mann ein Grinsen auf und zeigte ihr seine Zahnstümpfe. »Euch ankündigen? So was ist bei meinem Herrn nicht notwendig nicht. Das Anklopfen könnt Ihr Euch auch ersparen.«
Damit schlurfte er davon und kicherte noch eine Weile vor sich hin, anscheinend über einen Witz, der Madeline entgangen war. Vielleicht belustigte es ihn ja auch nur, dass eine Braut bei ihrem Bräutigam angemeldet werden wollte. Aber schließlich war sie bislang auch nicht gerade wie eine junge Ehefrau behandelt worden.
Außerdem war ja nicht auszuschließen, dass Anatole sie nur in sein Arbeitszimmer bestellt hatte, um ihr mitzuteilen, dass sie sich zum Teufel scheren solle. Nach dem, was sie bisher von ihm kennen gelernt hatte, wäre das nicht einmal die schlechteste Lösung.
Doch Madeline hatte sich bereits fest vorgenommen, sich von Anatole St. Leger nicht mehr einschüchtern zu lassen, mochte er vorbringen, was er wollte. Sie legte Mantel und Hut auf einem staubigen Tisch ab, strich ihre Röcke glatt und wollte gerade anklopfen, als ihr wieder einfiel, was Trigghorne gesagt hatte.
Also atmete sie tief durch und drehte am Knauf. Während die Tür sich langsam öffnete, spähte sie hinein und sah einen halb dunklen Raum mit Holztäfelung und die Staubschicht, die auf Castle Leger allgegenwärtig zu sein schien. Das wenige Licht drang aus den hohen Fenstern am anderen Ende des Zimmers.
Und dort stand auch der Burgherr und starrte sie an. Jeglicher Mut in ihr schien zusammenzufallen. Während der

letzten halben Stunde hatte Madeline sich bemüht, das Aussehen ihres Gemahls schön zu reden. Beinahe wäre es ihr sogar gelungen, zu vergessen, wie abschreckend seine wilde Haarmähne und die harten schwarzen Augen sein konnten.

Wenn Mr. Fitzleger sich nicht ebenfalls in dem Raum aufgehalten hätte, wäre Madeline vermutlich auf der Stelle nach draußen geflohen. Doch der Pastor trat auf sie zu. »Tretet ein, mein liebes Kind.«

Die junge Frau schlich über die Schwelle, ohne den Blick vom Burgherrn zu wenden. Ein leises Knurren ertönte. Großer Gott, dachte Madeline, der Mann fällt mich gleich an.

Doch dann bemerkte sie, dass dieses Geräusch nicht von den Fenstern, sondern vom offenen Kamin herrührte, wo ein Rudel Jagdhunde lag.

»Still«, befahl Anatole.

Madeline fürchtete sich nicht vor Hunden, trat auf den größten im Rudel zu und streckte die Hand aus, damit er sie beschnüffeln konnte. Ein bemitleidenswert aussehender Köter mit zerfetzten Ohren und einem geschlossenen Auge. Die junge Frau flüsterte ihm freundlich einige Nichtigkeiten zu, und nach einer Weile fing das Tier an, mit dem Schwanz zu wedeln. Daraufhin kamen auch die beiden anderen zu ihr, um sich ihre Streicheleinheiten zu holen. Madeline lachte, als ihre Hand von drei Zungen gleichzeitig abgeleckt wurde – bis St. Legers Schatten über sie fiel.

»Ranger, Brutus, Pendragon, Platz!«

Die Hunde zogen sich mit eingezogenem Schweif zurück. Anatole öffnete die Tür zum Salon. »Hinaus!«

Im ersten Moment befürchtete die junge Frau, damit habe er sie gemeint. Aber als die Hunde sich aus dem Arbeits-

zimmer verzogen, meinte sie: »Nein, nein, wegen mir müsst Ihr die Tiere nicht hinausschicken.«
Madeline sagte sich, dass, wenn schon sonst niemand, wenigstens die Hunde ihr einen freundlichen Empfang bereitet hatten. Anatole hingegen bedachte sie mit einem Blick, als hätten sie ihn gerade verraten. Als der letzte Hund im Nebenzimmer verschwunden war, warf er die Tür ins Schloss.
Nun standen die beiden einander gegenüber und starrten sich eine Weile schweigend an, bis Mr. Fitzleger sich räuspernd bemerkbar machte.
»Ich sollte jetzt wohl auch besser gehen.«
»Oh, nein!«, rief Madeline, erschrocken über die Vorstellung, mit ihrem Ehemann allein sein zu müssen. »Ich meine, müsst Ihr denn wirklich schon fort?«
»Ihr braucht mich hier nicht mehr, meine Teure –«
»Richtig, das Kind ist bereits in den Brunnen gefallen«, murmelte der Burgherr dazwischen.
»– und darüber hinaus hat Mr. St. Leger Euch eine Menge zu sagen.« Der Reverend verabschiedete sich mit einem warmen Händedruck von ihr. »Außerdem sehen wir uns ja schon bald wieder. Seine Lordschaft und ich haben besprochen, dass Ihr und er Euch morgen in meiner Kirche den richtigen Eheschwur geben werdet.«
»Oh«, meinte Madeline und setzte ein verunglücktes Lächeln auf. »Das hört sich sehr … endgültig an.«
Erst jetzt wurde ihr bewusst, wie sehr sie sich eine Ablehnung gewünscht hatte. Vielleicht, dass es Mr. Fitzleger nicht gelungen wäre, Anatole davon zu überzeugen, sie als seine Braut zu akzeptieren. Natürlich wäre es nicht eben schmeichelhaft gewesen, auf eine solche Weise nach London zurückzukehren, doch auf der anderen Seite …
Sei vernünftig, ermahnte sie sich. Du hast es am Altar ge-

schworen und dein Versprechen abgegeben. Außerdem ist das Geld dieses Mannes vermutlich längst ausgegeben …
»Wenn Ihr der Ansicht seid, morgen sei Euch zu früh …«, begann St. Leger.
»Nein, nein, morgen passt mir ausgezeichnet«, antwortete sie mit hängendem Kopf.
»Gut, dann lasse ich Euch jetzt allein«, sagte der Reverend, »damit Ihr Euch besser kennen lernen könnt.« Im Vorbeigehen flüsterte er ihr zu: »Nur Mut, alles wird gut werden.«
Tatsächlich?, fragte sich Madeline wenig überzeugt. Bei Gott, sie fühlte sich immer noch von dem Geistlichen hintergangen. Dennoch musste die junge Frau an sich halten, um sich nicht an Fitzlegers Rockschöße zu hängen, als dieser nach einer Verbeugung das Zimmer verließ. Und nachdem sich die Tür hinter ihm geschlossen hatte, kam es ihr so vor, als habe der beste Freund sie verlassen.
»Nun, möchtet Ihr Platz nehmen?«, fragte Anatole im Befehlston.
Madeline sah sich um und entdeckte einen gepolsterten Sessel, dem einer der vorderen Füße fehlte. St. Leger hatte die Lücke durch ein dickes Buch gefüllt.
Wie hatte der Pastor noch gesagt: *Er zieht seinen Nutzen aus Büchern.*
»Nein, danke, ich stehe gut.«
»Wie Ihr wünscht.« Der Burgherr lief vor dem offenen Kamin auf und ab, und seine Miene bewölkte sich immer mehr.
Die junge Frau trat zurück, bis sie an einen Abstellschrank stieß, weil sie ihm nicht in die Quere kommen wollte. Mochte dieses Zimmer auch einen geräumigen Eindruck machen, in Anwesenheit dieses Riesen wirkte es viel zu klein. Es hätte ihm besser gestanden, mit seinem feurigen Hengst über das Land zu stürmen. Der wilde Geist die-

ses Mannes gehörte einfach zu dem schwarzen Moor, der ungestümen See und den Klippen ... Anatole St. Leger würde es gewiss nie einfallen, ein Leben lang an ihrer Seite zu bleiben.

»Vergebung, dass ich Euer Gespräch mit dem Reverend stören musste«, begann sie. »Ich habe mich bemüht, Geduld aufzubringen, aber meine arme Cousine und meine Zofe haben sich in ihren Kutschen verkrochen. Und meine Diener wollten wissen, ob sie die Pferde ausspannen sollen.«

»Was?« Er blieb abrupt stehen und runzelte die Stirn. »Verzeihung. Ich schicke Trigghorne sofort los, damit er sich um alles kümmert.«

Madeline wollte sich bedanken, aber St. Leger fuhr schon fort: »Man muss sich um die Pferde kümmern. Es tut ihnen nicht gut, sie angeschirrt herumstehen zu lassen.«

»Äh, ja, aber was ist mit meiner Base?«

»Was soll mit ihr sein?«

»Sie fühlt sich immer noch etwas überwältigt von Eurer Begrüßung.«

»Verdammt! Ich habe sie doch nur geküsst und nicht vergewaltigt!«

Seine rauen Worte trieben Madeline die Röte in die Wangen. Anatole winkte ungeduldig ab. »Ich lasse das Frauenzimmer in einen meiner Gästeräume schaffen.«

»Ich fürchte, keine Macht der Welt könnte Harriet dazu bewegen, einen Fuß in dieses Haus zu setzen. Sie fürchtet sich vor Euch, Sir, und fleht darum, nach London zurückgebracht zu werden.«

»Dann soll sie fahren«, entgegnete er ungerührt.

»Vielleicht sollte ich mich ihr gleich anschließen.«

»Wenn Ihr das unbedingt wünscht«, erklärte Anatole kalt. »Gebt mir meine Mitgift zurück, und dann finden wir schon eine Möglichkeit, die Angelegenheit zu ihrem Ende zu bringen.«

Madeline hätte ihm am liebsten jeden einzelnen Penny in sein arrogantes Gesicht geworfen. Aber sie musste ihren Stolz hinunterschlucken und gestehen: »Das kann ich nicht, Mylord, denn es ist bereits ausgegeben.«

»Was?« Seine ungläubige Miene ließ sie zusammenzucken. »Wie ist es möglich, eine solche Summe in so kurzer Zeit zu verplempern – ach, spielt ja auch keine Rolle. Bemüht Euch nicht, Euch eine Antwort zurechtzulegen. Eigentlich hätte ich mir das gleich denken sollen, als ich gesehen habe, dass Ihr mit zwei Kutschen angereist seid. Wahrscheinlich ist der zweite Wagen bis unter die Decke voll gestopft mit dem teuren Seidenflitter, wie Ihr ihn am Leibe tragt.«

In Wahrheit enthielt die zweite Kutsche Schätze, die Madeline viel wertvoller waren: ihre Bücher. Anatoles Geld hatten Mama und Papa an sich genommen und eigenhändig unter die Leute gebracht. Doch das wollte sie dem Burgherrn nicht sagen, auch wenn sie keinen Grund für ihr Schweigen fand. Was hätte eine Erklärung auch ändern können. St. Leger hatte einen denkbar schlechten ersten Eindruck von ihr gewonnen, und daran ließ sich wohl nichts mehr ändern.

»Ich werde dafür sorgen, dass Ihr Euer Geld zurückerhaltet. Selbst wenn ich mich als Zimmermädchen verdingen und Fußböden schrubben muss.«

»Papperlapapp! Vergesst das Geld und auch dieses törichte Gerede von einer Abreise. Ihr wisst so gut wie ich, dass Ihr nirgendwo hingehen werdet.«

Madeline starrte in seine Augen, und für eine kurze Sekunde kam es ihr vor, als blicke sie in den schwarzen Spiegel ihrer eigenen Verzweiflung.

Dann nahm sie ihren letzten Rest Stolz zusammen. »Ver-

mutlich habt Ihr Recht, Sir. Wir werden diesen Ehebund durchstehen. Die Ehre verpflichtet uns dazu.«
»Ehre?« Er lächelte grimmig. »Im Leben eines Mannes gibt es stärkere Kräfte als die Ehre, wie zum Beispiel das Schicksal.«
Madeline hätte gern erfahren, was er mit dieser kryptischen Entgegnung meinte, aber er fuhr schon fort: »Wir werden eben versuchen müssen, das Beste aus einem schlechten Geschäft zu machen.«
»Wie überaus charmant Ihr Euch auszudrücken beliebt.«
Er sah sie verwundert an. »Wir werden weitaus besser miteinander zurechtkommen, Madam, wenn Ihr davon Abstand nehmt, hübsche Reden zu erwarten. Darauf verstehe ich mich nicht, ebenso wenig wie auf Entschuldigungen.«
»Das geht mir genauso. Aber mir fehlt es wohl auch an der entsprechenden Praxis«, erwiderte die junge Frau, »bin ich es doch gewöhnt, immer Recht zu haben.«
»Großartig. Ich ahne, dass wir gut miteinander auskommen werden.«
Zum ersten Mal flackerte so etwas wie Humor in seinen Augen auf, und diese unerwartete Regung berührte sie mehr als alles andere. »Aus irgendeinem Grund scheint Mr. Fitzleger zu glauben, wir beide seien füreinander geschaffen«, bemerkte Madeline.
Überraschenderweise nickte Anatole grimmig. »Ja, der Brautsucher wird für seine Weisheit in solchen Dingen gerühmt.«
»Welcher Brautsucher?«
»Fitzleger.«
»Und warum nennt Ihr ihn so?«
»Weil das seine besondere Begabung ist. Deswegen habe ich ihn schließlich nach London geschickt, um mir eine Braut zu suchen.«

»Ihr sprecht so, als handele es sich dabei um einen Titel.«
»Nun ja …« St. Leger rieb sich das Kinn. »Es gibt da wohl einige Dinge, die Ihr über Fitzleger erfahren solltet. Und auch über mich.«
Als er es dabei erst einmal beließ, drängte die junge Frau: »Nämlich?«
Seine Hand fuhr an die Narbe. »Ist nicht so wichtig. Das können wir ein anderes Mal nachholen.« Die Hand sank wieder herab, und er fragte: »Mögt Ihr Pferde?«
Der Themenwechsel verwirrte Madeline, aber noch viel mehr die Frage selbst. Im ersten Moment war sie versucht zu lügen. Aber zwischen ihnen war es schon zu so vielen Missverständnissen gekommen, dass jetzt nur noch die Wahrheit weiterhelfen konnte. »Nein. Eigentlich habe ich sogar Angst vor ihnen.«
»Aber Ihr könnt doch reiten, oder?«
»Nur, wenn es sich nicht vermeiden lässt.«
Seine Stirn legte sich in tiefe Falten.
»Mögt Ihr Bücher?«, übernahm sie jetzt die Initiative.
»Bücher? Was für Bücher?«
»Zum Beispiel das, welches Ihr als Stütze für den Sessel verwendet. Lest Ihr?«
»Nur, wenn es sich nicht vermeiden lässt.«
Anatole erholte sich als erster von seiner Enttäuschung. »Macht ja nichts. Wir wollen ja sowieso keine Busenfreunde werden, sondern nur Ehemann und Ehefrau.«
»Ja, nur Gatte und Gattin«, bestätigte sie traurig. Eine Vernunftehe. Das hätte ihr vielleicht ausgereicht, wenn sie sich nur nicht vorher so viel erträumt hätte.
Anatole streckte beiden Hände aus. »Dann tretet näher. Wir wollen uns Euch noch einmal anschauen.«
Die junge Frau erschrak, gehorchte aber und legte vorsichtig ihre Hände auf die seinen. Seine Hände schlossen die ih-

ren zur Gänze ein, fühlten sich rau an und erfüllten ihre kalten Finger mit Wärme. Nur auf Armeslänge voneinander getrennt, durchfuhr sie ein Schaudern.

»Zieht Ihr Euch immer so an? Ihr habt Euch herausgeputzt, als solltet Ihr dem König vorgestellt werden.«

Madeline war nicht so töricht, das als Kompliment anzusehen. »Für den König hätte ich mir sicher nicht solche Mühe gegeben.«

»Wie, habt Ihr das etwa für mich getan?«

»Ja.«

»Das war reine Zeit- und Geldverschwendung.«

»Mittlerweile ist mir das auch bewusst geworden.«

»Wenn wir in Zukunft einigermaßen miteinander auskommen wollen, müsst Ihr auf Extravaganzen in der Bekleidung verzichten.« Er zeigte auf ihren Kopf. »Kann man das abnehmen?«

»Was? Meinen Schädel?«

»Nein, dieses gepuderte Ungetüm darüber.«

»Ja, natürlich, das ist doch bloß eine Perücke.«

»Gut. Dann fort damit.«

»Wie? Hier und jetzt?«

»Natürlich.«

Madeline hätte am liebsten rundweg abgelehnt. Aber in Anatoles Augen glühte dunkle Ungeduld, die sie befürchten ließ, im Fall ihrer Weigerung würde er ihr selbst die Perücke abnehmen, und das vermutlich in seiner gewohnten groben Art.

Mit einem Seufzer machte die junge Frau sich an dem »Ungetüm« zu schaffen. Kein einfaches Unterfangen: Das eng geschnürte Kleid ließ ihren Armen nach oben wenig Spielraum, Puder und Haarnadeln flogen hierhin und dorthin, und als sie das verdammte Ding endlich vom Kopf hatte, musste sie heftig niesen.

St. Leger nahm ihr die Perücke ab, hielt sie von sich, als handele es sich dabei um eine tote Ratte, und schleuderte sie ins Feuer.
Madeline wollte sofort protestieren, weil ihr solche Vergeudung gegen den Strich ging, aber dann wurde ihr bewusst, dass sie diese Perücke eigentlich gar nicht mehr aufsetzen wollte. Doch damit war jetzt ihr Haar in seiner ganzen flammendroten Pracht vor ihm ausgebreitet. Vorhin hatte der Burgherr bereits merkwürdig darauf reagiert. Was würde er wohl jetzt tun?
Die junge Frau entfernte die letzten Nadeln, bis ihr das lange Haar auf die Schultern fiel. Anatole trat näher, nahm eine Locke zwischen zwei Finger und blies den letzten Puder fort.
Madeline wagte kaum zu atmen. St. Leger stand so nahe vor ihr, dass er ihr die gesamte Sicht nach vorn versperrte; so blieb der jungen Frau nichts anderes übrig, als ihn anzusehen und dabei Dinge zu bemerken, die ihr vorher entgangen waren: Die sonnengebräunte Haut oberhalb seines Hemdkragens, die mächtigen Stränge an seinem Hals und die Art, wie seine langen Wimpern Schatten auf die Wangen warfen, wenn er den Blick senkte.
Mit undurchdringlicher Miene strich er mit dem Daumen über das Haar, das nun auf seiner Handfläche lag. »Tja, das ist wohl eindeutig die Farbe von Feuer.«
»Ja, stimmt. Bitte um Vergebung«, flüsterte Madeline und wusste nicht, warum sie sich entschuldigte. Vielleicht, weil sie sich schon ihr ganzes Leben lang als Rothaarige in einer Familie von Blondschöpfen als eine Art schwarzes Schaf gefühlt hatte. Die junge Frau bog den Kopf zurück, bis die Locke von seiner Hand geglitten war, und entfernte sich dann einen Schritt von ihm, um endlich wieder tief durchatmen zu können.

»Tut mir Leid, wenn es Euch nicht gefällt«, erklärte sie kläglich.
»Das habe ich doch gar nicht gesagt. Auf jeden Fall ziehe ich Euer echtes Haar dieser lächerlichen Perücke vor. An die Farbe werde ich mich schon gewöhnen, ich würde aber meinen, dass Ihr nach ein paar Bürstenstrichen deutlich besser aussehen dürftet.«
»Das kann man von Euch auch behaupten, Sir.«
Ihre patzige Bemerkung schien ihm jedoch nichts auszumachen. Er legte eine Hand ans Kinn und fuhr damit fort, sie zu studieren. Nach einem Moment streckte er die Rechte aus und zog ihre Röcke hoch, um einen Blick auf die Fußknöchel werfen zu können.
Empört riss Madeline sich von ihm los.
»Was habt Ihr da an den Füßen?«, fragte Anatole.
»Ein Paar Schuhe mit hohen Absätzen.«
»So etwas habe ich mir schon gedacht, als ich sah, wie Ihr herumtrippelt. Dieses Schuhwerk ist vollkommen unpraktisch. Wenn Ihr die Treppe hinunterlauft, werdet Ihr Euch noch den Hals brechen. Zieht sie aus.«
Die junge Frau wollte aufbegehren, war aber klug genug, das zu unterlassen. Sie lehnte sich an einen Tisch und hob erst das linke und dann das rechte Bein an. Als sie dann ohne Perücke und Schuhe vor dem Burgherrn stand, reichte sie ihm gerade bis ans Brustbein.
»Soll ich sonst noch was abnehmen?«, fragte sie gereizt. Kaum waren ihr die Worte über die Lippen, bereute Madeline sie auch schon, denn Anatole starrte jetzt auf ihr Mieder. Doch dann meinte er: »Wir belassen es wohl besser dabei, sonst bleibt überhaupt nichts mehr von Euch übrig.«
Die fehlenden Zentimeter waren immer schon Madelines wunder Punkt gewesen, und so entgegnete sie empört:

»Wenn wir miteinander auskommen wollen, Sir, möchte ich Euch doch eindringlich bitten, Euch aller Bemerkungen über meine Körpermaße zu enthalten, besonders was meine –« Sie verschränkte die Arme vor der Brust. »Ich bin bislang mit allem gut zurechtgekommen.«
»Einverstanden.«
Doch die junge Frau war noch nicht fertig: »Mir ist klar, dass Euch Ladys wie meine Cousine Harriet deutlich mehr anziehen, doch muss ich Euch bitten, Euch in dieser Hinsicht zurückzuhalten, zumindest in meiner Anwesenheit.«
Anatoles Wangen röteten sich leicht. »Im Interesse eines erträglichen Einvernehmens zwischen uns würde ich diesen unglückseligen Vorfall gern vergessen und erwarte das von Euch auch.«
»Einverstanden.« Doch die Erinnerung an den herzhaften Kuss, den er ihrer Base verpasst hatte, plagte sie dennoch wie ein Steinchen im Schuh. »Natürlich kann man so etwas nicht leicht aus seinem Gedächtnis verbannen. Zur Begrüßung greift sich der frisch gebackene Bräutigam eine andere.«
»Das war nur ein dummes Versehen, verdammt noch mal! Muss ich mir das jetzt bis zum Ende meines Lebens vorhalten lassen?«
»Ich wollte das Thema nicht noch einmal ansprechen, sondern lediglich darauf hinweisen, dass es sich bei meiner Base und mir um wohlerzogene Ladys handelt und nicht um Tavernen-Dirnen. Weder meine Cousine noch ich sind zuvor geküsst worden. Und mir bleibt diese Erfahrung immer noch versagt.«
»Ist das eine Beschwerde?«
»Nein, bestimmt nicht.« Madeline war es nicht gewöhnt, von einer Debatte abzulassen, bis sie alles vorgebracht

hatte, was es ihrer Meinung nach dazu zu sagen gab. »Ich meine ja nur, dass es mich recht verwirrend ankam, als Ihr meine Cousine vor meiner Nase geküsst habt, ohne mich auch nur eines Blickes zu würdigen.«

»Fein, dann wollen wir das gleich nachholen.« Zu spät bemerkte die junge Frau, dass sie ihn zu weit getrieben hatte. Mit einem schrillen Schrei floh sie hinter einen Sessel, doch er kam immer noch auf sie zu, und grimmige Entschlossenheit lag auf seinem Gesicht. Madeline keuchte, als der schwere Sessel zur Seite gerückt wurde. Anatole schien ihn kaum berührt zu haben.

In ihrer Panik stürzte sie zur Tür, drehte am Knauf und musste entsetzt feststellen, dass er sich nicht drehen ließ; die Tür schien nicht abgeschlossen, sondern das Schloss verklemmt zu sein. Während die junge Frau noch daran zog und zerrte, legten sich St. Legers Hände auf ihre Schultern.

»Nein, bitte!«, schrie sie und versuchte, ihn abzuwehren. »Tut mir Leid, ich werde den Kuss nie wieder erwähnen!«

»Genau dafür werde ich sorgen.« Er schob ihre Hände zurück und hielt sie hinter ihrem Rücken mit seiner Rechten fest. Die Linke schloss sich um ihren Nacken.

Anatole zog sie zu sich heran, und für einen Moment sperrte sein wildes Kriegergesicht alles andere um sie herum aus. Wie gelähmt stand Madeline da, als seine Lippen sich hart, heiß und erbarmungslos auf die ihren pressten. Seine Hand drückte sie gegen die eisenharte Mauer seiner Brust, und sie bekam keine Luft mehr. So blieb der jungen Frau nichts anderes übrig, als sich dieser zugleich erschreckenden wie erregenden Erfahrung zu unterwerfen. Ein leises Wimmern entfuhr ihr, zum einen die Bitte um Gnade, zum anderen entstanden aus einer dunklen Begierde, von der sie nicht das Geringste verstand.

Als er nach einem endlosen Kuss von ihr abließ, drohten Madelines Knie nachzugeben, und sie verstand jetzt, warum Harriet in Ohnmacht gefallen war.

»So!«, erklärte der Burgherr außer Atem. »Ich hoffe, dass jetzt keine solchen Klagen mehr kommen.«

Unfähig, etwas zu äußern, konnte die junge Frau nur nicken.

Er ließ sie so unvermittelt los, dass Madeline gegen die Tür prallte, dort aber wenigstens Halt fand. Anatole entfernte sich ein paar Schritte und kehrte ihr den Rücken zu. Als er sich zu ihr umwandte, wirkte er vollkommen gefasst. Offensichtlich hatte der Kuss bei ihm nicht das Gleiche ausgelöst wie bei ihr.

»Ihr dürft jetzt gehen und Euch um die Cousine kümmern. Sorgt bitte dafür, dass alle im Haus untergebracht werden. Ich habe jetzt einige dringende Angelegenheiten zu erledigen, aber ihr könnt Trigg alle Arbeiten auftragen. Sagt ihm, er solle Euch keinen Ärger machen, sonst bekäme er es mit mir zu tun.«

»Aber die Tür geht doch nicht auf!«

St. Leger grinste leicht. »Nur zu.«

Sie drehte mit beiden Händen am Knauf, und die Tür öffnete sich ohne Schwierigkeiten. Madeline floh aus dem Zimmer, weil sie sich wie eine komplette Idiotin vorkam.

Als die junge Frau draußen war und er sie nicht mehr sehen konnte, legte sie die Hände an die brennenden Wangen. Sie zitterte immer noch. Ganz ruhig, befahl Madeline sich. Stell dich nicht so verrückt an wie Harriet. Das war also ihr erster Kuss gewesen. Nicht aufregen, dabei ist doch nicht mehr passiert, als dass zwei Lippenpaare zueinander gefunden haben. Kein Grund, sich so zu fühlen, als sei das Innerste nach außen gekehrt worden.

In Anatoles Umarmung war keine Zärtlichkeit gewesen. Er hatte sie so geküsst wie Harriet und wahrscheinlich auch wie jede andere Frau. Hart und erbarmungslos wie ein keltischer Krieger, der zwischen zwei Schlachten Entspannung suchte.
Aber daran würde sie sich wohl gewöhnen müssen, dachte Madeline traurig. Allzu oft würde ihr solche Aufmerksamkeit ihres Ehemanns sicher nicht zuteil werden. Vermutlich hätte er sie gar nicht geküsst, wenn sie ihn nicht dazu verleitet hätte.
Die junge Frau rieb sich mit einer Fingerspitze über die Lippen und schwor sich, Anatole nie wieder zu etwas zu drängen. Vor allem nicht in der Hochzeitsnacht.
Die Vorstellung, St. Leger neben sich im Bett zu haben, verfolgte sie von nun an wie ein gleichzeitig düsterer und verlockender Schatten. Nein, bloß nicht daran denken, sonst würde von ihr nicht mehr als ein wehrloses und keiner Vernunft mehr fähiges Bündel übrig bleiben.
Außerdem galt es jetzt, praktischere Dinge zu erledigen. Ihr oblag es, sich selbst und die Base standesgemäß unterzubringen. Madeline freute sich nicht gerade darauf, mit dem höchst zweifelhaften Trigghorne zusammenarbeiten zu müssen, aber wenn sie hier jemals die Burgherrin werden wollte, musste sie so früh wie möglich damit beginnen.
Die junge Frau straffte die Schultern und kehrte in die Halle zurück. Zu ihrer großen Überraschung stellte sie fest, dass Trigghorne bereits einige ihrer Koffer die Treppe hinaufgetragen hatte.
Der kleine Mann rief einem schlaksigen Jüngling Befehle zu, dem das strohblonde Haar bis zu den Augen hing, so dass sein Gesicht aussah wie ein strohgedecktes Dach. »Nun mach schon, Will Sparkins. Ich habe keine

Lust, den ganzen Tag den Krimskrams von der Lady zu schleppen.«

Der Diener trug eine Kiste auf seinem Rücken und bewegte sich mit einer drahtigen Stärke, die man einem so alten Mann nicht mehr zugetraut hätte. Als er Madeline bemerkte, blieb er stehen, starrte auf ihr rotes Haar und beschwerte sich: »Bei der Liebe des Himmels, Mistress, was habt Ihr denn von London mitgebracht, die gesamten Pflastersteine?«

»Nein, Mr. Trigghorne, in dem Koffer befinden sich nur Bücher.«

»Hä?« Der Grauhaarige hätte die Kiste beinahe fallen lassen. »Was wollt Ihr denn damit? So was können wir hier nicht gebrauchen.«

»Das kann man nie wissen. Gut möglich, dass bald wieder ein Möbelbein eine Stütze braucht.«

Diesmal war er es, der einen Scherz von ihr nicht verstand. Madeline rauschte an ihm vorbei und schenkte dem Jüngling ein Lächeln. Seine verklebte Haut kam wahrscheinlich nur dann mit Wasser in Berührung, wenn er von einem Regenschauer überrascht wurde, dachte sie. Doch wenigstens erwies Will Sparkins ihr deutlich mehr Respekt, als Trigghorne das getan hatte. Er nickte ihr verlegen zu, und wann immer die neue Herrin in seine Richtung sah, lief er rot an.

Madeline faltete die Hände vor sich und wandte sich an die Diener. »Die Bücherkisten können warten, bis ich mich mit den Räumlichkeiten vertraut gemacht habe. Zuerst möchte ich, Mr. Trigghorne, dass Ihr drei Schlafgemächer herrichtet –«

»Drei?«, entfuhr es ihm fassungslos. »Meint Ihr nicht, eins reiche vollkommen aus?«

»Drei«, beharrte die junge Frau. »Ich bin es nämlich nicht

gewöhnt, die Kammer mit meiner Base oder meiner Zofe zu teilen.«
»Sprecht Ihr von den beiden Heulsusen? Dann regt Euch wieder ab, die sind nämlich längst fort.«
»Wie? Was meint Ihr mit ›fort‹?«
»Die beiden hochwohlgeborenen Ladys sind mitsamt dem Rest der perückenzopfigen Bagage abgerauscht. Kaum hatten sie Euer Gepäck abgeladen, da ging's auch schon zurück nach London.«
»Unmöglich«, entgegnete Madeline streng, obwohl ihr gar nicht danach zumute war.
»Ich hab's mit meinen eigenen beiden Augen gesehen. Du doch auch, oder, Will?«
Der Junge nickte heftig.
Die junge Frau stand wie erstarrt da und brachte keinen Ton hervor. Alle zurück nach London? Von ihrer Dienerschaft hätte sie eigentlich nichts anderes erwarten dürfen, so wie das düstere Castle Leger ihnen Angst eingejagt hatte. Und Estelle, ihre Zofe, war ohnehin ein unnützes junges Ding … Aber Harriet?
Madeline wollte einfach nicht glauben, dass die so couragierte Base sie im Stich gelassen haben sollte. Doch dann fiel ihr wieder ein, in welchem Zustand sie sie in der Kutsche zurückgelassen hatte. Die ganze Zeit hatte Harriet vor sich hin gejammert: *Niemals setze ich auch nur einen Fuß in das Haus dieses Mannes, und ich werde auch keinen Moment länger an diesem gottverlassenen Ort bleiben.*
Madeline bekam es mit der Angst zu tun. Sie raffte ihre Röcke und lief nach draußen. Der Wind wehte ihr das Haar ins Gesicht, als die junge Frau sich umsah und immer noch hoffte, Trigghorne habe sich nur einen seiner schlechten Scherze erlaubt.
Doch der Hof war leer, und auf der langen Anfahrt ließ sich

auch keine der beiden Kutschen ausmachen. Alle fort, so als hätte ein Zauberer sie weggehext.
»Verdammt noch mal!«, fluchte Madeline und wurde sich erst nach einem Moment bewusst, wie sehr ihr Bräutigam bereits auf sie abgefärbt hatte. Hoffentlich war dies der letzte schmerzliche Schlag an einem Tag, der ihr mehr als genug unangenehme Überraschungen beschert hatte.
Trigghorne tauchte hinter ihr auf. »Ich hab's Euch doch gesagt, oder nicht? Diese hübschbunten Wagen sind über den Weg davongerollt, als sei der Teufel persönlich hinter ihnen her. Aber von meinem Herrn weiß man ja, dass er mitunter so auf Fremde wirkt«, grinste der Diener.
»Da würde ich auch drauf wetten«, meinte Madeline dumpf.
»Vielleicht wärt Ihr ja lieber mit ihnen verduftet, Mistress.«
Nicht nur vielleicht, dachte die junge Frau, sagte sich aber, dass gewisse Dinge hier und jetzt ein für alle Mal geklärt werden mussten.
»Ich hege nicht die Absicht, nach London zurückzukehren, Mr. Trigghorne. Immerhin bin ich die neue Herrin von Castle Leger, und ich werde diese Aufgabe nach allen Kräften erfüllen. Am besten gewöhnt Ihr Euch rasch daran.«
Dem Grauhaarigen verging das Grinsen. »Wie Ihr wünscht, Ma'am.«
Als der Diener ins Haus zurückgekehrt war, brach ihre selbstsichere Fassade zusammen. Wie oft hatte Madeline sich während der langen Reise gewünscht, endlich Ruhe vor Harriets fortgesetzten Nörgeleien und Vorwürfen zu haben. Doch da hatte sie noch nicht gewusst, dass sie in einem Haus voller fremder Männer stranden würde. Verdammt, dachte sie, ich weiß nicht einmal, wie ich mich heute Abend ganz allein entkleiden soll.
Aber dann fiel ihr Anatole ein, und sie sagte sich, dass die

Kleiderfrage das geringste ihrer Probleme sei. Was für eine bittere Ironie. Da war sie so weit gereist und voller Träume gewesen, hatte die Hoffnung gehegt, ihre Einsamkeit in London endgültig hinter sich lassen zu können. Doch als sie sich jetzt hier umsah, fühlte sie sich allein gelassen wie nie zuvor.

5

Mitternacht war vorüber, und alle Sterblichen in der Burg hatten sich längst zu Bett begeben. Anatole St. Leger fragte sich wie sooft, zu welcher Welt er mehr gehörte: zu der der Lebenden oder zu der der rastlosen Schatten seiner Vorfahren. In dieser Nacht glaubte er mehr an Letzteres.

Der Burgherr stand vor den nachtschwarzen Fenstern, zog am Schnürband seines Hemds und kämpfte gegen den Drang an, den Kristall ein weiteres Mal zu befragen. Und noch stärker rang er mit den dunkleren Gelüsten der St.-Leger-Männer, die zu lange auf ihre Braut gewartet hatten.

Nun war sie endlich eingetroffen, und für ihn in seinem jetzigen Zustand spielte es keine Rolle mehr, dass Madeline kaum seinen Vorstellungen von einer Ehefrau entsprach. Nicht um Viertel vor zwei Uhr. Die kunstvolle Uhr vertickte die Minuten mit einer Geschwindigkeit, welche auch einen normalen Mann in den Wahnsinn getrieben hätte. Die Kerzen waren heruntergebrannt, und die Nacht drängte gegen die Fensterscheiben, als sollte es nie mehr Dämmerung werden.

Das Blut rauschte heiß durch seine Adern.

Anatole stöhnte leise. Noch eine dunkle Nacht der Verzweiflung, der unerträglichen Einsamkeit und der schlaflosen Hölle.

Er zerwühlte sein Haar. Warum noch den Kristall bemühen, um seine Zukunft zu schauen, die verwünschte Frau brachte ihn bereits um den Verstand.

St. Leger hörte das laute Pochen seines Herzens, seine Atmung und das infernalische Ticken der Uhr. Er wirbelte herum, hob die Uhr von ihrem Platz und ließ sie in der Luft schweben. Nur mit Mühe konnte er sich beherrschen, sie gegen die Wand zu schleudern. Stattdessen ließ Anatole sie auf sein Bett fallen. Zu seiner Erleichterung reichte das schon, das Ticken zum Verstummen zu bringen.

St. Leger lehnte sich gegen den Bettpfosten. Der Temperamentsausbruch rief Schwindelgefühle in seinem Kopf hervor. Als er wieder klar denken konnte, wanderte sein Blick unweigerlich zu der gegenüberliegenden Wand. Das Licht des silbernen Kerzenständers reichte nicht aus, die dortigen Schatten zu durchdringen, hinter denen sich die Tür zu *ihrem Zimmer* befand.

Madeline hatte sich schon vor Stunden zurückgezogen, da sie von der langen Reise erschöpft war. Zurückgezogen? Von wegen, verbarrikadiert traf es eher.

Seine perfekte Braut, wie Fitzleger behauptet hatte. Dabei besaß diese Frau alles, was Anatole an einer Frau nicht mochte. Viel zu schön und viel zu zerbrechlich, und sie ängstigte sich vor ihm zu Tode. Dabei hatte er noch nicht einmal angefangen, ihr seine Geheimnisse aufzudecken.

Dumpf brütend starrte er in Richtung ihrer Tür und versuchte, seine Sinne zu ihr vordringen zu lassen, so wie er das bei jedem anderen auf der Burg vermochte. Doch diesmal blieb ihm der Erfolg versagt. So sehr er sich auch anstrengte, seine Braut entzog sich ihm und blieb für ihn so dunkel wie die Nacht draußen.

St. Leger atmete frustriert aus. Verdammt sei diese Frau! Wenn sie tatsächlich die ideale Braut für ihn wäre, dann

müsste er auch jeden ihrer Atemzüge oder Herzschläge empfangen können, selbst wenn sie sich eine Meile entfernt befunden hätte.
Und mit dieser Madeline sollte er morgen vor den Altar treten, um dort den heiligsten Schwur zu leisten, den ein St. Leger ablegen konnte.
Ihr sein Herz und seine Seele zu versprechen, nicht nur für dieses Leben, sondern auch für das nächste.
»Verwünscht sollt Ihr sein, Brautsucher. Wehe Euch, wenn Euer Instinkt sich bei ihr geirrt haben sollte!«
Eigentlich waren diese Worte mehr ein Flehen als ein Fluch; denn wenn Fitzleger sich tatsächlich geirrt haben sollte ... Anatole wagte nicht an den Schmerz zu denken, in alle Ewigkeit mit der Falschen verbunden zu sein.
Doch war dies nicht nur ein Bund der Seele, sondern auch des Fleisches. Der eine Kuss, zu dem er sie gezwungen hatte ... das Gefühl ihrer Lippen unter den seinen, so warm und honigsüß ... allein schon die Erinnerung ließ ihn erbeben.
Der Burgherr rannte zum Waschtisch und machte sich gar nicht erst die Mühe, Wasser aus dem Krug in die Schüssel zu gießen, sondern schüttete sich das Nass direkt ins erhitzte Gesicht.
Aber auch danach fühlten sich Hose und Hemd zu eng an. Fast hätte er die Knöpfe abgerissen, so rasch öffnete er das weiße Leinen, um das kalte Wasser auf die bloße Brust und das reichlich darauf sprießende Haar zu gießen, bis er wie ein Mann aussah, der vom Fieber geschüttelt wurde.
Besser, er würde sich den Rest des Nasses über die unteren Körperpartien schütten. Ihm war schleierhaft, warum ausgerechnet Madeline solche Gelüste in ihm weckte, und dennoch ließ die Tatsache sich nicht leugnen.
Für einen Mann wie ihn war viel zu wenig an ihr dran. In

Wahrheit war er wohl nur zu lange nicht mehr mit einer Frau zusammen gewesen. Seit letztem Winter, als er den Brautsucher ausgeschickt hatte, hatte Anatole keine Frau mehr berührt. Gleich, wie sein Blut auch kochte, hatte er sich doch davor bewahrt, seine Lust bei einer der dummen Dorfschönen zu stillen, die eine besondere dunkle Faszination dabei empfanden, dem unheimlichen Herrn von Castle Leger beizuliegen.
St. Leger wollte nichts mehr von ihren eingeübten Berührungen und leeren Seufzern wissen. Er hatte sich erfolgreich dazu gezwungen, nur noch von der Frau zu träumen, die der Reverend ihm besorgen würde. Die Lady, welche die fehlende Hälfte zu ihm darstellte. Die Schöne, die nicht nur seine Leidenschaft stillen, sondern auch die Schmerzen seiner Seele lindern konnte.
Was für ein Narr war er doch gewesen? Wie hatte er sich nur dem Irrglauben hingeben können, für ihn existiere eine solche Braut?
All die langen Nächte des Hoffens, des Harrens und der Abstinenz – wozu? Für Madeline Breton, die schon zurückwich, wenn er nur in ihre Richtung sah. Lieber hatte sie aus dem Raum flüchten wollen, als sich von ihm küssen zu lassen. Und wie hatten ihre grünen Augen ihn angefleht, es nicht zu tun, als er sie endlich fest gehalten hatte. Ursprünglich hatte Anatole ihr nur demonstrieren wollen, wer in diesem Haus das Sagen hatte, aber schließlich hatte er gar nicht mehr anders gekonnt, als sie zu küssen.
Aber auch das hatte nur für ihn gegolten. Madeline hingegen hatte danach nur verletzt und hilflos ausgesehen. Doch diese Frau war nicht so, wie ihr Äußeres vermuten ließ. Anatole hatte irritierende Sturheit und einen starken Geist an ihr wahrgenommen, der so gar nicht zu einem zierlichen Püppchen passen wollte. Auch schien sie über eine gehö-

rige Portion Mut zu verfügen – solange er ihr nicht zu nahe kam.
Dabei wollte St. Leger sie unbedingt berühren.
Ahnherr Prospero hatte solche Schwierigkeiten nicht gekannt. Man hatte ihm nachgesagt, er habe nur zu flüstern brauchen, und schon hätte sich ihm jede in die Arme geworfen.
Aber Anatole wollte Madeline nicht durch Hexenkünste oder Geistbeeinflussung für sich gewinnen, sondern sie wie ein normaler Mann erobern. Und je länger die verwünschte Nacht andauerte, desto dringender fragte er sich, warum er sie heute nicht haben durfte.
Bitternis befiel ihn. Die junge Frau hatte sich einverstanden erklärt, hier zu bleiben. Und vom Gesetz her war sie bereits die seine. Gar nicht erst zu reden von der nicht unbeträchtlichen Mitgift. Damit unterschied sie sich nicht so sehr von den Mädchen im Dorf.
Kaum war ihm dieser Gedanke gekommen, widerte er ihn schon an. Dennoch fragte Anatole sich, was es ihm einbringen würde, heute Nacht zu verzichten. Würde sie morgen denn weniger Angst vor ihm haben? Würde sie in tausend Nächten ihr Verhalten geändert haben? Warum nicht gleich hier und jetzt ihrer beider Qualen ein Ende bereiten?
St. Leger schritt auf die Tür zu. Er ließ einen Kerzenständer in seine Hand schweben, der hart zwischen seinen Fingern landete und heißes Wachs auf seinen Daumen spritzte. Anatole verwünschte seine Erregung, die seine Hände zittern ließ.
Natürlich war die Tür verriegelt. Doch Schlösser und andere Barrieren hatten noch nie ein Problem für ihn dargestellt. Es bedurfte nur eines Momentes der Konzentration, und schon öffnete sich das Hindernis.
Das Kerzenlicht drang in die Kammer ein, und St. Leger

legte rasch eine Hand um die Flamme, um Madeline nicht sofort zu wecken. Aber schlief sie überhaupt? Erging es ihr in dieser Nacht denn besser als ihm? Die Braut hatte die schweren Brokatvorhänge um ihr Bett zugezogen.

Er schlich ins Zimmer und stellte den Kerzenständer auf ihren Ankleidetisch. Einen Schritt weiter stieß er sich das Schienbein an einer von Madelines Kisten an. Ungeöffnet standen sie ordentlich aufgereiht da. Über dem schwarzen Ledersessel lagen ordentlich ihre Unterröcke. Die Vorstellung, dass sie diese Stücke abgelegt hatte, ließ ihm das Wasser im Mund zusammenlaufen. Er strich über die Seidenstrümpfe, kam sich jedoch gleich wie ein Eindringling vor.

Ein absurder Gedanke. Diese Kammer gehörte ihm genau so wie der ganze Rest von Castle Leger – und auch die Frau hinter den Vorhängen.

Anatole bewegte sich vorsichtig weiter auf das Bett zu, das mitten im Raum stand. Wie still es hier war. Fast so wie damals, als seine Mutter sich nach einem Weinkrampf in ihrem Zimmer eingeschlossen hatte. Sein Vater war unten in der Halle endlos auf und ab gelaufen, um Buße für die Sünden zu tun, für die er nichts konnte.

Anatole hatte diese Dramen oft miterlebt, sie unsichtbar wie ein Gespenst verfolgt und sich dabei gefragt, wessen Unnahbarkeit ihm einen größeren Stich versetzte.

Er wollte nie ein Mann wie sein Vater werden, ein Opfer der Liebe und ständig geplagt von den Tränen seiner Frau.

Seine Hand lag auf dem Vorhang. Rechtzeitig konnte er sich davor bewahren, ihn aufzureißen. Anatole wollte sich nicht von seiner Gemahlin beherrschen lassen, aber er war auch nicht hierher gekommen, um ihr noch mehr Angst einzujagen.

Nein, niemals, das schwor er sich beim Grabe seiner Mutter. Vorsichtig öffnete er den Vorhang ein Stück weit und konnte Madeline im ersten Moment nicht entdecken. Anatole musste erst die Kerze holen und hineinleuchten, ehe er sie ausmachte. Sie lag mitten im Bett zusammengerollt und hatte sich die Decke bis unters Kinn hochgezogen.

Die junge Frau hielt das Kissen mit beiden Armen umschlungen, und das rote Haar bedeckte den Großteil ihres Gesichts. Madeline sah nicht wie eine Frau aus, die sich in den Schlaf geweint hat, aber besonders glücklich wirkte sie auch nicht.

Während er sie betrachtete, kam ihm zu Bewusstsein, dass Madeline nicht zu der Sorte Frauen gehörte, die bei jeder Schwierigkeit in Ohnmacht fielen oder einen hysterischen Anfall bekamen. So ganz allein in dem riesigen Bett wirkte sie klein, verloren und verletzlich wie ein Kind. Der Anblick löste etwas in ihm aus, das nichts mit seinen körperlichen Bedürfnissen zu tun hatte.

So lange hatte Anatole solch ein Gefühl nicht mehr verspürt, dass er eine Weile brauchte, um es wieder zu erkennen: Zärtlichkeit, den Wunsch, sie in die Arme zu nehmen und fest zu halten, bis sie sich geborgen fühlte.

Madeline rührte sich im Schlaf, so als habe sie seine Anwesenheit wahrgenommen. Der Burgherr zog sich etwas zurück und bemerkte jetzt erst die Falten auf ihrer Stirn. Diese Frau sah nicht wie jemand aus, der in einem wohligen Lager ruhte.

Sie regte sich wieder, und die Bettdecke verrutschte: Madeline trug immer noch das verwünschte Mieder. Welche Besessenheit zwang Frauen wohl dazu, sich in ein solches Foltergerät zu zwängen; und welcher Wahn trieb sie dazu, diesen Schnürpanzer auch noch im Bett anzubehalten …

Nein, offensichtlich hatte sie ihn einfach nicht herunterbekommen, weil niemand da gewesen war, der ihr dabei hätte helfen können.

Als Madeline ihm früher am Abend berichtet hatte, dass Zofe und Base das Weite gesucht hätten, hatte er nur wenig Mitgefühl gezeigt. Wozu brauchte ein Lady in der Wildnis Cornwalls schon eine französische Zofe. Und was die hysterische Harriet anging, nun, da war er froh gewesen, ihr nicht noch einmal begegnen zu müssen. Zu jenem Zeitpunkt hatte seine Braut sich nichts anmerken lassen, aber jetzt schwante Anatole, was es für sie heißen musste, ohne weibliche Hilfe in einem Haushalt mit lauter Männern auskommen zu müssen.

Beschämt wollte er sie wecken und ihr dabei helfen, das Mieder aufzubinden. Doch er zögerte. Madeline sah so furchtbar erschöpft und unschuldig aus. Wenn St. Leger sie jetzt berührte, würde sie mit einem Schrei erwachen und die Lust in seinen Augen lesen ...

Anatole zog sich von dem Bett zurück. Wenn er schon so lange gewartet hatte, würde eine weitere Nacht ihm auch nichts mehr ausmachen.

Aber in diesem Zustand durfte er sie nicht zurücklassen. Sie drehte sich wieder und stöhnte leise. Ein Wunder, dass sie überhaupt atmen konnte. Er betrachtete kurz seine schweren Hände und dann die Bänder an dem Mieder.

Seufzend richtete er den Blick auf das Korsett. Nie zuvor hatte Anatole seine Fähigkeiten an etwas so Delikatem ausprobiert. Die seidenen Schnüre wirkten hoffnungslos verknotet von Madelines vergeblichen Versuchen, sich aus dem Panzer zu befreien.

Der Burgherr atmete tief durch, da er seine Ungeduld kannte und die Bänder nicht einfach zerreißen wollte. Leise näherten sich seine Gedanken den Schnüren und bewegten sie langsam, lösten die Knoten, bis ihm der Schweiß auf

der Stirn stand. Hinter seinen Schläfen pochte es, und als der letzte Knoten gelöst war, fühlte er sich am Ende seiner Kräfte.
Die junge Frau stieß einen leisen, langen Seufzer aus und drehte sich auf den Bauch. Sie trug nun nur noch ein dünnes Nachthemd, das unter seinen Anstrengungen verrutscht war und ein Stück von ihrer Schulter bloßgelegt hatte. Anatole konnte den Blick nicht abwenden.
Und noch einmal drehte sie sich, zurück auf den Rücken. Sie streckte einen Arm aus, so als lüde sie ihren Liebsten ein, zu ihr zu kommen. Das Leinennachthemd war so dünn, dass er ihre perfekt geformten Brüste mit den rosigen Brustwarzen mehr als nur erahnen konnte. Anatole spürte, wie die Leidenschaft ihn erneut zu übermannen drohte. Er biss die Zähne zusammen, doch davon ließ die Lust sich nicht verscheuchen, und St. Leger wünschte sich, seine Braut zu lieben, wie er noch nie eine Frau geliebt hatte.
Das Begehren wuchs wie ein Fieber in ihm und strömte eine Hitze aus, die selbst Madeline zu spüren schien, denn sie streckte sich und befeuchtete ihre Lippen. Taumelnd näherte Anatole sich dem Bett und schwor sich, sanft und zärtlich zu sein.
Er beugte sich über die junge Frau und wollte sie wie der Prinz im Märchen aus hundertjährigem Schlaf wecken. Doch sie regte sich wieder, und jetzt erkannte er, dass sie etwas in der anderen Hand hielt.
St. Leger erstarrte, als er das blaue Seidenband zwischen ihren Fingern sah. Dieser Anblick ernüchterte ihn mehr als das kalte Wasser vorhin. Warum hatte sie nur dieses verwünschte Porträt wieder an sich genommen? Und mehr noch, warum musste sie die Miniatur auch noch im Schlaf bei sich haben, so als handele es sich dabei um einen kostbaren Schatz?

Anatole betrachtete das Bildnis und erinnerte sich an die Verblendung seiner Jugend, als er sich unbedingt hatte porträtieren müssen, ohne dabei das Erbe seiner Familie und die dunklen Geheimnisse zu bedenken.

Er richtete sich auf, und sein Blick fiel auf den Spiegel über dem Ankleidetisch. Eine finstere Gestalt bekam er dort zu sehen, ein Unhold mit wirren schwarzen Haaren, düster funkelnden Augen und auch den anderen Anzeichen, die ihn als wahren Sohn derer von St. Leger auswiesen.

Seine Seele stieß einen Schrei aus. Anatole schaute noch einmal auf Madeline und begriff, was für ein Narr er doch mit fünfzehn Jahren gewesen war, als er das Bild angefertigt hatte. Und was für ein noch viel größerer Narr war er jetzt, da er sich einbildete, sie könne etwas für ihn empfinden, wo sie doch ihren Märchenprinzen längst gefunden hatte.

Sollte sie ihre Träume ruhig behalten, sagte St. Leger sich, wenigstens für diese Nacht. Schon bald würde er sie ihr zerstören müssen. Anatole deckte Madeline wieder zu und verließ auf leisen Sohlen die Kammer.

Erst als der Riegel wieder vorgeschoben wurde, erwachte die junge Frau für einen Moment. Ihre Lider flatterten, aber sie hielt am Schlaf fest und vor allem an dem Traum, der sich ihr bereits entzog.

So einen wunderschönen Traum hatte sie noch nie gehabt, sinnlich und schmerzlich zugleich. Anatole war in ihr Zimmer gekommen. Nicht dieser grobe Kerl, der sie so rau geküsst hatte, sondern der Anatole von der Miniatur.

Warm und zärtlich hatte er ihr beim Entkleiden geholfen und die Bänder ihres Mieders mit unendlich viel Geduld gelöst. Sanft hatten sich seine Finger über ihren Rücken bewegt. Als sie die Arme nach ihm ausstreckte, hatte er sie angelächelt und mit der Magie in seinen wunderschönen Augen verzaubert.

Ich will nur dich lieben, Madeline. Erlaube mir, dich zu lieben, und zeige mir den Weg zu deinem Herzen.
Seufzend hatte Madeline darauf gewartet, dass er sie küsste, doch dazu war es nie gekommen. Wie bei einem spannenden Buch, an dessen Ende man anlangt, um festzustellen, dass die letzte Seite fehlt.
Schließlich gab sie auf und öffnete die Augen ganz. Der Traum war endgültig verloren, und sie fand sich in einem fremden Raum wieder. Von ihrem Liebhaber war ihr nur die Miniatur geblieben.
Große Traurigkeit überkam Madeline, und sie erlebte das Gefühl, etwas unwiederbringlich verloren zu haben. Tränen traten ihr in die Augen und versiegten erst, als sie sich schalt, sich nicht so närrisch anzustellen. Sie hatte nur einen schönen Traum gehabt und keinen Albtraum.
Der Nachtmahr erwartete sie bei Tag.
Die junge Frau wehrte sich dagegen, in Selbstmitleid zu zerfließen. Sie schob das Porträt unter ihr Kissen, drehte sich um und nahm sich vor, nur noch an Schlaf zu denken. Als sie sich wohlig unter der Decke reckte, schob sie das Korsett von sich.
Das Korsett?
Madeline riss die Augen weit auf und saß kerzengerade im Bett. Sie tastete Bauch und Brust ab und traf doch nichts außer ihrem Nachthemd an. Dann wanderten ihre Finger über die Matratze und stießen gegen das Mieder. Die Schnüre waren sauber gelöst.
Das war deutlich zu sehen …
Jemand hatte eine brennende Kerze auf dem Ankleidetisch zurückgelassen.
Der jungen Frau schlug das Herz bis zum Hals, und lange Zeit konnte sie sich nicht rühren – auch dann nicht, als der Docht längst herabgebrannt war. Ihr Blick suchte die schat-

tigen Ecken des Raums ab. Offenbar war sie allein, zumindest jetzt.
Madeline verkroch sich unter die Decke, bekam in dieser Nacht aber kein Auge mehr zu.

6

»Und wenn jemand einen berechtigen Einwand vorzubringen hat, warum diese beiden nicht mit allem Recht den Ehebund eingehen sollen, so soll er jetzt vortreten oder auf immer schweigen.«

Reverend Septimus Fitzlegers Worte hallten wie üblich in der Kirche wider, doch zum ersten Mal befürchtete der Geistliche, dass heute tatsächlich jemand vortreten würde. Sein Blick richtete sich erst auf Madeline und dann auf Anatole und wieder zurück. Der Bräutigam schwieg mit steinerner Miene, während die Braut mit ihren behandschuhten Fingern den Brautstrauß umklammerte.

Ja, es gibt ein Dutzend Gründe, warum sie Seine Lordschaft nicht heiraten sollte.

Weil der Mann Bücher als Möbelstützen missbrauchte, weil er grob, gefährlich und finster war. Weil sie von ihm nie zärtliche Liebe erfahren würde. Weil seine Burg am Meer ein Hort des Staubs und der Verlorenheit war. Weil sie eine schreckliche Nacht unter seinem Dach verbracht hatte und ständig befürchtete, das Phantom, das sie entkleidet hatte, könne jeden Moment zurückkehren.

Ja, ein Dutzend Gründe und vermutlich noch hundert mehr, doch kein einziger, der sie wirklich überzeugte, als jetzt das helle Sonnenlicht durch die hohen gewölbten Fenster von St. Gothian's drang. Und immerhin war Made-

line immer stolz darauf gewesen, eine vernünftige Frau zu sein.
Der Pastor beugte sich wieder über sein Messbuch und beeilte sich, die Zeremonie zu Ende zu bringen. Nur die zwei Trauzeugen befanden sich in den Bänken hinter dem Brautpaar: Mrs. Beamus, die rotwangige Haushälterin des Geistlichen, und der alte Darby, der Küster dieser Gemeinde.
Ohne Zweifel freundliche, honorige Menschen, die Madeline jedoch völlig unbekannt waren. Wie gern hätte sie jetzt Harriet an ihrer Seite gewusst. Und sie vermisste auch den Rest ihrer lauten, sorglosen und fröhlichen Familie.
Aber vielleicht war es gerade recht so, dass nur Fremde an ihrer Vermählung teilnahmen. Sie spähte unter ihrer Haube hervor auf den Riesen neben ihr, ihren Bräutigam. Wenigstens machte er heute einen zahmeren Eindruck, woran auch seine Kleidung nicht ganz unschuldig war: ein nachtblauer Anzug, dessen Rock ihm bis an die Knie reichte. Und die weißen Rüschen an seinem Hemd und an den Ärmeln milderten die dunkle Ausstrahlung dieses Mannes ab. Ein etwas altmodischer Stil, gleichwohl aber nicht ohne Eleganz – wenn man von dem ledernen Schwertgurt absah, den er sich umgebunden hatte. Die junge Frau hatte ihn zwar nicht daraufhin angesprochen, aber insgeheim fragte sie sich doch, warum dieser Lord bewaffnet mit einem Schwert zu seiner Trauung erschien.
Aber Anatole hatte ja auch sonst einiges von einem alten Kriegerfürsten an sich. Sein Haar war zurückgekämmt und zu einem Zopf geflochten. Dadurch traten seine harten und kantigen Gesichtszüge nebst der Narbe an der Schläfe noch deutlicher zum Vorschein. Man konnte ihn gewiss nicht gut aussehend nennen, musste ihm aber zugestehen,

dass von seinen Zügen etwas ausging. St. Leger konnte sich durchaus in die Träume einer Lady schleichen …

Oder war er letzte Nacht tatsächlich in ihrem Zimmer gewesen?

Wie sonst ließen sich die Kerze und das aufgeknüpfte Mieder erklären? Madeline glaubte nicht an Geister oder Gespenster – aber wie stand es mit unruhigen Ehemännern? Hatte Anatole sich Zutritt zu ihrer Kammer verschafft und … nein, undenkbar. Der Burgherr hatte wenig Interesse an ihrem Wohlbefinden gezeigt, und außerdem konnte sie sich nicht vorstellen, dass er mit seinen groben Fingern in der Lage wäre, ihre Korsettbänder zu öffnen, ohne sie dabei zu wecken. Wenn Anatole überhaupt in ihren Raum eingedrungen war – einen Grund dafür konnte Madeline allerdings nicht finden –, dann hätte er nach Barbarenart die Tür eingetreten und –

Die junge Frau rief sich zur Ordnung. Wenn man sich nur wenige Fuß vom Altar entfernt in einer Kirche befand, sollte man solche Dinge nicht einmal denken.

Wie sie es auch drehte und wendete, es gab nur eine logische Erklärung für die Rätsel der letzten Nacht: Madeline selbst hatte die Kerze auf den Tisch gestellt und sie dann vergessen. Und an dem Korsett hatte sie sich ja selbst zu schaffen gemacht. Auch wenn sie nach einer halben Stunde geglaubt hatte, die Knoten am Rücken wohl nie allein öffnen zu können, musste sie diese doch so weit gelöst haben, dass das Mieder irgendwann im Lauf der Nacht ganz aufgegangen war.

Die weihevolle Stille in diesem Gotteshaus drang in ihre Gedanken, und die junge Frau entdeckte, dass Fitzleger wie auch Anatole sie anstarrten. Hatte sie etwa laut gedacht? Aber nein, der Priester schien ihr gerade eine Frage gestellt zu haben und erwartete nun eine Antwort.

Mama hatte Madeline einige Male vorgehalten, selbst auf Bällen oder Gesellschaften mit ihren Gedanken ganz woanders zu sein. Die junge Frau hätte sich aber nie vorgestellt, dass ihr das auf ihrer eigenen Hochzeit widerfahren könnte. Ihre Wangen brannten, als Mr. Fitzleger die Frage wiederholte:

»Willst du diesen Mann zu deinem angetrauten Gemahl nehmen?«

Ja, wollte sie das?

Die junge Frau schluckte und versuchte, ihre Gedanken zu ordnen. Unter dem Kleid spürte sie die Miniatur, die ihr wie ein zuverlässiger Freund und der wunderbarste Liebhaber war.

»Na ja, ich …« Sie konnte nicht mehr weitersprechen. St. Leger erbleichte, und der Reverend trat unruhig von einen Fuß auf den anderen. Hatte Anatole vielleicht deswegen sein Schwert mitgebracht, um sie zu zwingen, den Eheschwur zu leisten? Madeline sah ihn vorsichtig an. Seine wilden Augen würden wohl niemals gezähmt werden können und waren noch stärker als der Stahl an seiner Seite.

»Ja, ich will«, war es schon aus ihr heraus, und danach fühlte sie sich etwas benommen. Vom Rest der Zeremonie bekam sie kaum noch etwas mit. »… und damit erkläre ich euch zu Mann und Frau«, schloss Fitzleger mit deutlich hörbarer Erleichterung. Er klappte rasch das Messbuch zu und wischte sich den Schweiß von der Stirn. Als das Brautpaar danach immer noch steif vor ihm stand, schlug der Geistliche vor: »Ihr dürft die Braut jetzt küssen, Mylord.«

»Das weiß ich«, knurrte Anatole und drehte sich zu seiner Frau um. Madeline erstarrte und bereitete sich auf einen weiteren dieser wilden Küsse vor, nach denen man kaum noch gerade auf den Beinen stehen konnte.

Doch St. Leger ließ die Arme herabhängen, als wisse er

nicht, was er mit ihnen anfangen solle. Und etwas trat in seine Augen, das Madeline nicht genau identifizieren konnte: entweder Zorn oder Bedauern. Vermutlich Ersteres, denn Letzteres kannte dieser Mann ja nicht. Kaum merklich beugte er sich vor und küsste seine Braut so sanft und weich, dass sie kaum mehr als einen Hauch spürte. Als Anatole sich wieder abwandte, strich sie sich mit einer Hand über diese Gesichtspartie. Ein merkwürdiges Verlangen war in ihr entstanden, das ihr völlig fremd war und sie deswegen umso mehr irritierte. Am liebsten hätte Madeline die Hand ausgestreckt und ihn an sich gezogen.

Doch St. Leger schien schon mit ganz anderen Dingen beschäftigt zu sein. Er griff nach seinem Umhang, den er auf die erste Bank gelegt hatte, und warf ihn sich über die Schultern – ganz wie ein Mann, der seine Pflicht erfüllt sah und nun gehen wollte.

Mrs. Beamus und Mr. Darby erwiesen ihm aus sicherem Abstand Respekt und näherten sich dann der Braut, um sie zu beglückwünschen. Doch selbst während diese braven Leute ihr die Hand schüttelten, konnte sie Anatole spüren, der groß, stolz und allein im Schatten stand. Dann trat auch Fitzleger mit einem strahlenden Lächeln hinzu: »Ach, meine liebe Madeline, ich hoffe, Ihr werdet sehr glücklich.«

Sie dankte ihm und zeigte ihre Freude über den Blumenstrauß, den er ihr geschenkt hatte.

»Ach, das war doch nichts. Ich bin mir sicher, Anatole hätte selbst, wenn, äh …« Er senkte die Stimme und warf einen vorsichtigen Blick auf St. Leger. »Seine Lordschaft hat gute Gründe, Euch keine Blumen zu schenken … Er, nun …«

»Schon gut«, beruhigte sie den aufgeregten Mann. »Ihr braucht Euch nicht für ihn zu entschuldigen. Ich habe meine romantischen Schwärmereien längst abgelegt.«

Der Burgherr stand nicht mehr in der Ecke, sondern war zum Altar getreten und betrachtete geistesabwesend das große Kreuz. Nicht einmal die Schönheit und Erhabenheit dieser kleinen Dorfkirche schien sich auf seinen unruhigen Geist auszuwirken.

»Ich werde lernen müssen, Mr. St. Leger so zu akzeptieren, wie er ist«, entgegnete sie dem Reverend.

»Meine Teure, das wäre das schönste Geschenk, das Ihr ihm machen könnt.«

Madeline bezweifelte aber, dass Anatole irgendetwas von dem wollte, was sie ihm bieten konnte. Der Küster kam nun mit dem Gemeinderegister heran, um darin die neue Eheschließung zu vermerken. Er trat mit dem scheuen Respekt auf den Burgherrn zu, der alle Dörfler in Anatoles Gegenwart zu befallen schien. St. Leger kratzte mit der Feder seinen Namen auf die aufgeschlagene Seite und reichte sie dann seiner Braut weiter. Madeline stellte verblüfft fest, dass ihr Mann eine saubere, kräftige und fließende Handschrift hatte. Ihr eigener Namenszug wirkte daneben unbedeutend.

Während sie unterschrieb, hatte sie das Gefühl, mit ihrem Herzblut zu schreiben, und tadelte sich für solch melodramatischen Unsinn. Die beiden Trauzeugen verabschiedeten sich danach, und Mr. Fitzleger zog sich in die Sakristei zurück, um sich der Priestergewänder zu entledigen.

Madeline legte den Strauß auf den Altarstein. Was konnte wohl feierlicher sein, als allein in einer Kirche zu stehen. Aber sie war ja nicht allein. Anatole stand nur ein Stück von ihr entfernt, aber die Kluft zwischen ihnen hätte wohl nicht größer sein können. Er betrachtete sie von Kopf bis Fuß. Keine Anerkennung stand in seinem Blick, aber auch nicht die Verachtung, die er gestern gezeigt hatte.

Seit die junge Frau heute Morgen heruntergekommen war, hatten sie kaum ein Wort miteinander gewechselt; auch während der kurzen Kutschfahrt hierher hatten sie nicht gesprochen. Madeline fragte sich, ob sie dazu verdammt sei, ein Leben an der Seite eines schweigenden Mannes zu führen. Ein hartes Los für eine Frau, der man in den Salons nachsagte, sie würde zu viel reden.
Die neue Mrs. St. Leger hob ihre Röcke an – elfenbeinfarbene Seide, mit Rosen bestickt – und überbrückte die Distanz zu ihrem Gatten. Sie verdeckte ihre Nervosität mit gespielter Fröhlichkeit: »Nun, Mylord, die Zeremonie war doch sehr schön, oder? Mr. Fitzleger war so freundlich, uns nicht zu lange warten zu lassen.«
»Wäre Euch eine ausgedehntere Zeremonie lieber gewesen?«
»Nein, nein. Ich bin nicht in der Erwartung nach Castle Leger gekommen, eine Hochzeit mit allem nur denkbaren Pomp zu feiern.«
»Ich weiß aber, Madeline, dass Ihr bestimmte Erwartungen gehegt habt.« Die Bitternis in seiner Stimme überraschte die junge Frau, und sie bekam ein schlechtes Gewissen, weil sie immer noch das Porträt unter dem Kleid trug. Fast glaubte sie schon, Anatole mit der Miniatur betrogen zu haben. Doch das war natürlich eine absurde Vorstellung.
Als Anatole weitersprach, kehrte die alte Spottlust in seine Stimme zurück: »Jetzt habt Ihr also sowohl die Hochzeit als auch Eure erste Nacht auf meiner Burg heil überstanden. Meinen Glückwunsch, Madam.«
»So kann man es wohl sagen, Mylord.«
»Habt Ihr letzte Nacht gut geschlafen?«
»Den Umständen entsprechend.«
Er trat vor sie und zog mit dem Finger die dunklen Ringe

unter ihren Augen nach. Offensichtlich wusste St. Leger genau, was für eine unruhige Nacht sie verbracht hatte. Und sofort erwachte ihr Verdacht wieder.
»Und Ihr, Mylord?« Wenn Madeline nur etwas mehr Mut gehabt hätte, hätte sie jetzt auch die dunklen Ringe unter seinen Augen berührt.
»Ich habe wie ein Toter geschlafen«, antwortete er und verbesserte sich sofort: »Ich meine natürlich, wie ein Stein.«
»Tatsächlich? Dabei war mir so, als hätte ich aus Eurem Raum Geräusche gehört.«
»Das war bestimmt, als ich meine Uhr aufgezogen habe. Hoffentlich habe ich Euch damit nicht zu sehr gestört.«
»Nein, aber ich möchte Euch eine Frage stellen.«
Seid Ihr letzte Nacht in mein Zimmer gekommen und habt mich ausgezogen?
Madeline sah seinen ernsten Blick und wusste, dass sie niemals einen solchen Verdacht äußern konnte. Die junge Frau brauchte alle Kraft, um nicht vor ihm zu erröten, und so plapperte sie das Erstbeste heraus, was ihr in den Sinn kam. »St. Gothian's wirkt sehr alt. Ich habe mich gefragt, wann die Kirche wohl erbaut wurde.«
Bildete sie sich das nur ein, oder sackten tatsächlich seine Schultern erleichtert herab? »Dieser Bau dient schon seit vielen Jahrhunderten als Gotteshaus. Er wurde unter Edward dem Bekenner erbaut, also wenige Jahrzehnte nach der Jahrtausendwende. Und es heißt, die erste Kirche wurde auf einem alten heidnischen Altar errichtet.«
Madelines Blick wanderte durch das Innere – über die Kanzel, das Taufbecken, das wunderbar geschnitzte Kreuz, die Orgel und das großartige Steinrelief, auf dem die Drei Weisen abgebildet waren, wie sie gerade ihre Gaben überreichten.
»Erstaunlich, dass so vieles den Bürgerkrieg überstanden

hat«, meinte sie. »Die Puritaner haben doch überall die Kirchen verwüstet.«
»Meine Vorfahren konnten die bemalten Glasfenster zwar nicht vor Cromwells Soldaten retten, aber sie haben sonst alles aus der Kirche herausgeschafft und versteckt. Sowohl die Kirche wie auch das umliegende Land gehören nämlich zu unserem Grund und Boden, und die St. Legers pflegen die ihren zu schützen.«
»Schließt das auch mich ein?«
»Natürlich.«
»Heißt das etwa, wenn jemand mich bedrohte, würdet Ihr …«
»Ihn töten«, antwortete Anatole so ernst, dass es sie gleichzeitig fröstelte und ihr das Herz wärmte. Zwar würde sie wohl auf Liebe und Zuneigung verzichten müssen, aber solcherart beschützt zu werden, war ja nicht das Schlechteste.
Die junge Frau wanderte an den alten, mit Schnitzwerk versehenen Bankreihen entlang, die den Geruch von Weihrauch und salzigem Tang zu verströmen schienen. Der Burgherr wirkte nicht mehr so nervös, im Gegenteil, es schien ihm zu gefallen, dass sie so ungehemmt ihre Neugier stillte.
Madeline fiel auf, dass die St. Legers keine eigene abgeschlossene und abgesetzte Bankreihe besaßen, wie das in anderen Kirchen üblich war. Auf ihre Frage antwortete er: »Die Dorfbewohner haben es immer schon vorgezogen, ihre Herren deutlich sehen zu können. Dann scheinen sie sich sicherer zu fühlen.«
Das konnte die junge Frau gut verstehen. Wenn sie Anatole vor sich hatte, machte sie das weniger nervös, als wenn er, so wie jetzt, hinter ihr stand. Und wenn seine Vorfahren eine ähnliche Ausstrahlung besessen hatten … Mit einem Mal fiel ihr ein, dass sie so gut wie nichts über die Familie

wusste, in die sie eingeheiratet hatte. »Ich hatte eigentlich erwartet, dass einige Eurer Verwandten an unserer Trauung teilnehmen würden.«
»Oh, aber die sind doch hier.«
Als sie fragend zu ihm hinsah, deutete er auf den Boden, und jetzt entdeckte die junge Frau etwas, das ihr vorher entgangen war: in die ausgetretenen Steinplatten waren Namen eingemeißelt. In vielen Gemeinden wurden Tote unter dem Gotteshaus begraben, dennoch wurde Madeline jetzt unsicher und trat hastig von den Gedenksteinen zurück, über die sie eben so achtlos geschritten war.
»Die St. Legers werden schon seit langem hier statt auf dem Friedhof bestattet«, erklärte Anatole. »Dahinter steckt die Hoffnung, dass sie durch das Gewicht der Kirche eher in ihren Gräbern fest gehalten werden.«
»Was?«
Eilig fügte er hinzu: »Natürlich meine ich damit den heiligeren Boden. So finden sie eher ihre ewige Ruhe.«
»Ach so.« Ihr Gemahl hatte wirklich eine sonderbare Art, gewisse Dinge zu erklären. »Und Eure Eltern liegen auch hier?«
»Nein.« Ein Schatten legte sich über seine Züge. »Meine Mutter und mein Vater wurden … woanders beigesetzt.«
Madeline spürte, dass sie mit ihrer Frage an einer offenen Wunde gerührt hatte, und beschloss, lieber die Namen zu studieren. Die Inschriften setzten sich über den gesamten Mittelgang fort. Am Ende, direkt vor dem Aufgang zum Glockenturm, stieß sie auf eine sehr kleine Gedenkstätte.
»Deidre St. Leger … Sie ist sehr jung gestorben.«
»Eine meiner eher unglücklicheren Ahnen«, entgegnete Anatole und näherte sich seiner Frau.
»Sie muss wirklich sehr klein gewesen sein.«
»Nein. Laut unserer Familienchronik war sie eine recht

große und kräftige Frau. Aber man hat hier nur ihr Herz in einem kleinen Sarg beerdigt.«

»Ihr Herz?«

»Ja, sie wollte es so. Deidre meinte, da ihre Familie im Leben sooft über ihr Herz getrampelt sei, könne sie das auch nach ihrem Tode fortsetzen.«

Madeline bekam eine Gänsehaut, wollte aber dennoch auch den Rest der Geschichte hören. »Sie muss wohl sehr unglücklich gewesen sein. Warum ist Deidre so verbittert gestorben?«

»Weil sie töricht genug war, sich zu verlieben.«

Die junge Frau sah ihm ins Gesicht. »Und haltet Ihr so etwas auch für töricht, Mylord?«

»Nun, alle St. Legers sollten sich davor hüten. Wir sind gebunden, nur den Menschen zu heiraten, den ein anderer für uns ausgesucht hat.«

»So wie Reverend Fitzleger mich?«

Anatole nickte.

»Nun ist Mr. Fitzleger ein in Ehren ergrauter Mann, aber er kann unmöglich schon zu Zeiten von Deidre gelebt haben.«

»Vor ihm gab es einen anderen Brautsucher, und vor diesem wieder einen anderen. Deidre aber beschloss, sich nicht an diesen Brauch zu halten. Weil sie ihr Herz schon an einen anderen verloren hatte, weigerte sie sich, den Mann zu heiraten, den der Sucher ihr präsentierte. Wenn sie schon ihren Liebsten nicht haben dürfte, erklärte Deidre, dann wolle sie gar keinen. Meine Ahnin glaubte, so dem Bann, der auf uns liegt, entgehen zu können. Natürlich hatte sie damit keinen Erfolg … Deidre erwarteten Tod und Katastrophen, das Los aller St. Legers, die sich weigern, den Auserwählten zu freien.«

Im ersten Moment erschauerte Madeline über diese Geschichte und stellte sich vor, wie Generationen von kleinen, weißhaarigen Männern durch die Lande zogen, um für die St. Legers den geeigneten Ehepartner zu finden. Doch dann kam ihr das Ganze recht albern vor. »Mylord, Ihr glaubt doch wohl nicht ernsthaft an Bann, Fluch und dergleichen, oder?«

Ein Blick in sein Gesicht genügte ihr als Antwort. Offensichtlich glaubte er daran, andernfalls stünde sie selbst jetzt nicht in dieser Kirche. Jemand sollte Anatole einmal zeigen, dass die Zeiten des finsteren Mittelalters endgültig vorüber waren und man jetzt im Zeitalter der Vernunft lebte. Zumindest traf das auf das Land jenseits von Cornwall zu. »Solcher Aberglaube ist doch nicht gesund«, bemerkte sie. »Welche wissenschaftlichen Beweise ließen sich denn schon dafür vorbringen?«

»Beweise, Madam? Da muss ich nicht lange suchen, sondern mir nur das Schicksal meiner Eltern vor Augen halten. Mein Vater heiratete auch eine andere als diejenige, die für ihn ausgesucht worden war. Meine Mutter war bereits in dem Moment verdammt, in dem sie in Castle Leger eintraf. Und das blieb so bis zu dem Tag, an dem ...«

Er brach ab und ballte die Fäuste. Den Schleier, der sich nun über seine Augen legte, hatte Madeline schon vorher bemerkt. Er schien immer dann aufzutauchen, wenn die Rede auf seine Mutter kam.

»Mama starb sehr früh, ähnlich wie Deidre. Ich war damals erst zehn. Der Verlust brach meinem Vater das Herz, und binnen fünf Jahren folgte er ihr ins Grab.«

»Dann wurdet Ihr also schon mit fünfzehn der Herr von Castle Leger?«

»Mein eigener Herr bin ich sogar noch länger.«

»Tut mir Leid.« Die junge Frau hätte ihm gern eine Hand auf den Arm gelegt, aber Männer wie er nahmen Mitgefühl nicht gern an. »Woran starb Eure Mutter?«

»An Gram und Angst.«
Das ist doch Unsinn, wollte Madeline widersprechen, biss sich aber rechtzeitig auf die Zunge. Menschen starben nicht einfach an Trauer oder irgendwelchen Ängsten. Vermutlich hatte die Ärmste an einem schwachen Herzen gelitten. Doch angesichts Anatoles ernster Miene sagte sie nur: »Verstehe.«
»Nein, ihr versteht überhaupt nichts. Weder über mich noch über meine Familie!« Er schien mit sich zu ringen und fuhr schließlich bitter fort: »Ich will nicht, dass Ihr das gleiche Schicksal erleidet wie meine Mutter.«
»Das werde ich nicht. Immerhin bin ich die auserwählte Braut.« Sie sprach das ganz ernst aus, doch in ihren Augen leuchtete ein verräterisches Funkeln.
Anatole wurde wütend. Diese infernalische Frau machte sich über ihn lustig, alle Flüche der Hölle über sie! Doch statt zu explodieren fuhr er sich mit der Hand durchs Haar und zog dabei einige Strähnen aus seinem Zopf. »Ihr glaubt nicht ein verdammtes Wort von dem, was ich Euch erzählt habe, nicht wahr?«
»Nein«, gestand sie, fügte dann aber eilig hinzu: »Ich bin so kräftig und gesund wie ein Bauernmädchen, und deswegen braucht Ihr auch nicht zu befürchten, dass ich vorzeitig im Grab ende. Und ich pflege auch nicht bei jeder Kleinigkeit in Ohnmacht zu fallen.«
Madeline klopfte ihm auf die Hand, um ihm zu zeigen, dass sie die Angelegenheit damit als erledigt betrachte. Dann schritt sie weiter zur Statue von St. Gothian.
Anatole starrte ihr hinterher und wusste nicht mehr weiter. Den ganzen Morgen schon hatte er den Moment gefürchtet, in dem er seiner Braut die Wahrheit über seine Familie aufdecken musste. Als sie nach Deidre fragte, war ihm das als die richtige Überleitung erschienen, um damit zu begin-

nen. Er hatte befürchtet, dass Madeline darauf mit Entsetzen, Angst oder Abscheu reagieren würde. Aber dass sie ihm kein Wort glauben würde, wäre ihm selbst im Traum nicht eingefallen.

Sie wirkte so gesetzt mit ihrer Haube, unter der die roten Locken hervorlugten, dem seidenen Gewand, das ihre Figur vortrefflich betonte, und mit ihrem rosafarbenen Mund, der …

Sie ist einfach widerspenstig und erfreut sich daran, anderer Meinung zu sein!

Anatole verschränkte die Arme vor der Brust. Die feine Lady verlangte also nach Beweisen. Wenn er ihr damit nicht dienen konnte, würde sie ihn für einen abergläubischen Spinner halten und ihn nur noch wie einen Dorftrottel behandeln. Natürlich könnte er ihr einfach schon anhand seiner besonderen Fähigkeiten demonstrieren, dass die St. Legers sich von anderen Menschen unterschieden. Er könnte die Kerzen aus den Haltern fliegen oder den Blumenstrauß, den sie auf dem Altar abgelegt hatte, vor ihrer Nase auf und ab tanzen lassen.

Doch der bloße Gedanke daran bereitete ihm ein Frösteln, und er fragte sich, ob er der einzige Mensch auf der Welt war, der bei Blumen sofort an Schmerzen und Tod denken musste.

Madeline betrachtete gerade entzückt die Putten, die über dem Taufbecken angebracht waren. Das einfallende Sonnenlicht verlieh ihren Zügen einen Glanz, der ihm den Atem raubte …

Der Burgherr seufzte tief. Auch wenn er sich für seine Schwäche verwünschte, hielt er es doch für klüger, seine Braut heute mit Beweisen für seine dämonischen Talente zu verschonen. Madeline schien ihn gehört zu haben; denn sie drehte sich um und lächelte ihn an. »Wird Mylord langsam ungeduldig und möchte gehen, oder müssen wir noch auf Mr. Fitzleger warten?«

»Nein.«

»Dann sollten wir auf die Burg zurückkehren.«

Nichts hätte er lieber getan. Die feierliche Ruhe in St. Gothian's hatte ihn immer schon bedrückt. Aber ein anderer Grund hielt ihn zurück, und vor dem fürchtete er sich noch mehr als vor der Familiengeschichte. Gern hätte er darauf verzichtet, vor allem, weil Madeline ihn dann wohl erst recht für einen Hinterwäldler halten würde, doch daran führte kein Weg vorbei.

Als die junge Frau nach draußen wollte, stellte er sich ihr in den Weg. »Wartet! Eins gilt es noch zu erledigen. Eine alte Tradition, welcher der Erbe des Hauses Castle Leger bei seiner Vermählung nachkommen muss.

»Noch mehr?« Madeline hatte langsam genug von all dem Hokuspokus, mit dem diese cornischen Landadeligen sich die Zeit zu vertreiben schienen. Doch ihr Überdruss verwandelte sich in Panik, als Anatole das Schwert aus der Scheide zog. Der Stahl funkelte im Kerzenlicht, und der Kristall am Knaufende strahlte in allen Farben des Regenbogens in die Bänke.

»Ist das denn wirklich notwendig?«, fragte die junge Frau vorsichtig.

»Ja, ich fürchte, es muss sein.« Er hielt ihr die Waffe hin. »Dies ist das Schwert meines Vorfahren Prospero St. Leger, welcher –«

»Was für ein ungewöhnlicher Name«, unterbrach sie ihn und legte wie ein neugieriger Spatz den Kopf schief. »So wie Prospero in Shakespeares *Der Sturm*?«

Nein, wie Prospero, Satans Oberteufel, dachte er, verbiss sich aber diese Entgegnung, um seine Braut nicht noch weiter zu verwirren.

Er fuhr mit der Zeremonie fort: »Von einem Shakespeare weiß ich nichts. Wie dem auch sei, der erste Lord von Castle Leger hieß Prospero, und dies war sein Schwert –«
»Ich habe hier aber nirgends einen Stein mit seinem Namen darauf entdeckt«, ließ sie ihn schon wieder nicht zu Ende kommen.«
»Der verdammte Kerl wollte nirgendwo zur letzten Ruhe gebettet werden«, murmelte der Burgherr und antwortete laut: »Prospero liegt hier nicht, weil er in einem Feuer verbrannte. Man hat seine Asche auf dem Meer ausgestreut.«
Bevor Madeline noch weitere Fragen stellen konnte, erklärte er rasch: »Seither wurde die Klinge den Ladys der St. Legers übergeben.«
»Den Ladys?«
»Ja. Ich weiß nicht, wann dieser Brauch eingeführt wurde, aber seit langem unterliegen die männlichen St. Legers der Pflicht, das Schwert ihrer Gemahlin zu geben, zusammen mit der Verpflichtung, sich auf kein Duell mit einem Verwandten ihrerseits einzulassen.«
»Aber Ihr liegt doch mit meiner Familie nicht im Streit«, merkte die junge Frau an. »Ihr kennt sie ja nicht einmal.«
»Ich meine das ja auch nur symbolisch. Jeder St. Leger hat bislang auf die eine oder andere Weise mit der Welt im Krieg gelegen.«
»Und wie sieht Eure Weise aus?«
»Das tut jetzt nichts zur Sache. Viel wichtiger ist, dass dem St. Leger, der das Schwert von seinem Vater erbt, drei Pflichten auferlegt werden. Zum Ersten darf er die Klinge nur bei einer gerechten Sache einsetzen. Zum zweiten darf er damit niemals das Blut eines anderen St. Leger vergießen.
Und zum Dritten muss er die Waffe der Frau überreichen,

die er lie –« Anatole brach ab und fügte brummig hinzu: »die er geheiratet hat.«
»Aber wenn Ihr mir die Klinge überlasst, wie könnt Ihr sie dann bei einer gerechten Sache –«
»Verdammt, Weib? Wenn Ihr zu allem, was ich sage, tausend Fragen habt, werden wir nie mit der Zeremonie fertig.«
Madeline zuckte bei seinem wütenden Tonfall zurück und sah ihn dann vorwurfsvoll an. Der Burgherr fuhr sich ein weiteres Mal durch die Haare, und danach war der Zopf kaum noch als solcher zu erkennen. Verdammt, er hatte sie nicht anschreien wollen, aber bei ihren Anmerkungen fühlte er sich wie ein Idiot. Warum konnte sie nicht abwarten, bis er ihr alles gesagt hatte. Bei diesem Ritual ging es nicht darum, seiner Gattin ein Stück Stahl zu überlassen, sondern sich ihr damit mit Herz und Seele zu versprechen.
Anatole trat vor und kniete vor seiner Braut nieder. Dabei fragte er sich, ob sie ihn jetzt erst recht für debil hielt. Ein Blick in ihr Gesicht bestätigte seine Befürchtungen. Die junge Frau starrte ihn mit offenem Mund und mit weit aufgerissenen Augen an.
Wie sollte er sich ihr bis in alle Ewigkeit versprechen, wenn er nicht einmal selbst davon überzeugt war, ihr zu Lebzeiten ein guter Ehemann zu sein? Da sie ihn fürchtete und vor jeder seiner Berührungen zurückzuckte? Womöglich würde Anatole sie bis an sein Ende höchstens in Gedanken lieben können.
Wenn Madeline bloß nicht so verdammt hübsch gewesen wäre. Die Augen schienen alle Süße und Wärme des Frühlings zu enthalten, der nie in sein Land kam. Unter der Haube quoll ihr lockiges Haar wie feurige Seide hervor; sie trug es offen nach dem alten Brauch, mit dem angezeigt wurde, dass sie rein und unberührt in die Ehe ging.

Alles in allem die perfekte Braut. Für jeden Mann auf der Erde – nur nicht für ihn. Frustriert hielt er ihr die Waffe wieder hin: »Hier, nehmt!«

Madeline starrte ihn nur an. Von allen Merkwürdigkeiten, die ihr seit ihrer Ankunft auf Castle Leger widerfahren waren – und das waren beileibe nicht wenige –, erschien ihr diese die Befremdlichste.

Ihr stolzer, eingebildeter und unbezwinglicher Gatte, gleichzeitig der unromantischste und ungalanteste Mann, der ihr je begegnet war, kniete aus heiterem Himmel wie ein schwärmerischer Liebhaber vor ihr nieder. Madeline verspürte den unstillbaren Drang zu kichern. Doch seine ernste Miene und sein grimmiger Blick hinderten sie daran.

»Nun nehmt endlich das gottverdammte Schwert!«

Ihr blieb wohl nichts anderes übrig. Die junge Frau streckte die Hände aus und ließ sich die schwere Klinge überreichen. Zu ihrem eigenen Erstaunen befiel sie jetzt doch so etwas wie Faszination. Eleganz und Mystik gingen von dieser Waffe aus.

Kaum hatte sie die Waffe angenommen, erhob Anatole sich rasch wieder.

»War das alles?«, fragte die junge Frau.

»Ja … ich meine, nein.« Er senkte den Kopf, und seine Wangen waren stark gerötet. »Ich muss dazu auch noch etwas sagen. So etwas wie 'Mylady, hiermit übergebe ich Euch nicht nur mein Schwert, sondern auch … auch …«

»Auch was?«, drängte sie.

Er murmelte etwas vor sich hin, was Madeline beim besten Willen nicht verstehen konnte. Sie sah ihn fragend an, und Anatole bedachte sie mit einem wütenden Blick.

»Also gut, bitte sehr. Hiermit übergebe ich Euch nicht nur mein Schwert, sondern auch mein Herz und meine Seele bis in alle Ewigkeit!«

Was für wunderschöne Worte. Wenn er sie nur nicht so wütend hinausgeschrien hätte. Und wer wusste schon, wie ernst es ihm damit war?
»Und was soll ich jetzt damit anfangen?«, fragte Madeline. »Mit meinem Schwert oder mit meiner Seele?«
»Mit beidem.«
»Akzeptiert sie einfach.«
»Danke, das ist wirklich sehr nett von Euch, nur …«
»Was denn jetzt schon wieder?«
»Nun ja, zumindest was das Schwert angeht, wäre mir, glaube ich, mit einer passenden Scheide sehr gedient.«
Die junge Frau fürchtete, es damit endgültig zu weit getrieben zu haben, und wagte kaum, ihn anzusehen. Doch nach einem Moment warf Anatole den Kopf in den Nacken und stieß ein lautes Lachen aus. Ein fröhliches Lachen, das sein ganzes Gesicht erfasste und frei war von seinem üblichen Spott.
»Bei meiner Ehre, Ihr habt vollkommen Recht, Mylady.« Er löste den Schwertgurt und legte ihn ihr um. Dann nahm er das Schwert und steckte es in die Scheide.
Madeline spürte sehr genau, wie nahe er ihr jetzt war, als seine Hände kurz auf ihrer Hüfte lagen. Sie fühlte auch die Hitze und Vitalität, die von ihm ausgingen.
»Besser so?«, fragte Anatole.
»J-ja«, stammelte sie und war sich dessen gar nicht sicher. Vor allem nicht, solange ihr Puls derart raste.
Seine harten Züge wurden so weich, wie sie es nie für möglich gehalten hätte, und die Strenge wich aus seinem Blick.
»Es tut mir Leid.«
»Was denn?«
»Euch mit all diesem Wahnsinn behelligt zu haben. Mit all diesen sonderbaren Sitten und Gebräuchen meiner Familie.«

»Ich bin überzeugt, dass ich mich schon noch daran gewöhnen werde.«
»Wirklich? Das kann ich nur hoffen, Mylady. Mir ist durchaus bewusst, dass wir nicht gerade einen glücklichen Start hatten, aber lasst Euch versichert sein, dass ich nicht beabsichtige, Euch unglücklich zu machen ... oder Euch Angst einzujagen.«
Ein bisschen spät, dachte Madeline. Und wie sollte jemand nach solchen Geschichten über Familienflüche oder Herzen, die in einer Kirche begraben wurden, ruhig und gelassen bleiben.
Dennoch verspürte sie den Wunsch, Anatole Gewissheit zu geben. Niemals hatte sie ihn so verletzlich erlebt, nie solche Traurigkeit in seinen Augen gelesen.
»Ich bin eine ungemein vernünftige Frau, Mylord, und lasse mir nicht so leicht Angst einjagen.« Dabei strich sie ihm eine Strähne aus dem Gesicht.
St. Leger wirkte verwirrt, so als könne er mit ihrer zärtlichen Geste genauso wenig anfangen wie sie mit seinem Schwert.
»Ihr hinterlasst aber nicht immer einen mutigen Eindruck.«
»Glaubt mir, Sir, nach allem, was ich durchmachen musste, kann ich nur das Herz eines Löwen besitzen. Die meisten Frauen, die in Eure Burg gelangen, würden wohl schreiend das Weite suchen.«
»Ich habe nicht von Castle Leger gesprochen, sondern von Eurer Furcht vor mir.«
Darauf fiel Madeline nicht gleich eine Entgegnung ein.
Sie senkte den Kopf, doch er legte zwei Finger unter ihr Kinn und hob ihn wieder an.
»Ihr habt Angst vor mir, nicht wahr, Madeline? Gestern, als ich Euch küssen wollte, seid Ihr durch mein Arbeitszimmer geflohen, als sei der Teufel persönlich hinter Euch her.«

»Ihr wart so wild. Und so, wie Ihr mich gepackt habt, sollte man seine Braut nicht küssen.«
»Nach einem Kuss seid Ihr schon Expertin auf diesem Gebiet?«
»Ich mag erst ein Mal richtig geküsst worden sein, aber in meinen Träumen habe ich ganz anderes erfahren.«
»Dann zeigt mir, wie ich es anstellen muss.«
»Wie bitte?« Das konnte er doch wohl nicht ernst meinen. Aber ein Blick in sein Gesicht belehrte sie eines Besseren. Die bloße Vorstellung, ihre Lippen auf die seinen zu drücken, brachte ihren Herzschlag aus dem Rhythmus.
»O nein, ich glaube nicht, dass ich das könnte.«
»Warum nicht?«
»Weil ich … ich …« Sie zog sich rückwärts gehend von ihm zurück, und dabei verhedderte sich die lange Klinge in ihren Röcken. Warum musste sie so klein und das Schwert so groß sein? Sie prallte gegen eine der Bänke, und schon ragte Anatole wieder über ihr auf.
»Weil Ihr so groß seid und ich nicht bis zu Euch hinaufreiche.«
»Dann beuge ich mich eben herab.« Alle Sanftheit war aus seiner Miene verschwunden, und das dunkle Feuer brannte wieder in seinen Augen, das sie gleichzeitig abschreckte und anzog.
»Zeigt es mir, Madeline. Zeigt mir, wie Ihr geküsst werden wollt.«
Er war so wild, so unbeherrscht, so fordernd. Doch wie sollte sie ihn jemals ändern, wenn sie jetzt nicht den Mut aufbrachte, es ihm beizubringen?
»Ich kann das nicht, wenn Ihr mich so anstarrt.«
Nach einem Moment schloss St. Leger die Augen und wartete. Eine Ewigkeit schien zu vergehen, ehe Madeline den Mut aufbrachte, eine Hand auf seinen Arm zu legen.

Unter dem weichen Stoff konnte sie die Kraft des Armes spüren, und wieder begann ihr Herz, unkontrolliert zu hämmern. Sie stellte sich auf die Zehenspitzen und näherte sich Anatole. Nur ein kurzes Berühren der Lippen, nach mehr stand ihr nicht der Sinn.
Doch dann flog sie ihm entgegen, als habe eine unsichtbare Macht ihr einen Stoß versetzt. Sie prallte gegen seine Brust, und ihre Münder vereinten sich zu einem Kuss von unerwarteter Süße. Hitze durchtoste die junge Frau, und sie hob eine Hand, um die Finger in seiner Mähne zu vergraben, um sich enger an ihn zu pressen, um die Geheimnisse seines willigen Mundes zu erkunden, um –
Schockiert über solche Gedanken, befreite sie sich von St. Leger. »Bitte sehr«, keuchte Madeline und war sich nicht mehr recht sicher, was sie ihm eigentlich hatte demonstrieren wollen oder wer von beiden wem etwas gezeigt hatte. »So möchte ich geküsst werden. Sanft und zärtlich.«
Anatole öffnete in diesem Moment die Augen, und was darin zu lesen stand, bewirkte wenig, um das Feuer in Madeline zu löschen. Im Gegenteil, es breitete sich jetzt auch noch in ihrem Bauch aus.
»Mylady, mit solcher Sanftheit und Zärtlichkeit könnt Ihr einen Mann um den Verstand bringen.«
Es hatte ihm wohl nicht gefallen. »Dann schätzt Ihr meine Art zu küssen nicht sehr?«
»Das habe ich nicht gesagt.«
Ohne den Blick von ihr zu wenden, nahm er ihre Hand, schob den Handschuh zurück und drückte seine Lippen auf die pochende Vene an ihrem Handgelenk. Madeline bebte am ganzen Körper und stellte mit dem letzten Rest geistiger Klarheit fest, dass Anatole sie auch, wenn er zärtlich war, zum Schmelzen bringen konnte.

»Vielleicht finden wir heute Abend zu einem Kompromiss zwischen Euren Küssen und meinen.«
»Ja, vielleicht«, flüsterte sie wie gebannt von seiner heiseren Stimme und seinen dunklen Augen. In diesem Moment hätte sie jedem Vorschlag von ihm zugestimmt.
Erst als er sie endlich los ließ und ihr Atem sich wieder etwas beruhigte, wurde ihr allmählich bewusst, was Anatole da gesagt hatte.
Vielleicht finden wir heute Abend zu einem Kompromiss.
Das Herz rutschte ihr in die Kniekehle.
Heute Abend war ihre Hochzeitsnacht …

Reverend Septimus Fitzleger verließ mit dem Dreispitz unter dem Arm die Sakristei und trat hinaus auf den Friedhof. Das junge Brautpaar eilte gerade den Pfad entlang.
Mit seinen weit ausholenden Schritten hatte Anatole die Kutsche schon fast erreicht, als ihm auffiel, dass Madeline nicht mithalten konnte. Ungeduldig lief er zurück, hob sie auf die Arme und setzte sie auf den Sitz des Zweispänners mit der Grazie eines Arbeiters, der einen Sack Getreide ablädt. Dann schwang er sich neben sie auf die Bank und gab den beiden Pferden die Peitsche. Schon raste der Wagen los, und die arme Braut hielt mit der einen Hand die Haube und mit der anderen sich an der Seite der Kutsche fest.
Sicher nicht der romantischste Beginn einer Ehe, sagte sich der Pastor, aber wenigstens hatte Seine Lordschaft die Angetraute nicht völlig vergessen und war ohne sie abgefahren. Während Fitzleger zusah, wie der Wagen unter einer Staubwolke davonfuhr, musste er an sich halten, um nicht ermattet auf der Stufe zusammenzusinken.
Nie zuvor hatte er eine Hochzeit so rasch durchgeführt und dabei jeden Moment befürchtet, einer von beiden könne es

sich anders überlegen und fluchtartig die Kirche verlassen. Und in dem Augenblick, in dem er Madeline die entscheidende Frage gestellt hatte, wäre ihm bei ihrem Zögern beinahe das Herz stehen geblieben.

Aber warum sich darüber jetzt noch sorgen. Sie hatte Ja gesagt, und er ebenso. Mit Gottes Segen waren die beiden nun offiziell verheiratet. Fitzleger hatte seinen Teil dazu beigetragen, und er fühlte sich jetzt rechtschaffen erschöpft. Mit seinen zweiundsiebzig Jahren wurde er langsam zu alt für die Brautsucherei.

Die Suche für Anatole war bislang die schwierigste gewesen, aber was hätte er auch anderes erwarten sollen? Der junge Herr war schon immer sehr wild gewesen, selbst für einen St. Leger.

Aber der arme Junge hatte sich bereits im zarten Kindesalter gezwungen gesehen, allein, ungezähmt und ohne Liebe aufzuwachsen. Dem Reverend wurde immer noch das Herz schwer, wenn er daran dachte. Wie viele Schmerzen und bittere Erinnerungen musste der junge Herr unter seiner harten Schale vergraben haben. Da bedurfte es schon einer außergewöhnlichen und sehr geduldigen Frau, um bis in sein Herz vorzustoßen. Doch Septimus ahnte, und sein besonderer Instinkt gab ihm da Recht, dass Madeline genau diese Frau sein könnte.

Doch warum war er dann nicht zufrieden und freute sich. Seit dem Ende der Zeremonie hatte den Reverend eine tiefe Melancholie überkommen, die sich bis jetzt noch nicht gelegt hatte.

Vielleicht war dafür das Wissen verantwortlich, mit diesen beiden zum letzten Mal ein Paar zusammengebracht zu haben. Anatoles Cousin, der arrogante Roman, war verblendet genug, um die St.-Leger-Traditionen abzulehnen. Die meisten anderen aus dieser Familie waren bereits verheira-

tet, und Fitzleger wusste, dass ihm nicht mehr genug Jahre blieben, um für die nächste Generation von Diensten zu sein.
Aber wer würde sein Nachfolger werden?
Diese Frage bereitete ihm schon seit längerem Sorgen. Keiner seiner Söhne schien das besondere Talent geerbt zu haben. Wer sollte dann in Zukunft den St. Legers den Weg zum Eheglück zeigen?
Seine jüngste Schwiegertochter stand kurz vor einer weiteren Entbindung, und vielleicht würde er diesmal einen Enkelsohn erhalten. Gut möglich, dass die Gabe eine Generation übersprang.
Zufrieden mit dieser Aussicht, setzte sich Septimus den Hut auf den Kopf und beschritt den Friedhofsweg, der zu seinem Pfarrhaus führte. Doch er kam nicht weit. Ein lautes Schluchzen zerstörte den Frieden des Morgens und wurde vom Wind davongetragen. Erschrocken drehte der Reverend sich um, doch zunächst konnte er niemanden entdecken.
Dann fiel ihm eine Bewegung ins Auge. Jemand mit einem bodenlangen Umhang stand vor einem Grab. Der Fremde hatte die Kapuze tief ins Gesicht gezogen, und das Braun seines Mantels ließ sich kaum vom Stamm der Eiche neben ihm unterscheiden. Er stand im Schatten der Kirche, und so war es kaum verwunderlich, dass Fitzleger ihn nicht gleich bemerkt hatte.
Das Schluchzen nahm kein Ende, und Septimus erkannte an der Stimme, dass es sich bei dem Unbekannten um eine Frau handeln musste. Sie beugte sich über einen Grabstein und weinte laut.
O nein, dachte der Priester. Nicht schon wieder Bessie Kennack an der letzten Ruhestätte ihrer Mutter. Das Mädchen bereitete ihm mit ihrer Verbitterung schon seit lan-

gem Kummer. Immer noch gab sie Anatole die Schuld am Ende ihrer Mutter, und, bei Gott, dazu hatte sie nun wirklich keinen Anlass.
Offensichtlich brauchte die junge Frau jetzt seinen Trost, obwohl er nicht wusste, was er ihr noch sagen sollte. Fitzleger bog also ab, näherte sich ihr und hoffte, ihm werde unterwegs etwas Gescheites einfallen.
Doch als Bessie ihn hörte, verschwand sie wie ein scheues Reh zwischen den Bäumen.
»So warte doch!«, rief der Reverend und beschleunigte seine Schritte. »Bess, bitte!«
Ihr Verhalten verwirrte ihn, und überhaupt hatte die Gestalt eigentlich gar nicht wie das Mädchen ausgesehen. Als er die Eichen erreichte, traf er dort niemanden mehr an. Keine ängstliche junge Frau, die sich hinter einem Stamm versteckte, und auch kein Mädchen, das den Weg hinunterlief.
Fitzleger lehnte sich gegen den Baum und sah sich nervös um. Spurlos verschwindende Menschen, so etwas kam eigentlich höchstens auf Castle Leger vor, aber nicht auf seinem schmucken kleinen Friedhof.
Wohin konnte die Frau so rasch entschwunden sein, und warum war sie überhaupt vor ihm geflohen? Septimus wusste jetzt, dass es sich bei ihr nicht um Bessie Kennack gehandelt hatte. Wenn er eben nur einen Moment nachgedacht hätte, wäre ihm aufgegangen, dass ihre Mutter Marie in einer ganz anderen Ecke beerdigt worden war.
Nur einen Toten hatte man in den letzten Jahrzehnten hier im alten Teil des Friedhofs bestattet …
Der Geistliche fröstelte, und nun fiel ihm auch auf, dass die Fremde eine blutrote Rose auf dieses Grab gelegt hatte. Um ganz sicher zu sein, las er die Inschrift auf dem Stein, obwohl er genau wusste, dass er sich nicht irrte.

Noch im Tode bewies der Verstorbene die Arroganz, die ihn schon zu Lebzeiten gekennzeichnet hatte. Nur ein Wort, ein Name, war dort eingemeißelt worden:
Mortmain.

7

Anatole lief an den Fenstern im Speisezimmer entlang. Das schwarze Haar hing ihm wie eine Mähne vom Kopf, und Rock und Weste hatte er abgelegt und über einen Stuhl geworfen. Nachdem der Burgherr sich auch noch die Schleife und die Rüschen von den Ärmeln entfernt hatte, fühlte er sich wieder halbwegs wohl.

St. Leger zog eines der Fenster auf, ließ eine frische Brise herein und öffnete die obersten Knöpfe seines Hemds, um seinem erhitzten Fleisch Abkühlung zu bescheren. Die Nacht trug die Gerüche von Blumen, Seetang und namenlosen Sehnsüchten herein.

Unter dem sternenbedeckten Himmel breitete sich der Garten aus, eine Wildnis von Azaleen, Schlüsselblumen, Hyazinthen und Rhododendronbüschen. Deidre hatte die Rabatte vor hundert Jahren angelegt, besaß sie doch zu ihrer Zeit ein geradezu unheimliches Talent, Blumen und Pflanzen zum Wachsen zu bringen. Der Sage nach hatte sie die Blüten mit ihren Tränen benetzt und sie dort angepflanzt, wo ihre Blutstropfen zu Boden gefallen waren.

Obwohl Anatole den Garten immer vernachlässigt hatte, gediehen die Pflanzen dort prächtig. Die meiste Zeit mied er den Ort. Der Blütenduft war Gift für seine Seele und riss die Wunden der Erinnerungen und des Bedauerns wieder auf.

Doch heute Nacht lastete die Vergangenheit zum ersten Mal nicht schwer auf ihm – jenes unselige Vermächtnis, welches seine Familie immer schon gepeinigt und ins Unglück gestürzt hatte.
Der Burgherr warf einen Blick auf die Uhr auf dem Kaminsims. Wie viel Zeit war eigentlich vergangen, seit seine übernervöse Braut nach oben verschwunden war, um sich fürs Bett zurechtzumachen?
Für sein Bett.
Will und der andere Diener, Eamon, hatten jedenfalls schon den Großteil des Geschirrs vom Brautmahl abgeräumt, – Kristall, Porzellan und das Silbergut, die schon seit Jahren nicht mehr aus dem Schrank geholt worden waren, alles ausgebreitet auf dem riesigen Mahagoni-Tisch, an dem selbst König Artus mitsamt seiner Tafelrunde Platz gefunden hätten. Die reine Verschwendung, all das gute Geschirr hierher zu bringen, genauso wie die Köstlichkeiten, die in der Menüfolge aufgetischt worden waren.
Braut und Bräutigam hatten das meiste davon kaum angerührt. Madeline hatte kaum mehr als ein Spätzchen zu sich genommen, und Anatole, der für gewöhnlich wie ein Scheunendrescher reinhauen konnte, hatte heute Abend nur wenig Appetit verspürt.
Zumindest nicht auf Essen.
Der Burgherr nahm das Brandyglas mit zwei Fingern vom Tisch und trank einen tiefen Schluck. Die bernsteinfarbene Flüssigkeit erfüllte ihn von neuem mit Hitze. Als wenn er dessen noch bedurft hätte. Seit Anatole am Morgen aus der Kirche gekommen war, hatte Ungeduld ihn erfüllt, und mittlerweile stand es so schlimm um ihn, dass er bereits ernsthaft erwog, alle Bedenken beiseite zu werfen und ins Schlafgemach hinaufzustürmen.
Aber nein, die Erinnerung an ihre grünen Augen hinderte

ihn daran; und wohl auch das leise Zittern in ihrer Stimme, als sie sich beschwert hatte, er sei so groß und rau. Das hatte ihn schließlich dazu bewogen, sie herauszufordern und ihm zu zeigen, wie sie denn geküsst zu werden wünsche.

Verdammt! Was Madeline ihm gezeigt hatte, war überhaupt kein richtiger Kuss gewesen, nur ein Hauch, die Andeutung der Wärme in ihr. Keine Lippenberührung, welche die Leidenschaft eines Mannes zu stillen vermochte, sondern sie im Gegenteil noch angestachelt hatte.

Doch hatte der Kuss in ihm etwas angerührt, Bedürfnisse, von denen er nicht geglaubt hatte, über sie zu verfügen. Verwirrenderweise wollte Anatole Madeline danach den Hof machen, sie umgarnen und ihr alles versprechen, was sie sich wünschte. Und in der Folge davon hatte er sich ja tatsächlich einverstanden erklärt, mit ihr nach einem Kompromiss zu suchen.

Ausgerechnet er, der noch nie in seinem Leben jemandem zuliebe irgendwelche Zugeständnisse gemacht hatte.

Zärtlich zu ihr sein? Anatole wusste nicht, ob er das konnte.

Der Burgherr leerte das Glas und stellte es hart auf den Tisch zurück. Verdammt, er war so nervös, dass man meinen mochte, der Spross der St. Legers solle heute Nacht seine Unschuld verlieren.

Vielleicht hätte er sich besser auf diesen Abend vorbereiten sollen. Anatole betrachtete seine schweren Hände. Die Rechte wie auch die Linke hätten eher einem hart arbeitenden Knecht gehören können als einem Gentleman. Warum hatte er sie nicht mit einer Salbe eingerieben, um wenigstens die Schwielen aufzuweichen.

Und wie stand es mit einem Nachthemd? Der Burgherr hatte immer nackt geschlafen, und bislang war es ihm auch nie in den Sinn gekommen, sich etwas zur Nacht anzuziehen.

Anatole ließ die Hände wieder sinken. Was, um alles in der Welt, ging nur mit ihm vor? Als wenn er nicht genau wüsste, wer dafür verantwortlich war: seine auserwählte Braut, die Feuerfrau. Wenn er nicht aufpasste, würde sie ihn –
Während der Burgherr so mit seinen Gedanken rang, kam eine neue Störung hinzu: Jemand bewegte sich durch die Halle. Wer störte ihn zu dieser später Stunde und auch noch in dieser Nacht?
Fitzleger.
Warum kam der Brautsucher? Anatole öffnete die eine Hälfte der Flügeltür zum Speisezimmer. Gerade genug Platz für den Alten.
Will und Eamon blickten verwundert von ihrer Arbeit auf, als der Geistliche eintrat. Da sie aber hier auf der Burg an viel sonderbarere Dinge gewöhnt waren, ließen die beiden sich nicht lange von ihren Pflichten abhalten.
Der Burgherr erwartete den Geistlichen mit verschränkten Armen und einem finsteren Willkommensblick.
Septimus' Haar war vom Nachtwind zerzaust, von der gewohnten inneren Ruhe war ihm wenig anzumerken, und noch bevor St. Leger etwas sagen konnte, platzte es schon aus dem kleinen Mann heraus:
»Vergebung für meine Störung, Mylord, doch leider hat sich heute etwas ereignet, über das ich mich unbedingt mit Euch beraten muss.«
»Jetzt?«, rief Anatole. »Hat das denn nicht bis morgen Zeit? Verdammt, Mann, meine Hochzeitsnacht steht kurz bevor!«
»Das ist mir bewusst, und deswegen bin ich ja auch so erleichtert, euch noch anzutreffen, ehe Ihr … ehe Ihr …« Der Reverend lief rot an und beendete den Satz nicht.
Der Burgherr wünschte dringlich, der Pastor wäre fünf Minuten später erschienen. Madeline lag bestimmt schon im Bett und erwartete ihn nervös.

Doch er verzichtete darauf, laut zu fluchen, und wünschte Fitzleger nur in Gedanken zum Teufel. »Also gut, ich gebe Euch fünfzehn Minuten.«
»Unter vier Augen, wenn Eure Lordschaft belieben«, bat der Alte leise.
St. Leger befahl den beiden Jungen, das Aufräumen später fortzusetzen und jetzt zu verschwinden. Dann goss er dem Geistlichen ein Glas Wein ein, ließ ihm aber kaum Gelegenheit, auch nur an dem Burgunder zu nippen.
»Also, was, zur Hölle, ist vorgefallen?«
»Ich hoffe, nicht mehr als die Hirngespinste eines alten Narren ...« Der Reverend stärkte sich mit einem Schluck Wein, ehe er fortfuhr: »Heute hat sich etwas Merkwürdiges auf dem Gelände der Kirche getan.«
»Natürlich, ich habe geheiratet.«
Doch der Pastor war viel zu erregt, um auf diesen Scherz zu reagieren. Spätestens jetzt wusste Anatole, dass sein Gegenüber sehr durcheinander sein musste. »Erzählt mir alles«, forderte er ihn weniger knurrig auf.
»Nachdem Ihr, Eure Lordschaft, heute Morgen mit Eurer Braut abgefahren wart, bemerkte ich eine Fremde auf dem Friedhof. Sie hatte sich so eingehüllt, dass ich ihre Züge nicht erkennen konnte. Die Frau weinte an einem Grab und ließ dort eine rote Rose zurück. Am Grab von Tyrus Mortmain!«
Anatole zog sofort beide Brauen hoch. Diesen Namen hatte er schon als Kind zu hassen und zu fürchten gelernt. Ein hinterhältiges und umtriebiges Geschlecht, das schon immer mit den St. Legers in Fehde gelebt hatte. Die Blutfehde zwischen den beiden Familien erstreckte sich über Jahrhunderte. Wann immer sein Großvater den Namen hörte, hatte er ausgespuckt.
Der jetzige Burgherr beließ es jedoch bei einem Fluch.

»Tyrus Mortmain, diese schwarzherzige Ausgeburt der Hölle? Wer außer einem gottverdammten Narren würde seinen Tod beweinen –«

»Ein anderer Mortmain«, warf der Priester ein.

Das brachte St. Leger kurz zum Nachdenken, doch schon einen Moment später wehrte er ab.

»Unmöglich. Alle Mortmains sind tot. Der Letzte von ihnen starb vor vielen Jahren. Man hat mir als Kind immer erzählt, dass mein Großvater Sir Tyrus nach der Ermordung von Onkel Wyatt bis in dessen Anwesen verfolgt hat, um seinen Schurkereien ein für alle Mal ein Ende zu bereiten. Ihr selbst seid doch in jener Nacht zugegen gewesen, oder, Fitzleger?«

»Ja, ich kann mich noch gut daran erinnern. Um nicht der Gerechtigkeit zugeführt und abgeurteilt zu werden, hat Tyrus Mortmain sein eigenes Haus in Brand gesteckt. Alle sind in den Flammen ums Leben gekommen, er selbst, die Dienerschaft, seine Frau und seine Töchter.«

»Und niemand hat die Feuersbrunst überlebt, nicht wahr?«

Der Reverend schüttelte sich. »Nein. Nur Tyrus hat man aus den Trümmern gezogen. Er hatte furchtbare Verbrennungen erlitten, lebte aber noch eine Weile. In seiner letzten Stunde bereute er seine Sünden und bat darum, auf dem Friedhof beigesetzt zu werden. Euer Großvater war furchtbar wütend, weil ich ihm diesen Wunsch nicht abgeschlagen habe, aber was hätte ich denn anderes tun sollen?«

Septimus seufzte. »Ich habe eine einfache Totenmesse für ihn abgehalten, zu der niemand erschien. Warum aber kam heute jemand, um ihn zu beweinen? Nach so langer Zeit? Als ich mich ihr näherte, verschwand sie so rasch wie … wie ein Geist.«

»Nichts da, Reverend. Onkel Hadrian hat immer erklärt, so viel Schlechtes man den Mortmains auch nachsagen könne, ein Gutes hätten sie: Wenn die Mitglieder dieses Geschlechts einmal tot wären, würden sie ihre Gräber auch nicht wieder verlassen.«

»Aber wer war diese Frau?«

»Das weiß ich auch nicht.« Anatole ließ sich schwer in einen Sessel nieder und massierte sich eine schmerzhafte Stelle zwischen den Schulterblättern. In den vergangenen Jahren hatte er schon allein mit seinem St.-Leger-Erbe genug Ärger gehabt, da wollte er sich nicht auch noch mit diesen lästigen Mortmains herumärgern müssen. Und Fluch und Verdammnis über ihn, wenn er sich ausgerechnet heute Nacht den Kopf darüber zerbräche.

»Wahrscheinlich war sie niemand Bestimmtes«, meinte der Burgherr. »Irgendeine herumziehende Zigeunerin oder ein dummes Ding aus dem Dorf, die nicht lesen kann und deswegen vor dem falschen Grab gestanden hat … Doch wenn es Euch beruhigt, alter Freund, werde ich die Angelegenheit weiter verfolgen.«

»Vielen Dank, Mylord. Mir wäre doch sehr viel wohler, wenn Ihr die Sache bald in Angriff nehmen würdet.«

»Ich hoffe, Ihr verlangt nicht von mir, jetzt gleich damit zu beginnen«, entgegnete St. Leger trocken.

»Nein, morgen ist noch früh genug.« Der alte Mann schien seinen Humor wieder gefunden zu haben. »Und nun entschuldigt mich bitte, Euer Lordschaft, ich habe Euch lange genug von Eurer Lady fern gehalten.«

»Das trifft zu. Ich habe sie schon vor einer ganzen Weile nach oben geschickt.«

Fitzleger, der sich gerade erhoben hatte, plumpste in den Sessel zurück. »Ihr habt sie hochgeschickt?«

»Ja, natürlich.«

»Herumkommandiert wie einen Eurer Diener?«

Jetzt erkannte der Burgherr, dass Septimus ihm Vorhaltun-

gen machen wollte. »Als Lord bin ich es gewöhnt, Befehle zu geben. Warum sollte ich das bei meiner Gemahlin anders halten?«
»Ich fürchte, einiges ändert sich, wenn man heiratet.«
»Was denn, zum Beispiel?«
»Nun, Frauen ziehen dann in den Haushalt ein. Ich muss gestehen, Mylord, dass ich zutiefst bestürzt reagierte, als ich von der abrupten Abreise von Madelines Zofe und Cousine erfuhr.«
»Das war doch nicht meine Schuld. Immerhin habe ich dieses törichte Weibsvolk nicht mit geladener Büchse davongejagt.«
»Ich fürchte, dessen hat es auch gar nicht mehr bedurft. Versteht bitte, Anatole, nun, da Ihr Euch eine Frau genommen habt, werdet Ihr zusätzliche Dienerschaft benötigen.«
»An Bediensteten habe ich wahrlich genug.«
»Ich spreche von weiblichem Personal.«
»Niemals! Man mag mich gezwungen haben, zu heiraten, aber ich werde nicht zulassen, dass diese Burg von einer Horde zänkischer, klatschsüchtiger Weiber eingenommen wird!«
»Aber Ihr könnt doch nicht zulassen, dass Madeline als einzige Frau ihr Leben unter lauter Männern zubringen muss.«
»Wieso denn nicht? Ich selbst bin damit doch auch immer gut zurechtgekommen.« Aber Anatole wusste, dass dieses Argument nicht stach, und so sagte er einen Moment später: »Also gut, ein Mädchen aus dem Dorf, wenn Ihr eine findet, die Mut genug hat, nach Castle Leger zu kommen. Sie mag Madeline als Zofe dienen, aber mehr erlaube ich nicht.«
Er erhob sich. »Nun, Reverend, gibt's sonst noch etwas?«
»Ich fürchte, ja, Mylord. Ihr müsst unbedingt einiges mehr über Frauen wissen. Sie sind nämlich anders als Männer.«

»Kommt Ihr damit nicht ein wenig spät, Fitzleger? Den Vortrag hättet Ihr mir halten müssen, als ich dreizehn war.«

»Mit dreizehn … Soll das heißen, dass Ihr schon in so jungen Jahren … Nein, schweigt! Ich will es gar nicht wissen.« Der Pastor hob abwehrend beide Hände.

»Ich will Euch nur folgendes nahe bringen, Euer Lordschaft. Wenn ein Mann sich in einer amourösen Stimmung befindet, zählt für ihn nur die Gegenwart. Aber die, äh, Empfänglichkeit einer Frau hängt auch davon ab, wie sie den Tag über behandelt worden ist.«

»Was glaubt Ihr denn, was ich heute getan habe? Etwa Madeline übers Knie gelegt und verdroschen?«

»Vermutlich wäre Euch das sehr schwer gefallen, weil Ihr gar nicht bei ihr gewesen seid. Stattdessen seid Ihr lieber ausgeritten, Mylord.«

»Habt Ihr Spione auf mich angesetzt, alter Mann?«

»Nein, aber mein Küster hat Euch gesehen, wie Ihr an der Küste entlang galoppiert seid.«

»Na und? Das tue ich beinahe täglich.«

»Aber ausgerechnet an Eurem Hochzeitstag müsst Ihr Eure Braut allein lassen?«

»Ich hätte sie ja gern mitgenommen«, entgegnete Anatole gereizt, »aber es hat Euch ja gefallen, mir eine Frau zu finden, die Angst vor Pferden hat und unter einem angenehmen Nachmittag versteht, Tee zu trinken und über tote Dichter zu sprechen. Ehrlich, Reverend, ich habe nicht die leiseste Ahnung, was ich mit so einer Frau anfangen soll. Na gut, eines gäbe es da, aber ich glaube kaum, dass Ihr mich ermuntern wollt, mir Madeline am helllichten Tag wie einen Sack Kartoffeln über die Schulter zu werfen, sie ins Schlafzimmer zu tragen und dort wie ein brünftiger Hirschbock über sie herzufallen.«

»Ich möchte nicht, dass Ihr das jemals bei Madeline tut, ganz gleich zu welcher Tageszeit.«
Da St. Leger aber gerade etwas in der Art im Sinn hatte, errötete er und lief auf den Pastor zu.
»Was verlangt Ihr noch von mir, Reverend? Ihr wisst genau, dass Madeline nie die Braut war, die ich mir gewünscht habe. Dennoch habe ich sie geheiratet und ihr sogar das verdammte Schwert überreicht.«
Septimus konnte wieder lächeln. »Und wie hat sie darauf reagiert?«
»Madeline war ziemlich überrascht, wie man das von einer vernünftigen Frau ja wohl auch erwarten kann«, entgegnete der Burgherr brummig, um dann erheitert hinzuzufügen: »Auf jeden Fall war sie die erste angeheiratete St. Leger, die geistesgegenwärtig genug war, nach der Scheide zu fragen, in die sie das Schwert stecken könne.«
Fitzleger lachte über das ganze Gesicht. »Da bitte, seht Ihr's. Jetzt erkennt Ihr sicher, dass alle Eure Befürchtungen, Madeline in Eure Familiengeheimnisse einzuweihen, grundlos gewesen sind.«
Doch unerwarteterweise senkte Anatole den Blick.
»Mylord, Ihr habt Eurer Braut doch alles gesagt, oder?«
»Ich habe es versucht, aber das hat rein gar nichts genützt. Dieses verwünschte Frauenzimmer hatte zu allem etwas anzumerken und mir kein einziges Wort geglaubt.«
»Euer Lordschaft kennt doch Mittel und Wege, sie zu überzeugen.«
»Ich hielt es nicht für ratsam, die Angelegenheit zum Äußersten zu treiben.«
»Mylord, wenn Ihr damit fortfahrt, Eure Geheimnisse für Euch zu behalten und auch sonst auf Distanz zu bleiben, wie soll Madeline dann jemals lernen, Euch zu lieben?«
»Ich will gar nicht geliebt werden. Es reicht vollauf, wenn

sie keine Angst mehr vor mir hat.« St. Leger stellte sich direkt vor seinen Gast. »Begreift Ihr denn nicht, dass Madelines Skepsis ihr helfen und sie davor schützen wird, mit dem Wahnsinn meiner Familie konfrontiert zu werden. Diese Ungläubigkeit kann ihr Schild sein.«
»Verwechselt Ihr nicht ihren Schild mit Eurer Maske?«
»Lasst es gut sein, Reverend. Ihr habt mir eine Braut gefunden und damit Euren Teil erfüllt. Wie ich mit Madeline umgehe, ist jetzt allein meine Sorge.«
Anatole ließ die Tür aufgehen zum Zeichen, dass er die Unterredung nicht fortzusetzen wünsche, und begleitete den Pastor nach draußen. Auf dem Hof warf er einen Blick in den Himmel. Eigenartig, wie Belehrungen und die Erwähnung des Namens Mortmain einem die Stimmung verdrießen konnten.
Die Nacht, die vorher nur Verheißungen bereitzuhalten schien, hatte sich unvermittelt zu etwas Bedrohlichem entwickelt. Selbst die Sterne wirkten kalt und unfreundlich.
Der Burgherr befahl einem seiner Stallknechte, den Reverend bis nach Hause zu begleiten. Er fürchtete nicht so sehr um die Sicherheit des alten Mannes, sondern wollte nur sicher sein, dass Fitzleger nicht auf halbem Weg kehrt machte, weil ihm etwas Neues und überaus Wichtiges eingefallen war.
»Ihr werdet doch sanft zu Eurer Braut sein, nicht wahr?«, sagte Septimus zum Abschied.
»So weit es meine Natur zulässt«, antwortete der Burgherr und setzte das Pferd des Mannes mit einem Klaps aufs Hinterteil in Bewegung.
Während der Reverend in der Nacht verschwand, fragte Anatole sich, was Fitzleger eher hierher geführt hatte: die Sorge um die Mortmains oder die um die junge Braut?
Kopfschüttelnd kehrte St. Leger ins Haus zurück und

setzte sich in der Halle an einen Tisch. Alles hier unten war still. Madeline wartete bestimmt schon auf ihn. Anatole lachte bitter. Er könnte von Glück sagen, wenn sie nicht längst eingeschlafen war.
Der Burgherr erhob sich und eilte auf die Treppe zu, als er leises Scharren hinter sich hörte. Anatole drehte sich um – der alte Ranger folgte ihm.
Seltsam, dass der alte Hund sich ausgerechnet jetzt von der Feuerstelle erhoben hatte, von wo ihn doch sonst kaum etwas vertreiben konnte. St. Leger ging vor dem Tier in die Hocke und streichelte es hinter den ausgefransten Ohren.
»Was willst du denn?«
Ranger sah ihn an, und alle Liebe und Weisheit eines alten Hundes leuchteten in seinem gesunden Auge.
Sein Cousin Roman hatte bereits mehr als einmal geraten, den Köter, der zu nichts mehr nütze sei, über die Klippen zu werfen. Aber als Rangers Zunge jetzt über die Hand seines Herrchens leckte, lächelte Anatole grimmig und sagte sich, dass er lieber den Laffen Roman in einen Sack stecken und ins Meer werfen würde.
Während er den alten Weggefährten weiter kraulte, murmelte er: »Vermutlich bist du auch mit guten Ratschlägen gekommen, wie ich meine Braut zu behandeln habe.«
»O nein, Mylord, das würde ich nie wagen«, ertönte Wills überraschte Stimme von hinten. Der Jüngling hatte sich auf dem Weg in die Gesindeunterkünfte befunden.
»Ich habe mit dem Hund gesprochen, Will«, entgegnete St. Leger, erhob sich wieder und kam sich wie ein Narr vor.
»Man hat mir erzählt«, gab der Junge ernst zurück, »dass Mr. Caleb St. Leger mit Tieren zu sprechen pflegte.«
»Das ist ja an sich noch nichts Verwerfliches, nur hat mein Vetter behauptet, sie würden ihm antworten.«

Will lachte jetzt und fragte: »Ist es Euch recht, wenn ich jetzt zu Ende abräume, Herr?«
»Ja, ich war ohnehin gerade auf dem Weg nach oben.«
»Oh, Herr, ich habe mich schon gefragt, wann Ihr endlich …« Er erstarrte und lief rot an.
Anatole sagte sich, dass es heute Nacht in Castle Leger und im Dorf wohl keinen Menschen gäbe, der sich diese Frage nicht stellte. Er gab dem Jungen Anweisung, Ranger wieder zu seiner Schlafstelle zurückzuführen, und machte sich ein weiteres Mal daran, die Stufen in Angriff zu nehmen.
St. Leger war noch nicht weit gekommen, als ihn ein Prickeln befiel, das nichts mit der wartenden Madeline zu tun hatte, ihm aber gleichwohl sehr vertraut war.
Eine Warnung … die Will betraf.
Nein, verdammt noch mal, nein! Anatole presste die Finger an die Schläfen. Nicht ausgerechnet heute Nacht!
St. Leger zwang sich, eine weitere Stufe hinter sich zu bringen. Aber die Eingebung intensivierte sich, und nun hatte er das Gefühl, tausend glühende Nadeln stächen auf sein Gehirn ein.
»Will!«
Der Diener erstarrte und drehte sich langsam um. »Mylord?«
Der Burgherr sah den Jüngling an und spürte dessen Furcht. Lass ihn gehen, drängte eine Stimme in ihm, du wirst sowieso bald erfahren, was dem Jungen blüht. Wenn er die stechenden Schmerzen nur lange genug ignorierte, würden sie schon von selbst vergehen.
Aber genauso gut hätte man versuchen können, den Drang, zu atmen, zu ignorieren. Also stieg er die Treppe wieder hinab.
»Komm her, Junge.«
Will trat heran und baute sich vor seinem Herrn auf. Ana-

tole wischte ein paar blonde Strähnen nach hinten und berührte mit den Fingerspitzen die Stirn des Dieners.
Um seine eigene Zukunft zu erkennen, musste St. Leger den Kristall bemühen, bei anderen bedurfte es nur, ihn zu berühren und ihm tief in die Augen zu schauen. Von Prospero wurde behauptet, dass er Menschen auf diese Weise den Willen nehmen konnte. Anatoles Fähigkeiten waren weniger entwickelt, aber auch unschöner. Er konnte nur Katastrophen voraussehen.
Nach einem Moment erreichte ihn die Vision: Will am Hauklotz. Die Axt rutschte ab. Der Junge schrie. Blut sprudelte aus seinem Bein.
Als das Bild verging, fühlte der Burgherr sich wie ausgewrungen.
»Halt dich vom Holzhacken fern«, ermahnte er den Diener.
Will erstarrte, verlangte aber nicht nach einer Erklärung. Stattdessen jammerte er händeringend: »Aber, Herr, Mr. Trigghorne wird mir die Haut bei lebendigem Leib abziehen, wenn ich meine Arbeit nicht tue. Und dazu gehört auch das Holzhacken!«
»Verdammter Bengel, wenn du mir nicht gehorchst, werde ich dir die Haut in Streifen schneiden!« Er packte Will am Hemdkragen und zog ihn ganz nah an sich heran. »Wenn du auch nur in die Nähe der Axt trittst, bekommst du meine Peitsche zu schmecken, und ich sperre dich in den Turm, bis du ein alter Greis geworden bist!«
Der Burgherr hielt inne. Die Drohungen spiegelten nur seine Verzweiflung wider; denn gleichgültig, was Anatole unternahm, er konnte das Unglück doch nicht verhindern. Sein Zorn verging ebenso rasch, wie er gekommen war, und er ließ den Jungen los. »Tu einfach nur das, was ich dir gesagt habe, einverstanden?«
Will fuhr ängstlich zurück und nickte; dann verschwand er

ins Speisezimmer, um dort aufzuräumen. Anatole lehnte sich an den Treppenpfosten und legte völlig erschöpft den Kopf auf den Arm.
Der Burgherr war froh, dass ihn niemand gesehen hatte. Vor allem Madeline nicht. Was er vorhin Fitzleger erklärt hatte, war ihm durchaus ernst gewesen. Madeline sollte vor seinen dunklen Künsten geschützt werden.
Aber der Reverend war klug genug gewesen, das zu durchschauen.
Na gut, dann eben die Maske. Ganz ohne Zweifel benötigte er etwas, um sein wahres Ich dahinter zu verbergen; denn die Teufelskräfte machten ihn zu einem Monstrum. Dafür war seine eigene Mutter der beste Beweis.
Doch jetzt wollte er nur noch zu seiner Braut. Sein Verlangen nach Madeline war so gewaltig, dass es selbst ihn erschreckte. Dabei ging es ihm gar nicht einmal so sehr um fleischliche Befriedigung, sondern darum, sich in die Klarheit und Vernunft ihrer Augen zu versenken. Ihr rationaler Geist, der weder an Geister noch Familienflüche glaubte, würde ihm eine Zuflucht bieten, in der er sich für eine Weile geborgen fühlen konnte.
Er stürmte die Stufen hinauf, eilte durch die obere Halle und stand endlich vor ihrer Tür. Nur mit Mühe konnte er sich davor bewahren, sie mit Macht aufzustoßen.
Mochte der Puls auch rasen, er riss sich zusammen und klopfte an.
Und erhielt keine Antwort.
Anatole klopfte noch einmal, jetzt härter. Schon wieder nichts. Stirnrunzelnd sandte er seinen Geist aus, doch wie auch schon bei früheren Gelegenheiten konnte St. Leger nicht zu Madeline durchdringen.
Nur eine Person spürte er auf: Trigghorne, der am Ende der Halle stand und ihn beobachtete.

»Eure Lady ist nicht da drin!«, rief der Diener. »Ich dachte, das wüsstet Ihr.«
Der Burgherr drehte sich finster zu ihm um. »Was soll das heißen, die Herrin ist nicht in ihrem Zimmer? Wo sollte sie denn sonst stecken?«
Der Alte schlurfte heran und reckte empört die schmale Brust. »Die Lady hat sich dorthin zurückgezogen, wo sie schon den ganzen Nachmittag verbracht hat: in die Bibliothek. Wisst Ihr was, Mylord, Eure Herrin ist ein Bücherwurm! Ich kenne solche Frauen. Man nennt sie Blaustrümpfe, junger Herr, und wenn Ihr diesen Unfug nicht auf der Stelle verbietet, wird sie –«
»Ich brauche keine Ratschläge für meine Gemahlin mehr«, beschied Anatole ihm mit zusammengebissenen Zähnen. Er schob sich an dem Alten vorbei und stürmte dann, zwei Stufen auf einmal nehmend, die Treppe wieder hinunter.
So lange hatte er gewartet, war auf und ab gelaufen und hatte versucht, seiner Ungeduld Herr zu werden. Und die ganze Zeit über hatte seine Braut nicht auf ihn gewartet, sondern ihre Nase lieber in irgendwelche Bücher gesteckt. Und dafür sollte er sich bei ihr in Sanftheit und Zurückhaltung üben? Von wegen, verdammt noch mal!
St. Leger rannte in den hinteren Teil des Hauses, bis er die Tür erreichte. Diese ragte wie ein Wall von bitteren Erinnerungen vor ihm auf. Fast nie betrat er diesen Raum, war ihm die Tür desselben doch viel zu oft vor der Nase zugeschlagen worden.
Nach Mutters Tod hatte der Vater in der Bibliothek sein Refugium gefunden. Hier hatte Lyndon St. Leger sich vor der Welt, aber auch vor seinem Sohn versteckt.
Den furchtbaren Vorwurf hatte Vater nie ausgesprochen, aber der Junge hatte ihn stets in dessen Augen gelesen:

Wenn du nicht gewesen wärst, wäre deine Mutter noch am Leben.

Lyndon hatte nie gewütet oder gebrüllt, sondern sich einfach aus dem Leben zurückgezogen, sich in seine Bücher vergraben und seinen Sohn ausgesperrt.

Anatole ballte die Fäuste. Wie furchtbar es ihn angekommen war, von seinem Vater so behandelt zu werden. Er würde nicht zulassen, dass seine Gemahlin das Gleiche mit ihm anstellte.

8

Die Bibliothek erwies sich als unerwartete Schatzkammer. Regale, die bis unter die Decke reichten, und Bücher, die jedes freie Fleckchen ausfüllten. Zum ersten Mal, seit Madeline nach Castle Leger gelangt war, empfand sie Glück und Freude. Trotz der Spinnweben, der dicken Staubschicht und dem muffigen Geruch in dem Raum fühlte sie sich hier gleich zu Hause und im Kreis lieber Freunde.

Die junge Frau nahm sich fest vor, diese Kammer zu lüften, regelmäßig im offenen Kamin ein Feuer zu entzünden und die Bücher abzustauben. Heute Abend jedoch … Sie warf einen Blick auf die Kerzen in den Wandhaltern, welche immer weiter herabbrannten und ihr damit den raschen Ablauf der Zeit anzeigten.

Madeline stieg die hohe Leiter hinauf und zog einen neuen dickleibigen Band aus dem Bord. Liebevoll strichen ihre Finger über den ledergebundenen Rücken. Bücher waren ihr immer treue Ratgeber gewesen.

Doch das, wonach die junge Braut heute suchte, schien auch in diesem Werk nicht zu finden zu sein. Ihr ging es um die grundsätzliche Frage, was von einer frisch vermählten Frau in der Hochzeitsnacht genau verlangt wurde. Der bloße Gedanke daran erzeugte schon ein Flattern in ihrem Bauch.

Beim Dinner vorhin hatte sie kaum einen Bissen zu sich ge-

nommen. Braut und Bräutigam hatten sich an dem ungeheuer langen Tisch an den Enden gegenübergesessen, und so etwas wie Konversation war unter solchen Umständen kaum möglich gewesen.
Doch auch unter normalen Bedingungen wäre das Ergebnis wohl nicht anders ausgefallen. Ihr Gemahl war ein Mann, der nicht viele Worte machte, dafür hatten seine Augen Bände gesprochen. Dunkel, hungrig und suchend hatten seine Blicke eine sonderbare Wärme in ihr erzeugt. Auch wenn Madeline keine Ahnung hatte, was sie mit diesem erregten Mann anfangen sollte, schien ihr Körper um einiges mehr Bescheid zu wissen.
Doch leider war der Leib nicht in der Lage, ihr darüber etwas mitzuteilen. Ihre Schwester Juliette hatte Madeline oft gewarnt, sie würde eines Tages an diese Klippe geraten.
»Eines Tages wird es dir noch sehr Leid tun«, hatte Juliette mehrmals gestichelt, »dich immer nur in die Bücher vergraben zu haben, statt dich um die wichtigen Dinge in dieser Welt zu kümmern. Dann wirst du nämlich vor Fragen stehen, auf die deine kostbaren Bücher keine Antwort wissen.«
Während Madeline frustriert durch einen Band von Rabelais blätterte, musste sie sich eingestehen, dass ihre Schwester Recht behalten hatte. Wenn doch nur noch eine Frau mit ihr in dieses Haus gekommen wäre. Am besten eine Freundin, die auf diesem Gebiet schon Erfahrung besaß.
Ach, wenn Anatole sich doch nur als der sanftmütige, rücksichtsvolle Gemahl entpuppt hätte, den sie sich erträumt hatte. Aber so war er eben nicht, und sie sollte sich endlich damit abfinden, statt ständig zu jammern. Immerhin hatte St. Leger sich doch nicht als der Grobian herausgestellt, für den Madeline ihn zuerst gehalten hatte.

In den Momenten nach der archaischen Schwertzeremonie war Anatole sogar sanft und freundlich gewesen. Sie hatten sich einen sehr süßen Kuss gegeben, und er hatte sich bereit erklärt, nach einem Kompromiss zwischen seiner Wildheit und ihrer Zartheit zu suchen.
Dieses Versprechen hatte die junge Frau davor bewahrt, bei dem Gedanken an die bevorstehende Hochzeitsnacht in Panik zu geraten. Seufzend stellte sie den Rabelais jetzt zurück und zog Shakespeares *Antonius und Cleopatra* heraus. Sie wollte den Band gerade aufschlagen, als die Tür mit einem Knall aufflog. Die Leiter geriet ins Schwanken, und Madeline klammerte sich an die nächste Bücherreihe und die Haltestange.
Als sie nach unten blickte, stockte ihr das Herz. Der Bräutigam stand in der Tür, und nach seiner Miene zu schließen, war er jetzt nicht mehr zu Kompromissen bereit.
»Anatole!«, keuchte sie.
Er stampfte herein, das schwarze Haar wehte aus seinem Gesicht, und die Brauen zogen sich wuchtig zusammen. Die Tür schloss sich wie aus eigener Kraft.
»Was, zum Teufel, treibt Ihr hier?«
»Wieso? Ich ... ich ...«, stammelte Madeline und bekam ein schlechtes Gewissen, so als sei sie beim Bücherstehlen ertappt worden. »Ich treibe hier das, was man für gewöhnlich tut, wenn man eine Bibliothek aufsucht.«
Da sie befürchtete, er wisse das vielleicht nicht, fügte sie hinzu: »Lesen.«
Er stapfte wie ein Krieger näher, und Madeline fühlte sich wie ein Kätzchen, das von einem bösen, knurrenden Hund einen Baum hinaufgejagt worden war. Warum ist er nur so böse?, fragte sie sich besorgt. Würde sie je seine dunklen Stimmungen verstehen lernen?
»Ihr verfügt hier über eine phantastische Bibliothek, My-

lord«, sprudelte sie rasch hervor. »So etwas hätte ich niemals erwartet … ich meine, wo Ihr doch …«
»Wo ich mich doch überhaupt nicht dafür interessiere, wolltet Ihr sagen, nicht wahr? Nun, dies ist auch nicht meine Welt, sondern war die meines Vaters«, entgegnete Anatole mit einer Bitterkeit, die sie ebenfalls nicht verstehen konnte.
»Nun, wie dem auch sei, die Sammlung ist großartig, und ich glaube, ich werde hier so manche Stunde verbringen.«
Das schien den Burgherrn noch mehr in Rage zu versetzen. So als könne selbst die Leiter das spüren, fing sie an, heftig zu wackeln. Mit einem lauten Schrei versuchte Madeline, sich an den Regalen fest zu halten, bewirkte damit jedoch nicht mehr, als etliche Bände durch die Luft fliegen zu lassen.
Schließlich konnte sie sich nicht mehr halten und fiel auf Anatole. Für einen Moment fühlte die Braut sich benommen und hilflos, wie sie da an seiner Brust lag, doch dann stellte St. Leger sie auf den Boden, ohne danach die Hände wieder von ihren Hüften zu nehmen.
»Ihr werdet hier keine Minute verbringen«, knurrte er. »Nicht wenn Ihr darüber Eure Pflichten als Ehefrau vernachlässigt.«
»Welche Pflichten?«, fragte sie in ehrlichem Erstaunen.
»Die in meinem Bett.«
Seine harte Offenheit brachte ihre Wangen zum Glühen.
Erst jetzt fiel ihr auf, dass er nur noch Hose, Stiefel und Hemd trug. Anatole erschien ihr wie ein Kriegsfürst, der sich für die Schlacht zurechtgemacht hat.
Aber sie war nicht sein Feind.
»Tut mir Leid«, sagte Madeline. »Ich bin in die Bibliothek gekommen und habe hier vollkommen die Zeit vergessen. Auch war ich noch gar nicht müde.«

»Ich wollte auch nicht, dass Ihr zum Schlafen in mein Bett kommt.«
»Das weiß ich.« Die junge Frau hob den Kopf und fand genug innere Ruhe, um ihn anzusehen. »Und jetzt habt Ihr mich gesucht, um mich über die Schulter zu werfen und hinaufzutragen?«
»Wenn es sein muss.«
»Das wird nicht nötig sein. Ich bin bereit, mich zu unterwerfen.«
»Gut.« Anatole riss sie an sich und küsste sie mit einer Heftigkeit, als wolle er sie erobern. Sein Versprechen, sanfter zu sein, schien nicht lange gehalten zu haben, dachte die Braut mit großer Trauer.
Aber sie hielt tapfer wie eine Märtyrerin stand, auch wenn ihre mangelnde Erwiderung seiner Küsse seine Leidenschaft nur noch mehr anzustacheln schien.
Seine Zunge brach durch ihre Lippen und fiel mit einer verzweifelten Wildheit in ihren Mund ein, was die widerstrebensten Gefühle in ihr auslöste. Zum einen wollte sie auf der Stelle vor ihm davonlaufen, zum anderen noch mehr mit ihm verschmelzen.
Doch als eine seiner Hände sich auf eine ihrer Brüste legte, gewann die Panik die Oberhand. Eine solche Berührung war ihr nun wirklich zu intim. Sie fing an, sich zu wehren, konnte sich schließlich befreien und wich vor ihm zurück.
Anatole folgte ihr. Allein schon sein düsterer Blick schien ihr jeden Fluchtweg zu versperren.
»Ich werde Euch bekommen, Madeline«, sagte er, »denn auf diese Nacht habe ich zu lange gewartet.«
»Ich auch«, entgegnete sie. »Aber offensichtlich haben wir uns verschiedene Vorstellungen davon gemacht.«
»Ja, zweifelsohne.«
Madeline keuchte erschrocken, als seine Rechte in ihr Mie-

der fuhr. Aber er zog nur das Medaillon hervor und hielt es ihr anklagend vors Gesicht.
»Warum tragt Ihr dieses gottverwünschte Ding immer noch?«
Woher wusste er, dass sie das Porträt wieder an sich gebracht hatte? Als sie sich erinnerte, wie brutal er das Bildnis beim letzten Mal behandelt hatte, riss sie es ihm rasch aus der Rechten und hielt es mit beiden Händen fest.
»Weil es mir gefällt«, antwortete sie. »Das Bild ist wunderschön gemalt.«
»Und ich dulde nicht, dass meine Frau das Porträt eines anderen mit verliebten Augen anglotzt.« Seine Rechte schloss sich um ihre Handgelenke.
»Das Bildnis stellt keinen anderen dar, sondern ist Euch sehr ähnlich.«
»Stellt Euch nicht so närrisch an, verdammt noch mal! Jeder kann erkennen, dass wir nichts gemein haben.«
»Dann solltet Ihr den Künstler mit einem Fluch bedenken und nicht mich!«
»Bei Gott, das habe ich. Seit ich dieses Porträt angefertigt –« St. Leger unterbrach sich rasch und verwünschte sich leise, weil er sich so unbedacht verraten hatte.
Madeline hatte verstanden und starrte ihn verwundert an.
»Ihr habt dieses Porträt gemalt?«
Anatole gab ihr keine Antwort. Scham erfüllte ihn, und er ließ ihre Handgelenke los. Die junge Frau warf einen raschen Blick auf das Bildnis, da sie sich nicht vorstellen konnte, wie er mit seinen groben Fingern etwas so Feines erschaffen haben könnte. Sollte Anatole wirklich dieses Gesicht gemalt haben, das sie so zum Träumen gebracht hatte?
Madeline stockte der Atem: die Augen waren dieselben!
Da sein Stolz sich geschlagen zurückgezogen hatte, konnte

sie den echten Anatole nun auch in einem anderen Licht sehen: einsam, verletzlich und seiner selbst gar nicht mehr so sicher.
Der Burgherr wandte sich abrupt ab. »Meinetwegen behaltet das Porträt und lasst Euch von Euren Träumen das Bett wärmen.«
Damit stampfte er zu Tür. Anatole gewährte ihr einen Aufschub. Madeline hätte ihm dafür dankbar sein müssen, doch …
»Anatole! Wartet.«
St. Leger drehte sich nicht um, wartete aber lange genug, dass sie ihre Röcke raffen und sich zu ihm begeben konnte. Aller Ärger war aus seiner Miene verschwunden.
»Habt Ihr das wirklich selbst gemalt?«
»Ja.«
Dutzende Fragen kamen ihr in den Sinn, aber wie konnte sie von ihm erfahren, was sie am dringendsten von ihm hören wollte? Woher besaß er solche künstlerischen Fähigkeiten, und warum hatte er sich so anders dargestellt, als er wirklich war?
»Ihr habt Euch an einem Selbstporträt versucht? Wie habt Ihr das angefangen? Euch vor einen Spiegel gesetzt?«
Der Burgherr lachte rau und tippte sich auf die Narbe. »Sieht das Bild etwa so aus, als hätte ich mich im Spiegel gesehen?«
»Na ja … ich dachte nur … Ihr wart sicher jünger, als Ihr das hier geschaffen habt.«
»Ich war fünfzehn, aber selbst damals ähnelte ich nicht den Zügen auf dem Bildnis.«
»Fünfzehn?«, rief Madeline fassungslos. Viele bekannte Londoner Künstler waren gestandene Männer und nicht halb so begabt wie Anatole. »Gütiger Himmel, Ihr wart ja ein richtiges Wunderkind!«

»Nein, ich war ein Narr, weil ich meine Zeit damit vergeudete, mich so zu malen, wie ich niemals sein würde.« Hoffnungslose Sehnsucht lag in seinem Blick. »Der Mann, der seine Frau in der Hochzeitsnacht nicht so sehr in Angst und Schrecken versetzt, dass sie vor ihm in die Bibliothek flüchtet.«
»Ich bin nicht vor Euch geflüchtet. Und eigentlich habe ich auch gar keine Angst vor Euch.«
»Nein?«
»Na ja, nicht viel. Aber ich bin in die Bibliothek gegangen, weil ich etwas nachschlagen wollte.«
»Was denn?«
»Nun, was es mit der Hochzeitsnacht auf sich hat.« Madeline überwand ihren Stolz und gestand nun alles: »Ich habe nämlich keine Ahnung, was von mir erwartet wird.«
Als Anatole sie verwirrt ansah, senkte die Braut den Kopf und fuhr leise und schamhaftig fort: »Ich weiß nicht, wie eine Ehe vollzogen wird.«
St. Leger stand da wie vom Donner gerührt. Er öffnete den Mund, schloss ihn wieder und brachte erst dann hervor: »Aber hat Euch Eure Mutter denn nichts erzählt?«
»Mama war immer viel zu beschäftigt damit, ein neues Kleid auszusuchen oder sich auf die nächste Gesellschaft vorzubereiten. Da blieb ihr nicht viel Zeit für Erklärungen.«
»Und Eure Schwestern? Fitzleger hat mir gesagt, beide seien verheiratet. Konntet Ihr Euch denn nicht von denen Rat besorgen?«
»Louisa und Juliette?« Schon die Vorstellung erschreckte sie. »Die beiden sind doch jünger als ich. Sie kamen zu mir, um sich Rat zu holen, und nicht umgekehrt. Ich … ich konnte doch kaum zu ihnen gehen, und … und …«
»Zugeben, dass es da etwas gäbe, von dem Ihr nichts wüsstet?«

»Ja.«
»Und wie, zum Himmeldonnerwetter, habt Ihr Euch dann vorgestellt, wie alles vonstatten gehen sollte?«
Madeline sagte sich, dass dies wohl nicht der rechte Zeitpunkt war, ihn daran zu erinnern, wie sie sich ihren Gatten vorgestellt hatte. Als zärtlichen und geduldigen Liebhaber nämlich, der seine Braut behutsam in die Geheimnisse des Ehelebens einführte.
»Ich hoffte, meine Zofe Estelle könne mir vielleicht den einen oder anderen Hinweis geben. Französinnen scheinen so etwas ja schon von Geburt an zu wissen. Doch da sie nicht mehr bei mir ist, blieb mir nichts anderes übrig, als dem Problem hier in der Bibliothek nachzugehen.«
Anatoles Blick wanderte über die Regalwände. Er schien seine Büchersammlung mit neuen Augen zu sehen. »Darüber kann man hier etwas finden?«
»Nein, zumindest nichts, was mir spezifisch genug erschien. Bei Chaucer habe ich eine Stelle gefunden, in der er von einem ›lustvollen Anfall‹ spricht, aber das hat mir nicht sehr weitergeholfen.«
»Nein, sicher nicht«, bemerkte er stirnrunzelnd.
Madeline hatte sich schon halb darauf gefasst gemacht, dass er über ihr Geständnis lachen oder wieder zornig werden würde. Nie hätte sie jedoch damit gerechnet, ihn nun ratlos vor sich zu sehen. Ein furchtbarer Gedanke kam ihr in den Sinn.
»Mylord, jetzt sagt bloß nicht, dass Ihr ebenfalls noch keinerlei Erfahrungen gemacht habt.«
»Natürlich habe ich die! Allerdings weniger mit wohl erzogenen Ladys. Und ich habe noch nie einer beigelegen, die sich mit der Art der Männer nicht auskannte.«
»Meint Ihr denn, das wäre so anders?«
»Woher, zum Donnerwetter, soll ich das wissen? Ich war

noch nie mit einer Jungfrau im Bett.« Er lief durch den Raum und blätterte in den Büchern, die sie aufgeschlagen hatte.

Während sie ihn beobachtete, wie er sich schließlich ans Fenster stellte und hinausstarrte, kam ihr plötzlich etwas Wunderliches zu Bewusstsein: Anatole war wegen der Hochzeitsnacht genauso nervös und unsicher wie sie. Doch während Madeline die Antworten in Büchern suchte, hoffte er, sie in dem nachtfinsteren Land draußen zu finden.

Im Kerzenlicht wirkten seine Züge jetzt weicher als je zuvor. Trotz seiner großen Gestalt und seiner breiten Schultern erinnerte er Madeline an den fünfzehnjährigen Jungen, der ganz allein durch die Räume dieses riesigen, leeren Hauses gewandert war. Anatole musste sich so einsam gefühlt haben, dass er schließlich zu Farbe und Pinsel gegriffen hatte, um sich ein anderes Ich zu schaffen.

Welche dunklen Kräfte mochten den Jüngling wohl zu dem Mann geformt haben, der nun vor ihr stand, zu diesem rauen Kerl, der Pferde liebte und mit Büchern nichts anfangen konnte; dessen Geist ein Schlachtfeld zu sein schien, auf dem sein starker Wille immer während mit dem Familienaberglauben stritt.

In Anatole steckte offensichtlich viel mehr als ein Grobian, sehr viel mehr, von dem sie noch nichts wusste. Aber wenn er wirklich einmal ihr Gemahl sein sollte, musste sie alles herausfinden.

Madeline warf einen letzten Blick auf die Miniatur und legte sie dann auf den Tisch. Dann ging sie zu St. Leger, berührte ihn leicht am Ärmel und nahm allen Mut zusammen: »Wir sind beide vernünftige Menschen, Mylord. Sicher finden wir gemeinsam einen Weg, die Sache zu bewältigen.«

Jetzt konnte sie sogar lächeln. »Es ist schon spät geworden. Höchste Zeit, uns ins Bett zu begeben.«

Anatole starrte ihre ausgestreckte Hand an, als fürchte er, Madeline würde sie sofort zurückziehen, sobald er danach griffe.
»Ja, Mylady«, sagte er dann leise und führte ihre Rechte an seine Lippen.
Er nahm einen Kerzenständer, um den Weg zu leuchten, und Hand in Hand schritten sie durch die Halle und die Treppe hinauf.

Madelines Schlafgemach hatte bereits ihre Aura angenommen. Ihr Duft hing in der Luft, und auf der Frisierkommode reihten sich Haarbürsten, Bänder und Spitzentücher, deren Sinn Anatole genauso fremd blieb wie seine Gattin.
Sie stand am Fußende ihres Bettes und sah ihn an. Der Schein einer einzelnen Kerze bestrahlte sie und betonte ihren Ausdruck aus Scheu und Erwartung. St. Leger begriff, dass er den nächsten Schritt tun musste. Immerhin war er von ihnen derjenige, der wissen sollte, was jetzt folgen würde.
Aber Anatole konnte nur dastehen und Madeline wie ein Bauernlümmel anstarren. Er streckte die Finger und spürte immer noch den sanften Druck ihrer Hand. Der Burgherr wusste nicht mehr, wann zuletzt jemand gewagt hatte, seine Rechte zu berühren. Gut möglich, dass das niemals jemand getan hatte.
Er hatte so viel Zeit damit zugebracht, sich vorzustellen, wie er sie nehmen würde, dass ihm nie in den Sinn gekommen war, am Ende könne es Madeline sein, die ihn verführte, auch wenn Anatole noch keine rechte Vorstellung davon hatte, wie sie das anstellen wollte.
Die Minuten vergingen, und sein Starren machte die Braut zunehmend nervös. »Soll ich jetzt mein Nachthemd anziehen?«, fragte sie schließlich.

»Nein«, entgegnete er heiser, »das wirst du nicht brauchen.«
»Wie soll ich denn gar nichts – Oh!« Ihre Wangen flammten.
Na großartig, dachte Anatole. Warum sagte er ihr nicht gleich, dass sie sich nackt unter ihn legen solle, damit es endlich losgehen könne?
Er trat zu ihr und legte die Arme um sie, doch seine Hände fühlten sich hölzern und unbeholfen an, und angesichts Madelines Unschuld wussten sie nichts mit sich anzufangen. Die junge Braut ahnte nichts von der Leidenschaft, die in ihm loderte. Nur eine falsche Bewegung, eine zu raue Berührung, und schon wäre das zarte Band zerstört, welches zwischen ihnen entstanden war.
Anatole ärgerte sich immer noch darüber, sich als Maler des Porträts verraten zu haben. Doch eigenartigerweise war es seitdem entspannter zwischen ihnen geworden. Madeline hatte das Bildnis unten liegen lassen, und dem Burgherrn kam es so vor, als habe er einen Rivalen ausgeschaltet.
Die junge Frau drückte sich an ihn, und er hätte ihr Gesicht am liebsten mit heißen Küssen bedeckt.
Stattdessen zwang er sich dazu, mit den Lippen nur sanft über ihre Stirn zu streichen. Gleichzeitig wanderten seine Hände über ihren Rücken und lösten die Bänder ihres Gewands.
»Wartet!« Madeline wehrte ihn mit den Händen ab. »Könntet Ihr es mir nicht vorher erklären?«
»Was soll ich erklären?«, fragte er und war bereits von ihrem weiblichen Duft berauscht.
»Na, das, was jetzt zwischen uns geschehen soll.«
Das Blut, das sich so angenehm in seinen Adern erhitzt hatte, gefror unvermittelt zu Eis. Nein, sie konnte doch nicht ernsthaft verlangen, dass er das alles aussprach!

Doch ein Blick in ihre fragenden Augen belehrte ihn, und Anatole stöhnte leise. Warum verlangte sie unbedingt eine rationale Erklärung für etwas so Irrationales wie die liebende Vereinigung von Mann und Frau? Für die uralten Bedürfnisse, die Mann und Frau zueinander trieben?
»Bitte, ich würde mich danach bestimmt besser fühlen.«
Der Burgherr schluckte. Wenn er mit seinen Dienern oder Stallknechten zusammen war, wurden oft raue oder lose Reden geführt, und damit hatte er nie Schwierigkeiten gehabt. Warum schnürte die Scham ihm jetzt bloß die Kehle zu?
»Nun, das, was sich zwischen einem Mann und einer Frau tut, ist etwas … ganz Natürliches.«
»Und weiter?«, drängte sie, als er zögerte.
Sein Blick huschte auf der Suche nach einer Inspiration durch ihr Gemach, während sein Geist sich daran zu erinnern versuchte, wie sein Vater es ihm erklärt hatte. Doch der hatte nur von dem »ländlichen Treiben« gesprochen.
»Sicher habt Ihr schon einmal Hunden zugesehen, einem Rüden und einer Hündin«, fuhr er schließlich in vollendeter Verzweiflung fort.
»Rüden und Hündinnen?«, fragte sie verständnislos. »So etwas hatten wir nie. Nur einmal einen King-Charles-Spaniel.« Madeline runzelte die Stirn. »Nun, Muffin hatte eine eigenartige Vorliebe für das Bein unseres Butlers.«
»Ich habe keine Vorliebe für Eure Beine«, platzte es in schierer Not aus ihm heraus. »Zumindest nicht in dieser Weise.«
Anatole löste sich von ihr und lief auf und ab. Nachdem er vernehmlich ausgeatmet hatte, meinte er: »Oder Pferde? Habt Ihr vielleicht einmal –« Er unterbrach sich, als ihm einfiel, wie entfesselt sein eigener Hengst Stuten zu besteigen pflegte.

»Nein, vergessen wir die Pferde.« Einfach zu albern, sagte er sich und spürte, wie ihm der Schweiß auf die Stirn trat. »Madeline, ich glaube, es wäre das Beste, Ihr würdet mir einfach gestatten, es Euch zu zeigen.«
Bevor sie wieder Einwände vorbringen konnte, ließ er sich auf der Bettkante nieder und zog sich die Stiefel aus. Danach waren rasch das Hemd und Hose an der Reihe, und als er seine Unterhose aufknöpfte, keuchte Madeline. Anatole ließ sich davon jedoch nicht abhalten. Mochte er auch oft seine Gesichtszüge bedauert haben, an seinem Körper gab es nichts, dessen er sich schämen musste.
St. Leger erhob sich, um sich seiner Braut zu präsentieren. Er rechnete damit, dass sie beide Hände vors Gesicht geschlagen hatte. Doch er hätte nie erwartet, dass sie ihn mit großen Augen anstarrte.
Madeline hielt es natürlich für schicklicher, den Blick abzuwenden, doch obwohl sie bis unter die Haarspitzen errötete, konnte sie sich der Neugier nicht erwehren.
Ihre einzigen Kenntnisse über die männliche Anatomie stammten von den Skizzen ihres Bruders. Jeremy, der sich schon seit längerem auf Reisen durch Europa befand. Der hatte es sich zur Aufgabe gemacht, bedeutende Kunstwerke abzuzeichnen, und dabei insbesondere antike Statuen. Doch was er da mit Feder und Tinte zu Papier gebracht hatte, ließ sich kaum mit dem vergleichen, was Anatole ihr jetzt in voller Körpergröße von ein Meter fünfundachtzig bot.
Schon im angezogenen Zustand wirkte er einschüchternd, doch angesichts seiner Blöße fühlte die Braut sich schwach. St. Leger war in jeder Hinsicht ein Riese. Angefangen von den mächtigen Schultern über die breite Brust und den flachen Bauch bis zu den kräftigen, aber wohl geformten Schenkeln.
Doch Madelines Blick wurde wie magisch von dem angezo-

gen, was sich zwischen seinen Schenkeln befand und sich deutlich von den Zeichnungen Jeremies unterschied.
»Es sieht so geschwollen aus«, bemerkte sie. »Tut Euch das nicht weh?«
»Nur wenn es nicht behandelt wird«, entgegnete er mit einem schiefen Grinsen. Als Anatole auf sie zu schritt, verstärkte das Feuer in seinen Augen das Flattern in ihrem Bauch.
»Jetzt bist du an der Reihe«, forderte er sie heiser auf.
»Oh, nein ...« Madeline wich vor ihm zurück und verschränkte schützend die Arme vor der Brust. »Bitte, ich ... ich kann das nicht.«
St. Leger stellte sich so vor sie, dass sie nicht an ihm vorbei konnte. »Wenn wir heute Nacht zu etwas gelangen wollen, müsst Ihr das aber, meine Liebe.«
Auch wenn er immer noch knurrig klang, hatte er doch zum ersten Mal einen Kosenamen gebraucht, und das löste wohlige Wärme in ihr aus.
Madeline senkte die Arme. »Dann müsst Ihr aber die Kerze löschen.«
»Ich will Euch doch sehen!«
»Nein, das wollt Ihr nicht«, erwiderte sie unglücklich, weil ihr noch zu gut im Gedächtnis war, wie herablassend er sich noch vor kurzem über ihre Formen geäußert hatte. »Ihr wärt nur enttäuscht. Schließlich habt Ihr ja selbst gesagt, dass es mir an den richtigen Rundungen mangele.«
»Da war ich ja auch noch ein kurzsichtiger Idiot. Als ich Euch aber aus dem verdammten Korsett geschält habe, musste ich feststellen, wie sehr ich mit meiner ursprünglichen Meinung falsch gelegen hatte.«
»Wann habt Ihr mich denn aus dem, dem –« Madeline unterbrach sich. Aus ihrem Verdacht vom Morgen war fürch-

terliche Gewissheit geworden. »Ihr wart letzte Nacht in meinem Zimmer!«
Im ersten Moment glaubte sie, der Burgherr würde das abstreiten, aber er zuckte nur die Achseln.
»Ich sah, wie schlecht Ihr mit diesem verwünschten Ding am Leib schlieft, und da wollte ich Euch Linderung verschaffen.«
»Wie seid Ihr denn überhaupt in meine Kammer gelangt?«
»Zwischen unseren beiden Räumen befindet sich eine Tür.«
»Das weiß ich, aber ich hatte sie an meiner Seite abgesperrt und verriegelt. Seid Ihr vielleicht so etwas wie ein Phantom, das durch Türen oder Mauern gehen kann?«, fragte die junge Frau halb im Scherz.
Anatole lachte nicht.
Ein ungutes Gefühl kroch Madelines Rückgrat entlang. »Wie konntet Ihr mich entkleiden, ohne mich gleichzeitig zu wecken? Und warum habt Ihr es eigentlich unterlassen, mich zu wecken? Was hattet Ihr überhaupt in meinem Raum zu suchen?«
»Genug!«, befahl St. Leger. »Mit Euren vielen Fragen treibt Ihr mich noch in den Wahnsinn. Eines solltet Ihr bei der Liebe zwischen Mann und Frau unbedingt beherzigen: Sie ist am schönsten, wenn sie wortlos genossen wird.«
»Aber –«
»Schweigen.« Er hinderte sie mit einem Kuss am Weiterreden. Nicht zu rau und nicht zu wild, gerade so viel, dass ihre Lippen verschlossen wurden.
Und wie durch ein Wunder erlosch die Kerze in diesem Augenblick, und Anatole traf auch keine Anstalten, sie wieder anzuzünden.
Madeline versuchte, sich zu entspannen, und sagte sich, dass sie dem Vorfall in der letzten Nacht zu viel Bedeutung zumaß. St. Leger war nur nachsehen gekommen, ob ihr

nichts fehlte, und hatte für ihre Bequemlichkeit gesorgt. Sehr nett und sehr rücksichtsvoll von ihm.
Warum bekam sie dennoch eine Gänsehaut, wenn sie sich vorstellte, wie er über ihrem Bett gebeugt dastand und sie im Schlaf beobachtete? Verschwieg Anatole ihr am Ende etwas?
Während er mit den Bändern ihres Kleids beschäftigt war, wünschte Madeline sich plötzlich wieder Licht. In der Dunkelheit kam Anatole ihr noch fremder vor, so als sei er tatsächlich ein Phantom. Und außerdem schienen die Knoten unter seinen Fingern viel zu leicht aufzugehen.
Ein Kleidungsstück nach dem anderen sank zu Boden, bis die Braut nur noch im dünnen Hemdchen dastand. Sie bekam es wieder mit der Angst zu tun. Für ihren Geschmack ging alles etwas zu rasch vor sich.
Madeline zwang sich tapfer, zu schweigen. Doch irgendwann konnte sie es einfach nicht mehr aushalten.
»Anatole, ich muss wissen, was vor sich geht. Du musst es mir sagen.«
Doch was wollte sie von ihm hören? Wie es in der Hochzeitsnacht zuging, oder was er letzte Nacht in ihrer Kammer verloren hatte?
Er legte eine ihrer Schultern frei, und sie spürte die Hitze seines Mundes auf ihrer Haut.
»Manche Dinge kann man einfach nicht erklären, Madeline, man muss sie erleben. Wie mit einem Ross über ein Tor mit fünf Stangen zu springen.«
»Ich war nie eine gute Reiterin«, entgegnete sie mit einem leisen Kichern.
Anatole entfernte auch das Unterhemd, so dass sie ganz nackt vor ihm stand. Madeline zitterte und hatte sich in ihrem ganzen Leben noch nie so hilflos und verletzlich gefühlt. Langsam drehte er sie zu sich um. Von seinen Augen

war nur noch ein geheimnisvolles Leuchten auszumachen. Fürwahr, ein Phantom.
Er zog sie an sich. Madeline sog scharf die Luft ein, als sie seine nackte Haut auf ihrer spürte, und die Vorstellung von einem Phantom verschwand.
Seine Lippen fanden wieder ihren Mund, und er begann sanft. Vorsichtig schob er die Zunge zwischen ihre Lippen, erkundete ihren Mund, drang hier vor, schmeckte sie und lockte sie. Madeline glaubte jetzt, zu wissen, was Eva empfunden hatte, als sie von der verbotenen Frucht kostete.
Eine ganze Welt von neuen Gefühlen tat sich auf. Anatoles Finger bewegten sich über ihren Rücken und kneteten ihr weiches Fleisch. Trotz ihrer großen Unkenntnis erhielt sie eine erste Ahnung von der körperlichen Liebe, und sie glaubte zu wissen, wie ihre Körper sich miteinander vereinen mussten, damit ein Kind in ihren Bauch gepflanzt wurde.
Und als Anatole ihre Pobacken umfasste und ihren intimsten Körperteil gegen seinen heißen Schaft presste, war ihr plötzlich alles klar. In aller Deutlichkeit wusste sie, was jetzt folgen würde.
Die Vorstellung entsetzte sie. Er war so groß und sie so klein und zerbrechlich. Doch gegen die Angst drängte eine unerklärliche Hitze schwer und süß an.
Mit letzter Kraft löste sie ihren Mund von seinem und fragte mit zitternder Stimme: »Anatole, bitte eine letzte Frage: Wird es wehtun?«
Eben noch hatte er schwer geatmet, und im nächsten Moment war er vollkommen still.
St. Leger nahm ihr Gesicht zwischen seine Hände und wünschte sich, er wäre ein besserer Liebhaber oder wenigstens ein besserer Lügner.

»Ja. Beim ersten Mal werdet Ihr wahrscheinlich einige Unannehmlichkeiten haben. Es tut mir sehr Leid.«

»Dann sollten wir es wohl besser rasch hinter uns bringen«, flüsterte sie, »bevor mein Mut mich völlig verlässt.«

Seine Finger vergruben sich in ihrem Haar und streichelten die seidigen Locken, denn er kannte keine Worte mehr, um ihr Zutrauen zu geben.

Er führte sie sanft zum Bett, fiel mit ihr auf die Matratze, legte sich neben sie, spürte ihre Anspannung und wusste nicht, was er dagegen unternehmen sollte.

In diesem Moment machte Anatole eine bestürzende Erfahrung. Er hatte zwar schon so mancher Maid beigelegen, aber noch nie eine wirklich geliebt. Seine Bettpartnerinnen hatten sich von ihm das geholt, was sie haben wollten, genau so wie er von ihnen.

Und jetzt lag seine Frau neben ihm, fürchtete sich und wartete darauf, dass er das gab, von dem er nicht wusste, wie er es geben sollte.

Vorsichtig zog er sie näher an sich und küsste sie sanft auf die Lippen. Das silberne Licht des Mondes fiel auf das Bett und erlaubte ihm Blicke auf die Schönheit ihrer Nacktheit – das feurige Haar, die geschwungene Rundung ihrer Schulter, die Andeutung der rosigen Brustspitzen und das Elfenbein ihrer Hüfte.

Madelines Körper war perfekt, aber so klein und zierlich im Vergleich mit seinem hünenhaften Leib. Seine Hand an ihrer Brust wirkte riesengroß, und er berührte sie so sanft und sacht, wie nur konnte.

Anatole behandelte seine Frau, als bestünde sie aus dem allerfeinsten Kristall; doch zu seiner großen Frustration zuckte sie selbst unter der leisesten Berührung zusammen.

Als er ihre Schenkel auseinander schob, um zu ihrer emp-

findlichsten Stelle zu gelangen, zitterte sie; er verbiss sich einen Fluch über die verwünschte Jungfräulichkeit.
So war es nicht richtig. Über die St.-Leger-Männer waren die tollsten Geschichten darüber im Umlauf, welche Leidenschaft sie in ihren Bräuten zu erwecken gewusst hatten.
Von Prospero erzählte man sich, er habe eine Frau dazu gebracht, ihren Bräutigam am Altar stehen zu lassen. Und über Anatoles Großvater tuschelte man, seine Hochzeitsnacht habe drei Tage angehalten, und danach habe seine Gemahlin immer noch nach mehr geseufzt.
Doch als Anatole seine Frau in den Armen hielt, kam er sich kaum legendär, sondern eher wie ein ganz gewöhnlicher Mann vor, der von seinen eigenen Gelüsten bald um den Verstand gebracht würde.
Möglicherweise hatte Madeline ja Recht. Vielleicht sollten sie das erste Mal so rasch wie möglich hinter sich bringen.
Er legte sie auf den Rücken und schob sich zwischen ihre Beine. Dann stützte er sich auf die Arme und wagte nicht, ihr in die Augen zu sehen.
»Bist du bereit?«, flüsterte er.
Was für eine blöde Frage. Seine Frau lag unter ihm wie jemand, der im Duell besiegt wurde und jetzt den tödlichen Stich erwartet.
Madeline nickte tapfer.
Anatole brachte sich in die Position, um in seine Frau eindringen zu können, und kämpfte gegen seinen männlichen Drang an, hart und tief in sie zu stoßen.
Doch bei den Feuern des Himmels, diese Frau war so eng. Ihm blieb nichts anderes übrig, als mit Härte einzudringen und ihre Jungfräulichkeit mit einem Stoß zu zerreißen.
Das Gefühl, sich mit ihr zu vereinigen, war unbeschreib-

lich, doch als er Madelines leisen Schmerzensschrei hörte, wäre es beinahe um seine Männlichkeit geschehen gewesen.
Anatole war noch in ihr, bewegte sich aber nicht mehr. »Ist mit dir alles in Ordnung?«
Sie nickte, aber er bemerkte, dass sie die Finger in die Matratze gekrallt hatte.
St. Leger verzog das Gesicht und zwang sich zu einer Selbstbeherrschung, wie er sie nicht in sich vermutet hätte: »Soll ich aufhören?«
»Nein«, flüsterte sie so leise, dass er sie kaum verstand.
Der Kuss, den er ihr nun gab, entsprang mehr seiner Dankbarkeit als seiner Lust. Stöhnend glitt er tiefer in sie hinein. Madeline atmete laut aus und schien ein wenig zu entspannen.
War es möglich, dass sie nach dem ersten Schmerz doch noch Leidenschaft entwickeln konnte? Wenn er nur langsam genug wäre, würde sie dann vielleicht Begierde entwickeln?
Anatole küsste ihren Hals, doch er hatte zu lange auf weibliche Gesellschaft verzichtet, und Madelines Geschlecht umschloss das seine eng und heiß wie ein samtener Handschuh.
St. Leger konnte sich nicht länger beherrschen, bewegte sich schneller und bedeckte sie mit immer heftigeren Küssen.
Er kam mit der Wucht eines der Seestürme, die sein Land heimsuchten, und der Höhepunkt traf ihn unerwartet. Anatole erbebte am ganzen Leib und stieß einen rauen Schrei aus.
Vollkommen erschöpft brach er zusammen und rang um Luft. Lange lag St. Leger so da und ärgerte sich darüber, die Kontrolle über sich verloren zu haben.

Aus dem Ärger wurde Zerknirschung, als er feststellte, dass er direkt auf seiner Braut lag.
Entsetzt erhob er sich. Madeline war so still, dass er schon fürchtete, er habe sie zerdrückt.
»Madeline?« Vorsichtig berührte Anatole ihre Schulter. Sie zuckte zusammen, antwortete aber nicht. Sich selbst verfluchend, schob er die Haarsträhnen aus ihrem Gesicht.
Die junge Frau hatte die Augen fest geschlossen gehalten und öffnete sie jetzt. »Ist es vorbei?«, fragte sie ihn mit unsicherem Blick.
»Ja.«
Madeline richtete sich auf und zog das Laken hoch, um ihre Nacktheit zu bedecken.
»Darf ich jetzt wieder reden?«
Anatole fürchtete sich zwar von dem, was sie sagen würde, nickte aber, denn seine Braut hatte alles Recht, sich über seine Rauheit und Unbeholfenheit zu beschweren. Wenn Madeline bloß nicht anfing zu weinen. Er fühlte sich jetzt schon wie ein Ungeheuer.
Seine Gattin legte den Kopf schief, wie sie es immer tat, wenn sie nachdachte.
»Was wir gerade getan haben … wäre es möglich? Ich meine, dass ich jetzt ein Kind in mir trage?«
Ein Baby? Wie üblich verblüffte sie ihn mit ihren Fragen. Als er sie heute Abend nach oben geführt hatte, hatte er an alles Mögliche gedacht, nur nicht daran, sie zu schwängern.
Doch dann fiel ihm ein, dass es seiner Mutter wohl auch einmal so ergangen sein musste wie jetzt Madeline. Voller Hoffnung in den Augen, ein Kind in sich zu haben. Aber dann war so etwas wie er auf die Welt gekommen …
»Nun, dazu kommt es nicht immer beim ersten Mal«, antwortete St. Leger. »Für gewöhnlich muss man es mehrmals versuchen.«

»Oh … Soll das heißen, wir müssen so etwas nochmal machen?«
Ihre erschrockene Miene traf ihn wie ein Schlag ins Gesicht.
»Na ja, nicht unbedingt sofort.«
»Gut. Ich glaube nicht, dass ich das sofort wieder könnte.«
»Habe ich Euch denn so sehr wehgetan?«
»Nein, eigentlich nicht. Aber ich fühle mich an einigen Stellen wund, die mir normalerweise nicht solche Pein bereiten.« Sie zog die Decke noch ein wenig höher. »Und was machen wir jetzt?«
»Schlafen.«
»Jeder in seinem eigenen Bett?«
»Ja.« Anatole hatte verstanden und schwang schon die Beine über die Kante. Er suchte seine Sachen zusammen, zog sich rasch wieder an. Als er fertig war, hatte Madeline sich ganz unter den Laken vergraben. Offensichtlich genierte sie sich, das Nachthemd überzustreifen, solange er sich im Raum befand.
St. Leger konnte sich nicht erklären, warum es ihm so viel ausmachte, dass sie ihn loswerden wollte. Bei den vielen anderen, mit denen er im Bett gelegen hatte, wollte er danach eiligst verschwinden. Warum sollte es jetzt anders sein?
Vielleicht weil es seiner Braut nicht so dringend gewesen wäre, ohne ihn zu sein, wenn er sich mehr auf Prosperos Verführungskünste verstanden hätte? Oder wenn er dem selbst gemalten Porträt etwas ähnlicher gesehen hätte?
»Dann … gute Nacht«, verabschiedete er sich und lief zur Tür. Doch bevor er hinausgehen konnte, rief sie ihn.
»Anatole?«
Er blieb stehen und drehte sich langsam zu ihr um. Die junge Frau saß aufrecht im Bett, das Mondlicht umgab sie

wie eine Aura, und die roten Locken fielen ihr über die Schulter.
St. Leger schluckte, weil er sie in diesem Moment noch mehr begehrte als vorher. »Ja?«
»Wegen heute Nacht … Ich wollte Euch nur wissen lassen, dass es … dass es nicht halb so schlimm war, wie ich befürchtet hatte.«
Der Burgherr zuckte wie unter einem Schlag zusammen. Nicht halb so schlimm. Auch ihr liebliches Lächeln konnte ihm nicht das Gefühl nehmen, am Boden zerstört zu sein. Ohne ein weiteres Wort verließ er die Kammer.
Als er fort war, streckte Madeline sich und kuschelte sich unter das Plumeau. Die Anspannung der letzten Tage machte sich jetzt deutlich bemerkbar, und sie war zu müde, sich das Nachthemd überzustreifen.
Davon abgesehen hatte es etwas höchst Sinnliches an sich, den Stoff auf der bloßen Haut zu spüren. Und nackt zu schlafen, kam ihr mit einem Mal kühn und verrucht vor.
Sie dachte über das nach, was Anatole gerade mit ihr angestellt hatte. So wie sein Körper sich mit dem ihren vereint hatte … ebenso befremdlich wie wunderbar; und bei weitem nicht so grässlich, wie sie es sich vorgestellt hatte.
Anfangs hatte es tatsächlich ein wenig wehgetan, aber St. Leger war so unglaublich rücksichtsvoll, fast schon ein wenig scheu gewesen. Und dabei hatte Madeline etwas verspürt, das sie sich nicht erklären konnte. Ein Gefühl, mehr Hoffnung und Versprechen, dass beim nächsten Mal sogar noch etwas mehr geschehen könnte …
Verblüfft stellte die junge Frau fest, dass sie sich sogar auf das nächste Mal ein wenig freute. Nein, eigentlich sehr darauf freute …
Warum auch nicht?, fragte sie sich, während sie das Kissen an sich drückte. Von nun an war sie keine unwissen-

de Jungfrau mehr und würde nicht irgendwann als alte Jungfer sterben. Madeline erinnerte sich daran, wenn ihre Schwestern etwas von »Ehefrauenangelegenheiten« getuschelt und dann gekichert hatten. Damals hatte sie das mit Sehnen und Melancholie erfüllt.
In jener Zeit war sie sich wie eine Außenseiterin vorgekommen. Während sie über die Natur des Lebens gelesen und philosophiert hatte, hatten ihre Schwestern sie genossen und die Erfahrungen gemacht, die so alt waren wie Adam und Eva.
Jetzt gehörte Madeline auch zu den Eingeweihten, und sie schmeichelte sich, heute Abend eine Menge über Männer im Allgemeinen und Anatole im Besonderen erfahren zu haben. Nun war sie wahrhaftig eine Ehefrau, und wer weiß, noch ehe das Jahr herum war, würde sie vielleicht schon Mutter sein.
Der Gedanke erfüllte sie mit Ehrfurcht und gähnend gab sie sich der Vorstellung hin. Aus einem Kind wurden ein halbes Dutzend. Natürlich würde sie die Erziehung der Kleinen selbst in die Hand nehmen, und wenn diese ihr die unregelmäßigen lateinischen Verben aufsagten oder in fehlerfreiem Altgriechisch Homer rezitierten, würde Madeline sie mit Naschwerk und Zuckernüssen belohnen.
Sie träumte in dieser Nacht von ihrem gebildeten Nachwuchs, der im Kreis um sie versammelt saß und zu ihr mit den Augen ihres Vaters aufsah.
Die junge Frau bemerkte nicht, als Anatole einige Stunden später in ihr Zimmer kam. Obwohl die Dämmerung noch nicht über das Land gekommen war, stand er gestiefelt und gespornt da, um in den Stall zu gehen und auszureiten. In den letzten Minuten der Nacht, die er so lange ersehnt hatte, lag seine Gemahlin friedlich schlafend in ihrem Bett.
Was hatte er denn erwartet? Ein Feuerwerk? Salut aus ei-

nem Dutzend Kanonen? Nein, so töricht war er nun doch nicht gewesen.
Aber er hatte Erlösung von all den dumpfen Schmerzen, der Einsamkeit und der Sehnsucht erhofft. Doch die Rastlosigkeit und Leere in ihm hatten ihn die ganze Nacht am Schlaf gehindert.
Er verwünschte den Tag, an dem er den Brautsucher ausgesandt hatte, ihm eine Frau zu finden. Fitzleger hatte ihm Madeline Breton beschert, und Anatole wusste nicht zu sagen, ob sich daraus Fluch oder Segen entwickeln würden.
Seine Frau hatte sich im Schlaf frei gestrampelt, lag auf dem Bauch und hielt das Kissen fest. Ihr sanft schimmerndes Haar bedeckte wie ein Vorhang die weißen Schultern. Seine hungrigen Augen konnten gar nicht genug von ihr sehen.
St. Leger hatte um eine ganz normale Frau gebetet, doch das Schicksal hatte ihn verhöhnt und ihm eine Feenkönigin geschickt.
Ja, dachte der Burgherr, genau so hätte er Madeline gemalt. Wenn er nicht schon vor langer Zeit die Malerei als törichte Schwärmerei eines Knaben aufgegeben hätte, die eines erwachsenen Mannes unwürdig war.
Anatole lächelte über den unsinnigen Gedanken, sie mit Pinsel und Farbe darstellen zu wollen. Aber er sagte sich, dass er mit seiner Frau vollauf zufrieden sein durfte. Sie besaß nicht die stämmige Figur, die er sich gewünscht hatte, aber trotz ihrer Zierlichkeit hatte sie seinen mächtigen Körper ertragen.
Madeline hatte weder geweint noch gekreischt, sondern allen Mut zusammengenommen und die Ehepflichten tapfer ertragen. Mehr konnte er nicht von seiner Gattin verlangen, oder?
Schließlich hatte er dem Reverend gesagt, er wolle gar

nicht geliebt werden und sei schon zufrieden, wenn seine Frau keine Angst mehr vor ihm hätte.
»Und dazu stehe ich immer noch«, schwor Anatole sich. Doch die Worte klangen ihm seltsam hohl, als das Halbdunkel des Morgengrauens sich jenseits des Fensters zeigte. Fünf Uhr.
Was für eine furchtbar einsame Stunde, um herauszufinden, dass man sich selbst etwas vormachte.

9

Der Morgennebel wogte von der See heran und hüllte Castle Leger ein. Anatole ritt sein Pferd über den halb im Dunst verborgenen Klippenweg. Tief unter ihm donnerte die Brandung gegen die Felsen.

Mit eiserner Hand trieb er seinen Hengst weiter voran und verließ sich darauf, dass sein Ross den alt vertrauten, nicht ungefährlichen Pfad kannte. Als Kind hatte St. Leger oft hier draußen gespielt und sich mit eingebildeten Piraten oder Schmugglern herumgeschlagen. Mit einem Dolch zwischen den Zähnen waren die Schurken die Klippen herauf bis zu der Stelle geklettert, wo er sie mit seinem Holzschwert erwartete.

Manchmal hatte er sich auch in den Blumengarten am Rande der Klippen zurückgezogen, sich hinter die Rhododendronbüsche gehockt und mit den Elfen Verstecken gespielt.

Doch als seine Mutter gestorben war, hatte sie die Piratenbanden und das Elfenland für immer mitgenommen und den Jungen der Freude an der wilden Schönheit seines Landes beraubt.

In all den Jahren, seit er Herr von Castle Leger war, hatte er seine Burg nie so fluchtartig verlassen wie heute Morgen.

Nur weg von ihr. Seiner Braut. Seiner Feuerfrau.

St. Leger zügelte das Pferd und warf einen Blick zurück.

Sein Heim, das er gleichzeitig liebte und hasste, erhob sich in der Ferne. Nur die Türme und Zinnen ragten aus dem Nebel, so als handele es sich bei Castle Leger um die Wolkenburg eines Zauberers.
Er suchte nach dem Fenster, hinter dem sie schlief, während sich das rote Haar auf dem Laken ausbreitete … Die Erinnerung an ihre Schönheit hätte ihn fast zur Rückkehr getrieben. Wie der Gesang der Sirenen lockte sie ihn in das Schlafgemach zurück … um seine Braut wach zu küssen, zärtlich in die Arme zu nehmen und …
Und was?, höhnte eine Stimme in ihm. Das Desaster von letzter Nacht wiederholen? Anatole wusste noch immer nicht, wie er die Leidenschaft in ihr erwecken sollte, welche eine St.-Leger-Braut zu verspüren hatte.
Der Burgherr fluchte. Anatole wagte nicht, ihr an diesem Morgen zu begegnen, weil er befürchtete, dass sie die Sehnsucht und Zerrissenheit in seinen Augen lesen könnte. Die meiste Zeit seines Lebens war er ohne Liebe ausgekommen. Welcher Wahnsinn trieb ihn nun dazu, sie zu suchen? Er musste raus aus Castle Leger, um sich mit seinen Ängsten und Wünschen auseinander setzen zu können.
St. Leger schalt sich einen erbärmlichen Feigling, weil er vor einer zierlichen kleinen Frau floh, trieb sein Ross aber dennoch wieder an. Er wollte nach einer Bedrohung Ausschau halten, mit der er sich viel besser auskannte.
Mortmain.

Je näher er der Küste kam, desto hartnäckiger hielt sich der Nebel. Das perfekte Wetter, dachte er grimmig, um ein Phantom zu suchen – eine Frau, die nur das Produkt der überreizten Phantasie oder der altersschwachen Augen dieses Fitzleger sein konnte.
Anatole zügelte wieder sein Pferd und blickte in die Bucht,

die sich vor ihm ausbreitete. Ebbe herrschte, und die mächtige See lag ruhig da.
Ein öder, isolierter und gefährlicher Küstenstrich. Die zerklüfteten Felsen waren unter dem Wasser zu erkennen. Hier und da zeigte sich der reinste goldgelbe Strand. Doch wehe dem, der sich hier zur falschen Zeit niederließ. Das Meer würde ihn auf immer verschlingen.
Keine Höfe schmiegten sich an die Hügel, und nirgends hatten Fischer ihre Netze zum Trocknen aufgehängt. Nur ein paar halb tote Eichen wehrten sich vergeblich gegen den unablässig wehenden, salzigen Meerwind.
Und dazwischen die verbrannten Trümmer eines einstmals stattlichen Herrenhauses.
Irgendwann einmal hatte das Anwesen einen hübschen französischen Namen getragen, doch die Einheimischen nannten es nur noch Lost Land – wegen seiner dunklen Vergangenheit mit an den Klippen zerschellten Schiffen, unglücklichen Seeleuten und Wanderern, die man nie wieder gesehen hatte. Dieses Lost Land war genauso tückisch wie seine einstigen Herren, die Mortmains.
Ein Frösteln überkam St. Leger, das nicht von der kühlen Witterung herrührte. Der Geruch des Bösen ging von diesem Ort aus, dessen Grenzen an die seinen stießen. So weit es die St. Legers anging, hätte das Mortmain-Haus eine Million Meilen entfernt stehen können und es wäre ihnen immer noch zu nahe gewesen.
Vorsichtig lenkte Anatole seinen Hengst einen Pfad hinauf, der vom Strand durch eine sumpfige Wiese führte. Anatole hatte noch nie einen Mortmain zu Gesicht bekommen. Doch je näher er den Ruinen kam, desto stärker spürte er, dass hier sein Feind auf ihn lauerte.
Viele Generationen lang waren beide Familien zutiefst verfeindet gewesen. Wer hatte Lord Prospero zum Tode verur-

teilt und auf dem Scheiterhaufen verbrannt? Ein Mortmain. Wer hatte eine Armee Cromwells angeführt, um Castle Leger zu stürmen und zu verwüsten? Ein Mortmain. Und wer steckte hinter dem Mord an Deidre St. Leger? Ein Mortmain. Die Reihe ließe sich schier endlos fortsetzen, bis hin zu der ungesetzlichen Hinrichtung des jüngeren Bruders seines Vaters, Wyatt St. Leger. Sir Tyrus Mortmain hatte ihn mit gefälschten Beweisen der Schmuggelei und des Verrats an der Krone beschuldigt und ihn dann, ohne Prozess und ohne Beweise vorzulegen, aufknüpfen lassen.

Diese schreckliche Untat hatte zur letzten und endgültigen Konfrontation zwischen Sir Tyrus und Anatoles Großvater geführt. Das Zusammentreffen hatte hier draußen in einer Nacht des Feuers und des Todes geendet.

Der Hengst scheute, und St. Leger musste absteigen und das Tier an einem Eichenast anbinden.

Die Überreste von Mortmain Manor ragten vor ihm auf. Nur ein paar Wände standen noch mit leeren Fensterhöhlen, die ihn wie tote Augen anstarrten. Nur dieses schwarze Monument war von der Grausamkeit und Ruchlosigkeit der Mortmains übrig geblieben. Übergroßer Ehrgeiz und unnachgiebige Rachsucht waren zu Trümmern und Asche zusammengefallen.

St. Leger zögerte einen Moment, ehe er durch die Überreste des ehemaligen Portals trat. Er bewegte sich nur ein paar Schritte weiter, weil zu befürchten stand, dass die Ruinen über seinem Kopf zusammenstürzten.

Im Innern des Hauses gab es nur Mauerstücke, Asche und verkohlte Balken zu sehen. Wo sich einmal das Dach gespannt hatte, fand man jetzt nur Nebel und grauen Himmel vor.

Anatole runzelte die Stirn. Warum war er eigentlich nach Lost Land gekommen? Wenn einer der Mortmains noch am

Leben war, würde man dann hier Anzeichen seiner Rückkehr finden können?
Aber was für Anzeichen? Ganz gewiss würde hier niemand Vorhänge an die leeren Fensterhöhlen hängen oder einen Teppich über die Trümmer ausrollen. St. Leger klopfte den Staub ab, der sich bereits auf seine Lederhandschuhe gelegt hatte.
Überzeugt, einer unsinnigen Idee gefolgt zu sein, kehrte er zurück. Doch Anatole war noch nicht weit gekommen, als er spürte, dass er nicht allein war.
Er blieb stehen und lauschte. Von der anderen Person war weder etwas zu sehen noch zu hören, aber St. Leger konnte sie spüren. Und dieser Jemand war ganz in der Nähe.
Seine besonderen Fähigkeiten wirkten hier draußen nicht so gut wie zu Hause auf der Burg. Außerdem schien Mortmain Manor immer noch über eine eigene Aura zu verfügen, die seine besondere Sinne abblockte. Dennoch nahm Anatole wahr, dass von dem Fremden Feindseligkeit und Bedrohung ausgingen.
Er verwünschte sich, weil er nur sein Rapier mitgenommen hatte. Leise zog St. Leger den dünnen Degen aus der Scheide und konzentrierte sich darauf herauszufinden, wo sein Gegner lauerte.
Da schlich jemand an den Außenmauern entlang und kam stetig näher. Mit grimmiger Miene kehrte Anatole zu dem Portal zurück und hatte es gerade erreicht, als der Angriff erfolgte.
Wie aus dem Nichts flog eine Klinge auf ihn zu und sauste mit tödlichem Zischen herab. Anatole wehrte sie mit seinem Rapier ab, wirbelte herum und stieß zu. Es hatte nicht viel gefehlt, das Herz des Gegners zu durchbohren.
Das Einzige, was ihn rettete, waren die Behändigkeit des Mannes und Anatoles Erstarren.

Ohne das Schwert zu senken, schaute er in vertraute Züge. Aschblondes Haar umrahmte ein Gesicht mit edlen Zügen und von fast überirdischer Schönheit. Wer ihn nicht näher kannte, könnte annehmen, einer der Götter sei vom Olymp herabgestiegen.

Roman St. Leger.

Die kalten blauen Augen seines Vetters versuchten, ihn niederzustarren, aber Anatole blickte mit ebensolcher Intensität zurück. Roman gab schließlich nach und ließ die Klinge sinken. Mit einem Lachen schob er die Waffe in den langen Stab zurück, bis dieser wieder wie ein ganz normaler Spazierstock aussah.

»Sieh an, mein lieber Cousin. Was für ein wunderbarer Tag. Fast wäre es mir gelungen, Euch zu überraschen.«

Anatole ließ das Schwert sinken, und die Anspannung, die er beim Kampf verspürt hatte, verwandelte sich in Zorn.

»Was habt Ihr Euch nur dabei gedacht, mich so heimtückisch zu überfallen?«

Der Vetter hob indigniert die Brauen. »Woher sollte ich wissen, dass Ihr es seid? Schließlich besitze ich Eure besonderen Fähigkeiten nicht. Ihr hättet doch auch ein umherstreunender Dieb sein können.«

»Ihr solltet Euch mehr vorsehen. Ich hätte Euch leicht durchbohren können.«

»Was für eine Tragödie?« Er lächelte spöttisch. »›Der St. Leger, welcher das Blut eines seiner Verwandten vergießt, soll selbst zu Grunde gehen.‹ So heißt es doch in den alten Sagen, oder?«

Roman verlachte die alten Geschichten, sowohl die der St. Leger wie auch alle anderen. Anatole hatte schon oft den Drang verspürt, gerade bei Roman dieses Verbot zu missachten, auch wenn er damit seinen eigenen Untergang riskierte.

Bislang hatte ihn stets sein Verstand davor bewahren können.
Verdrossen steckte er das Rapier in die Scheide, ehe Roman ihn weiter provozieren konnte. Darauf verstand der Vetter sich nämlich ausgezeichnet.
Roman hob seinen Hut auf, der ihm während der Auseinandersetzung heruntergefallen war. Natürlich passte das Stück ausgezeichnet zu seinem Gehrock im französischen Stil, dem samtenen Kragen und den Knöpfen, die mit Jagdszenen verziert waren. Zusammen mit der cremefarbenen Hose und den auf Hochglanz polierten Reitstiefeln wirkte er für diesen öden Landstrich viel zu elegant. Aber Anatole hatte seinen Cousin noch nie anders erlebt.
»Was, zum Teufel, habt Ihr hier draußen verloren?«, fragte er Roman streng.
Sein Gegenüber ließ sich Zeit mit der Antwort und zog es vor, zuerst Handschuhe aus Rehkalbleder überzustreifen.
»Das Gleiche könnte ich Euch auch fragen, lieber Vetter. Nach allem, was ich gehört habe, muss ich Euch wohl bald beglückwünschen. Eure Braut müsste doch jetzt jeden Tag eintreffen, nicht wahr? Eigentlich sollte man annehmen, Ihr wärt vollauf mit den Hochzeitsvorbereitungen beschäftigt.«
»Ich habe gestern geheiratet.«
»Oh.« Für einen Moment lauerte etwas Gefährliches in Romans Blick. Doch als er wieder sprach, klang er genauso leicht amüsiert wie zuvor.
»Ihr habt Euch vermählt und dabei die Mühe gescheut, mich einzuladen? Was sagt man dazu? Offenbar habt Ihr nie die Geschichte von der bösen Fee gehört, die man nicht zur Feier einlud und die sich dann furchtbar rächte.«
»Ich habe keine Feen eingeladen, weder gute noch böse. Außerdem hat die Feier im kleinen Rahmen stattgefunden.«
»Das sieht Euch wieder einmal ähnlich. Ihr hättet wenigs-

tens die Höflichkeit besitzen können, mich von Eurer Vermählung in Kenntnis zu setzen.«
»Mir war bislang nicht bewusst, dass ich vor Euch Rechenschaft für mein Tun abzulegen habe.«
»Dazu zwingt Euch doch niemand. Aber wie Ihr wisst, habe ich mich immer gern –« Der junge Mann unterbrach sich und presste die Lippen zusammen.
»Als meinen Erben gesehen habe, wolltet Ihr sagen, oder?«
»Ja, ich fürchte, ich kann mich nicht davon freisprechen.«
»Dann seid Ihr ein verdammter Idiot.«
»Ohne Zweifel.«
»Ihr könnt Euch doch nicht ernsthaft eingebildet haben, eines Tages Castle Leger zu erben. Wir beide sind am selben Tag geboren worden. Was bringt Euch auf die Idee, mich überleben zu können?«
»Man wird doch wohl noch hoffen dürfen.«
Anatole gewann den Eindruck, dass Roman seinen Tod wünschte, was ihn kaum verwunderte, wünschte er dem Vetter doch das Gleiche. Der Hass zwischen ihnen bestand schon, seit beide noch in der Wiege gelegen hatten.
Vielleicht rührte er daher, sagte sich der Burgherr, dass sie sich so verschieden entwickelt hatten. Roman, der elegante Stutzer, gehörte in die Welt der Ballsäle und Gesellschaften, Anatole hingegen war mehr in Ställen, Mooren und auf ödem Land zu Hause.
Möglicherweise lag es aber auch daran, dass Roman zu den wenigen St. Legers gehörte, die über keinerlei besondere Gaben verfügten und auch sonst vom Familienfluch verschont geblieben waren. Anatole beneidete ihn jedenfalls sehr darum.
Er verdrängte die unangenehmen Erinnerungen an früher, als vor ihm alle Türen zugeschlagen worden waren, während sie sich für Roman immer und überall geöffnet hatten.

»Ich enttäusche Euch nur ungern, aber ich habe vor, noch lange zu leben und eine ganze Schar gesunder und kräftiger Knaben zu zeugen.«

»Ohne Zweifel beabsichtigt Ihr das«, bemerkte Roman mit leicht angewiderter Miene, »obwohl ich gestehen muss, dass ich nie für möglich gehalten hätte, dass Ihr eines Tages den Bund fürs Leben schließen würdet.«

»Ihr meint wohl eher, Ihr hättet nie für möglich gehalten, dass eine Lady mich nehmen würde.«

»Nun ja, Vetter, Eure guten Seiten erschließen sich einem nicht auf den ersten Blick. Aber die Familientradition sagt ja, dass auf jeden St. Leger irgendwo eine Gemahlin wartet. Ich darf wohl vermuten, dass Ihr den Brautsucher bemüht habt?«

»Ganz recht.«

Roman verzog den Mund zu einem Grinsen. »Eigentlich hatte ich Euch immer für einen intelligenten Menschen gehalten. Ihr seid doch viel zu gescheit, um Euch von den verschimmelten alten Gruselgeschichten der Familie ins Bockshorn jagen zu lassen. Aber Ihr habt tatsächlich den Fähigkeiten dieses halb erblindeten, alten Trottels vertraut, Euch die Richtige zu finden ...«

»Fitzleger ist mindestens ebenso gut bei Verstand wie Ihr, und auch sein Augenlicht hat ihn noch nicht im Stich gelassen, wenn er seine Brille trägt.«

»Na, da kann ich nur hoffen, dass er sie nicht vergessen hatte, als er Eure Lady suchte. Wo hat der Reverend sie denn gefunden?

»In London.«

Roman riss die Augen auf. »Das ist ja heute ein Tag voller Überraschungen! Ich hätte eher erwartet, Eure Braut sei unter den örtlichen Amazonen zu finden. Und wer ist die Glückliche, die Fitzleger für Euch aufgetrieben hat?«

Anatole verspürte keine Lust, ihm alles zu berichten. Aber Roman hätte das leicht auch andernorts herausfinden können.
»Sie heißt Madeline Breton.«
»Etwa eine der Töchter des höchst ehrenwerten Gordon Breton?«
»Ja.«
»Eine gute Familie mit ausgezeichneter Blutlinie. Der alte Herr ist ein Cousin dritten oder vierten Grades des Earl of Croftmore. Doch neigen die Bretons ein wenig zur Verschwendungssucht, und in ihrer Kasse herrscht beständig Ebbe. Ich darf wohl annehmen, dass Eure Braut nicht viel mit in die Ehe gebracht hat, oder?«
»Woher, zum Teufel, wisst Ihr so viel über die Familie meiner Frau?«
»Mein teurer Vetter, im Gegensatz zu Euch habe ich mich nicht mein Leben lang in Cornwall vergraben. Nun, ich habe recht häufig in London zu tun und verkehre dort in der besseren Gesellschaft. Allerdings kann ich mich nicht daran erinnern, Eurer Madeline bei irgendeinem Anlass einmal vorgestellt worden zu sein. Was für ein Geschöpf ist sie denn?«
»Eine Frau.«
»Da wäre ich jetzt wirklich nicht drauf gekommen. Ich meinte, besitzt sie eine vollendete Figur? Charme? Schönheit?«
Ein ungutes Gefühl beschlich Anatole, und er fühlte sich wie ein Geizhals, der von einem Dieb geschickt über sein Vermögen ausgefragt wurde.
»Sie hat von allem etwas.«
»Nun, das hört sich aber nicht sehr begeistert an. Was ist nur aus der sagenhaften Leidenschaft der St. Legers geworden? Auch erstaunt mich der Umstand, dass die frisch An-

getraute Euch gestattet hat, Euch schon am Tag nach der Hochzeitsnacht von ihr zu entfernen. Wenn man den alten Erzählungen glauben darf, müsste sie Euch doch geradezu anflehen, zu ihr ins Bettchen zurückzukehren.«
Anatole dachte an die schlafende Madeline, doch schon schob sich ihre letzte Bemerkung in sein Bewusstsein zurück.
Es war nicht halb so schlimm, wie ich befürchtet hatte.
Er spürte, wie Röte in seine Wangen stieg, und dem Vetter entging das natürlich nicht.
»Ich hoffe doch sehr, dass bislang alles zu Eurer Zufriedenheit verlaufen ist, lieber Vetter. Nicht auszudenken, wenn der alte Fitzleger Euch versehentlich die Falsche gebracht hätte. Aber selbst einem Brautsucher soll ja mitunter ein Fehler unterlaufen.«
»Der Reverend hat keinen Fehler gemacht!«
»Nein, weshalb auch«, entgegnete Roman so überfreundlich, dass Anatole ihm am liebsten den Kiefer gebrochen hätte. »Aber vielleicht sollte ich Euch anraten, nichts zu überstürzen und noch ein wenig mit der alten Zeremonie zu warten, bei der Ihr Schwert und Kristall übergebt. Damit verpflichtet Ihr Euch doch der Dame auf alle Ewigkeit, oder?«
Anatoles Gesicht verfärbte sich dunkelrot.
»Ach herrje!« Roman schlug sich leicht eine Hand an die Wange. »Ihr habt das also bereits getan. Sagt mir doch, ist Euch auch schon in den Sinn gekommen, ihr Blumen zu schenken?«
St. Leger wusste jetzt, warum er den Cousin nicht ausstehen konnte. Wenn Roman auch nur etwas von den Familiengaben mitbekommen hatte, dann die untrügliche Treffsicherheit, mit der er bei anderen die wunden Punkte aufspürte.

Anatole juckte es in den Fingern. Nicht etwa, um das Rapier wieder herauszuziehen, sondern um die Finger an die Schläfe zu legen und den Vetter seine besonderen Fähigkeiten spüren zu lassen. Aber genau das wollte der Stutzer, nämlich ihn dazu verleiten, sein Talent für einen bösen Zweck zu missbrauchen.
So hielt er nach seinem Hengst Ausschau und beobachtete ihn so lange, bis er sich endlich wieder unter Kontrolle hatte.
»Sorgt Euch nicht um meine Braut«, entgegnete Anatole, »denn sie geht Euch nichts an. Aber mir fällt auf, dass Ihr mit diesem müßigen Geschwätz der Beantwortung meiner Frage ausgewichen seid. Also, was führt Euch hierher nach Lost Land?«
»Richtig, lieber Vetter. Genauso wenig wie Eure Gemahlin mich etwas angeht, habt Ihr Euch um meine Beweggründe zu kümmern, dieses Anwesen aufzusuchen.«
Offensichtlich hatte Roman jetzt genug davon, seinen Cousin zu foppen, verabschiedete sich mit einer Verbeugung und verließ das Gemäuer.
Fluchend folgte Anatole ihm nach draußen und entdeckte rasch, wo der Vetter sein Pferd angebunden hatte. Der graue Wallach befand sich unweit des Häuschens, das wohl früher dem Verwalter gehört hatte.
Roman eilte auf sein Ross zu, aber Anatole schritt schneller aus und überholte ihn rasch. Er traf als erster bei dem Wallach ein und nahm die Zügel in die Hand, um den Verwandten am Davonreiten zu hindern.
Der Vetter bedachte ihn mit einem hochmütigen Blick, den Anatole aber ungerührt über sich ergehen ließ.
»Ich habe Euch gefragt, was Ihr hier verloren habt. Ihr wolltet doch nicht etwa nach Anzeichen dafür Ausschau halten, dass einer der Mortmains zurückgekehrt sei?«

Die Feindseligkeit in Romans Blick wich für einen Moment ehrlicher Überraschung.

»Großer Gott, nein. Haltet Ihr mich etwa für einen abergläubischen Bauerntölpel, der sich davor fürchtet, dass Tote aus ihren Gräbern steigen können?«

»Es besteht durchaus die Chance, dass nicht alle aus dieser Familie ums Leben gekommen sind. Mir sind gewisse Hinweise zugetragen worden, dass eine Frau damals nicht in den Flammen zu Grunde gegangen sei. Möglicherweise handelt es sich bei ihr um eine Tochter von Sir Tyrus.«

»Das wollen wir aber nicht hoffen. Mir jedenfalls käme das verdammt ungelegen.« Roman griff nach den Zügeln, aber Anatole hielt sie noch fester.

»Wenn Ihr nicht nach einem Mortmain Ausschau haltet, was hat Euch denn dann hierher getrieben?«

Der Cousin verzog den Mund, gab sich aber seufzend geschlagen. »Ich wollte mir einen Überblick verschaffen.«

»Über das Mortmain-Land?«

»Nein, über meinen Besitz.«

Das verblüffte Anatole so sehr, dass er die Zügel losließ. Eine Gelegenheit, die Roman sofort für sich zu nutzen wusste.

»Was, zum Teufel, redet Ihr da?«

»Dabei dachte ich, ich hätte mich verständlich genug ausgedrückt. Ich habe Lost Land erworben. Der Kontrakt wurde gestern unterzeichnet.«

»Von wem habt Ihr den Grund denn gekauft?«

»Von einem entfernten Verwandten des verblichenen Sir Tyrus. Ein Londoner Bankier hatte das Anwesen nach dem Feuer geerbt und war nur zu froh, diese Stätte loszuwerden. Ich habe sie recht günstig erstanden.«

»Seid Ihr denn komplett von Sinnen?«

»Das möchte ich eigentlich nicht meinen.«

»Welcher Teufel hat Euch denn geritten, dieses verwünschte Stück Land zu kaufen?«
»Vielleicht war ich ja nicht so glücklich wie gewisse andere Personen, den Familiensitz zu erben. Mein Vater hat mir wenig mehr als eine heruntergekommene Farm und diese lächerlichen Fossilien hinterlassen, die er zu Lebzeiten sammelte. Ich verspürte immer den Drang in mir, Herr über etwas mehr als nur ein paar zottelige Schafe und ein paar alte Steine zu sein.«
»Aber Lost Land zu erwerben …« Anatole warf einen beunruhigten Blick auf das Land mit den bedrohlich wirkenden Ruinen. Selbst der Wind hatte hier etwas Unheilvolles an sich.
»Die Menschen, die an diesem Ort gelebt haben, waren über Generationen die Plage unsere Familie. Niemals wäre ein St. Leger auf den Gedanken verfallen, Mortmain-Land zu kaufen. Denn daraus kann niemals Gutes erwachsen.«
»Ihr hört Euch genauso albern an wie Reverend Fitzleger. Und Ihr scheint zu vergessen, wem Euer kostbares Castle Leger einmal gehört hat. Und Ihr scheint erst recht zu vergessen, dass ich Euch nicht um Erlaubnis fragen muss.«
Roman schwang sich in den Sattel. »Wenn Ihr mich jetzt bitte entschuldigen wollt, aber ich habe heute Morgen noch eine Menge Dinge zu erledigen. Vor allem muss ich mich mit dem Architekten besprechen, der hier mein Manor errichten soll.«
Anatole wollte die Sache gern ausdiskutieren, aber ihm blieb keine andere Wahl, als beiseite zu springen, als Roman seinen Wallach antrieb.
»Wie stets war es mir ein Vergnügen, Euch zu begegnen, Vetter. Zögert nicht, mein Land wieder zu besuchen. Ich verspreche auch, Euch beim nächsten Mal einen anderen Empfang zu bereiten.«

Damit preschte er los. Doch verschwand er nicht in Richtung Küste, sondern in den nebelverhangenen Hügeln. Anatole verspürte den starken Wunsch, ihm zu folgen und etwas Vernunft in ihn hineinzuprügeln. Sein Vetter war entweder ein gewissenloser Idiot oder ein kühl berechnender Schurke.

Die Vorstellung, dass der Vetter Lost Land erworben hatte, verdross ihn sehr. Aber Roman hatte wenigstens in einem Punkt Recht gehabt.

Die Mortmains hatten früher tatsächlich Castle Leger besessen, und dazu auch noch das ganze Gebiet von West Penrith. Die ehrgeizigen Lords hatten tatsächlich beabsichtigt, sich ihr eigenes Herzogtum Cornwall zusammenzuraffen. Doch dabei hatten sie sich wie Schurken verhalten, und der König hatte ihren Verrat damit bestraft, dass er ihnen alles Land wieder abgenommen hatte – bis auf dieses Manor.

Die besten Stücke ihres ehemaligen Besitzes waren einem jungen Ritter namens Prospero zugesprochen worden …

Anatole verzog das Gesicht. Roman hatte womöglich noch in einem anderen Punkt Recht gehabt. Er war sicher ein abergläubischer Trottel, wenn ihn die Vorstellung so bedrückte, den Vetter zum Nachbarn zu haben. Fast wäre es ihm lieber gewesen, hier würden immer noch Mortmains leben.

Roman so nah bei sich zu haben, konnte nur Ärger bringen. Anatole machte sich auf den Heimweg und beschloss, den Kristall zu befragen …

Dann fluchte er, als ihm einfiel, dass ihm das nicht möglich sein würde. Er hatte das Schwert ja bereits seiner Frau überlassen.

Während des Wegs zurück versuchte er angestrengt, die Sticheleien zu verdrängen, die Roman über Madeline er-

zählt hatte. Doch die Bemerkungen des Cousins waren von einem besonderen Gift, das ihm unter die Haut ging.
Er biss die Zähne zusammen, und es gelang ihm nicht, die Furcht abzuschütteln, Prosperos Schwert zu früh abgegeben zu haben.
Anatole ritt nicht gleich zur Burg, sondern zunächst ins Dorf, wo er den Rest des Morgens damit verbrachte, auf den Höfen Nachforschungen über die mysteriöse Frau anzustellen, die Fitzleger gesehen haben wollte.
Doch niemand hatte in der letzten Zeit einen Fremden bemerkt, abgesehen von dem geckenhaften Architekten, den Roman beauftragt hatte, und der verrückten Lucy, der alten Kräuterhexe der Gegend.
Anatole wusste nicht, warum er der Sache so viel Aufmerksamkeit widmete. Vielleicht, weil ihm die Vorstellung gefiel, eine Mortmain möge auftauchen und Roman das neu erworbene Land streitig machen?
Einige Stunden später befand er sich auf dem Weg zu seiner Burg. Die Nebel hatten sich endgültig verzogen, und das Ross trottete gemächlich dahin. Anatole aber hatte das Gefühl, mit seinem Ausritt so gut wie gar nichts erreicht zu haben.
Weder war es ihm gelungen, das Rätsel um die geheimnisvolle Frau zu lösen, noch hatte er Klarheit über das gefunden, was sein Herz bewegte, und wie er seiner neuen Braut gegenüber empfand.
Doch als sein Hengst in den Schatten der alten Burg gelangte, beschleunigte sich St. Legers Puls – und das allein aus dem Grund, weil er wusste, dass *sie* da sein würde. Und kaum auf dem Hof eingetroffen, starrte er hinauf zu den Fenstern.
Halb hoffte er, Madeline möge dort oben stehen und nach ihm Ausschau halten, um dann die Treppe heruntergelau-

fen zu kommen und ihm mit ausgebreiteten Armen entgegen zu eilen. Dann würde er zum ersten Mal seit Jahren, wenn nicht in seinem ganzen Leben, das Gefühl haben, wirklich nach Hause gekommen zu sein.
Pah!, dachte er, und in die Sehnsucht mischte sich Selbstverachtung. In was für eine Art Trottel verwandelte er sich wegen dieser Frau?
Tatsächlich wurde seine Rückkehr schon dringend erwartet, allerdings nicht von Madeline. Anatole hörte, wie sein Name gerufen wurde, und im nächsten Moment stolperte Trigghorne die Stufen herunter.
Der Burgherr hatte den alten Griesgram noch nie so aufgeregt erlebt. Man hätte fast meinen können, tausend Dämonen seien hinter dem kleinen Kerl her.
Was gab's denn jetzt schon wieder?, fragte Anatole sich, als er vom Pferd stieg. Welche Katastrophe mochte sich während seiner Abwesenheit ereignet haben. Und schon beschlich ihn eine düstere Vorahnung –
Will!
Verdammt, er hatte den Jungen gewarnt, sich vom Holzhacken fern zu halten. Vielleicht, dachte Anatole, als er Triggs weit aufgerissene Augen sah, hätte er Will in den Hundezwinger sperren sollen.
Der Diener musste sich an den Hengst lehnen und war so außer Atem, dass er kaum sprechen konnte.
»Herr … oh, Herr … dem Himmel sei Dank … dass Ihr endlich da seid … etwas Furchtbares …«
Anatole packte den Mann am Arm. »Reißt Euch zusammen, Mann, und berichtet mir, was vorgefallen ist. Hat es Will erwischt? Gottverdammter Bengel. Warum konnte er nicht hören?«
»Nein, Herr … nicht Will … Die Burg … wurde eingenommen!«

Eingenommen? Von Heerscharen? Er starrte den Alten verwundert an. Seit den Tagen Oliver Cromwells war Castle Leger nicht mehr angegriffen worden.
Wie sollte es möglich sein, dass während seines Ausritts …
Er hatte seine Braut allein und ungeschützt zurückgelassen!
Furcht, wie Anatole sie nie zuvor erlebt hatte, umklammerte sein Herz, und schon griff er nach seinem Rapier.
»Eingenommen? Von wem? Schmugglerbanden? Banditen? Den Mortmains?«
»Nein!«, stöhnte Trigghorne. »Nicht von denen. Sondern viel schlimmer … von Frauen!«

10

Madeline zog die Schürze aus, mit der sie ihr hellgelbes Kleid geschützt hatte, und hängte sie in der Bibliothek über den Stuhl, welchen sie gerade poliert hatte – ebenso wie den Tisch und die meisten der Bücherregale. Die junge Frau war in dem Raum gut vorangekommen, auch wenn es hier noch sehr viel zu tun gab. Die anderen Frauen der Armee, die sie aus dem Dorf rekrutiert hatte, arbeiteten in den anderen Kammern und Flügeln.

Reverend Fitzleger war ihr dabei behilflich gewesen, ein gutes halbes Dutzend Frauen zu finden, die bereit waren, nach Castle Leger zu kommen. In der unteren Halle summte und brummte es vor Aktivität, und Madeline war sich sicher, dass man so etwas schon lange nicht mehr auf dieser Burg gesehen oder gehört hatte.

Lucius Trigghorne hatte sich bitter über die »Unterrock-Invasion« beschwert und sich dann irgendwo verkrochen. Aber Will und Eamon hatten bald schon ihre Hilfe angeboten und bekämpften nun ebenso tapfer den Staub von Jahrzehnten.

Madeline hatte für sich ausbedungen, die Bibliothek selbst auf Vordermann zu bringen. Nun, da die Schatten des Nachmittags länger wurden, betrachtete sie zufrieden die Bücherborde, in denen die einzelnen Bände jetzt in ordentlichen Reihen standen, und verspürte tiefe Zufriedenheit.

Morgen würde sie die Werke sortieren und katalogisieren, doch bis dahin …

Die viele Arbeit hatte sie erhitzt, und sie ging nach draußen in den Garten, um frische Luft zu schöpfen. Die Anpflanzung an der Rückseite des Anwesens lag still und friedlich da. Rhododendron und Azaleen umgaben einen Teppich von Hyazinthen und Erika.

Die Blumen schienen hier der See und dem harten Land zum Trotz zu blühen. Als Madeline eine rosafarbene Blüte von einem Rhododendronstrauch pflückte, glaubte sie fest daran, hier auch einmal Wurzeln zu schlagen.

Vor allem nach der vergangenen Nacht.

Natürlich war die junge Frau nicht so töricht zu glauben, dass die große Liebe zwischen ihr und Anatole entflammt war; jedenfalls nicht in der Weise, wie sie es sich erträumt hatte. Doch letzte Nacht war bewiesen worden, dass sie miteinander zurechtkommen konnten, sogar auf einer sehr persönlichen Ebene.

Nur … Madeline musste sich eingestehen, dass sie sich heute Morgen nicht sehr kühl und beherrscht verhalten hatte, als sie Anatole nirgends finden konnte. Ohne eine Nachricht zu hinterlassen oder sich von ihr zu verabschieden, war er einfach verschwunden. Daraufhin hatte sie ein Schmerz befallen, wie sie ihn nicht erwartet hätte.

Die junge Frau hatte sich eine Närrin geschimpft. Natürlich konnte sie von ihrem Bräutigam nicht erwarten, dass er sich Tag und Nacht in ihrer Nähe aufhielt, um seiner Liebsten jeden Wunsch von den Augen abzulesen. Der Mann war es gewöhnt, seiner eigenen Wege zu gehen und niemandem Rechenschaft ablegen zu müssen.

Außerdem war es ja nicht so, als wüsste Madeline nicht, was sie während seiner Abwesenheit mit sich anfangen sollte.

Zuerst war das Haus an der Reihe, sagte sie sich mit einem entschlossenen Lächeln und spazierte tiefer in den Garten hinein. Danach würde sie herausfinden, wie man ihren Mann zivilisieren konnte. Und wie nötig dies war, wurde ihr schon einige Momente später deutlich bewusst, als sie ihn ihren Namen brüllen hörte.

Also war Anatole endlich nach Hause gekommen. Ihr Herz klopfte sofort etwas schneller. Wie rasch sich gewisse Dinge doch änderten. Gestern noch wäre sie bei der Vorstellung vor Furcht zusammengefahren, ihrem Mann zu begegnen, doch heute freute sie sich sogar darauf.

Aber sie würde sich nicht wie ein Hund von ihm herbeirufen lassen. Etwas später tauchte er oben am Weg auf, und sie versteckte sich hinter einem Strauch und verhielt sich ganz still.

Das lange schwarze Haar wehte im Wind, und er hatte sich den Umhang über die Schulter geworfen. Ihr dunkler Kriegerfürst wirkte in diesem Garten fehl am Platz, so wie jemand, den es aus einer längst vergangenen Zeit hierher verschlagen hatte. Stolz erfüllte sie bei seinem Anblick.

Dann fiel ihr mit Schrecken ein, welchen Anblick sie bot. Hastig riss sie sich die Putzhaube vom Kopf und fuhr sich mit den Fingern durch die roten Locken.

Anatole hatte sie noch nicht entdeckt.

»Madeline!«, rief er wieder, doch nicht mehr wütend, sondern eher besorgt. St. Leger lief an ihrem Versteck vorbei.

Die junge Frau ließ die Haube in einer Tasche verschwinden, hielt den Strauß aus gepflückten Blumen vor sich und trat hinter dem Strauch hervor.

»Hier bin ich.«

Anatole fuhr herum, als hätte sie eine Pistole auf ihn abgefeuert, und verlor alle Farbe aus dem Gesicht.

»Bei allen Feuern der Hölle, Madam! Was habt Ihr Euch nur dabei gedacht, Euch vor mir zu verstecken?«
»Das habe ich doch gar nicht«, schwindelte sie. »Und ich wollte Euch auch nicht erschrecken.«
»Was, zum Teufel, ging hier eigentlich während meiner Abwesenheit vor? Warum wimmelt es in diesem Haus von Weibern?«
»Das sind Frauen aus dem Dorf.«
»So viel habe ich auch schon herausgefunden. Ich will wissen, was sie hier zu suchen haben!«
»Ich brauchte Hilfe zum Großreinemachen.«
»Und wer hat Euch das erlaubt?«
»Ihr.«
Als St. Leger seine Braut anstarrte, als sei sie geistesgestört, fügte sie rasch hinzu: »Mr. Fitzleger kam heute Morgen vorbei und sagte, Ihr hättet zugestimmt, dass ich mir ein Mädchen nehmen könne –«
»Genau, eins! Aber ich habe niemals eine Völkerwanderung in meine Burg gestattet!«
»Fünf Frauen würde ich nicht unbedingt eine Völkerwanderung nennen. Ich dachte doch nur –«
»Ich weiß genau, was Ihr gedacht habt. Nämlich das Gleiche, was seit Eva alle Frauen glauben: Sobald sie einen Mann erst einmal geheiratet haben, können sie in seinem Haus schalten und walten, wie es ihnen gerade einfällt, und damit beginnen, alles auf den Kopf zu stellen!«
»Eigentlich war ich der Ansicht, Euer Haus sei jetzt auch mein Haus.«
Sie verschwieg, dass sie außerdem der Ansicht gewesen war, er würde sich über ihre redlichen Bemühungen freuen.
Als Madeline angekommen war, hatte er sie für ein nutzloses Geschöpf gehalten. Und sie hatte ihm heute nur bewei-

sen wollen, wie gewissenhaft sie ihre neuen Pflichten als Herrin von Castle Leger erfüllte.

Aber sie erinnerte sich daran, dass nicht Anatole sie erwählt hatte, sondern der Brautsucher.

»Gut«, entgegnete Madeline und schluckte den Kloß hinunter, der sich in ihrem Hals gebildet hatte, »dann gehe ich jetzt ins Haus zurück und bring all die Spinnweben wieder an.«

Damit ließ sie ihn stehen und rauschte davon. Gekränktheit und verletzter Stolz beschleunigten ihre Schritte.

»Madeline, wartet!«

Aber sie blieb nicht stehen, und er eilte ihr hinterher. Mit wenigen seiner großen Schritte hatte Anatole sie eingeholt und hielt sie am Arm fest.

Seine Kiefer mahlten, bis er schließlich hervorbringen konnte: »Es … es tut mir Leid.«

Keine sehr wortgewandte Entschuldigung, aber sicherlich eine ehrliche. Madeline nickte, entspannte sich jedoch nur ein wenig.

»Weißt du, du … hast ständig neue Überraschungen für mich parat. Schon von Anfang an. Ich bin daran nicht gewöhnt.«

»Ich auch nicht.«

Seine Rechte glitt an ihrem Arm entlang und nahm ihre Hand. In diesem Moment erkannte sie in seinen Zügen etwas von der Sanftheit und Freundlichkeit von letzter Nacht wieder.

Die junge Frau hielt den Atem an, da sie damit rechnete, dass er sie jetzt richtig, nämlich herzlich, begrüßen würde. Und tatsächlich schien der Wunsch dazu in seinen Augen aufzuflackern. Doch als sie auf ihn zu trat, erlosch die kleine Flamme wieder. Anatole senkte den Blick, ließ ihre Hand los und verwirrte sie damit noch mehr.

»Und warum seid Ihr ganz allein hierher gekommen?«
Eben noch darauf gefasst, geküsst zu werden, spitzte sie immer noch die Lippen, ehe sie begriff, was er gefragt hatte. Madeline rang die Enttäuschung nieder. »Der Garten ist so schön. Etwas Magisches scheint von ihm auszugehen.«
Sie hielt ihm den Strauß hin, damit er selbst dessen Schönheit bewundern konnte. Aber Anatole betrachtete die Blumen abfällig wie Unkraut.
Die junge Frau kam sich wie eine komplette Idiotin vor und ließ das Bündchen sinken. »Ich habe noch nie Blumen gesehen, die bereits so früh im Jahr blühen.«
»Ihr hättet nicht hier heraus kommen dürfen. Das ist viel zu gefährlich.«
»Was? Blumen zu pflücken?«
»Nein, in diesem Garten herumzulaufen. Der Pfad führt beständig bergab und endet schließlich direkt an den Klippen. Ich will nicht, dass ihr noch einmal allein hierher kommt.«
»Einverstanden«, erklärte sie sich nach einigem Zögern bereit. Einerseits gefiel ihr seine Sorge, aber auf der anderen Seite hätte sie ihm zu gern erklärt, dass sie kein kleines Kind mehr sei.
Doch sein strenger Blick ließ Madeline schweigen. Er lief ein paar Schritte, lehnte sich an einen Baum und starrte brütend auf den angeblich so gefährlichen Weg. Der jungen Frau fiel zum ersten Mal auf, wie müde er wirkte.
Sie hatte ihn für einen stahlharten Mann gehalten, der im Sattel geboren war, um mühelos Stunde um Stunde auf dem Rücken eines Pferdes zu sitzen. Was, um alles in der Welt, hatte ihm so zusetzen können?
Als Madeline ihn fragte, was ihm denn so sehr auf der Seele laste, antwortete er ausweichend: »Ich hatte einige Grundstücksangelegenheiten zu regeln. Nichts Wichtiges.«
Doch dabei wirkte er so beunruhigt, dass sie ihm am liebs-

ten die Strähnen aus dem Gesicht gestrichen und ihm gesagt hätte, dass alles schon wieder gut werden würde. Aber sie hatte ja nicht die geringste Ahnung, worum es eigentlich ging.

Traurigkeit und Frustration erfüllten sie. Nach den Intimitäten, die sie vergangene Nacht geteilt hatten, war sie davon ausgegangen, dass mehr Offenheit zwischen ihnen herrschen würde.

Doch jetzt stand er wieder so unnahbar wie zu Anfang vor ihr. Er blieb ein Fremder, und sie würde seine Gedanken wohl nie erraten können.

Unvermittelt erklärte der Burgherr: »Was diese Dorffrauen angeht, so mögt Ihr sie behalten und mit ihnen im Haus anstellen, was immer Ihr wollt. Solange Ihr nur mein Arbeitszimmer in Ruhe lasst.«

»Wie Ihr wünscht, Mylord«, entgegnete sie und verbarg ihre Enttäuschung darüber, immer noch von ihm ausgeschlossen zu werden. »Sorgt Euch nicht, ich habe wahrlich noch genug anderes im Haus zu tun. All die Zimmer, und dann erst die Burg, der alte Teil des Anwesens –«

»Nein!«, widersprach er mit einer Vehemenz, die sie zutiefst verstörte. »Ihr begebt Euch nicht einmal in die Nähe des alten Teils.«

»Aber warum denn nicht? Historische Stätten haben mich immer schon interessiert, und ich habe mich darauf gefreut –«

»Nein. Ich verbiete es Euch!«

Madeline erstarrte. Sie versuchte ja, Geduld und Verständnis aufzubringen, aber er machte es ihr verdammt schwer.

»Hört, Mylord, zuerst befehlt Ihr mir, mich aus der Bibliothek fern zu halten. Als Nächstes wird mir der Garten verboten. Und jetzt auch noch die alte Burg. Bin ich Eure Gemahlin oder Eure Gefangene?«

»Ich bin es nicht gewöhnt, dass meine Befehle in Frage gestellt werden, Madam.«
»Und ich bin es nicht gewöhnt, unsinnige Befehle zu befolgen.«
»Haltet Ihr es für unsinnig, wenn ich mich um Eure Sicherheit besorge? Im alten Teil ist es furchtbar schmutzig … und überall kriechen Spinnen herum.«
»Ein paar Spinnen werden mir wohl kaum etwas anhaben können. Ihr erweckt vielmehr den Eindruck, als steckten ganz andere Gründe dahinter. Was verbergt Ihr in der alten Burg? Eine andere Frau vielleicht?«
Sie hatte letzteres nur im Scherz vorgebracht, aber als sie seine erschrockene Miene sah, wurde ihr ganz anders.
»Ich halte dort nichts versteckt«, erklärte Anatole. »Und wenn Ihr es Euch so sehr in den Kopf gesetzt habt, dort nachsehen zu gehen, werde ich Euch selbst dorthin führen.«
»Wann?«
»Sobald … sobald wir ein Jahr und einen Tag verheiratet sind.«
»Was? Das hört sich ja wie aus einem Ammenmärchen an.«
»Nun, seid Ihr nicht hierher gekommen, weil Ihr nach einem Märchen gesucht habt?«
Sein Sarkasmus traf sie wie ein Peitschenhieb und erinnerte sie auf schmerzliche Weise an den Streit um das Porträt. Eigentlich war sie davon ausgegangen, dass diese Angelegenheit ein für alle Mal erledigt sei. Ach, wie wenig hatte sie doch über Männer gelernt, und ganz besonders über diesen hier.
Mit leisem Tadel erwiderte sie: »Vielleicht bin ich mit einigen verträumten Vorstellungen nach Castle Leger gekommen, Mylord, aber ich versichere Euch, Ihr habt mich schnell davon kuriert.«

Damit raffte sie ihre Röcke und rannte ins Haus zurück, bevor der Knoten in ihrer Brust sich in Form von Tränen lösen konnte.
St. Leger bat sie diesmal nicht zu warten, obwohl er das gern getan hätte. So sehr, dass er nichts lieber getan hätte, als Madeline in den Arm zu nehmen, sie mit Küssen zu überschütten, sie hinauf ins Schlafgemach zu tragen und mit ihr bei der Liebe alles zu vergessen.
Normalerweise war das doch möglich. Warum standen ständig Schwierigkeiten und Schatten zwischen ihnen beiden?
Aber er brachte nicht mehr fertig, als ihr hinterherzustarren. Kaum hatte sie den Garten verlassen, verlor dieser sofort alle Wärme und Farbe, und nur der kalte graue Himmel und der schneidende Seewind blieben zurück.
Anatole presste die Finger gegen die Schläfen und fühlte sich zu ermattet, um zu fluchen. Er hatte Madeline schon wieder verletzt, obwohl er gerade das nicht hatte tun wollen.
Gott, wann würde er endlich damit aufhören, sie wie ein störrisches Tier anzuschreien? Als der alte Trottel ihn in Angst und Schrecken versetzt hatte, hatte er sich zur Ruhe gezwungen. Auch dann noch, als er ins Haus gestürmt war und dort überall die Dorfweiber angetroffen hatte. Anatole hatte sich lediglich vorgenommen, seine Braut zu suchen und die Angelegenheit ruhig und sachlich mit ihr zu besprechen.
Doch als er sie im Garten nicht gleich entdeckt hatte und sie nicht einmal mit seinen besonderen Sinnen aufspüren konnte, war er in Panik geraten und hatte das Schlimmste befürchtet.
Der Himmel möge mir beistehen, dachte er. Diese Frau trieb ihn noch an den Rand eines Nervenzusammenbruchs,

und so etwas war ihm schon sehr lange nicht mehr widerfahren.
Dann war sie irgendwann aus ihrem Versteck aufgetaucht, und um sich seine übergroße Erleichterung nicht anmerken zu lassen, hatte er zum Zorn Zuflucht genommen.
Noch einmal war es ihm gelungen, den Streit wieder zu schlichten. Aber dann hatte dieses infernalische Weib das zu Sprache bringen müssen, wovor er sich am meisten fürchtete. Madeline wollte den alten Teil der Burg besichtigen.
In seinem Entsetzen war ihm nichts Besseres eingefallen, als den Tyrannen zu spielen und ihr den Besuch strikt zu untersagen.
Ein Jahr und einen Tag ... Warum war ihm nur etwas so Dämliches in den Sinn gekommen? Madeline hatte vollkommen Recht, so etwas kannte man nur aus der Märchenwelt.
Aber was hätte Anatole denn sonst tun sollen? Etwa gleich mit ihr dorthin spazieren, auf dass der alte Prospero ihr seine Aufwartung machen konnte? Ihr den Rest seiner Familie vorstellen und sie dabei auch noch in seine eigenen verwünschten Talente einweihen?
Vielleicht sollte er das wirklich ins Auge fassen und die ganze Sache endlich hinter sich bringen. Er wurde es langsam müde, ständig alles Mögliche vor ihr geheim halten zu müssen.
Was könnte schon passieren, wenn er Madeline die Wahrheit erzählte?
Die Antwort lag zu seinen Füßen. Seine Braut hatte bei ihrer Flucht die Blumen fallen lassen.
Anatole bückte sich, um sie aufzuheben, und ärgerte sich darüber, wie seine Finger zitterten. Er erinnerte sich, wie Madeline ihn angestrahlt hatte, als sie ihm den Strauß hin-

hielt. Ihre Augen hatten geleuchtet, als sie von der Magie des Gartens sprach.
Während er die Blumen in der Hand hielt, fielen ihm Romans höhnische Bemerkungen wieder ein.
Habt Ihr Eurer Braut schon einen Strauß überreicht?
St. Leger kämpfte vergeblich gegen die Erinnerung an Deidre an. Sie hatte sich mit Blumen ausgekannt und aus den Blüten ein Elixier zu brauen vermocht, nach dessen Genuss ein Mann alles vergaß ...
Anatole hatte nie etwas mit den verdammten, besonderen Fähigkeiten seiner Familie zu tun haben wollen, aber dieses eine Talent hätte er gern genossen ... vergessen können.
Er rieb sich über die Nase und schloss die Augen, als die andere Erinnerung sich ankündigte ...
St. Leger war wieder ein Kind ... an dem Tag, an dem er dem Verbot seines Vaters getrotzt und sich auf fremdes Territorium begeben hatte: in den mit goldenen und Rosentapeten ausgestatteten Salon, der ihm immer wie die Heimstatt der Engel erschienen war.
Jemand hatte die Tür offen stehen lassen, und er spähte um die Ecke. Da sah er sie, seine Mutter mit dem goldfarbenen Haar, die wie auf dem Engelsthron in ihrem Lieblingssessel saß. Mama war gerade mit einer Stickarbeit beschäftigt und bemerkte nicht, dass jemand gekommen war. Der kleine Anatole schaute ihr fasziniert zu.
Zum ersten Mal sah er sie nicht weinen. Das verlieh ihm zusätzlichen Mut. Leise trat er ein und sagte: »Mama?«
Cecilys Kopf flog hoch, und alle Ruhe wich aus ihrer Miene. Abscheu stand jetzt in ihrem Blick, und sie zitterte am ganzen Körper.
»Halte dich von mir fern!«, zischte sie.
Zögernd streckte der Junge die Hand aus und zeigte ihr die

Wildblumen, die er für sie gepflückt hatte. »Mama, die wollte ich dir –«
»Bleib weg!«, kreischte Cecily, sprang aus ihrem Sessel und versteckte sich hinter der hohen Lehne. Ihr Gesicht war nur noch eine Fratze der Angst.
Der Knabe ließ die Schultern hängen. Er hatte ja gar nicht erwartet, dass die Mutter ihm erlauben würde, sie anzufassen. Genauso wenig, dass sie ihm durchs Haar fahren oder ihn an sich drücken würde, wie das andere Mütter bei ihren Söhnen zu tun pflegten.
Anatole hatte schon früh akzeptiert, dass etwas Schlimmes an ihm und er deswegen der Liebe seiner Mama nicht würdig war.
Dabei wollte er ihr doch nur beweisen, dass er nicht vollkommen böse war. Traurig blickte er auf seinen kleinen Strauß. Da der Junge ihr nicht näher kommen durfte, konzentrierte er sich wie nie zuvor.
Der Strauß schwebte sanft durch den Raum.
Die Mutter stieß einen gellenden Schrei aus und griff nach dem erstbesten Gegenstand – eine Kristallvase. Glas klirrte, seine Mutter schrie unaufhörlich …
Der Burgherr presste die Faust an die Schläfennarbe, bis er die furchtbare Erinnerung unterdrückt hatte.
Er blickte nach unten und entdeckte, was er getan hatte. Seine große Faust hatte Madelines Strauß zerdrückt, und die Blütenkelche hingen schlaff herab.
Hatte er wirklich geglaubt, er sei schon bereit, seiner Frau die Wahrheit aufzudecken? Nein, nun war es wichtiger denn je, sie vor seinen schrecklichen Geheimnissen zu bewahren.
Anatole brauchte mehr Zeit, um sich darauf vorzubereiten und sicherzustellen, dass sie nicht laut schreiend vor Entsetzen aus der Burg floh. Denn er wollte doch …

Ja, was?
Ihr Herz gewinnen?
Erschrocken stellte er fest, dass genau dies sein Wunsch war. St. Leger lehnte sich an den Baum und lachte humorlos.
Nicht Madeline war es, die in einer Märchenwelt zu leben schien, sondern er selbst.

11

Am Ende des Ganges befand sich die Tür, umrahmt von einem steinernen Halbbogen. Das uralte Eichenportal schien das Zentrum von Geheimnissen und Aberglauben, von Brautsuchern, Familienflüchen und dunklen Mysterien zu verbergen, und Madeline fürchtete sich zum ersten Mal vor dem, was sie dahinter entdecken würde.

Ein Blitz zuckte jenseits der regennassen Fenster und beleuchtete das Wandgemälde oberhalb der Tür: ein Drache mit zinnoberroten ausgebreiteten Schwingen und gespreizten Klauen. Das Ungeheuer schien die junge Frau mit seinen goldenen Augen anzustarren und drohte, sie mit seinem Feuerhauch zu verbrennen, wenn sie sich nur einen Schritt näherte.

Als ein Donnerschlag ertönte, wäre Madeline beinahe aus ihren Schuhen gesprungen. Warum kehrte sie nicht in den Wohntrakt des Hauses zurück, bevor sie etwas anstellte, was sie zutiefst bereuen würde.

Aber sie hatte nicht den ganzen Tag Mut gesammelt und den Schlüssel gesucht, um jetzt umzukehren. Ihre Finger umklammerten den schweren Schlüssel. Sie musste sich beeilen, denn ihr Gatte war schon früh zu einer seiner rätselhaften Angelegenheiten ausgeritten und konnte jeden Moment zurückkehren.

Madeline warf einen vorsichtigen Blick über die Schulter.

Halbdunkel herrschte im Gang hinter ihr, und draußen schien die Welt unterzugehen. Sie war allein; dennoch zögerte sie, den Schlüssel ins Schloss zu schieben.
Warum bekam sie plötzlich ein schlechtes Gewissen und schämte sich dafür, Anatoles unwirschem Befehl zuwider zu handeln? Ja, warum? Sie wäre nicht zu einer solchen Maßnahme gezwungen, wenn der Mann sich nicht so angestellt hätte.
Seit der Begegnung im Garten war die Spannung zwischen ihnen offen zu Tage getreten und nicht wieder verschwunden. Madeline hatte eine unruhige Nacht hinter sich, weil sie ständig darauf gewartet hatte, dass Anatole in ihr Zimmer käme, um sich zu entschuldigen oder ihr eine Erklärung für sein merkwürdiges Verhalten zu liefern. Und danach das zu tun, was sie sich sehnsüchtig wünschte.
Aber die Tür zwischen ihren beiden Kammern hatte sich nicht geöffnet.
St. Leger mochte ihr das Kristallschwert überreicht haben, aber Herz und Seele hatte er lieber für sich behalten. Bitter sagte sie sich, dass sie ihn noch kein bisschen zu verstehen gelernt hatte.
Ein Jahr und einen Tag durfte sie das alte Gemäuer nicht betreten! Was für ein Unsinn! Und was hielt er hier verborgen, das sie noch nicht sehen durfte?
Skelette von Menschen, die er zu Tode gefoltert hatte? Geraubte Schätze? Diener, die über seine dunklen Launen den Verstand verloren hatten und hier angekettet worden waren?
Madeline rief sich zur Ordnung und verscheuchte solch alberne Gedanken. Wahrscheinlich würde sie hinter dieser Tür nicht mehr entdecken als das, was Anatole ihr gesagt hatte: Schmutz und Spinnen.

Und das Betreten hatte er ihr wohl nur aus einer dieser verdammten St.-Leger-Traditionen heraus verboten, weil er befürchtete, dass andernfalls irgendein Familienfluch ausgelöst würde.
Madeline hatte noch nie zugelassen, dass ihr Leben von irgendeinem Hokuspokus bestimmt wurde, und damit wollte sie auch jetzt nicht anfangen. Mit Logik und Verstand konnte man für alles eine Antwort finden – sogar für das Rätsel, das ihr Mann für sie darstellte.
Doch als sie sich zum Schloss hinabbeugte, schien es in dem Gang merklich kühler zu werden, und sie glaubte, etwas hinter sich zu hören.
Zitternd widerstand sie dem Drang, sofort das Weite zu suchen. Wie konnten ihre Nerven sie nur so im Stich lassen können? Ihre Finger umschlossen den Schlüssel erneut, und –
»Madeline.«
Anatoles Stimme klang, obwohl er nicht laut sprach, gewaltiger als der Donnerschlag vorhin, und sie glaubte, das Herz wolle ihr aus der Brust springen. Wie unter einem Zwang stehend, drehte sie sich langsam um.
Er stand genau dort, wo sich vorher nur Schatten befunden hatten, wie ein Phantom. Ein Blitz beleuchtete grell sein weißes Hemd, das regendurchnässte Haar und die harten Züge.
»Anatole, Ihr seid wieder da!«, rief sie und hoffte, sich nicht zu viel von ihrem Schrecken anmerken zu lassen. Den Schlüssel ließ sie rasch in den Falten ihrer Röcke verschwinden.
»Was sucht Ihr hier?«, fragte er leise, zu leise. So wie die sprichwörtliche Ruhe vor dem Sturm. Als St. Leger auf sie zu kam, wollte Madeline fliehen. Aber sie konnte nirgendwo hin und presste sich gegen die Tür.

»Na ja, ich ... ich ...«, stammelte sie und schämte sich dann, weil sie sich wie ein Schulmädchen anstellte, das erwischt worden war.
Die junge Frau riss sich zusammen und löste sich von dem eichenen Durchlass. »Ich glaube, Ihr wisst sehr genau, was ich hier suche.«
Anatole sagte nichts, streckte nur die Hand aus.
Nach einem Moment des Zögerns händigte sie ihm den Schlüssel aus, starrte auf seine verschmutzten Stiefelspitzen und fühlte sich alles andere als wohl in ihrer Haut.
Der Burgherr legte zwei Finger an ihr Kinn und hob ihren Kopf. Madeline machte sich auf eine wütende Schimpfkanonade gefasst, doch seine Augen blickten nur müde und traurig drein. Sie hatte ihn noch nie so ernst gesehen, und das machte ihr erst Recht Angst. Lieber hätte sie seinen Wutausbruch über sich ergehen lassen.
»Habt Ihr Euch je mit griechischen Mythen befasst?«
»W-was?«
»Kennt Ihr die Geschichte von Psyche und Eros?«
Madeline blinzelte verwirrt. Sie hatte dem Gebot des Kriegerfürsten getrotzt, und jetzt wollte er mit ihr über griechische Sagen diskutieren?
»J-ja ... darin geht es doch um die Fürstin Psyche, die einen geheimnisvollen Fremden heiratet. Dieser verspricht, ihr jeden Wunsch zu erfüllen. Nur eines sei ihr untersagt: Sie dürfe niemals in sein Gesicht sehen, und –« Die junge Frau brach ab, schwante ihr doch jetzt, worauf St. Leger hinaus wollte.
Anatole fuhr an ihrer Stelle fort: »Doch eines Nachts konnte sie es vor Neugier nicht mehr aushalten und schlich sich ins Gemach ihres Gemahls und leuchtete dem Schlafenden mit der Kerze ins Antlitz.«
Madeline übernahm nun wieder. »Und zu ihrem Schrecken

musste sie feststellen, dass niemand anderer als Eros, der schönste unter allen griechischen Unsterblichen, sie zur Frau genommen hatte.«
»Doch weil sie sich nicht an seine eine Bedingung gehalten hat, verlor sie ihn.«
»Aber später hat sie ihn dann zurückerobert und wurde selbst zur Göttin«, schloss Madeline mit einem triumphierenden Lächeln. »Und so kam die Geschichte doch noch zu einem guten Ende.«
»Aber wie viel Leid hätte vermieden werden können, wenn Psyche das Gebot ihres Mannes befolgt und ihm vertraut hätte?«
»Aber wie könnte sie Euch vertrauen … ich meine, wie könnte ich ihm vertrauen … Nein, vielmehr …« Die junge Frau schwieg verwirrt. Anders als Eros und Psyche war sie sich überhaupt nicht sicher, ob die Geschichte zwischen ihr und Anatole ebenfalls gut ausgehen würde.
»Das ist doch nur eine blöde Sage«, murmelte sie.
»Fitzleger hat mir die Geschichte einmal erzählt, und damals dachte ich auch so. Aber heute bin ich mir nicht mehr so sicher …
Ich habe mich gestern schlecht aufgeführt und Euch befohlen, diesem Teil des Anwesens fern zu bleiben. Doch glaubt mir bitte, da sind einige Dinge, die ich Euch heute noch nicht erklären kann. Mir bleibt nur die Hoffnung, dass Ihr mir vertraut. Und bitte gebt Euch der Gewissheit hin, dass ich niemals etwas tun oder lassen würde, was Euch schaden könnte.«
Er legte ihr die Hände auf die Schultern. »Habt Ihr den Drachen über der Tür bemerkt? Es handelt sich dabei um den gleichen, den man auch in unserem Familienwappen findet. Ist Euch das Motto der St. Legers aufgefallen?«
»Nein.« Sie drehte sich um, entdeckte den lateinischen

Spruch und übersetzte ihn Wort für Wort: »Wer über große Macht verfügt, muss sie weise gebrauchen.«
»Das ist jetzt auch Euer Leitspruch.«
»Aber ich besitze doch gar keine Macht.«
»O doch, Mylady. Sogar mehr, als Ihr glaubt. Die Entscheidung liegt ganz bei Euch. Ich kann Euch nicht vierundzwanzig Stunden am Tag im Auge behalten, und habe so etwas auch gar nicht vor. Deswegen gebt mir Euer Ehrenwort, dass Ihr Euch von hier fern halten werdet.«
Madeline war jetzt mehr denn je davon überzeugt, dass ihr Gatte etwas hinter dieser Tür verbarg, und die Verlockung wurde riesengroß. Aber noch mächtiger war Anatoles Blick.
»Also gut. Ich hoffe nur, dass Ihr mich nicht auch noch zwingt, mit meinem eigenen Blut zu unterzeichnen.«
Zum ersten Mal lächelte er. »Nein, wir besiegeln das mit Handschlag.«
Sie schob ihre Rechte in die seine. »Gut, ich verspreche es.«
»Danke.« Er beugte sich vor und küsste ihre Hand. Die Hitze seiner Lippen schien direkt in ihre Adern zu fahren. Als Anatole den Kopf wieder hob, leuchtete das alte Feuer in seinen Augen, und darüber vergaß sie alles – verwunschene Burgen, versperrte Schlösser und furchtbare Geheimnisse. Er legte einen Arm um ihre Hüften und führte sie fort.
St. Leger hatte sie seit der Hochzeitsnacht nicht mehr geküsst, und als seine Lippen jetzt über ihre Stirn, ihre Wangen und ihre Nasenspitze flatterten, konnte sie es vor Erwartung kaum aushalten.
Anatole roch nach Frühlingsregen, nach wildem Galopp übers Moor und nach dem Tosen der See. Ein durch und durch männlicher Duft. Ihre Erregung steigerte sich, und

sie wünschte schon, sie hätte ihn nicht gelehrt, sie mit Sanftheit zu behandeln.
Warum konnte er sie jetzt nicht mit der Heftigkeit und Leidenschaft in den Arm nehmen wie bei ihrem ersten Kuss, bei dem ihr die Knie weich geworden waren.
»Haltet Ihr mich immer noch für einen so Furcht erregenden Gesellen?«
»Nein.« Madeline spielte mit seinem Haar und fuhr ihm über die Wange, auf der die Bartstoppeln eines ganzen Tages sprossen.
»Obwohl man Euch noch ein wenig zähmen müsste«, lächelte sie. »Aber das ließe sich leicht mit einer Schere und einem scharfen Rasiermesser bewerkstelligen.«
»Nur hiergegen ist kein Kraut gewachsen«, entgegnete er und berührte seine Narbe.
Die junge Frau schob seine Finger fort und strich über die gezackte weiße Linie. »Sie passt zu Euch, diese Kriegernarbe. Sicherlich habt Ihr sie Euch bei einem tödlichen Schwertkampf geholt.«
»Das geschah vor so langer Zeit, dass ich mich kaum noch daran erinnern kann.« Er mied ihren Blick, nahm aber ihre Hand und küsste die Fingerspitzen.
Wenn sie wüsste, dachte Anatole.
Dabei wäre sie seinen Geheimnissen verdammt nahe gekommen, wenn er nur ein paar Minuten später heimgekehrt wäre und nicht gleich im Arbeitszimmer den fehlenden Schlüssel bemerkt hätte.
Wie lange würde er noch in der Lage sein, ihr etwas vorzumachen?
Und würde sein größter Wunsch danach noch in Erfüllung gehen können? Dass sie ihm ihr Herz in der unsterblichen Liebe schenkte, wie das alle St.-Leger-Frauen in der Vergangenheit getan hatten?

Aber warum sich mit solchen Hoffnungen quälen? Wie konnte er sich je einbilden, dass Madeline ausgerechnet einem wie ihm ihr Herz schenken würde?
Seine Lust auf sie war noch gewachsen, seit er sie berührt und genossen, seit er sich in sie versenkt hatte.
Nie zuvor hatte Anatole bei jemandem Rat gesucht, doch jetzt wünschte er, er kenne einen weisen Menschen, der ihm die Künste beibrächte, deren es bedurfte, um eine Lady zu verzaubern.
Während er solche Gedanken hegte, spürte er einen eisigen Hauch. Über Madelines rote Locken hinweg entdeckte St. Leger, wie an der Türklinke gerüttelt wurde, und schon spürte er Prosperos Präsenz auf der anderen Seite.
»Verdammt, ist es hier zugig. Wir sollten zurück ins Wohngebäude, wo es wärmer ist.«
Er eilte mit seiner Braut davon, ehe der Ahn auf die Idee verfiel, mit ihm üblen Schabernack zu treiben. Als sie den Gang verließen, hoffte er, nur er habe das gespenstische Gelächter gehört.
Anatole blieb erst stehen, als sie den neuen Teil des Anwesens erreicht hatten. Der gebohnerte Boden und das polierte Treppengeländer erschienen ihm als Hort der Normalität.
Madeline legte ihm eine Hand auf die Brust. »Kein Wunder, dass es Euch so gefroren hat. Ihr müsst aus den nassen Sachen raus.«
St. Leger atmete schwer ein. Ihre Berührung und ihr Vorschlag, sich zu entkleiden, mochten so unschuldig wie ein Frühjahrsregen sein, aber sie hatten die furchtbarsten Auswirkungen auf ihn. Schon stürmten Bilder durch seinen Geist, sie auszuziehen, ihren Körper an sich zu pressen, mit ihr auf die kühlen Laken zu sinken, und …
Nein! Er hatte den festen Entschluss gefasst, sich in den

Mann zu verwandeln, den Madeline lieben konnte. Und das schloss eindeutig aus, sie am späten Nachmittag wie ein Barbar zu packen und über sie herzufallen.
Der Burgherr glaubte jetzt zu wissen, was er in der Hochzeitsnacht falsch gemacht hatte. Er war viel zu direkt vorgegangen und hatte nur an seine körperlichen Bedürfnisse gedacht. Seine Braut brauchte mehr Zeit, um auf seine Berührungen mit Leidenschaft reagieren zu können.
Aber er war eben kein Prospero, und über den Charme seines Großvaters verfügte er auch nicht. Doch irgendwie sollte es auch ihm möglich sein, das zu lernen, was er wissen musste. Vorsichtig schob er ihre Hand von seiner Brust.
»Ich bin heute weit geritten«, erklärte er, um das Gespräch in sicherere Bahnen zu lenken, »und war auch im Pfarrhaus, wo ich mit dem Reverend eine Tasse Tee getrunken habe.«
Schon wieder eine Lüge. Würde er Madeline jemals die Wahrheit sagen können. So weit Anatole zurückdenken konnte, hatte er Tee nie auch nur angerührt. In Wirklichkeit hatte er Fitzleger davon berichtet, nichts über die geheimnisvolle Frau auf dem Friedhof herausgefunden zu haben.
Doch Madeline schien mit dieser Erklärung zufrieden zu sein. »O ja«, meinte sie, »der Reverend und ich haben in London so manchen Nachmittag mit Tee und angenehmen Gesprächen verbracht. Dabei ging es um alles Mögliche, von unseren abweichenden Übersetzungen des Vergil bis hin zu unseren Ansichten über die neuen französischen Philosophen.«
»Ich fürchte, Fitzleger und ich debattieren weniger und streiten dafür umso mehr.«
»Ihr habt Euch mit dem Gottesmann gestritten?«

»Ach, so schlimm war es nun auch wieder nicht«, versicherte er ihr. Eigentlich war es ein Ding der Unmöglichkeit, mit diesem engelhaften Mann in eine heftigere Auseinandersetzung zu geraten. Doch hatte der Reverend ihm heute wieder einmal eine Lektion darüber gehalten, wie er seine Braut zu behandeln habe.

Der kleine Mann hatte den Kopf geschüttelt, nachdem er von Anatoles Begegnung mit Roman gehört hatte.

»Mylord, begreift doch das Risiko, welches Ihr mit Eurer Geheimniskrämerei eingeht. Was, wenn Madeline Roman zufällig über den Weg läuft. Oder einem anderen St. Leger?«

»Dazu kann es kaum kommen, wenn ich sie weiterhin im Haus behalte.«

»Mein Junge, Ihr könnt sie doch nicht wie in einem Elfenbeinturm einsperren!«

Fitzleger sah ihn eindringlich an. »Frauen wünschen sich in der Regel etwas mehr Gesellschaft als nur ein paar Diener und ein Rudel Jagdhunde. Ihr macht Madeline zutiefst unglücklich, wenn Ihr sie vom Rest der Welt fern haltet.«

Das war das Letzte, was Anatole wollte. »Was soll ich dann Eurer Meinung nach tun? Ihr zu Ehren einen verdammten Ball geben?«

»Nun, für den Anfang würde es reichen, sie dem Rest der Familie vorzustellen.«

»Nein!« St. Leger sprang auf und lief unruhig umher.

»Wovor fürchtet Ihr Euch? Dass einer aus Eurer Familie den Mund nicht halten kann und Madeline etwas erzählt, was Ihr Eurer Gattin bislang verschwiegen habt?«

Wie einfach es gewesen wäre, darauf mit ja zu antworten. Aber Anatole war sich ziemlich sicher, dass er als Familienoberhaupt den anderen Schweigen über gewisse Dinge gebieten könnte.

Seine wirkliche Angst saß viel tiefer. Wenn er Madeline

jemand anderem vorstellte, so fürchtete er, würde er sie leicht verlieren können, noch ehe sie richtig die Seine geworden war.
Doch wie sollte er dem alten Freund etwas so Törichtes begreiflich machen?
Stattdessen war er aus dem Pfarrhaus gestürmt und hatte sich eingestehen müssen, dass Fitzleger ihm wieder einmal das Richtige vorgeschlagen hatte.
»Anatole?« Madeline zupfte ihn am Ärmel und brachte ihn so in die Gegenwart zurück.
Das Gespräch mit dem Pastor ließ ihm noch immer keine Ruhe. Er zögerte, dann sah er seine Braut an.
»Madeline?«
Sie lehnte am Treppengeländer und sah ihn mit einem süßen, erwartungsvollen Lächeln an.
Anatole brauchte noch einen Moment, ehe er sich durchringen konnte. »Fitzleger und ich haben eine gewisse Sache besprochen. Er meinte, und ich, nun, ich frage mich seitdem ... Würde es Euch gefallen, meiner Familie offiziell vorgestellt zu werden?«
»Wie bitte? Aber ... aber ich dachte, die lägen alle in St. Gothian's begraben.«
»Nein, ich habe noch zwei Onkel und ein paar Vettern.«
»Oh«, sagte Madeline nur. Eigentlich hätte sie sich darüber freuen müssen, aber irgendwie beunruhigte sie die Vorstellung, dass noch mehr St. Legers frei in Cornwall herumliefen.
»Ich habe meiner Familie nie sehr nahe gestanden«, meinte der Burgherr, »aber es schickt sich wohl, wenn ich Euch ihr vorstelle.«
»Natürlich, wenn Ihr geheiratet habt, werden die anderen St. Legers die Braut sicher sehen wollen.«
Aber war es wirklich natürlich, wenn Anatole die Onkel und

Cousins nicht zu seiner Hochzeit eingeladen, ja, sie ihr gegenüber bislang nicht einmal erwähnt hatte. Welche alten Traditionen mochten ihn diesmal daran gehindert haben, und warum hatte er sich jetzt anders besonnen?
Madeline verdrängte diese Gedanken. Wichtig war nur, dass ihr Gatte offensichtlich vorhatte, mit ihr mehr als nur das Bett zu teilen.
»Wir sollten die ganze Familie nach Castle Leger einladen, zum Abendessen«, schlug sie deswegen vor.
»Zum Abendessen?« Anatole starrte sie an, als habe sie ihm so etwas wie eine Teufelsaustreibung vorgeschlagen. »Wisst Ihr denn, wie man eine solche Veranstaltung ausrichtet?«
»Selbstverständlich, ich habe immer Mutters Gesellschaften arrangiert.« Madeline verschwieg ihm allerdings, dass Mama sie nach den Vorbereitungen stets angefleht hatte, sich dem Salon fern zu halten. Sie hielt ihre Tochter nämlich für eine gesellschaftliche Katastrophe. Madeline musste ihr insgeheim Recht geben, besaß sie doch das ungute Talent, stets zur falschen Zeit das Richtige zu sagen, oder umgekehrt. Die junge Frau nahm sich fest vor, beim St.-Leger-Essen den Mund zu halten.
»Also gut, dann bestelle ich alle her«, verkündete der Burgherr.
»Ladet sie ein«, verbesserte Madeline ihn.
»Was? Ach so, ja.«
Doch nachdem sie losgezogen war, um mit den Planungen zu beginnen, kehrten Anatoles Zweifel mit all ihrer Wucht zurück. Hatte er denn komplett den Verstand verloren?
Seit Jahren hatte er bis auf Fitzleger niemanden mehr in sein Haus gebeten. Zum letzten Mal hatten sich alle St. Legers zur Totenwache für seinen Vater hier versammelt. Und

an jenem Tag, der ihm nur noch als Albtraum in Erinnerung war, hätte er beinahe Roman umgebracht.
Die Verwandten hatten ihm die Hand geben und ihm ihr Beileid aussprechen wollen, aber er hatte sie samt und sonders abgewehrt und Trost allein in der Einsamkeit gesucht. Seitdem hatte er Abstand zu Onkeln und Vettern gewahrt, und man war sich höchstens zufällig irgendwo begegnet.
Verdammter Fitzleger und seine unerwünschten Ratschläge.
Anatoles schlechte Laune verstärkte sich noch, als er auf dem Weg zu seinem Arbeitszimmer die Anwesenheit eines Menschen wahrnahm, der nicht auf der Burg lebte. Vermutlich eine von den Frauen, die Madeline im Dorf angeworben hatte.
Sie hielt sich im Schatten unter der Treppe verborgen, und das behagte ihm überhaupt nicht.
»Ihr da, kommt sofort heraus, und zeigt Euch!«
Zögernd schlich ein Mädchen hervor, und zuerst bekam er von ihr nur Schürze, zerschlissenes graues Kleid und weiße Haube zu sehen. Dann war die junge Frau aus den Schatten.
Der Burgherr erschrak, als er die Tochter der verstorbenen Marie Kennack erkannte.
Ihr habt sie getötet, schien ihre verbitterte Miene auszudrücken. *Ihr seid für ihren Tod verantwortlich.*
Anatole wich vor ihr zurück, als habe Bess ihn laut beschuldigt.
»Was wollt Ihr hier?«
»Die Kleider der Herrin abholen, die geflickt werden müssen.«
»Nein, was sucht Ihr hier auf Castle Leger?«
»Ich bin gekommen, weil es im Dorf hieß, auf der Burg würden Mägde gebraucht. Mylady war so freundlich, mir

eine Stellung anzubieten. Oder wollt Ihr mich hier nicht haben?«
Das war genau sein Wunsch, würde sie ihn doch ständig an die dunklen Seiten seiner Fähigkeiten erinnern. Aber er brachte es nicht übers Herz, das Mädchen fortzuschicken.
»Die Auswahl des weiblichen Personals obliegt allein der Mylady. Doch merkt Euch für die Zukunft, Euch offen zu zeigen und Euch nicht in irgendwelchen Ecken herumzudrücken.«
»Ja, Sir«, antwortete sie mit einem Knicks, aber ihm entging der blanke Hass in ihrem Blick nicht.
Anatole sah ihr hinterher, als sie wie ein Geist die Gesindetreppe hinunterschlich. Sein Instinkt warnte ihn dringend, dass Bess nur Ärger bedeutete.
Aber wenn jemand seine Großherzigkeit verdient hatte, dann dieses arme Mädchen. Offenbar hatte Fitzleger ihr Bescheid gegeben, und der alte Mann hatte sich ohne Zweifel etwas dabei gedacht.
Vielleicht hatte Bess ihm ja inzwischen vergeben und ihren Fehler eingesehen, ihn für den Tod ihrer Mutter verantwortlich zu machen.
Und wenn nicht, dann machte das auch nichts mehr aus.

12

Wolkenbänke rasten über den schwarzen Himmel und löschten die Sterne aus. Ein frischer Wind ließ die Äste gegen die Fenster schlagen, und selbst der Mond schien sich versteckt zu haben.

Was für eine Nacht, dachte Anatole, während er zum Himmel blickte und einen neuen Sturm spürte. Die perfekte Zeit, alle St. Legers bei sich zu versammeln.

Er fühlte sich unbehaglich in seinem Sonntagsgehrock und den Kniebundhosen, als er die Treppe zur Auffahrt hinunterlief. Ranger folgte ihm nervös, so als spüre er die innere Unruhe seines Herrn.

Der Wind zerrte an seinem Zopf und an seiner Halsbinde, aber er hatte es nicht eilig damit, ins Haus zurückzukehren. Der Burgherr sog noch einmal an seiner Pfeife – Fitzleger hatte ihn dazu verleitet und behauptet, das beruhige die Nerven –, aber die Brise hatte sie längst ausgehen lassen. Anatole klopfte seufzend den Tabak heraus und ließ das gute Stück in der Westentasche verschwinden.

Ein Pfeifchen schmauchen zu wollen, war nur eine Ausrede von ihm gewesen, um der Hektik der letzten Vorbereitungen zu entgehen. Eine Woche lang hatte er sich mit dem Gedanken anfreunden können, sich mit der vermaledeiten Abendgesellschaft abzufinden, und er glaubte, dass ihm das mittlerweile gelungen sei. Madeline hatte er völlig freie

Hand bei allen Arrangements gelassen und war ihr aus dem Weg gegangen.
St. Leger hätte nie erwartet, wie merkwürdig ihre Vorbereitungen für ihn sein würden. Seine Frau hatte lange verschlossene Türen geöffnet, auch im übertragenen Sinn, und überall in der Galerie brannten jetzt helle Kerzen.
Er lief ein Stück die Auffahrt entlang, bis er von außen ins Haus hineinsehen konnte. Der Kerzenschein bestrahlte die pfefferminzgrüne Spitalsfield-Seide, die an den Wänden hing und mit der auch die Sofas und Sesseln bezogen waren, auf denen Lavendel farbene und mit Rosen bestickte Kissen lagen. Die Düsternis, die so lange dieses Anwesen beherrscht hatte, war zurückgewichen und hatte den langen und breiten, cremefarbenen Teppich, die marmorne Feuerstelle und das Pianoforte aus Kirschholz freigegeben.
Der Salon von Leger Castle hatte viele Feste erlebt, von Tauffeiern, über Hochzeiten, Verlobungsbälle, Geburtstage bis zu Gesellschaften zur Ernteeinbringung oder zur Freude über den Untergang der Mortmains.
Doch seit über einem Jahrzehnt hatte man den Raum nicht mehr genutzt. Wie oft hatte Cecily hier Freunde empfangen, spielte sie doch gern die Gastgeberin, so als suche sie dringend Gesellschaft, um den Schatten zu entgehen, die hier draußen über ihrem Leben hingen.
Anatole hatte auch an diesen Festen teilgenommen, allerdings nur aus der Ferne. Manchmal war es ihm gelungen, der Obhut seines Lehrers Fitzleger zu entkommen und aus dem Torhaus zu entwischen, in dem man ihn untergebracht hatte und das ihm wie ein Gefängnis erschien, angezogen von hellem Kerzenschein, Geigenmusik und dem Klang von fröhlichem Gelächter.
Als er jetzt von außen durch die Fenster schaute, kam er

sich wieder so vor wie damals. Als Knabe hatte er sich ans Haus geschlichen und sich hinter einer Säule versteckt.
Die Frauen in ihrer Abendgarderobe und mit ihrem Schmuck, die Männer in ihren vornehmen Anzügen – alle viel zu perfekt, um real zu sein.
Doch am schönsten war das Paar am Klavier. Seine Mutter bediente die Tasten und sang mit ihrer Sopranstimme, und Vater begleitete sie mit seinem Tenor.
Während der Knabe in seinem dunklen Versteck lauschte, war ihm das Herz vor Stolz darüber angeschwollen, solche wunderbaren Wesen seine Eltern nennen zu dürfen. In solchen Momenten glaubte er, dass sie ein kleines Stück auch ihm gehörten.
Viel zu rasch hatte der Butler dann angekündigt, dass serviert sei, die Musik fand ihr Ende, und die Pärchen verließen untergehakt den Salon.
Der kleine Anatole presste die Nase an die Scheibe, um einen Blick darauf zu erhaschen, wie Vater Mutter hinausführte. Dann schloss der Butler die Flügeltür, und vor dem Knaben breitete sich nur noch das leere Klavierzimmer aus. In jenen Momenten fühlte er sich noch einsamer und ausgeschlossener als zuvor. Am liebsten hätte er die Scheiben zerschmettert, doch sein Lehrer hatte ihm beigebracht, wie man Gefühle kontrollierte …
Ranger rieb die kalte Nase an seiner Rechten. Der Burgherr blinzelte, um die Erinnerungen zu verscheuchen, und stellte verblüfft fest, dass er wieder genau vor dem Salon stand.
Fluchend entfernte er sich rasch und schämte sich dafür, dass die Kindheitserinnerungen noch solche Macht über ihn besaßen. Anatole war kein kleiner Junge mehr, sondern inzwischen der Herr dieser Anlage und des ganzen umliegenden Landes.

Er streichelte den alten Jagdhund, der nicht von seiner Seite wich, und hätte sich am liebsten wie in seiner Kindheit hingekniet, um ihn zu umarmen und seine Wärme zu spüren.
St. Leger bückte sich tatsächlich, als Ranger zu bellen anfing und ihm damit anzeigte, dass jemand aus dem Haus gekommen war.
Madeline.
In einem Flüstern aus Seide und Rosenparfüm schwebte sie auf ihn zu.
Ranger humpelte sofort zu ihr und ließ sich streicheln.
Anatole fragte sich zerknirscht, wie lange sie wohl schon draußen war. Hatte sie ihn beobachtet? Er verbeugte sich steif vor ihr.
Der Nachtwind bauschte ihr Kleid auf. Das grüne Seidenkleid mit den Rosetten an den Säumen war nach der vorherrschenden Mode vorn geschlitzt und zeigte eine Unmenge Unterröcke.
Sie legte den Kopf schief und sah ihn verwundert an; eine Geste, die er seit ihrer Ankunft zu fürchten gelernt hatte.
»Stimmt etwas nicht?«, fragte Madeline.
Nein, eigentlich nicht; bis auf den Umstand, dass seine Frau entschieden zu viele Türen aufgestoßen hatte. Nicht nur in Castle Leger, sondern auch in seinem Innersten.
»Was, zum Donnerwetter, soll denn nicht stimmen?«, entgegnete er knurrig.
»Ich weiß nicht. Aber da ich Euch nirgendwo im Haus finden konnte, fing ich an, mir Sorgen zu machen.«
Madeline hatte seine Abwesenheit bemerkt und sich darüber Gedanken gemacht? Das war immerhin mehr, als seine Eltern je für ihn getan hatten.
Aber natürlich hatte sie nach ihm gesucht, sagte er sich dann bitter. Madeline hielt ja ständig nach allen Ausschau,

die sie nicht gerade im Blickfeld hatte, sei es nun der einfältige Will oder die verdammte Küchenkatze.
»Ihr hättet Euch keine Sorgen machen müssen«, erklärte Anatole. »Ich wollte nur Ranger noch etwas Auslauf geben, bevor er für die Nacht in den Zwinger gesperrt wird. Schließlich nehme ich an, dass Ihr die Hunde heute Abend nicht im Haus haben wollt.«
»Ja, danke, aber das gilt natürlich nicht für Ranger.«
St. Leger zog erstaunt die Brauen hoch. Seine Mylady hatte also etwas für zottelige und zerzauste alte Köter übrig. Dann blieb ihm ja vielleicht doch noch eine Hoffnung. Er sah traurig zu, wie sie Ranger kraulte.
Verdammt, wie tief konnte ein Mann eigentlich sinken, wenn er schon seinen Hund beneidete.
Der Schein, der vom Haus nach draußen fiel, verlieh ihrem Haar einen besonderen Glanz. Sein Blick richtete sich auf die Halspartien, die nicht von den langen Locken bedeckt wurden. Wie gern hätte er sie berührt, doch er wusste, dass ihm das allein nicht genügen würde, und so ließ er es ganz.
In den vergangenen Tagen hatte Anatole sich große Mühe gegeben, sich wie ein Gentleman zu benehmen, und mittlerweile kannte er sich selbst kaum noch wieder. Kein Gebrüll mehr, und solange er nach Stall roch, hielt er sich von ihr fern. Auch das Fluchen hatte er eingestellt, zumindest in ihrer Gegenwart; selbst dann war ihm kein böses Wort über die Lippen gekommen, als er feststellen musste, dass sie in ihrem Putzeifer seine alten Lieblingsjagdhandschuhe in den Müll geworfen hatte.
Und Anatole hatte seine Frau nicht mehr berührt, außer um ihr nach dem Mahl vom Stuhl aufzuhelfen oder um ihr zur Nacht ein züchtiges Küsschen zu geben. Er war fest entschlossen, erst dann mehr von ihr zu wollen, wenn sie selbst den Wunsch dazu verspürte.

Das brachte ihn langsam um den Verstand. Bemerkte sie denn nichts von seinen sicher unbeholfenen Bemühungen, sie zu umgarnen und ihr Herz zu gewinnen. Sein St.-Leger-Blut beschimpfte ihn schon als Trottel und befahl ihm, seine Frau entschlossen zu erobern. Schließlich war sie ihm angetraut!

Madeline würde sich ihm hingeben, auch wenn sie dabei die Zähne zusammenbeißen musste. Doch gerade diese Vorstellung war ihm am unerträglichsten.

»Ich hoffe nur, unsere Gäste geraten nicht mitten in ein Unwetter«, bemerkte sie. »Der Wind hört sich so eigenartig an. Wir werden sicher eine unruhige Nacht erleben.«

Anatole verzog das Gesicht. Madeline hatte ja keine Ahnung, wie unruhig dieser Abend werden würde.

Sie zitterte und rieb sich die halbentblößten Schultern. Eine eindeutige Einladung für ihn, sie in den Arm zu nehmen und sie zu wärmen.

Und dabei selbst Feuer zu verspüren. Sie zu küssen und dabei ihre Weichheit zu genießen, und sie zu entkleiden, um sie gleich hier unter den Salonfenstern zu nehmen.

Anatole schüttelte sich jetzt auch, aber nur, um sich zu beherrschen.

»Wir sollten zurück ins Haus. Hier draußen ist es viel zu kalt für Euch.«

»Ach, nein, danke, mir –« Aber St. Leger zog sie bereits mit sich zum Eingang.

Madeline wäre gern noch ein wenig mit ihm hier draußen geblieben, um festzustellen, was ihn aus dem Haus getrieben hatte. Eben war er ihr für einen Moment wie ein kleiner Junge erschienen, der schrecklich allein war.

Aber welche Gedanken auch immer ihn beschäftigt haben mochten, er würde sie, wie so vieles andere auch, für sich behalten. Der Mann stellte für sie ein solch großes Rätsel

dar, dass sie schier verzweifeln wollte. Dabei hatte der heutige Abend sie mit Hoffnungen erfüllt.
Ihre Ehe mit Anatole hatte sicher recht ungewöhnlich begonnen, aber die Verwandten einzuladen, um ihnen die Braut vorzustellen, war etwas so Normales, dass sie beide darüber sicher näher zueinander finden würden.
Möglicherweise würde er sogar anfangen, seine Gedanken und Träume mit ihr zu teilen – ihr die dunklen Geheimnisse aufzudecken, welche wie eine Barriere zwischen ihnen standen. Doch je mehr Licht sie in sein Haus brachte, desto weiter schien dieser Mann sich in die Schatten zurückzuziehen.
Seine zum Rückzug neigende Art machte ihr das Leben nicht einfacher; vor allem heute Abend nicht, wo sie etwas Beistand durchaus gebraucht hätte. Schließlich gab sie ihre erste Gesellschaft, und sie wusste so gut wie nichts über die Gäste.
Die ganze Woche über hatte sie Anatole mit Fragen bombardiert, doch der gab nur ausweichende Antworten. Der eine Onkel sei im Seehandel tätig, und der andere habe in Zinnminen investiert. Und mehr hatte sie nicht zu hören bekommen.
Vertraut mir, hatte er von ihr verlangt.
Das versuchte sie ja, aber alles wäre ihr etwas leichter gefallen, wenn er sich nicht so distanziert verhielte. Und wie die tückischsten Feinde meldeten sich ihre Zweifel in der Nacht am deutlichsten zu Wort, wenn sie allein in ihrem Bett lag.
Von einem zärtlichen Liebhaber konnte sie dann nur träumen; wie er süße Worte in ihr Ohr flüsterte, wie er mit seinen Küssen ständig neue Leidenschaften in ihr weckte.
Nach der Hochzeitsnacht war sie ganz froh darüber gewe-

sen, von ihm in Ruhe gelassen zu werden, aber mittlerweile …
Hatte ihr Gemahl überhaupt vor, noch einmal ihr Schlafgemach aufzusuchen? Natürlich, denn er wollte doch Erben haben, und sie Kinder.
Oder gab es an der Vereinigung von Eheleuten noch einige Dinge, die sie erst lernen musste? Vielleicht war die männliche Anatomie ja so beschaffen, dass gewisse Abstände herrschen mussten. In der Hochzeitsnacht war ihr aufgefallen, dass der Akt dem männlichen Körper viel mehr abverlangte als dem weiblichen. Vielleicht brauchte er eine Ruhephase und konnte nur alle vierzehn Tage. Oder gar nur einmal im Monat.
Ihr blieb nur eine Möglichkeit, das herauszufinden.
Ihn fragen.
Aber ihr zog sich bei der Vorstellung das Herz zusammen, als sie ihn jetzt unter der Lampe über dem Eingang stehen sah. Von dem kleinen, verlorenen Jungen hatte er jetzt so gar nichts mehr an sich, im Gegenteil, er sah aus wie der Herr dieses Anwesens. Der beste Rock mit Goldbesatz und Satinhosen, die wie eine zweite Haut an seinen muskulösen Schenkeln saßen.
Sie hob die Röcke und eilte ihrem Kriegerprinz entgegen. Ranger war bereits im Haus verschwunden. Als Madeline vor ihm stand, nahm sie allen Mut zusammen.
»Anatole, darf ich Euch etwas fragen?«
Sofort trat die alte Vorsicht wieder in seinen Blick. »Ihr stellt eindeutig zu viele Fragen, Madam. Worum geht es diesmal?«
»Ich habe mich nur gefragt, nun … warum …«
Warum Ihr nachts nicht mehr zu mir kommt?
Die heikle Frage wollte ihr nicht über die Lippen kommen. Und als sie in seine samtschwarzen Augen blickte, verließ

sie der Rest ihres Mutes. »Ich habe mich nur gefragt, ob Eure Familie mich akzeptieren wird.«
Das verblüffte ihn sichtlich. »Aber natürlich. Warum denn nicht?«
Das beruhigte sie sehr, doch dann fügte er hinzu: »Schließlich hat der Brautsucher Euch für mich gefunden.«
»Ach so, ja, das hatte ich für einen Moment vergessen.«
Madeline senkte enttäuscht den Blick. Dabei hatte sie so sehr gehofft, die Familie würde sie um ihrer selbst willen … was für ein närrischer Wunsch!
»Dann glauben die St. Legers also alle an die segensreiche Tätigkeit des Brautsuchers?«
»Äh … die meisten von ihnen.«
»Und haben Eure Onkel und Vettern auch ihrer Gemahlin ihr Schwert überreicht?«
»Nein, als Herr von Castle Leger oblag mir als Einzigem diese Pflicht.«
Pflicht? Das hörte sich entschieden anders an als Wunsch oder –
Madeline riss sich zusammen. Welcher Mann, der noch bei Trost war, übergab seiner Frau schon ein Schwert?
»Können wir jetzt hineingehen, Madam?« Er wartete ihre Antwort gar nicht erst ab und führte sie hinein. Doch unvermittelt verstärkte sich sein Griff so sehr, dass es ihr Schmerzen bereitete.
Sie wollte protestieren, bemerkte dann aber den ungewöhnlichsten Gesichtsausdruck, den sie je bei ihm wahrgenommen hatte. Anatole schien von Kopf bis Fuß erstarrt zu sein und hatte die Augenbrauen zusammengezogen.
»Mylord? Was ist mit Euch?«
»Sie kommen«, antwortete er heiser.
Madeline drehte sich um und hielt nach den St. Legers Ausschau und lauschte angestrengt – vernahm aber nichts, we-

der das Rumpeln von Wagenrädern noch das Klappern von Pferdehufen. Aber Anatole irrte sich sicher nicht. Schon einige Male hatte sie feststellen müssen, dass er über ein ausgezeichnetes Gehör verfügte.
Die junge Frau atmete tief durch und nahm sich fest vor, heute Abend die perfekte Gastgeberin zu sein. Charmant und vor allem ruhig. Wenn ihr Gatte bloß nicht wie ein Ritter dagestanden hätte, der sich einer Schlacht stellt.

Madeline hatte eigentlich beabsichtigt, sich im Salon aufzubauen und die Gäste in der Reihenfolge ihres Eintreffens zu begrüßen. Aber sie hätte sich gleich sagen können, dass die St. Legers ihren Plan über den Haufen werfen würden.
Sie eilte nach oben, um ihre vom Wind zerzauste Frisur zu richten und sich mit einem Fächer zu bewaffnen. Als die junge Frau einige Minuten später die Treppe hinunterlief, vernahm sie schon aus der Galerie Stimmengewirr.
Sofort überfiel sie der Drang, in ihr Schlafgemach zurückzulaufen und sich dort einzusperren. Von ihrem Gemahl war nirgends etwas zu sehen. Nur der alte Lucius hielt sich in der unteren Halle auf.
Madeline runzelte bei seinem Anblick die Stirn. Es war ihr gelungen, alle männlichen Bediensteten passend zum heutigen Anlass herzurichten und sie in eine saubere Livree zu stecken. Nur Trigghorne lief noch immer in derselben verschmierten Hose und dem schmuddeligen Hemd herum. Nicht einmal das Haar hatte er sich gekämmt.
»Wir haben Gesellschaft, Missus«, verkündete er, als sie die Treppe herunterkam, und zeigte mit dem Daumen in Richtung Galerie.
»Dessen bin ich mir bewusst, Mr. Trigghorne«, entgegnete sie, weil sie sich von dem Gnom nicht noch einmal ins

Bockshorn jagen lassen wollte. »Ist mein Gatte schon heruntergekommen?«
»Der Herr befindet sich im Salon.«
»Gut, dann will ich Euch nicht länger von Euren Pflichten abhalten. Ich bin mir sicher, in der Küche wird noch Hilfe benötigt.«
»Wozu denn das? Ihr bietet den St. Legers doch schon ihre Lieblingsspeise.«
»Ehrlich? Was essen sie denn gern?«
»Sie verschlingen am liebsten frisch verheiratete Bräute.«
Madeline warf ihm einen wütenden Blick zu, aber der Alte schlurfte bereits zur Gesindetreppe und kicherte die ganze Zeit vor sich hin.
Die junge Frau gab sich einen Ruck, schlich zur Tür und öffnete sie einen Spalt weit. Doch sie konnte nur Anatole erkennen, der die Hände hinter dem Rücken verschränkt hatte.
»Ist schon lange her«, bemerkte eine tiefe Stimme gerade.
»Ja«, entgegnete Anatole steif.
Es tat Madeline weh, ihn so verkrampft dastehen zu sehen. Mit ihrer Familie hatte sie sich auch nicht immer verstanden, aber wenigstens wusste sie, dass sie dort stets Geborgenheit und freundliche Aufnahme finden würde.
Ihr wäre nie eingefallen, dass sie ihrem Gemahl zu Hilfe eilen müsste. Diese Vorstellung gab ihr den Mut, die Tür ganz zu öffnen und in den Raum zu schreiten.
Sofort verstummten die Gespräche, und alle Anwesenden wandten sich ihr zu.
Nachdem sie einen Knicks gemacht hatte, blieb ihr der Mund offen stehen.
Großer Gott, sie war mitten in eine Versammlung von Riesen geraten!
Eine Männerrunde stand im Halbkreis vor ihr, und alle wie-

sen Anatoles Statur, seine dunklen Augen und Adlernase auf.
Madeline drohten die Knie nachzugeben, doch schon war Anatoles Rechte zur Stelle, um ihr Halt zu geben. Sie bekam kaum etwas von den Namen mit, die er ihr nun bei der Vorstellung nannte.
»Das ist mein ältester Onkel, Captain Hadrian St. Leger, tätig im Fernhandel.«
Sie brachte ein vorsichtiges Lächeln zustande. Onkel Hadrian sah mit seiner sonnengegerbten Haut und dem Vollbart mehr wie ein Pirat aus. Als er breit lächelte, zeigte er Reihen von riesigen Zähnen, die durchaus in der Lage zu sein schienen, eine frisch Angetraute zu packen und zu verschlingen.
Seine beiden Söhne hießen Frederick und Caleb, und beide starrten Madeline wie Schiffbrüchige an, die seit Monaten keine Frau mehr gesehen hatten.
Ebenso beeindruckend wirkte auch der andere Onkel, Paxton, der sein Vermögen mit Zinnminen gemacht hatte. Er trug einen unauffälligen braunen Rock und eine grau gepuderte Perücke. Ein Gegensatz zu seiner gepflegten Erscheinung eines Londoner Kaufmanns war sein Sohn Zane, der mit seiner verrutschten Kleidung und seiner abstehenden Mähne aussah, als habe ihn gerade ein Blitz getroffen.
Den verstörendsten Anblick bot jedoch der Letzte in der Gästeschar, der ein wenig abseits stand. Der Mann war nicht schlank, sondern ausgemergelt und bleich wie der Tod. Madeline fragte sich, wie jemand so aussehen und dennoch auf seinen beiden Beinen stehen konnte.
»Mein Cousin, Marius St. Leger«, sagte der Burgherr. »Einer der wenigen fachkundigen Ärzte, die wir hier haben. Er hat in der medizinischen Fakultät in Edinburgh studiert.«
Der Doktor nickte nur kurz.

»Und dies ist meine Gemahlin Madeline«, verkündete Anatole mit grimmigem Blick, als wolle er jemanden davon abhalten, daran zu zweifeln.
Eine unangenehme Pause entstand, als sich sechs Augenpaare auf die junge Frau richteten. Madeline mußte sich zusammennehmen, um sich nicht hinter dem Rücken ihres Mannes zu verstecken.
Zu ihrer großen Erleichterung richtete sich die allgemeine Aufmerksamkeit dann jedoch auf den hageren Arzt.
»Marius!«, rief Captain Hadrian.
Der Angesprochene trat vor, stellte sich vor Anatole und sah ihn an, als erbitte er von ihm eine Erlaubnis.
Der Burgherr schien sie ihm jedoch nicht geben zu wollen. Nach einem längeren Zögern löste er schließlich Madelines Finger einzeln aus seiner Rechten und hielt sie Marius hin. Dieser ergriff sie.
Die junge Frau hatte noch nie so traurige Augen gesehen; dabei war sein Händedruck seltsam beruhigend. Er betrachtete Madeline für eine Weile und erklärte dann lächelnd: »Fitzleger hat eine gute Wahl getroffen.«
»Wusst ich's doch!«, rief der Captain. »Der alte Zausel hat sich noch nie geirrt!« Er lachte dröhnend.
Ehe Madeline sich versah, wurde sie ihrem Mann entführt und von den anderen auf die Wange geküsst und umarmt, bis sie keine Luft mehr bekam.
Auch Anatole konnte sich der allgemeinen Herzlichkeit nicht entziehen. Alle gratulierten ihm zur Vermählung und klopften ihm wieder und wieder auf den Rücken.
Die junge Braut hätte sich eigentlich rundum über diese freundliche Aufnahme in die Familie freuen sollen, wenn sie dabei nicht eines gestört hätte: das unerklärliche Fehlen der Frauen.
Sie wusste nur von zwei weiblichen Familienmitgliedern.

Die eine hatte ihr Herz in der Kirche bestatten lassen, und die andere, Anatoles Mutter, war laut seinen Worten an Kummer und Gram gestorben.
Madeline zupfte ihren Mann am Ärmel und fragte ihn: »Sagt mir, leben in Eurer Familie denn keine Frauen mehr?«
Anatole sah sich um, als sei ihm bislang nicht aufgefallen, dass nur Männer erschienen waren.
»Wo sind eure Damen?«, fragte er dann in die Runde.
Caleb, gerade erst fünfzehn, sah aus, als wolle er in seinen Westentaschen nach ihnen suchen. Doch dann kratzte er sich am Hals und entgegnete: »Weißt du, Onkel, unser Papa mag es nicht so gern, wenn wir uns ein Fräulein zulegen, und sagt –«
»Er meint unsere Mutter und unsere Schwester, Blödian«, unterbrach ihn sein Bruder Frederick, verdrehte in Richtung Caleb die Augen und wandte sich dann an die Braut: »Mama und Elizabeth sind zu Hause.«
»Und warum sind sie nicht mitgekommen?«, verlangte Anatole zu wissen.
»Wir wussten ja nicht, dass sie auch eingeladen waren«, antwortete der Jüngling verlegen.
Hadrian sprang für ihn in die Bresche.
»Tut mir Leid, mein Junge, aber aus der Einladung, die du uns geschickt hast, ging das nicht ganz eindeutig hervor. Und da Frauen lange Zeit der Zutritt zu Castle Leger verwehrt wurde, nun ja …«
»Meine Hesper wird jedenfalls gern Mylady ihre Aufwartung machen«, übernahm nun Paxton.
»Die meinige auch«, fiel Zane ein.
»Und meine ebenfalls«, nickte Hadrian.
»Ich freue mich schon sehr darauf, die Bekanntschaft der Ladys zu machen«, lächelte Madeline und wandte sich

strahlend an den Doktor, der nichts dazu gesagt hat. »Das gilt natürlich auch für die Ihre.«
Alle schwiegen betreten, und Marius erklärte: »Tut mir Leid, teure Cousine, aber ich fürchte, ich habe keine mehr.«
»Oh, ich … das tut mir Leid«, stammelte die Braut.
»Mir auch«, entgegnete der Arzt.
Madeline fragte sich, welche alte Familientradition hinter dieser Tragödie stecken mochte. Doch bevor sie Marius' trauriges Lächeln zu deuten vermochte, meldete sich Caleb schon wieder zu Wort.
»Ich würde Euch auch gerne meine Lady vorbeischicken, sobald Mr. Fitzleger eine für mich ausgesucht hat.«
Alle lachten darüber, sogar der Arzt, und danach drängte man Madeline auf ein Sofa, um sie mit Fragen zu bestürmen. Anatole stellte sich an den offenen Kamin und beobachtete seine Verwandten.
Marius stand etwas abseits und tauschte bisweilen mit dem Burgherrn Blicke aus, um dann wortlos zu nicken.
So sehr Anatole seine Talente auch verfluchen mochte, er war immer froh gewesen, nicht über Marius' Fähigkeiten zu verfügen. Dessen Begabungen konnten selbst einem St. Leger eine Gänsehaut bescheren. Keinem Menschen sollte gestattet sein, einem anderen bis in die Seele blicken zu können.
Der Burgherr fragte sich, warum er überhaupt zugelassen hatte, dass der Arzt Madelines Hand nahm und so bis zu ihren intimsten Geheimnissen vordringen konnte.
Vielleicht wegen seiner Zweifel, derer er sich jetzt bitter schämte. Aber die Angst saß einfach zu tief in ihm, den gleichen Fehler wie sein Vater begangen und die falsche Frau geheiratet zu haben.
Fitzleger hat eine gute Wahl getroffen.
Diese simplen sechs Worte hatten ihn unendlich erleich-

tert und ihm so viel Mut gegeben, dass er glaubte, diesen Abend überstehen zu können. Nun war er sich auch sicher, dass die anderen seinen Wunsch respektieren würden.
Madelines Nervosität hatte sich bald gelegt, und sie konnte richtig fröhlich lächeln, als etwas später auch Septimus Fitzleger zu der Runde stieß.
Die St. Legers hießen ihn auf das Herzlichste willkommen, und der Brautsucher grüßte ebenso herzlich zurück. Doch schien der alte Mann völlig außer Atem zu sein, und er wandte sich an Madeline, um sich für seine Verspätung zu entschuldigen.
»Meine Enkelin Elfreda ist viel früher gekommen als erwartet. Mrs. Beamus und ich hatten alle Hände voll zu tun, sie bei uns unterzubringen. Mein Gott, wie lange ist es her, seit wir etwas Kleines im Pfarrhaus hatten?«
»Das muss doch eine große Freude für Euch sein, Mr. Fitzleger«, sagte Madeline. »Wird das Kind denn lange bleiben?«
»Ich glaube, ja. Die schlechte Luft in London bekommt Mutter und Kind anscheinend nicht. Und meine jüngste Tochter, Corinne, kann Elfreda nicht nehmen, weil sie selbst bald niederkommt.«
»Na, hoffentlich wird's ein Junge«, dröhnte der Captain. »Das wäre wirklich gut, weil wir doch für unsere nächste Generation einen Brautsucher benötigen.«
»Ich bin davon überzeugt, dass meine Corinne ihr Bestes geben wird, Sir.«
»Na, Ihr solltet wohl mehr Euren Söhnen und Schwiegersöhnen Beine machen, damit sie sich mehr Mühe geben!«, lachte Hadrian.
Anatole fragte sich, warum der Reverend darauf keine passende Antwort bereithatte, aber dem kleinen Mann stand die Sorge ins Gesicht geschrieben, und der Burgherr kannte diese Miene nur zu gut.

Er musste nicht lange warten. Wenig später konnte Fitzleger sich von den anderen lösen und nutzte die Gelegenheit, sich zu Anatole zu stellen.
»Mylord, auf ein Wort. Ich habe etwas bemerkt, das mir große Sorge bereitet.«
»Nicht schon wieder die mysteriöse Frau auf dem Friedhof!«
»Nein, dem Himmel sei Dank. Aber etwas ähnlich Gefährliches. Mir war bis heute Abend gar nicht bewusst, dass Ihr Bess Kennack in Eure Dienste genommen habt.«
»Wie? Habt Ihr sie denn nicht zu mir geschickt?«
»Nein, Mylord, ganz gewiss nicht.«
Anatole runzelte die Stirn, meinte dann aber: »Dann wird das jemand anderer getan haben.«
»Aber haltet Ihr es für klug, sie unter Eurem Dach zu haben? Ich weiß, dass Ihr glaubt, etwas an ihr gutmachen zu müssen, doch dazu besteht nicht der geringste Anlass, mag die arme Bess denken, was sie will.«
Der Alte schüttelte den Kopf. »Schickt sie zu mir. Wenn die Kleine eine Stellung braucht, so werde ich schon etwas für sie finden. Aber sie hier bei Euch zu wissen, lässt mir keine ruhige Minute.«
»Lasst es gut sein, Fitzleger. Solange Bess ihre Pflichten nicht vernachlässigt und meiner Mylady zu Gefallen ist, habe ich gegen ihre Anwesenheit nichts einzuwenden.«
Anatole glaubte nicht, das Mädchen fürchten zu müssen, vor allem nicht, weil sich jetzt eine Gefahr näherte, die ihm wirklich Kopfschmerzen bereitete.
Jemand kam, doch er konnte sich nicht auf ihn konzentrieren. Wenn mehrere St. Legers beisammen waren, störte das seine inneren Sinne, und er hatte dann das Gefühl, im Nebel zu stochern.
Nein, das war niemand aus der Dienerschaft, sondern eine

Persönlichkeit, deren Präsenz sich wie ein kalter Dolch in seine Gedanken bohrte.

»Roman!«

Er stieß den Namen wie einen Fluch aus und schob sich an dem Reverend vorbei, um zum Eingang zu eilen.

Doch er kam zu spät. Die Galerietür flog schon auf, und herein stolzierte Roman. Wieder erstarb die Unterhaltung, und alle richteten ihre Blicke auf den Neuankömmling. Anatole dachte bitter, dass sich niemand so auf einen gelungenen Auftritt verstand wie sein verhasster Vetter.

Roman nahm brav Chapeau und Umhang ab und warf beides Bess Kennack in die Arme, die etwas verdutzt dastand. Er strich ihr mit zwei Fingern übers Kinn und lächelte sie so dreist an, dass das Mädchen rot anlief und sich hastig zurückzog.

Damit präsentierte sich der späte Besucher den anderen, auf dass sie ihn bewundern konnten. Er trug einen elfenbeinfarbenen Rock und eine passende Hose, dazu eine blaue, mit Silberfäden durchwirkte Weste. Das goldblonde Haar hatte er weit zurückgekämmt, damit seine edlen Züge mehr zur Geltung kamen. Als sein Blick auf Anatole fiel, funkelten seine Augen vor Boshaftigkeit.

Die böse Fee, die man einzuladen vergessen hatte …

Anatoles Magen knotete sich zusammen, als er loslief, um dem Cousin den Weg zu versperren. Roman hob sein Augenglas und betrachtete den schwarzen Gehrock des Gastgebers spöttisch.

»Bei den Himmeln, wer ist denn gestorben?«

»Niemand. Bis jetzt nicht.«

Ein amüsiertes Lächeln umspielte Romans Lippen. Alle sprangen auf. Hadrian schaute kritisch drein, und sogar Marius trat einen Schritt vor.

Anatole konnte sich denken, dass alle sich noch des Vorfal-

les bei ihrer letzten Begegnung erinnerten, der Tag, an dem Roman und er einander an die Kehle gegangen waren. Und das nur wegen der Taschenuhr seines verstorbenen Vaters, die eigentlich auf den Sohn hätte übergehen sollen. Doch stattdessen hatte Lyndon sie Roman vermacht.
Sein Vetter besaß die Geschmacklosigkeit, diese Uhr jetzt aus der Westentasche zu ziehen, sie aufzuklappen und Anatole einen Blick auf das Bildnis der verstorbenen Mutter zu gewähren.
»Ach du liebe Güte, ich muss mich wirklich entschuldigen, Cousin. Mir scheint, ich bin ein wenig spät dran.«
»Spät?«, entfuhr es Anatole mit erstickter Stimme. »Was, zum Teufel, habt Ihr überhaupt hier verloren?«
»Herrje«, seufzte Roman, »diese Frage scheint zu einer ermüdenden Angewohnheit von Euch zu werden. Ich bin natürlich gekommen, weil hier eine Familienfeier stattfindet; denn wenn ich mich recht entsinne, bin ich immer noch ein St. Leger.«
»Ein Umstand, den ich so rasch wie möglich vergessen möchte.«
»Vielleicht sollte ich gerade deswegen Euer Gedächtnis hin und wieder auffrischen.«
Fitzleger eilte herbei und stellte sich zwischen die beiden.
»Gentlemen, bitte. Der Streit zwischen Euch muss ein Ende finden. Die St. Legers haben immer zusammengehalten. Master Roman, wenn Ihr bleiben wollt, dann nur, wenn Ihr Euch angemessen aufführt.«
In seiner gewohnt lässigen Art gab dieser zurück: »Aber ja, Sir, gewiss doch.«
Der Pastor wandte sich an den Burgherrn: »Und Ihr, Mylord, denkt bitte an Eure liebe Frau. Ihr wollt sie doch nicht betrüben, indem Ihr es zu einer unschönen Szene kommen lasst.«

Anatole warf einen unsicheren Blick auf Madeline. Sie stand zwischen den Onkeln und Cousins und schaute gleichzeitig neugierig und verwirrt drein.
Nein, dachte St. Leger, er wollte seine Frau ganz gewiss nicht betrüben. Gewiss nicht, selbst wenn er dafür mit dem Teufel persönlich tanzen musste.
Er packte Roman am Arm und erklärte ihm so leise, dass kein anderer es hören konnte: »Wenn Ihr bleibt, werdet Ihr Eure giftige Zunge im Zaum halten. Meine Lady weiß nichts von meinem ungewöhnlichen Erbe, und das soll auch noch eine Weile so bleiben. Wehe Euch, wenn Ihr diesem meinen Wunsch zuwider handelt.«
Roman sah ihn in gespieltem Erstaunen an. »Aber, lieber Vetter, wie könnte ich je etwas tun, das Euch missfallen würde?«
Anatole misstraute ihm immer noch. Am liebsten hätte er den Cousin mit seinen geistigen Fähigkeiten dorthin zurückgeschleudert, woher er gekommen war.
Ja, und damit würde er seine Lady zu Tode erschrecken, und sie würde ihn fortan nur noch als Monstrum ansehen.
Roman schob sich an ihm vorbei, begrüßte die anderen Verwandten, und allmählich löste sich die Spannung. Doch als er Madeline erblickte, trat etwas in seine Miene, das nichts mehr mit Spottlust zu tun hatte. Anatole verstand sehr wohl, was dieser Gesichtsausdruck zu bedeuten hatte.
»Lieber Vetter«, begann Roman, ohne den Blick von der Braut zu wenden, »ich hoffe doch sehr, Ihr beabsichtigt, mich Eurer Gemahlin vorzustellen.«
»Madeline«, erklärte der Burgherr steif, »das ist mein Cousin Roman.«
Dieser verbeugte sich elegant und führte ihre Hand an seine Lippen. »Vergebt mir Unwürdigem, Euch nicht früher

im Kreise unserer Familie willkommen geheißen zu haben. Wenn ich gewusst hätte, wie viel Schönheit mich hier erwartete, hätte ich Euch viel eher meine Aufwartung gemacht, dessen dürft Ihr versichert sein.«

»Vielen Dank«, entgegnete Madeline verwirrt; eine Wirkung, die Roman stets bei Frauen auslöste. Wie hatte Anatole auch nur für einen Moment annehmen können, dass sie eine Ausnahme bilden würde?

Seine Brust zog sich zusammen, als er mitanhören musste, wie der Cousin seine Frau geradezu mit Komplimenten und Artigkeiten überschüttete.

Anatole hörte all die Dinge, die er ihr schon längst hätte sagen müssen. Wie gern hätte er das getan, stünde ihm nicht immer wieder seine unbeholfene Zunge im Weg. Nun konnte er nur hilflos danebenstehen und sich wie ein Trottel vorkommen.

Er stand kurz davor, Madeline von Roman loszureißen und besitzergreifend den Arm um sie zu legen. So sehr steigerte er sich in diese Vorstellung hinein, dass ihm die Ankunft eines weiteren Besuchers zunächst vollkommen entging.

Ein leises Hüsteln machte ihn darauf aufmerksam, und als er sich ungeduldig zur Tür umdrehte, erstarrte er ob der Erscheinung, welche sich dort seinen Blicken bot.

Ein bemalter Mann!

Das Gesicht mit weißer und roter Schminke bis zur Unkenntlichkeit entstellt und neben dem Mund ein Schönheitspflästerchen; dazu eine gepuderte Perücke und einen lavendelfarbenen Rock mit Wespentaille und gepolsterten Schultern …

»Was um alles in er Welt –«, entfuhr es dem Burgherrn.

»Wer, zum Teufel –«, erfolgte Paxtons Echo.

»Nein, *was*, zum Teufel!«, brummte Hadrian.

Madeline trat neben ihren Gatten. »Ein weiterer Eurer Verwandten, Mylord?«
»Himmel, nein!«, entgegnete Anatole, den schon die bloße Vorstellung zu beleidigen schien.
Der Einzige im Raum, der von dieser Erscheinung nicht aus der Fassung gebracht wurde, war Roman. Er winkte mit seinem Lorgnon in Richtung Tür und erklärte: »Ah, Yves. Bitte um Vergebung, Sir, doch in meiner übergroßen Freude, an den Busen meiner Familie zurückkehren zu dürfen, habe ich Euch doch tatsächlich ganz vergessen.«
Der Neuankömmling trat näher, und Anatole fragte sich, warum er dessen Erscheinen nicht früher bemerkt hatte. Doch dann fiel ihm auf, welch schwache Aura dieser Mann besaß. Die Schwächste, die er jemals bei einem Menschen verspürt hatte.
»Gentlemen, teure Cousine«, rief Roman, »erlaubt mir, Euch Monsieur Yves de Rochencœur vorzustellen.«
Der Mann verbeugte sich formvollendet, und Anatole blähte die Nasenlöcher auf. Der Franzose stank schlimmer nach Parfüm als eine Hafenhure.
»Yves ist ein lieber Freund von mir. Ich habe mir die Freiheit genommen, ihn heute Abend mitzubringen.«
Bevor der Burgherr protestieren konnte, brachte Caleb schon seinen Einwand hervor. »Verdammt, Roman, dies hier ist ein Familientreffen.«
Rochencœur riss entsetzt die Augen auf.
»Bitte tausend Mal um Vergebung, Messieurs und Madame«, erklärte er mit einer näselnden Stimme, die an Anatoles Nerven zerrte. »Das war mir *certainement* nicht bekannt. Hätte ich eher davon erfahren, wäre ich niemals hier eingedrungen, *n'est-pas?*«
Der Franzose zog sich in Richtung Tür zurück, und Anatole

hatte keine Bedenken, ihn gehen zu lassen. Aber Madeline rief ihn zurück.
»Nein, Monsieur, bitte verlasst uns nicht. Wir fühlen uns geehrt, Euch an unserer Tafel zu wissen.«
Die St. Legers reagierten darauf mit steinernen Mienen. Nur Fitzleger nickte zustimmend.
Anatole verschränkte die Arme vor der Brust und verstand die Ablehnung seiner Verwandten nur zu gut. Aber dagegen standen Madelines bittende grüne Augen. Er hatte schon Roman zu ertragen, konnte es noch eine schlimmere Plage geben?
»Na ja, der Mann sieht nicht so aus, als würde er viel essen. Meinetwegen mag er bleiben.«
»Wie überaus großzügig von Euch, Vetter«, meinte Roman.
Der Reverend trat zu Yves und reichte ihm die Hand. »Ihr seid hier willkommen, Sir. Verzeiht mir meine Neugier, doch mir ist Euer Akzent aufgefallen? Habe ich da einen Gascogner herausgehört?«
»Ihr besitzt ein feines Gehör, Monsieur. »Zwar wurde ich hier in Cornwall in einem kleinen Dorf geboren, doch den Großteil meiner letzten Jahre habe ich in Paris verbracht.«
»Und warum seid Ihr dann nach England zurückgekehrt?«, wollte Anatole wissen.
»Ach, habe ich vergessen, das zu erwähnen?«, antwortete Roman anstelle seines Freundes. »Ich habe Monsieur Rochencœur hergebeten, weil ich seine Dienste benötige. Er ist Architekt und soll mir Lost Land wieder aufbauen.«

13

Unzählige Kerzen hüllten die lange Tafel in einen strahlenden Glanz, und ihr Licht spiegelte sich auf den Kristallkelchen und dem Porzellan wieder, das Anatoles Großvater selbst entworfen hatte. Von jedem Teller, jeder Tasse und jeder Untertasse fauchte einen der St.-Leger-Drache an.
Will Sparkins wartete den Gästen mit der Weinflasche auf. Der junge Mann trug eine gepuderte Perücke und eine goldbesetzte schwarze Livree. Nachdem Madeline dafür gesorgt hatte, dass er gebadet wurde und die Haare geschnitten bekam, hatte sich Will als hübscher junger Mann mit reizenden blauen Augen entpuppt.
Wenigstens ein Gutes hatte sie also auf Castle Leger bewirkt. Madeline hoffte, dass dies nicht die einzige positive Veränderung bleiben würde.
Sie versuchte zu lächeln und sich zu entspannen, aber das war ihr in Gesellschaft immer schon schwer gefallen. Dann dachte sie daran, wie ihre Mutter sich bei solchen Gelegenheiten verhalten hatte.
Aber Mama hatte nie eine Gesellschaft gegeben, die nur aus Männern bestand, welche auch noch den Eindruck erweckten, besser mit dem Schwert als mit der Gabel umgehen zu können.
Die Spannung, die in der Luft lag, hätte es mit dem Sturm aufnehmen können, der sich draußen zusammenbraute.

Madeline konnte sich die Gründe dafür nicht erklären, spürte sie dafür aber umso deutlicher.
Sie rührte ihr Fricandeau vom Kalb kaum an, und ihr Blick wanderte immer wieder zu Anatole, der am Kopfende des Mahagonitisches saß und in dumpfem Schweigen seinen Wein trank.
Madeline dachte sehnsüchtig an die Mahlzeiten zurück, die sie in der vergangenen Woche mit ihm eingenommen hatte. Anatole hatte alle Förmlichkeit fahren lassen und sich vom Kopfende entfernt, um sich zu ihr zu setzen. Auch hatte er ihr zugehört und sie frei reden lassen; eine Gunst, welche sie, wie sie sich im Nachhinein eingestehen musste, etwas überreichlich in Anspruch genommen hatte. Wie anders hingegen heute. Er erschien ihr ferner denn je.
Die Schuld daran trug eindeutig der Gentleman, der zu ihrer Linken saß.
Roman St. Leger.
Madeline wusste nicht so recht, was sie von ihrem Tischnachbarn halten sollte, der über formvollendete Manieren und über ein Lächeln verfügte, das nie seine Augen zu erreichen schien.
Die St. Legers strahlten, angefangen von Anatole bis zu Caleb, dem Jüngsten in der Runde, etwas aus, das ebenso unvergesslich war, wie nicht von dieser Welt zu sein schien. Und genau das besaß Roman offensichtlich nicht.
Irgendwann bemerkte ihr Tischherr, dass er von ihr angestarrt wurde. Ihre Blicke trafen sich, und er fragte: »Soll ich den Kopf drehen, liebe Cousine, damit Ihr auch mein linkes Profil studieren könnt?«
»Oh, äh, nein.« Sie senkte den Kopf und errötete.
»Aber Ihr habt mich mit einem leichten Stirnrunzeln betrachtet. Gibt es irgendetwas an mir, das Euch verwirrt, meine Liebe?«

O ja, eine ganze Menge, hätte sie am liebsten geantwortet. Zum Beispiel, warum Anatole sich gesträubt hatte, diesen Vetter zu der Familienfeier einzuladen? Oder warum alle St. Legers so aufgebracht gewirkt hatten, als Roman verkündete, er wolle Lost Land wieder aufbauen lassen? Oder was es mit ihm und seinem Freund Yves auf sich hatte?
»Tut mir Leid«, antwortete sie jedoch statt dessen. »Es war sehr ungehörig von mir, Euch so zu fixieren.«
»Überhaupt nicht. Ein Mann fühlt sich sehr geschmeichelt, das Objekt des Interesses von einem Paar so smaragdgrüner Augen zu sein.«
Madeline hatte auf solche Komplimente immer unsicher reagiert, und auch das Flirten fiel ihr schwer. Ihre Schwester Louisa hätte sicher gewusst, wie sie darauf reagieren musste – und vermutlich die Gelegenheit gern genutzt, ihren Gatten mal wieder richtig eifersüchtig zu machen.
Die junge Frau aber hütete sich davor, mit Anatole ein solches Spiel zu betreiben; denn wo keine Liebe war, konnte auch keine Eifersucht entstehen. Außerdem schien die Feindschaft zwischen ihm und Roman sehr alt zu sein und ihre Ursache in etwas zu haben, was er ihr, wie so vieles andere, nicht mitteilen wollte.
»Eure Augen ähneln tatsächlich Smaragden«, fuhr ihr Tischherr unnachgiebig fort. »Vielleicht aber auch Jade.«
»Nein, sie sind weder noch, sondern einfach nur grün!«
»Oh, verzeiht, haben meine Komplimente Euch in irgendeiner Weise beleidigt?«
»Nein, aber ich würde es begrüßen, wenn Ihr aufrichtig und vernünftig mit mir sprechen würdet.«
Romans Augenbrauen zogen sich zusammen, und sie wusste, dass sie wieder einmal viel zu direkt gewesen war.
Aber dann lachte er. »Oh, ich verstehe, Mylady ist ebenso klug wie schön.«

Er lehnte sich zurück und wechselte tatsächlich das Thema. Madeline musste ihm zugestehen, dass er durchaus charmant Konversation zu treiben verstand, als er mit ihr über London, die neue Theater-Saison und einige andere gemeinsame Interessen parlierte.
Als der zweite Gang gereicht wurde, empfand Madeline es als angemessen, ihrem Tischherrn zur Rechten, Yves, ihre Aufmerksamkeit zu widmen; vor allem, weil der Rest der Tafel sich überhaupt nicht um den Franzosen kümmerte. Mr. Fitzleger, der Einzige, der bislang Interesse an ihm gezeigt hatte, saß leider viel zu weit weg neben Anatole.
Rochencœur schien zu der Sorte Dandy zu gehören, der sie in London tunlichst aus dem Weg gegangen wäre. Doch er hatte etwas an sich, das ihre Sympathie erweckte.
Vielleicht rührte das daher, dass sie beide hier inmitten der St.-Leger-Versammlung Außenseiter waren. Auch kam es Madeline grausam vor, wie Roman seinen angeblichen Freund vorhin in die peinliche Situation gebracht hatte, davon ausgehen zu müssen, hier unerwünscht zu sein.
Roman hätte sich denken können, welch negativen Eindruck ein Mann wie Yves bei seinen bodenständigen Verwandten hervorrufen musste. So konnte es kaum verwundern, dass der Franzose fest entschlossen zu sein schien, so wenig Aufmerksamkeit wie möglich zu erwecken.
Seine Augen wirkten unbelebt wie die einer Puppe, und auch sonst erweckte er den Eindruck eines Narren. Warum umgab Roman sich mit einem solchen Mann?
Eines jedoch fiel ihr gleich an ihm auf. Entgegen Anatoles Bemerkung sprach Rochencœur Speisen und Getränken überaus reichlich zu.
Alle St. Legers verfügten über einen gesunden Appetit, aber Madeline gewann den Eindruck, dass dieser schlanke Franzose mehr verdrücken konnte als sie alle.

Fasziniert verfolgte sie, wie er sich von dem Räucherschinken in Weinsauce, der Taubenpastete und den Erbsen mehrfach nachlegen ließ. Doch trotz seiner Schlemmerei hatte er die besten Tischmanieren, die sie je bei einem Menschen gesehen hatte. Und seine Hände schienen noch schlanker und zierlicher zu sein als die ihren.

Als der Mann einmal die Gabel für einen Moment beiseite legte, sprach sie ihn an.

»Ihr seid also Architekt, Monsieur?«

»Nicht direkt, Madame«, lächelte er höflich. »Ich pflege nur zur Zeit ein besonderes Interesse an der Errichtung schöner Häuser.«

»Dieses Interesse hat Euch einen weiten Weg gehen lassen. Euer Freund Roman muss Euch sehr ans Herz gewachsen sein, wenn Ihr eine so lange Reise angetreten habt, um ihm Eure Hilfe zu gewähren.«

Rochencoeurs Blick huschte kurz in die Richtung des Mannes. Roman war gerade in ein Gespräch mit Zane vertieft.

»Oui, nur bin ich eigentlich nach England gekommen, um einer Lady einen Dienst zu erweisen.«

»Eurer Gemahlin?«

»Non. Sie ist leider schon vor vielen Jahren von mir gegangen. Ich spreche von meiner edlen Gönnerin und Patronin der Künste, Madame la Comtesse Sobrennie.«

Madeline wusste, dass sie ihre Neugier zügeln sollte, doch dieser Mann faszinierte sie immer mehr. Zu ihrem Glück schien Yves nur auf eine Gelegenheit gewartet zu haben, von sich zu berichten.

»Für den jüngeren Sohn ist es stets schwieriger, sein Glück zu machen, besonders für einen Mann von so bescheidenen Talenten wie ich. Madame la Comtesse hat sich mir gegenüber als überaus freundlich und großzügig erwiesen, hat mich zum Beispiel in die Gesellschaft eingeführt und sich auch um die Erziehung meines Sohnes Raphael gekümmert.«

Er legte wieder sein Besteck ab und zog eine Miniatur aus seiner Westentasche. Das Bild zeigte einen Knaben mit runden Wangen, engelsgleichen blonden Locken und blauen Augen.

»Was für ein hübscher Junge!«, rief Madeline.

»Oui.« Ein Ausdruck von Stolz hellte kurz seine leeren Augen auf. »Er zählt zwar erst acht Jahre, verspricht aber schon jetzt, einmal ein großer Gentleman zu werden, und das alles dank der nimmermüden Unterstützung von Madame la Comtesse. Sie ist so generös, so charmant … und so *belle*.«

Madeline lächelte und nickte höflich, drängte den Franzosen dann aber auf das Thema zurück, das sie mehr interessierte.

»Was für ein glücklicher Umstand, dass Eure Dienste für die Gräfin Euch Zeit genug lassen, Roman beim Wiederaufbau von … wie hieß der Ort doch gleich?«

»Le Pays Perdue.«

»Ach, ja, das verlorene Land. Ein trübsinniger Name für einen Ort, an dem ein Gentleman sein Anwesen errichten will.«

»Aber, Madame, es handelt sich um einen trübsinnigen Ort. Ein verlorenes und vergessenes Land. Das Manor, das vorher darauf stand, ist ein Raub der Flammen geworden. Doch dies wird sich alles ändern, wenn –«

»Ich fürchte, Ihr langweilt meine schöne Cousine, Freund Yves«, unterbrach Roman ihn mit einem unangenehmen Lächeln. »Ihr seid ein lieber Mensch, Rochencoeur, habt aber leider diesen unseligen Hang an Euch, Euch breit und lang über meine Angelegenheiten auszulassen.«

Madeline war schockiert über diesen rüden Auftritt. Sie

warf einen vorsichtigen Blick auf den Franzosen, doch der ließ sich nicht mehr anmerken, als den Griff um sein Weinglas zu verstärken.
Dann senkte er den Blick auf seinen Teller und entgegnete: »Ich habe mich nicht lang und breit ausgelassen, Monsieur. Madame St. Leger gab lediglich ihrem durchaus verständlichen Interesse an Eurem neuen Grundbesitz Ausdruck, und ich habe mich nach besten Kräften bemüht, sie zu erhellen.«
»Wenn meine neue Cousine so begierig ist, den Ort kennen zu lernen, soll sie doch vorbeigeritten kommen und sich alles anschauen. Ihr reitet doch sicher gern, oder, meine teure Madeline?«
Die junge Frau fühlte sich unwohl in ihrer Haut. Pferde waren immer schon ihr wunder Punkt gewesen. Vor ein paar Tagen noch hatte Anatole sie dazu überredet, mit ihm in den Stall zu kommen, um ihr seine Jagdrösser zu zeigen.
Madeline hatte dort aber eine solche Angst an den Tag gelegt, dass ihr Gemahl sie schließlich ins Haus zurückgeschickt hatte. Sie war mit dem Wissen gegangen, ihn wieder einmal schwer enttäuscht zu haben.
»Nun, Sir, ich fürchte, ich bin keine allzu gute Reiterin.«
Unglücklicherweise war gerade eine Gesprächspause eingetreten, und ihre Entgegnung wurde an der ganzen Tafel gehört.
»Unsinn«, meinte Paxton, »alle St.-Leger-Frauen sind fürs Reiten geboren.«
»Erst recht diejenige, welche für Anatole bestimmt ist«, fügte Roman hinzu.
»Es ist aber bei ihr nicht so«, stellte Anatole laut fest, »und damit Ende der Debatte.«
»Wahrscheinlich habt Ihr Eurer Gattin nur eines von Euren

großen, groben Ungeheuern angeboten. Eine Lady zieht aber ein sanftes, zivilisiertes Pferd vor.«
Wann immer Roman etwas zum Burgherrn sagte, klang es wie eine Beleidigung. Und auch schien er dabei ständig an dunkle Seiten zu rühren, von denen sie noch nichts wusste.
»Ihr braucht Euch nicht vor Anatoles Rössern zu fürchten«, griff Caleb ein. »Sie sind alle feine Burschen. Lasst mich nur mit ihnen reden. Eines dieser Pferde werde ich schon dazu bringen können, Euch sanft zu tragen.«
»Ihr sprecht mit Pferden, Monsieur«, kicherte Yves.
»Ja, natürlich, das ist meine besondere Gabe. Genau so wie mein Vetter Anatole es vermag –« Caleb riss sich die Hand vor den Mund.
»Was vermag Anatole?«, drängte Roman.
Nach einem vorsichtigen Blick auf den Burgherrn, stammelte Caleb: »Ich meinte ... ich wollte sagen ... so gut ich mit Pferden reden kann, vermag er sie zu reiten.«
Madeline spürte sofort, dass der Jüngling ursprünglich etwas anderes hatte sagen wollen. Doch jetzt stopfte er sich rasch einen großen Brocken in den Mund und weigerte sich, noch mehr zu erzählen.
Fast kam es ihr so vor, als habe jemand einen Schweigebann über diese Runde gelegt. Von den St. Legers würde sie heute Abend nichts Neues über den Mann erfahren, den sie geheiratet hatte.
Mit einer Ausnahme. Roman spielte mit seinem Weinglas und schien nicht gewillt zu sein, das Thema auf sich beruhen zu lassen.
»Vielleicht schicke ich Madeline eine Stute aus meinen Stallungen.«
»Nein!«, entgegnete Anatole barsch.
»Erlaubt mir, Euch ein verspätetes Hochzeitsgeschenk zu machen.«

»Ich habe Nein gesagt.«
»Vielleicht solltet Ihr das die Lady selbst entscheiden lassen.«
»Das Reiten könnt Ihr getrost uns beiden überlassen, dafür brauchen wir keinen dritten.«
»Das glauben wir gern, Anatole«, lachte Hadrian, »und sind eigentlich davon ausgegangen, dass Ihr das schon längst besorgt habt.«
»Captain St. Leger, mäßigt Euch!«, tadelte Fitzleger ihn, als er sah, wie Madeline errötete.
»Aber, Reverend«, entgegnete Hadrian, »alle frisch Vermählten müssen sich solche Scherze gefallen lassen.« Er stieß den Burgherrn in die Seite. »Also, berichtet, mein Junge. Wie war's in der Hochzeitsnacht? Habt Ihr den Rekord Eures Großvaters von drei Tagen gebrochen?«
Anatole antwortete nicht, lief aber ebenso rot an wie seine Frau.
»Drei Tage?«, flüsterte Madeline entsetzt. Zumindest hatte sie jetzt eine Antwort auf ihre Frage erhalten, wie oft ein Mann seiner Frau beiliegen konnte. Das Herz wurde ihr schwer, als sie daran dachte, wie viel in ihrer Ehe falsch lief.
Der Captain wandte sich an sie: »Ihr habt also noch nicht die Geschichte von meinem Vater gehört, wie er direkt nach der Trauung mit seiner Braut im Schlafgemach verschwunden ist? Nun, die beiden ließen sich kaum Zeit für ein Frühstück.«
»Hadrian! Du sprichst von unserer Mutter!«
»Sie war eben eine lebenslustige Frau. Dafür muss man sich doch nicht schämen. Die Leidenschaft, welche die St. Legers in ihren Bräuten erwecken, hat eben etwas ganz Besonderes an sich.«
»Ja«, bestätigte Zane. »Zwei Herzen finden in einem Mo-

ment zueinander, und ihre Seelen sind für die Ewigkeit miteinander verbunden.«
Die Männer nickten alle verträumt, doch als Madeline zu Anatole schaute, wich dieser ihrem Blick aus.
»Deswegen muss man Anatoles Braut ganz gewiss nichts von großer Liebe und Leidenschaft berichten«, warf Roman ein. »Ganz gewiss habt Ihr beides jüngst erfahren, nicht wahr?«
Madeline wurde der Peinlichkeit einer Antwort entzogen, weil ihr Mann in diesem Moment mit der Faust auf den Tisch hieb.
»Die Erfahrungen meiner Frau gehen Euch einen feuchten Kehricht an. Und jetzt reden wir gefälligst von etwas anderem.«
Er warf einen strengen Blick in die Runde, und augenblicklich verfiel alles in Schweigen. Madeline schien sein Wutausbruch Verdruss zu bereiten, aber Anatole wollte auf keinen Fall zulassen, dass seine Verwandten über sein Liebesleben spekulierten. Nach dem einen Mal, das er in Madelines Bett gefunden hatte, hatte sich sein geknickter Stolz noch nicht erholt.
Alle schienen sich nun seinem Wunsch zu fügen, nur Roman bedachte ihn mit einem spöttischen Lächeln. Anatole hatte sich geschworen, sich heute Abend nicht von dem Vetter provozieren zu lassen, doch Roman schien keine Ruhe geben zu wollen.
Er hätte den Mann gar nicht erst ins Haus lassen dürfen, kannte er ihn und seine Schliche doch zu gut. Außerdem schmerzte es Anatole, erleben zu müssen, wie sein Vetter nun Madeline mit all den Artigkeiten und schönen Worten umgarnte, zu denen er nicht fähig war.
Roman und sein französischer Stutzer verwickelten sie gerade in ein Gespräch über irgendeinen toten Dichter, von

dem er noch nie gehört hatte. Jedes Wort, jedes Lächeln, das Madeline von sich gab, machte Anatole umso eifersüchtiger.
Zerknirscht musste er sich eingestehen, nur über Pferde, die Jagd und die Landwirtschaft auf seinen Gütern reden zu können. Er hatte sich auch nie mit anderen Themen auskennen müssen, hatte er seine Mahlzeiten doch bislang in der Gesellschaft seiner Hunde und Knechte eingenommen. Früher hatte er sich dessen nie geschämt, doch Madeline gab ihm seit ihrer Ankunft das Gefühl, die Einsamkeit nicht weiter in Ehren halten zu müssen.
Aus der Ferne ließ sich das erste Donnergrollen vernehmen, und Anatole wünschte, dieses Abendessen möge bald zu Ende gehen. Normale Gäste hätten sich bei der Aussicht eines Gewitters rasch verabschiedet, aber ein St. Leger hatte sich noch nie von solchen Banalitäten wie einem Blitz einschüchtern lassen. Und dieser verdammte Franzose würde die Tafel wohl erst dann verlassen, wenn die letzte Pastete verschlungen war.
Er unterdrückte einen Fluch, als Fitzleger jetzt auch noch einen Toast auf die Gesundheit des jungen Paars ausbringen wollte.
»Auf Madeline und Anatole. Möge sie ein langes Leben und viel Glück erwarten.«
»Hört, hört!,« rief Zane.
»Und mögen sie mit vielen Kindern gesegnet werden«, schloss Hadrian sich an.
»Und Tod und Vernichtung allen Mortmains«, wurde Caleb der alten Tradition gerecht.
Anatole leerte sein Glas und glaubte, das Schlimmste überstanden zu haben, bis er Madelines Miene erblickte. Oh, wie sehr er die Momente zu fürchten gelernt hatte, wenn sie den Kopf schief legte.

»Was ist denn ein Mortmain?«
»Eine Bande von ehrlosen Schurken«, antwortete der Captain. »Am liebsten hätten sie alle St. Legers heimtückisch in den Betten ermordet.«
Madeline erbleichte, und Anatole warf seinem Onkel einen wütenden Blick zu.
»Die Mortmains waren eine hier ansässige Familie, die mit der unseren über viele Generationen in Fehde lag«, erklärte er seiner Frau. »Ihr braucht Euch nicht um die Mortmains zu sorgen, denn sie sind alle längst ausgestorben.«
»Aber wenn es keine mehr von ihnen gibt, warum wünscht Ihr ihnen dann immer noch alles erdenklich Schlechte?«
»Na ja, weil … weil …«
»Weil es sich dabei nur um eine weitere unserer lächerlichen Familientraditionen handelt«, warf Roman süffisant ein. »Genau wie dieser Brauch, einen alten Mann auf den Weg zu schicken, damit er uns eine Braut besorgt.«
»Hütet Eure Zunge, Vetter«, fuhr Anatole ihn an. »Ich dulde nicht, dass Mr. Fitzleger in meinem Hause beleidigt wird.«
»Da habt Ihr mich aber gründlich missverstanden, Cousin. Ich wollte wirklich nicht respektlos gegen den Reverend erscheinen.«
»Das will ich auch hoffen«, bemerkte Paxton. »Denn eines nicht allzu fernen Tages werdet Ihr selbst die Dienste des Brautsuchers benötigen.«
»Ach, das glaube ich eigentlich nicht, habe ich doch bereits meine eigenen Arrangements getroffen. Monsieur Rochencœur wird so freundlich sein, mir eine Braut zu finden.«
Alle starrten ihn schockiert an, und Hadrian sprang von seinem Stuhl auf.
»Zuerst kauft der Bengel Lost Land, und jetzt das! Wenn er ein Mortmain wäre, hätte er nicht schlimmer handeln können!«

Die Männer schimpften drauflos. Nur Anatole schwieg, hatte er doch das ungute Gefühl, dass Roman genau das beabsichtigt hatte.
Der Vetter lehnte sich zurück und betrachtete die allgemeine Aufregung mit einem amüsierten Lächeln.
»Ruhe!«, donnerte der Burgherr in die Runde. Alle schwiegen gehorsam, nur der französische Idiot nicht.
»Ich betreibe lediglich die allerunschuldigste Werbung«, erklärte Yves mit flatternden Händen. »Meine Patronin, la Comtesse, ist nämlich Witwe.«
»Eine ebenso hübsche wie reiche Witwe«, ergänzte Roman.
»Ihr Papa war ein englischer Lord, und sie möchte nun jemanden freien, der ebenfalls aus diesem Land kommt. So habe ich es mir in den Kopf gesetzt, Monsieur Roman und die Gräfin zusammenzubringen, um –«
»Ich habe Ruhe gesagt!«, fuhr Anatole ihn an, und diesmal verstand Rochencoeur.
»Habt Ihr jetzt endgültig den Verstand verloren?«, fragte Anatole seinen Cousin.
»Das glaube ich nicht, oder haltet Ihr es für Idiotie, wenn ein Mann nach einer Ehefrau sucht?«
»Aber, mein Junge«, warf Fitzleger ein, »wenn Ihr die Zeit für Euch gekommen glaubt, so dürft Ihr Euch gern auf meine Dienste verlassen.«
»Ohne Euch zu nahe treten zu wollen, Reverend, aber ich habe nicht so viel Vertrauen in Eure Fähigkeiten wie gewisse Mitglieder meiner Familie. Und ich möchte ganz gewiss nicht so offensichtlich an die Falsche geraten wie –«
Sein Blick wanderte langsam die Tafel hinauf und blieb an Anatole hängen.
»Wie Marius«, schloss er seinen Satz dann aber, »und mich mit einem Grab verheiraten.«
Eine grausame Bemerkung, und sichtlich getroffen entgeg-

nete der Arzt: »Der tragische Verlust meiner Braut war nicht auf Mr. Fitzlegers Wirken zurückzuführen.«
Madeline hatte sich bislang aus dem Streit herausgehalten, weil sie es für klüger hielt, sich nicht in Familieninterna einzumischen. Aber nun konnte sie sich nicht länger bezähmen.
»Was ist denn geschehen?«
»Ich habe zu lange gewartet«, antwortete Marius. »Mr. Fitzleger teilte mir in einem Schreiben mit, er habe die passende Braut für mich gefunden. Doch ich stellte mich gegenüber dem Drang meines Herzens taub, weil es mir in jenen Tagen viel wichtiger war, meine medizinischen Studien zu beenden. In meiner Arroganz war ich nämlich so vermessen, zu glauben, die ganze Welt heilen zu können.«
Ein Zug unendlicher Traurigkeit trat in seine Miene. »Als ich dann endlich in den Süden reiste, war meine Anne bereits so schwer an Typhus erkrankt, dass nichts und niemand sie mehr retten konnte. Nicht einmal ich … sie starb in meinen Armen.«
Die Gemüter beruhigten sich nach dieser Geschichte, und Madeline spürte, wie ihr die Tränen in die Augen traten. Nur Roman verzog spöttisch den Mund.
»Das geschah vor über zehn Jahren«, erklärte er. »Doch mein Vetter zieht es seitdem vor, Junggeselle zu bleiben und lieber eine Tote zu beweinen, die er kaum gekannt hat. Gemäß unseren wunderbaren Familientraditionen muss er unverheiratet bleiben, bis er in einer anderen Welt mit seiner Anne wieder vereint wird.«
»Aber das ist ja furchtbar!«, rief Madeline.
»Ja, das ist es, nicht wahr? Doch da Ihr ja eine auserwählte Braut seid, werdet Ihr sicher nur das Beste von den Fähigkeiten unseres Brautsuchers halten, oder?«
»Nun, ich … ich …«

»Ihr seid Euch sicher gewiss, dass ein magisches Schicksal Euch unter allen anderen Ladys auserwählte, um Anatoles Frau zu werden und mit ihm bis in alle Ewigkeit zusammen zu sein. Oder könnte es möglich sein, dass Ihr den einen oder anderen Zweifel an dieser Geschichte hegt?«

Madeline sank auf ihrem Sessel zusammen und wünschte, sie hätte sich beherrscht und sich weiterhin zurückgehalten. Sie stand nun im Mittelpunkt des Interesses, und niemand schien ihre Antwort dringender zu erwarten als Anatole.

Als sie einen Blick in seine Richtung warf, zuckte sie zusammen. Er war von den Familientraditionen überzeugt, vertraute dem Brautsucher voll und ganz und glaubte, seine Mutter sei nur deswegen zugrunde gegangen, weil sein Vater sich diesem alten Brauch widersetzt hatte.

Natürlich wollte sie sich nicht über die Sitten dieser Familie lustig machen und sich erst recht nicht auf Romans Seite schlagen. Doch Ehrlichkeit war ihr das oberste Gebot.

»Die Sage vom Brautsucher und die Vorstellung, dass ein Mann und eine Frau füreinander bestimmt sind, mag sich zwar recht romantisch anhören, aber nein, glauben kann ich daran nicht, widerspricht so etwas doch jeder Vernunft.«

Einmal angefangen, tat sie auch gleich ihre ganze Meinung kund: »Ich kann auch nicht einsehen, warum der arme Marius nicht bei einer anderen sein Glück finden könnte oder warum Roman versagt bleiben soll, seine reiche Gräfin zu heiraten.«

Die anderen St. Legers sahen sich bestürzt an, und Madeline glaubte jetzt, zu wissen, wie sich jemand fühlte, der vor die Inquisition geschleppt worden war.

Nur Roman lachte triumphierend.

»Ah, endlich jemand in dieser zurückgebliebenen Familie,

der die Dinge ähnlich sieht wie ich. Mr. Fitzleger hat einen Fehler gemacht. Ich hättet die meine werden sollen, teure Cousine.«

Roman erhob sein Glas in ihre Richtung, und Anatoles Augen blitzten auf. Im nächsten Moment verdrehte sich die Hand des Mannes, und der Wein spritzte in sein Gesicht. Er sprang auf und starrte Anatole wutentbrannt an.

»Verdammt sollen Ihr und Eure vermaledeiten Tricks sein. Ich würde Euch sofort zu einem Duell fordern, wenn Euch diese teuflischen Fähigkeiten nicht einen gewissen Vorteil gewährten.«

»Ich bin gern bereit, für eine gewisse Zeit auf sie zu verzichten.«

»Dann werden wir diese Angelegenheit wie Männer behandeln, wenn Ihr dafür nicht zu feige seid!«

Der Burgherr erbleichte und fuhr so rasch hoch, dass sein Stuhl umkippte, dann stürmten die beiden Kampfhähne aufeinander zu.

»Reicht Euch dies als Antwort?«, rief Anatole und schlug dem Vetter die Faust ins Gesicht.

Roman prallte gegen den Tisch, und Gläser und Geschirr flogen durch die Gegend. Madeline war entsetzt und bekam nur am Rande ihres Bewusstseins mit, wie Yves sie in Sicherheit zu bringen versuchte.

Der Geschlagene hatte die Chance genutzt und eines der Tranchiermesser von der Tafel an sich gebracht.

Die Braut schrie auf, als er sich damit auf ihren Mann stürzte. Anatole bekam das Handgelenk des Mannes zu fassen, und die Klinge verfehlte seinen Hals. Die beiden rangen miteinander und krachten gegen den Kamin. Schüreisen fielen klirrend zu Boden.

Ein paar Sekunden später hatten die anderen St. Legers sich gefasst und bemühten sich nun, die beiden Männer auseinander zu bringen. Dennoch bedurfte es der vereinten Bemühungen von Hadrian, Zane und Caleb, Anatole zurückzureißen und fest zu halten, während Marius und Frederick Roman das Messer entwanden.

»Um der Liebe Gottes Willen, Gentlemen!«, rief der Reverend. »Hört sofort damit auf, oder habt Ihr vergessen, dass eine Lady anwesend ist.«

Madeline fürchtete schon, dass Fitzlegers Worte nichts bewirken würden. Anatoles Zopf hatte sich während des Kampfs gelöst, und das lange schwarze Haar hing ihm ins Gesicht, während er darum rang, sich aus dem Griff der Männer zu befreien.

Doch dann blickte er kurz in ihre Richtung. Ein Schaudern ging durch ihn, und er entspannte sich.

Romans Messer fiel klappernd auf den Boden. Die beiden ließen ihn los, und er machte sich sofort daran, sein Haar zu richten.

Ein unangenehmes Schweigen senkte sich über den Raum, und Madelines Herz klopfte laut. Sie zitterte am ganzen Körper und verstand überhaupt nicht, was soeben hier geschehen war.

Doch dann bemerkte sie etwas, das durchaus einen Sinn ergab.

»Anatole, Euer Arm!«

Er blickte unbewegt auf seinen blutenden Ärmel. Hadrian starrte entsetzt auf die Wunde. Die anderen St. Legers zeigten sich ebenfalls zutiefst schockiert.

»Ach herrje«, rief Roman in gespieltem Entsetzen. »Jetzt habe ich es doch tatsächlich getan, das Blut eines anderen St. Legers vergossen. Damit bin ich wohl dem Untergang geweiht, was?«

»Haltet endlich den Mund!«, fuhr der Captain ihn an.

Madeline erwachte aus ihrer Erstarrung, sammelte ein

paar Servietten vom Tisch auf und rief, dass man ihr heißes Wasser bringen solle.
Dann wollte sie Anatole aus seinem Rock helfen, doch der wandte sich unwirsch ab.
»Lasst nur, das ist nichts«, murmelte er.
»Ich möchte mir die Wunde wenigstens ansehen«, beharrte sie.
»Nein, es ist genug.« Damit kehrte er ihr den Rücken zu.
»Bitte, Anatole, ich möchte doch nur –«
»Schluss. Diese Gesellschaft hat gerade ihr Ende gefunden. Ihr dürft Euch zurückziehen, Madam.«
»Aber, Mylord –«
»Geht zu Bett, Madeline!«
Sie sah ihm in die Augen, und sein harter Blick zwang sie, zurückzuweichen, so als schiebe er sie mit den Händen. Die anderen standen mit steinernen Mienen da und mieden ihren Blick. Offenbar hatte sie in den Augen dieser Männer eine unverzeihliche Sünde begangen – indem sie die hoch geachtete Tradition des Brautfinders abgelehnt hatte.
Selbst Fitzleger schien von ihr enttäuscht. Madelines Wangen brannten, und sie musste mehrmals schlucken, um nicht in Tränen auszubrechen.
Mit dem letzten Rest an Würde, der ihr verblieben war, schritt sie über das zerbrochene Geschirr. Von den Tellern und Gläsern war ebenso viel übrig geblieben wie von ihren Hoffnungen für diesen Abend: nur Scherben.

Während die Familienmitglieder sich einer nach dem anderen zurückzogen, starrte Anatole auf die ersten Regentropfen, die an die Fensterscheibe klatschten.
Roman und der Franzose verschwanden als erste. Warum auch nicht?, fragte sich der Burgherr bitter. Sein Vetter hatte das erreicht, weshalb er überhaupt gekommen war:

Anatole wieder einmal so weit zu bringen, dass er sich vergaß.
Der letzte Rest seines Ärgers verging, und er fühlte sich nur noch müde. Tiefe Scham befiel ihn, weil er sich von seinem Cousin wieder hatte provozieren lassen.
Er wünschte, die anderen würden sich beeilen, weil er ihnen nicht ins Gesicht sehen konnte. Spätestens nach dem heutigen Abend musste ihnen klar sein, dass mit seiner Ehe etwas nicht stimmte.
Madelines Worte, die Familientraditionen widersprächen jeder Vernunft, hallten in seinem Kopf wider.
Keine St.-Leger-Braut hatte so etwas jemals von sich gegeben; zumindest keine, die in den Armen ihres Gatten Liebe und Erfüllung gefunden hatte.
Anatole spürte die Sorge seiner Onkel und Cousins. Sie hätten Schulter an Schulter mit ihm gestanden, gegen jeden Feind.
Doch seine Probleme mit der auserwählten Braut verwirrten sie, und sie fühlten sich so hilflos wie er selbst. Einer nach dem anderen murmelten sie ihren Abschied, und sogar der alte Fitzleger wirkte mitgenommen und verstört.
Nur einer blieb zurück: der Verwandte, den Anatole jetzt am wenigsten sehen wollte.
»Fehlt Eurem Pferd etwas?«, fragte er Marius.
»Nein, aber ich sagte mir, ich könnte Euch vielleicht helfen.«
Der Burgherr lachte rau. »Meiner Frau muss man nicht noch einmal ins Herz schauen, oder? Sie hat sich ja ziemlich deutlich geäußert.«
»Ich meinte eigentlich meine medizinischen Fähigkeiten. Macht es mir bitte nicht so schwer, ich liebe meine besonderen Talente genauso wenig wie Ihr die Euren.«
»Ich brauche keine verdammte Untersuchung.«

»Die Entscheidung liegt natürlich ganz bei Euch, Mylord. Wenn diese Wunde sich infizieren sollte, muss man Euch den Arm vielleicht abnehmen. Aber das macht ja nichts, oder, habt Ihr doch immer noch den anderen Arm. Und ich wage zu behaupten, dass Ihr nach einer Weile genauso gut mit der Linken reiten und schießen könnt wie vorher mit der Rechten.«
»Also gut, verflucht noch mal, dann untersucht mich. Anders werde ich Euch ja wohl doch nicht mehr los.«
Er befreite sich aus seinem Rock und krempelte den Hemdsärmel hoch. Dabei riss die Wunde wieder auf, und neues Blut quoll hervor.
Ein sauberer Schnitt am Unterarm. Dennoch runzelte der Arzt die Stirn, während er das Blut mit einem Tuch wegwischte.
»Man wird die Wunde nicht nähen müssen. Aber sie sieht dennoch hässlich aus. Roman wird einige Fragen beantworten müssen.«
»Ich war auch nicht ganz unschuldig daran«, gestand Anatole widerwillig ein. »Ein dummer Trick, ihn sich selbst mit dem Wein bespritzen zu lassen. Niemals hätte ich so sehr die Beherrschung verlieren dürfen.«
»Ich hatte allerdings den Eindruck, dass Ihr Euch bewundernswert im Griff hattet«, entgegnete Marius, während er in seiner Arzttasche suchte und schließlich eine selbst hergestellte Salbe herausholte.
Anatole zuckte zusammen, als die Salbe aufgetragen wurde. Marius lächelte kurz bedauernd, und in diesem Moment verspürte der Burgherr ein besonderes Band zwischen sich und dem Vetter, der ihm früher immer ein wenig unheimlich gewesen war.
Doch dieses angenehme Gefühl währte nicht lange, denn zu offensichtlich waren die Anzeichen, in welchem Desas-

ter diese Familienzusammenkunft geendet war. Umgeworfene Stühle, zerschmettertes Geschirr und Blut- und Weinflecke auf dem Aubusson-Teppich, der noch von seiner Mutter stammte.
Anatole seufzte tief, als der Arzt ihm einen Verband anlegte. Düstere Gedanken befielen ihn, und darin spielte stets Madeline eine Rolle. Wie ernsthaft sie verkündet hatte, dass sie nicht an die ewige Liebe glauben könne. Seine letzte Hoffnung, es möge doch noch alles zwischen ihnen anders kommen, war damit zerstört worden.
Und wie verletzt sie ausgesehen hatte, als er sie fortschickte.
Alle Fortschritte, die er während der vergangenen Woche bei ihr gemacht hatte, waren am Ende dieses Abends zunichte gemacht worden. Seine Braut hatte sich in ihrer schlechten Meinung über ihn bestätigt fühlen müssen. Er war nicht zivilisiert, und man durfte ihn nicht auf die Menschheit loslassen.
Marius hielt in seiner Arbeit inne und sah ihn an. »Ich glaube, Ihr solltet schleunigst vergessen, was hier vorgefallen ist, und mit Eurer Lady Frieden schließen. Geht hinauf in ihr Gemach.«
Anatole riss den Arm fort, als habe der Arzt ihn gestochen. »Ich dachte, Ihr hättet gesagt, es bereite Euch keine Freude, Euch Eurer Fähigkeiten zu bedienen.«
»Das stimmt. Aber wenn jemand so starke Gefühle hat wie Ihr im Moment, dringen sie wie Gebrüll in meine Ohren, ob ich sie nun hören will oder nicht.«
Er blickte den Burgherrn ernst an. »Anatole, ich weiß nicht, welcher falsch verstandene Stolz Euch davon abhält, zu Eurer Braut zu gehen.«
»Ihr seid nicht gerade der Mann, der einem Gatten gute Ratschläge geben sollte.«

Eine grausame Bemerkung, würdig eines Roman, und Anatole bereute sie sofort.
Marius blickte noch trauriger drein, entgegnete aber: »Im Gegenteil, ich bin bestens qualifiziert, Euch so etwas zu sagen. Begeht nicht denselben Fehler wie ich. Begebt Euch zu Eurer Braut, bevor es zu spät ist.«
Der Arzt klang unendlich traurig und packte rasch seine Tasche zusammen. Anatole musste den Blick abwenden, weil er das Leid seines Verwandten nicht ertragen konnte. Mochten die St. Legers sich auch noch so sehr auf den Brautsucher verlassen, ein glückliches Ende war ihnen nicht automatisch beschieden.
Marius runzelte die Stirn, ein sicheres Anzeichen dafür, dass er noch etwas auf dem Herzen hatte. »Ich weiß, Ihr wollt meinen Rat nicht unbedingt, Cousin, aber es gibt da etwas, das ich Euch sagen muss.«
Anatole wartete mit grimmiger Miene und befürchtete schon, noch weitere Lektionen über Madeline zu hören zu bekommen.
Doch der Arzt sagte: »Es geht um Roman. Seine Gedanken sind unglaublich kompliziert. Ich konnte eindeutig seinen Wunsch empfangen, die Witwe zu heiraten, und auch mit dem Kauf von Lost Land scheint es ihm ernst zu sein. Aber was er mit all dem bezweckt und was er sonst noch vorhaben mag, bleibt mir leider ein Rätsel.«
»Dann habt Ihr also in ihm gelesen?«
»Ich habe es versucht, konnte aber nicht tief genug in ihn eindringen. Wenn man in sein Herz gelangt, glaubt man, sich in einem Labyrinth wieder zu finden. Roman ist äußerst geschickt darin, seine Gefühle und Beweggründe zu tarnen; manchmal frage ich mich, wie er selbst sich da noch zurecht findet. Er war eben immer etwas anders als der Rest von uns.«

»Ja«, stimmte Anatole zu. »Wenn meine Tante nicht eine so tugendhafte Frau gewesen wäre, würde ich fast glauben, Roman sei nicht nur vom Charakter, sondern auch von Geburt ein Bastard.«

»Aber das ist ausgeschlossen. St.-Leger-Frauen sind ihren Männern niemals untreu.«

Wirklich niemals? fragte sich der Burgherr.

»Wir alle wissen, dass hin und wieder ein St. Leger ohne eine unserer besonderen Fähigkeiten geboren wird. Bei Roman ist das offensichtlich der Fall, nicht mehr und nicht weniger.«

»Der Narr sollte froh sein, davon verschont geblieben zu sein.«

»Doch das war er nie«, schüttelte der Arzt den Kopf. »Er war immer bitter eifersüchtig auf Euch.«

»Auf mich?«

»Ja, auf Eure Macht, Eure Position als Familienoberhaupt, Euren Besitz ... vor allem im Hinblick darauf, wie wenig er geerbt hat.«

»Worauf wollt Ihr hinaus, Marius? Soll ich für den Elenden auch noch Mitleid empfinden?«

»Nein. Ich will damit nur sagen, dass nichts die Seele eines Menschen schneller und gründlicher zerfressen kann als der Neid. Damit wird er zu einer großen Gefahr für seine Umgebung. Und ich fürchte, mit Roman steht es schon so schlimm, dass alle Heilung zu spät kommt. Seid auf der Hut vor ihm, Anatole.«

14

Sie bekam kein Auge zu.
Noch lange, nachdem Madeline sich in ihr Zimmer begeben hatte, saß sie in ihrem Nachthemd vor dem Spiegel, bürstete sich lustlos das Haar und lauschte angestrengt auf Schritte oder eine sich öffnende Tür. Gleich, auf welches Geräusch, wenn es ihr nur anzeigte, dass Anatole nach oben gekommen war.
Doch sie vernahm wenig anderes als das Unwetter draußen. Man könnte glauben, das Land selbst erhebe sich gegen die unselige Frau, die es gewagt hatte, die Sagen und Traditionen dieses Landes als nichtig abzutun.
Nach einer Weile erhob sie sich, stellte sich ans Fenster und zog die Vorhänge zurück. Wenn sie durch ihre unglücklichen Worte einen Fluch auf sich geladen hatte, sollte jetzt ein Blitz einschlagen und sie treffen.
Denn das konnte kaum schlimmer sein als das, was Madeline vorhin unten durchgemacht hatte – von der Familie offen abgelehnt und von Anatole wie ein unartiges Mädchen aufs Zimmer geschickt zu werden.
Sie forderte ihr Schicksal heraus, doch nicht einmal Blitz und Donner, die auf der Erde und am Firmament tobten, schienen etwas von ihr wissen zu wollen.
Gab es eigentlich irgendwann mal kein Unwetter über diesem Teil von Cornwall? Madeline beneidete die St. Legers wahrhaftig nicht, die durch diese Nacht nach Hause reisen

mussten. Die meisten von ihnen dürften längst aufgebrochen sein, es sei denn, die Onkel saßen jetzt mit Anatole zusammen, um gemeinsam über seine unglückliche Ehe zu beraten.
Sie bedauerte es zutiefst, dass die St. Legers, die sie anfangs so freundlich und warmherzig aufgenommen hatten, inzwischen ganz anders über sie dachten. Am schlimmsten von allem war jedoch Anatoles Blick gewesen, als er sie verstoßen hatte.
Und das nur, weil sie so töricht gewesen war, Roman Recht zu geben. Aber was hätte sie denn sonst antworten sollen?
Wie hatte Zane es noch ausgedrückt? Zwei Herzen fänden in einem Moment zueinander und seien dann für alle Ewigkeit vereint. Ein wunderbarer, romantischer Spruch, aber Anatole musste doch genauso klar sein wie ihr, dass ihre Ehe alles andere als glücklich und leidenschaftlich war und das wohl auch nie werden würde.
Madeline wusste nicht, was die St. Legers von ihr hatten hören wollen, aber sie ahnte, dass sie Anatole sehr enttäuscht hatte. Und das nicht zum ersten Mal. Seit sie sich vermählt hatten, hatte sie dem Mann nur Ungemach bereitet und so gar nichts von dem an den Tag gelegt, was von einer St.-Leger-Braut erwartet wurde.
Sie lehnte die Stirn ans Fensterglas, als die Verzweiflung in ihr kaum noch zu überwinden schien. Aber die junge Frau zwang sich tapfer, nicht zu weinen. Die Welt war bereits nass genug, auch ohne dass sie auch noch dazu beitrug.
Wenn sie schon die Leere ihres Bettes nicht ertragen konnte, würde sie doch wohl etwas Vernünftigeres mit sich anfangen können, als die Fensterscheibe vollzuheulen und darüber Kopfschmerzen zu bekommen.

Also fing Madeline an, die Kleider zusammenzuräumen, die sie beim Entkleiden durch das ganze Zimmer geschleudert hatte.
Sie hatte sich gar nicht erst die Mühe gemacht, nach Bess zu schicken, die als ihre Zofe ausgebildet wurde. Das Mädchen stellte sich zwar nicht ungeschickt an, hatte aber eine so negative Ausstrahlung, dass es Madeline manchmal einfach zu viel mit ihr wurde.
Als sie versuchte, das grüne Abendkleid in den vollen Schrank zurückzuhängen, stieß sie in ihrer Nervosität mehrere Bänderschachteln um und prallte auch noch gegen etwas Hartes und Großes, das ihr prompt entgegenkippte. Hastig sprang sie zurück, ehe der Gegenstand ihr auf die Zehen fallen konnte.
Das St.-Leger-Schwert mitsamt Scheide und Kristall am Knauf.
Nachdem Anatole ihr die Klinge überreicht hatte, hatte sie nicht so recht gewusst, was sie mit dem verwünschten Ding anfangen sollte. Zwischen die Sonnenschirme stellen; oder unter die Unterröcke legen? Irgendwie war das Schwert ihr ständig im Weg.
Madeline bückte sich, hob es vorsichtig auf und zog die Klinge heraus. Das Kerzenlicht spiegelte sich auf dem blanken Stahl, dem goldenen Griff und dem funkelnden Kristall wider.
Sie erinnerte sich wehmütig, wie verlegen Anatole gewirkt hatte, als er sich am Hochzeitstag vor sie gekniet und ihr das Schwert übergeben hatte.
Vielleicht war es ihm einfach nicht möglich gewesen, ihr zusammen mit der Klinge auch sein Herz und seine Seele zu schenken; aber sie erkannte, dass er ihr mit dem Schwert noch etwas anderes vermacht hatte – seinen Stolz.

Und über den war sie heute Abend hinweggetrampelt.
Aber sie hatte nie um eine solche Gabe gebeten. Madeline hatte sich doch nie mehr gewünscht als ein einfaches Leben auf dem Lande, einen gelehrten Ehemann, eine wohl gefüllte Bibliothek und eine große Schar Kinder.
Nach Sagen, Spukschlössern und traditionsschweren Schwertern hatte es sie hingegen nie verlangt. Eine solche Waffe war ein merkwürdiges Geschenk für eine Ehefrau, erst recht für eine, deren Herz beim Anblick von Uniformen oder Rittern in schimmernder Rüstung nie schneller geschlagen hatte.
Dennoch musste sie zugeben, dass dieses Schwert seine eigene Schönheit besaß. Madeline betrachtete die Waffe von allen Seiten, studierte die künstlerische Schmiedearbeit am Griff und bewunderte den Kristall mit seiner einzigartigen Klarheit.
Wenn man in ihn hineinschaute, konnte man leicht Poesie und Buchwissen vergessen und stattdessen von Kriegern träumen. Von einem Fürsten aus alter Zeit, der seinen sehnigen Arm um die junge Maid legte und sie vor sich auf seinen feurigen Hengst setzte …
Wie ein Sturmwind ritten sie vorbei an See und Gestade, an Klippen und Hügeln, bis sie in einer Heidelandschaft anhielten. Er sank mit ihr zwischen den süß duftenden Blumen nieder und zeigte ihr seine Wildheit und Magie …
Die Vision ließ sie in Schweiß ausbrechen und erzeugte tief in ihr eine unbezähmbare Hitze. Sie hörte kaum das Klopfen an der Tür.
»Madeline?«
Anatole sprach leise, aber seine Stimme fuhr wie ein Schwert durch ihre Gedanken. Sie riss den Blick von dem Kristall und schien wie aus einer Trance zu erwachen.
»Madeline, seid Ihr schon zu Bett?«

»Nein«, antwortete sie und hätte beinahe die Klinge fallen lassen. Hastig schob sie das Schwert in die Scheide zurück, verstaute diese im Schrank und fühlte sich wie ein ertapptes Kind.

Kaum war die Waffe wieder im Schrank, öffnete sich auch schon die Verbindungstür.

Ein Teil von ihr war immer noch wütend auf ihn, weil er sie so ungnädig fortgeschickt hatte, trotzdem freute es sie, ihn wohlauf zu sehen. Er hatte das Hemd gewechselt, und unter dem Leinenärmel lugte ein Verband hervor.

»Darf ich eintreten?« Das Haar hatte er sich nicht wieder zu einem Zopf gebunden, und die alte Dunkelheit stand in seinen Augen.

Madeline nickte verwundert darüber, dass er überhaupt fragte.

Er kam herein, und sie verschränkte die Arme vor der Brust, weil sie nicht wusste, was jetzt folgen würde. Seinen Zorn schien Anatole überwunden zu haben, aber da war etwas anderes, das ihm keine Ruhe ließ.

»Geht es Euch gut? Ich hoffe, ich habe Euch nicht geweckt.«

»Nein.«

»Aber ich habe mehrmals angeklopft.«

»Ich war … beschäftigt.« Mit einem Schwert und törichten Phantasien darüber, wie er sie mitten in der freien Natur liebte.

»Warum seid Ihr gekommen?«, fragte sie ihn. »Vielleicht, um festzustellen, ob ich Eurem Befehl Folge geleistet habe und artig zu Bett gegangen bin?«

»Nein, ich dachte nur, Ihr könntet etwas bekümmert sein … wegen des Tumults vorhin unten.«

Deswegen war er also nervös? Weil er befürchtete, sie könne hier oben in Tränen aufgelöst sitzen?

»Warum sollte ich betrübt sein? Vermutlich gehört es ja zu den Bräuchen in Cornwall, dass die Männer nach dem Essen aufeinander losgehen.«
»Tut mir Leid, das wird nie wieder geschehen. Roman kommt mir nicht mehr über die Schwelle von Castle Leger.«
Seine Worte lösten ein Zittern in ihr aus. Sie erinnerte sich noch zu gut an den mörderischen Ausdruck in Romans Augen, als er sich mit dem Messer auf Anatole gestürzt hatte. Aus einem fairen Kampf würde sicher ihr Gemahl als Sieger hervorgehen, allerdings schien Roman grausam genug zu sein, um auch vor unfairen Tricks nicht zurückzuschrecken.
»Habt Ihr also den Streit mit Eurem Vetter beilegen können?«
»Bei Gott, nein. Nach diesem Vorfall wird es zwischen uns wohl keine Verständigung mehr geben.«
»Ich bin von dem Ganzen immer noch ziemlich verwirrt. Hatte Roman vielleicht einfach zu viel getrunken. Es kam mir schon sehr eigenartig vor, als er sich den Wein ins Gesicht schüttete.«
»Nein, er war nicht betrunken. Die Feindschaft zwischen uns hat schon immer bestanden. Seit dem Tag unserer Geburt.«
»Aber warum denn?«
»Das ist jetzt nicht wichtig.«
»Ich möchte es aber gern verstehen können.«
Sie trat zu ihm und legte ihm eine Hand auf den Arm. »Erzählt es mir doch bitte.«
So viel Furcht trat in seinen Blick, dass sie ihm am liebsten über die Wange gestreichelt hätte. Madeline spürte, dass er ihr dringend etwas mitteilen wollte, das weit über das Problem mit Roman hinausging.

Doch er senkte den Blick und entfernte sich einen Schritt von ihr.
»Ich möchte heute Abend nicht über meinen Cousin reden. Ein anderes Mal vielleicht.«
»Wann? In einem Jahr und einem Tag?«
»Alles, was Ihr wissen müsst, ist, dass Ihr Roman niemals empfangen oder mit ihm sprechen dürft.«
Natürlich wollte Madeline protestieren, aber sie kannte seinen Gesichtsausdruck und das vorgeschobene Kinn zu gut.
»Habt Ihr verstanden?«, drängte er, als sie keine Antwort gab.
»Ja«, seufzte die junge Frau, weil sie erkannte, dass es jetzt wenig Sinn haben würde, den Finger auf eine viel schmerzlichere Wunde zu legen, nämlich die Kluft, die sich zwischen ihnen aufgetan hatte … und ihr Verhalten heute Abend, mit dem sie die ganze Familie gegen sich aufgebracht und Anatoles Stolz verletzt hatte.
Er würde ihr das niemals zugeben, fraß er doch lieber alles Unangenehme in sich hinein. Traurigkeit befiel sie, als sie sah, wie er steif zur Tür schritt.
Wie könnte sie je die Distanz zu ihm überwinden, wenn er sich so hartnäckig sträubte, sie an sich heranzulassen?
Und warum blieb er an der Tür stehen?
Als sie es nicht mehr aushalten konnte, fragte sie: »Hattet Ihr sonst noch etwas auf dem Herzen, Mylord?«
»Ja.«
»Und was?«
»Ich will Euch!«
Madeline stockte der Atem. Niemals hätte sie damit gerechnet, auch wenn es zu ihm passte, so direkt zu sein. Die drei Worte fuhren wie ein Blitz durch sie.
»Ihr … Ihr meint, Ihr wollt *das* noch einmal?«, fragte sie, um

ganz sicher zu gehen, dass sie ihn nicht falsch verstanden hatte.
Doch seine Miene gab eine eindeutige Antwort, als er zu ihr zurückkehrte.
»Ich will Euch diesmal keine Schmerzen bereiten, Madeline. Das schwöre ich, Ihr müsst Euch nicht fürchten.«
Ihr Herz klopfte schneller, doch nicht vor Angst. Wie lange wartete sie schon darauf, dass Anatole in ihr Bett zurückkehrte? Nur hätte sie gerade in einer Nacht wie dieser niemals damit gerechnet.
Als er ihr die Arme um die Hüften schlang, legte sie ihre Hände an seine breite Brust.
»Aber … aber warum wollt Ihr mich jetzt lieben?«, fragte sie, während seine Lippen und sein heißer Atem über ihre Schläfen strichen.
»Weil Ihr meine Frau seid.«
»Ja gut, aber warum gerade jetzt?«
»Bei der Liebe Gottes, Madeline, müsst Ihr denn für alles eine Erklärung haben? Keine Fragen mehr, ja, nicht heute Nacht.«
Er verschloss ihr rasch mit seinen Lippen den Mund. Und tatsächlich ließ der Hunger seines Kusses sie nicht ungerührt.
So viel Zeit war vergangen, seit Anatole sie auf diese Weise geküsst hatte, direkt auf den Mund. Er presste sie an sich, so dass sie seinen mächtigen Körper spürte und die Hitze, die rohe Energie, die durch seine Adern gepumpt wurde. Ihr Körper reagierte darauf in einer Weise, die sie nicht kontrollieren konnte.
Wenn sie sich doch nur dem Zauber dieser Berührung und ihrer entflammten Leidenschaft hätte hingeben können. Aber nein, sie musste sich weiterhin Fragen stellen.
Was hatte Anatole in ihre Arme zurückgeführt? Vielleicht

die Prahlereien der anderen St. Legers über die Begierde, welche sie in ihren Frauen hatten erwecken können?
Oder hielt er es lediglich für seine Pflicht, mit ihr ins Bett zu gehen? Genau so, wie er ihr das Schwert hatte überreichen müssen?
Madeline brach den Kuss ab und öffnete die Augen, um in seiner Miene Antworten zu finden. Doch zu ihrem Erstaunen herrschte in der Kammer Dunkelheit. Irgendwann während der Vereinigung ihrer Lippen musste die Kerze ausgegangen sein.
In dem wenigen Licht, das die glühenden Holzscheite verbreiteten, waren seine Züge nur zu erahnen.
Anatole hielt sie immer noch in den Armen und atmete heiß in ihr Haar. Dabei ging er mit der größten Vorsicht vor, lag sie doch so leicht und verletzlich in seinen Armen, dass er befürchtete, sie zu zerdrücken.
Er spürte ihre Hingabe, doch die war nicht absolut. Irgendetwas sträubte sich in ihr.
Madeline wollte ihn noch immer nicht in ihrem Bett haben, und eigentlich hatte er heute Nacht auch gar nicht vorgehabt, sie zur Liebe zu zwingen.
Anatole war nur heraufgekommen, um sich bei ihr zu entschuldigen. Doch der Anblick ihrer weiblichen Rundungen und das Schimmern ihres Haars hatten andere Wünsche in ihm geweckt.
Diese Frau stellte in einer Welt der Stürme und des Wahnsinns in seiner Familie alles dar, was schön und ruhig war.
Bei Gott, er wollte sie wirklich, nicht erst seit Marius' Warnung.
Er nahm ihr Gesicht zwischen seine Hände und bedeckte ihre Züge mit Küssen, die sowohl seiner Leidenschaft wie seiner Verzweiflung entsprangen.
Verdammt, er war ein St. Leger und sie seine auserwählte

Frau. Er würde sie schon dazu bringen, vor Verlangen nach ihm zu beben.
Anatole hob sie hoch, trug sie zum Bett und legte sie hin. Als er sich das Hemd auszog, zuckte draußen ein Blitz über den Himmel, und in diesem kurzen Moment sah er ihre weit aufgerissenen Augen.
Der Burgherr fluchte unhörbar. Beinahe hätte er die gleichen Fehler begangen wie in der Hochzeitsnacht und sie mit seiner Blöße erschreckt, um dann über sie herzufallen. Nach seinem schlechten Benehmen am Abend konnte er sich wenigstens jetzt in ihrem Bett um zivilisiertes Verhalten bemühen. Seine Glieder brannten vor unterdrückter Begierde, aber er biss die Zähne zusammen, bis er einiges an Beherrschung zurückgewonnen hatte. So nahm er die Kleider nicht ab und legte sich vorsichtig neben seine Braut.
Seine Rechte berührte ihr Gesicht mit zitternden Fingern. Madeline lag stumm und verkrampft da. Hatte sein erster Ansturm ihr noch den Atem geraubt, konnte sie jetzt nicht verstehen, warum er so zögerlich weiter machte. Sie streckte ebenfalls die Hände aus und berührte ihn. Verwirrt spürten ihre Finger grobes Leinen statt warmer, glatter Haut.
Und hatte er denn nicht vor, sie von ihrem Nachthemd zu befreien? Warum behielt er seine eigenen Sachen an? Der Mann hatte ja nicht einmal seine Stiefel ausgezogen.
Sie wollte ihn schon bitten, wenigstens die Kerze anzuzünden, doch sie erinnerte sich rechtzeitig an seine eiserne Regel: Während der Liebe durfte nicht gesprochen werden.
Als Anatole sie ein weiteres Mal züchtig küsste, seufzte sie frustriert und schalt sich die unvernünftigste Frau auf der ganzen Welt. Das hatte sie sich doch immer gewünscht,

oder? Einen Gentleman-Lover voller Rücksicht und Sanftheit.
Warum nur kehrten ihre Gedanken immer wieder zu der Vision zurück, die der Schwertkristall ihr beschert hatte? Zu dem Anatole, der mit ihr über das Land ritt und sie mit solcher Leidenschaft hielt, dass es ihr alle Vernunft und Fragen nahm …
Seinen Küssen schien etwas Wesentliches zu fehlen. Sie verlockten und verhießen nur, zuckten aber vor der Erfüllung zurück.
Madeline wusste, dass sie in diesen Dingen keine Expertin war, dennoch spürte selbst sie, dass hier etwas nicht stimmte.
Endlich schob er ihr Nachthemd hoch und seine Hose herunter, damit ihre Körper sich vereinen konnten. Als er jetzt in sie eindrang, spürte sie keinen Schmerz, nur ihr Herz klopfte wie rasend. Aber sie fragte sich, wie ein Mann solche Intimität bei einer Frau suchen und sich gleichzeitig so sehr vor ihr zurückhalten konnte.
Als Anatole fertig war, liefen ihr die Tränen aus den Augen. Er brach neben ihr zusammen, und sein muskulöser Körper zitterte von der gerade vollbrachten Anstrengung.
Madeline wischte sich die Tränen fort und ärgerte sich darüber. Anatole hatte ihr nicht wehgetan und war so behutsam vorgegangen, als bestünde sie aus feinstem Porzellan. Was war bloß los mit ihr?
In diesem Moment begrüßte sie die Dunkelheit in ihrem Schlafgemach, vor allem, als Anatole sich neben ihr auf den Ellenbogen stützte.
»Hat es Euch dieses Mal besser gefallen?«, fragte er keuchend.
»Ja.« Zum ersten Mal in ihrem Leben gelang es ihr zu lügen.

»Und …« drängte er, doch sie wusste nicht so recht, was er von ihr hören wollte.
»Es war sehr … angenehm.«
»Angenehm?«
Seine Finger erreichten ihr Gesicht, um sie zu streicheln, zuckten aber zurück, als sie die Tränen spürten.
»Wenn es so verdammt angenehm für Euch war, warum weint Ihr dann?«
»Das weiß ich selbst nicht.«
»Habe ich Euch doch wehgetan?«
»Nein, ich … ich habe nur das Gefühl, dass irgendetwas nicht richtig läuft.«
»Meinst du in der Art, wie ich dich liebe?«
Madeline spürte, dass sie sich auf gefährlichem Terrain bewegte, doch sie hatte den Weg schon zu weit beschritten, um jetzt noch umkehren zu können.
»Ich glaube, dass etwas mehr an dieser Sache sein muss, als nur zwei Menschen, die in der Dunkelheit schweigend nebeneinander liegen und sich kaum berühren …«
Sie sprach nicht weiter, weil ihr klar war, dass sie alles mit jedem Wort nur noch schlimmer machte. Eine bedrohliche Stille senkte sich über die Kammer. Selbst das Unwetter schien den Atem anzuhalten.
Anatole fluchte wie nie zuvor, sprang geradezu fluchtartig aus dem Bett und riss sich die Hose hoch.
»Anatole, es tut mir Leid …« Er stürmte schon aus dem Zimmer und hatte sie wahrscheinlich gar nicht mehr gehört.
Stöhnend lag sie da. Sollte sie ihm hinterherlaufen und ihm alles zu erklären versuchen? Oder auf ihr Kissen einschlagen? Oder so lange weinen, bis ihre Augen leer waren?
Was stimmte bloß nicht mit ihr? So viele Nächte hatte sie

sehnsüchtig darauf gewartet, dass er zu ihr käme, und als er dann da war, hatte sie nichts Besseres zu tun gehabt, als ihn gleich wieder zu vertreiben.

Und er hatte sich doch solche Mühe gegeben, sanft und rücksichtsvoll zu sein. Was konnte sie denn noch mehr verlangen?

Die Leidenschaft, welche die St.-Leger-Männer in ihren Frauen zu erwecken verstehen, flüsterte eine Stimme in ihrem Kopf.

Madeline presste das Kissen an sich und erschrak fürchterlich über diese Gedanken. Nein, nie und nimmer würde sie sich an die verdammten St.-Leger-Sagen klammern.

Sie zog sich die Decke über den Kopf, um alle unerwünschten unvernünftigen Gedanken auszusperren. Über eines gewann sie allerdings Gewissheit.

Die Zurückhaltung war nicht Anatoles Art, mit einer Frau zusammenzuliegen. Madeline hatte genug Feuer in seinen Augen erblickt, um zu wissen, dass viel mehr in ihm steckte und nur darauf wartete, von der richtigen Frau geweckt zu werden.

Doch war sie offensichtlich nicht diese Richtige.

Die Türen flogen vor ihm auf, und Anatole brauchte nicht mehr dazu zu tun, als einen kurzen Blick auf sie zu werfen. Fast hätte er glauben können, Castle Leger selbst habe begriffen, dass es ihm heute Nacht möglichst nicht in die Quere kommen sollte.

Anatoles Stiefel knallten über die Steinböden, während er in Richtung alte Burg stampfte. Die letzte Barriere tat sich vor ihm auf, er legte die Finger an die Stirn, und Schloss und Riegel fuhren zurück. Anatoles Kopf schmerzte von der Anstrengung, aber dieses Pochen war nichts verglichen mit dem Schmerz in seiner Seele.

Draußen wütete immer noch der Sturm, aber Anatole hörte nur das, was in seinem Kopf widerhallte.
Ich glaube, dass etwas mehr an dieser Sache sein muss ...
Was denn noch? Er hatte sie mit aller Rücksicht und Zartheit behandelt, zu der er in der Lage war, und sich selbst so stark zurückgehalten, bis er es kaum noch ertragen konnte.
Verdammt, was verlangte diese Frau noch?
Er biss die Zähne zusammen, während er die alte Halle betrat und die Fackel in den Wandhalter steckte.
Die Porträts seiner Vorfahren starrten unbewegt auf ihn herab. Prospero der Zauberer, Deidre die Heilerin, Simon der Gestaltwandler ... bis hin zu Grayson dem Allesseher. Und eines Tages würde hier ein weiteres Bild angebracht. Anatole, der nicht wusste, wie er seine Frau lieben musste.
Er stampfte weiter, warf Stühle um, versetzte dem Bankettisch einen derben Stoß und schlug mit der bloßen Faust gegen Wände.
Als die Frustration in ihm verraucht war, blieb nur noch kalte Verzweiflung übrig. Er stellte einen Stuhl wieder gerade hin und ließ sich darauf nieder.
Nur ein Gutes hatte dieser Abend gebracht. So zahm, wie er Madeline beigelegen hatte, konnte unmöglich ein Kind daraus entstehen. Das erfüllte ihn mit Befriedigung, wollte er doch niemals einen St. Leger zeugen, der genauso verflucht aufwachsen müsste wie er selbst.
Bei Gott, er hatte alles getan, um Madelines Herz zu gewinnen, war geduldig, rücksichtsvoll und ungeheuer beherrscht. Sogar zu dieser verwünschten Gesellschaft mit der Familie hatte er sich überreden lassen.
Und als er sich später alle Mühe gegeben hatte, Madeline sanft zu lieben, hatte er sie damit nur zum Weinen gebracht.
Er sank im Sessel zusammen und raufte sich das Haar. Viel-

leicht hatten Roman und sie ja Recht, und die Sage von der auserwählten Braut war nichts als ein einziger Humbug.
Auch möglich, dass Fitzleger zum ersten Mal einen Fehler begangen hatte.
Doch was spielte das jetzt noch für eine Rolle ...
Sein Blick wanderte zum hinteren Ende der Halle. Dort in den Schatten befand sich die Tür zum verbotensten Teil von Castle Leger.
Zu Prosperos Turm.
Anatoles Geist zuckte davor zurück. Nein. Er hatte sein Leben damit verbracht, gegen die Fremdartigkeit seines Erbes anzukämpfen. Und er wollte verdammt sein, wenn er sie jetzt suchte.
Doch dann erhob er sich tatsächlich und setzte sich dorthin in Bewegung; denn er hatte diesen Teil der Anlage nicht ohne Grund aufgesucht.
Verzweifelte Männer suchen auch nach der dunkelsten Lösung.
Wenn eine Frau ins Leben eines Mannes trat, verlor Vernunft alle Bedeutung.
Anatole schob den Wandvorhang beiseite, auf dem der St.-Leger-Drache zu sehen war, wie er über einem Dorf lag. Dahinter befand sich die Tür.
Der Knauf ließ sich zu leicht herumdrehen, und schon fiel der Fackelschein auf eine gewundene Treppe, die bis in die Nacht selbst hinaufzuführen schien.
Er bestieg die steinernen Stufen und erwartete jeden Moment, von Prosperos Eishauch getroffen zu werden. Kein St. Leger vor ihm hatte je gewagt, diesen Turm zu betreten.
Während er hinaufstieg, kamen ihm all die Geschichten wieder in den Sinn, die man sich über den Ahnherrn erzählte. Sein Schlafgemach sollte unter einem besonderen Zauber liegen, der bewirkte, dass sich nie etwas in ihm ver-

änderte. Die Kriege, Unruhen, Naturkatastrophen und Generationen der Mortmains in den vergangenen Jahrhunderten hatten dem Raum nichts anhaben können.
Anatole hatte nie daran geglaubt – bis jetzt, als er das oberste Zimmer des Turms erreichte. Vollkommene Ruhe herrschte hier, so als könne nicht einmal das Gewitter draußen den Raum erreichen.
Das breite Bett mit den Brokatvorhängen, der zierliche hölzerne Sekretär, das Buchregal mit den dickleibigen Bänden – alles wirkte so, wie Prospero es zurückgelassen hatte an dem Tag, als er mit dem gewohnten zynischen Lächeln auf den Lippen der eigenen Hinrichtung entgegengeritten war.
Ehrfurcht befiel Anatole, als er über den Bettpfosten strich, an dem sich eigenartigerweise weder Staub noch Spinnweben entdecken ließen. Es hieß, der Ahnherr habe das Bett selbst aus dem Holz eines Druidenbaums gebaut.
Hatte er damit die Herzen der Damen gewonnen und sie umso leichter verführt?
Welches Geheimnis verbarg der alte Teufel? Versteckte es sich vielleicht in einem seiner Bücher? Anatole warf einen vorsichtigen Blick über die Schulter, doch die Fackel flackerte nicht, um Prosperos Erscheinen anzuzeigen.
Anatole fasste Mut und steckte die Fackel in die Wandhalterung. Dann trat er an das Regal und überflog die Titel: uralte Manuskripte, mystische Schriften, kurzum alles, was mit Alchimie oder der Schwarzen Magie zu tun hatte.
Er zog einen Band nach dem anderen heraus und spürte die dunklen Geheimnisse, die darin enthalten waren. Doch waren die Texte in Französisch, Italienisch, Arabisch und anderen Sprachen verfasst, die Anatole nicht verstand.
»Verflucht«, murmelte er, »gibt es denn hier nicht wenigs-

tens einen Band, der im guten alten Englisch geschrieben ist?«
Er öffnete das letzte Buch, um nur auf Zeichen und Lettern zu starren, die ihm absolut fremd waren.
Frustriert sah er sich in der Kammer um: »Also gut, alter Satansbraten, wo steckt Ihr. Ihr wart stets rasch zur Stelle, wenn ich Euch nicht gebrauchen konnte.«
Sein Ruf löste nicht mehr als ein leises Rascheln der Bettvorhänge aus. Er eilte dorthin und riss sie auf.
Nichts.
Doch dann spürte er etwas. Sein Nacken prickelte, und er wusste, dass er nicht mehr allein war.
»Zeigt Euch!«
Diesmal ratterte der Bettpfosten.
»Verdammt, Prospero, kommt hervor aus den Tiefen der Hölle, in die es Euch verschlagen –«
Ein warnendes Grollen erfüllte die Luft, und ein Luftstoß schlug ihn wie eine Faust in den Magen. Anatole prallte gegen eine Wand, und ein blendendes Licht entstand vor ihm. Im nächsten Moment zeigte sich Prospero in all seiner Pracht. Ein scharlachroter Umhang hing von einer Schulter, und eine reich bestickte Tunika bedeckte seinen Leib. Nicht der bleiche Geist, als der er sich sonst zu manifestieren pflegte, sondern in strahlender Helligkeit und mit sauber getrimmtem, schwarzem Bart.
So real er auch erscheinen mochte, Anatole wusste, dass dieser Prospero nur Illusion war. In den wilderen Tagen seiner Jugend hatte er sich einmal dazu verleiten lassen, seinen höchst irritierenden Ahn zu schlagen. Zu Prosperos großer Erheiterung hatte seine Faust nur Wand getroffen. Doch der Geist schien zur Zeit alles andere als amüsiert zu sein. Nicht oft musste er sich jemandem zeigen, und das Missvergnügen war ihm deutlich anzusehen.

»Was, bei allen Göttern, wollt Ihr von mir, Bube?«
Anatole richtete sich rasch auf, als er begriff, dass er immer noch an der Wand lag, an die Prospero ihn geschleudert hatte.
»Ich ... ich benötige Eure Hilfe.«
»Ach, wirklich? Neulich schient Ihr meiner Hilfe nicht so sehr bedurft zu haben. Wie lauteten doch noch gleich Eure Worte? Hm, ich glaube, es war etwas in der Art von: *›Haltet Euch fern, alter Teufel, von Euch will ich nichts‹* – oder so ähnlich.«
Der Ahnherr hatte offenbar nicht vor, es Anatole besonders einfach zu machen.
Er stellte sich ans Regal und reihte die Bücher wieder ein, um nicht länger in das spöttische Gesicht seines Verwandten blicken zu müssen.
»Meine Lage hat sich zum Schlechteren gewendet. Zwischen meiner Frau und mir läuft es überhaupt nicht gut.«
»Das kann mich nicht überraschen, wenn Ihr durch die Burg stampft und Radau macht, statt Eurer Lady das Bett zu wärmen.«
Anatole lief rot an. »Genau das ist ja mein Problem. Ihr wisst doch, was sich eigentlich zwischen mir und meiner Madeline im Bett tun sollte.«
»Ich erinnere mich dunkel.«
»Nun, da ist nichts, kein Feuer, keine Leidenschaft. Die Art von Liebe eben, die zwischen einem St. Leger und seiner auserwählten Frau entstehen soll.«
»Ach ja, die alten Traditionen.«
»Irgendetwas ist zwischen mir und meiner Frau ganz furchtbar schief gegangen, und, zum Henker, ich weiß nicht, was ich dagegen unternehmen kann.«
»Vielleicht hättet Ihr die Warnung des Kristalls mehr beherzigen sollen. Hütet Euch vor der Feuerfrau.«

»Als wenn ich je eine Wahl gehabt hätte ... ehrlich gesagt, ich glaube fast, dass Ihr an dem ganzen Desaster nicht ganz unschuldig seid.«
»Oho, hört, hört! Was bringt Euch auf diesen wunderlichen Einfall?«
»Ach, wie gern Ihr mich doch quält! Ihr wart es doch, der die Liste fälschte, auf der ich dem Brautsucher darlegte, was für eine Frau ich wünschte. Vielleicht habt Ihr ja auch Fitzleger ein wenig die Sinne getrübt, damit er mir die Frau beschaffe, die so gar nicht meinen Vorstellungen entsprach.«
»Nein, mein Junge, es bedarf einer weit größeren Magie als der meinen, um einem Menschen wie Fitzleger Herz und Verstand zu verwirren. Aber wenn Ihr so sehr davon überzeugt seid, dass Eure Vermählung ein Fehler war, so könnte ich meine schwarze Magie einsetzen, um sie aus Eurem Leben verschwinden zu lassen.«
»Nein!«, rief Anatole entsetzt, sprang Prospero an und bekam nur leere Luft zu fassen.
Der Zauberer tauchte neben ihm wieder auf und lächelte. »Anscheinend seid Ihr nicht sehr davon überzeugt, die Falsche gefreit zu haben.«
»Das tut jetzt nichts zur Sache.« Anatole zögerte, dann platzte es aus ihm heraus: »Ich will Euren Zauberspruch!«
»Und welchen?«
»Ihr wisst schon. Denjenigen, welchen Ihr bei Euren Frauen eingesetzt habt. Nach dem sie Euch mehr als alles andere begehrten und sich bis zur Hoffnungslosigkeit in Euch verliebten.«
»Ach, den.«
»Bitte«, fügte Anatole hinzu.
Prospero betrachtete ihn eine Weile. Der Burgherr schwankte zwischen Beben und Bangen, und gerade als er

glaubte, sein Ahn würde den Wunsch ablehnen, zuckte der Zauberer die Achseln.
»Meinetwegen. Ich schreibe ihn Euch auf. Legt Feder, Tinte und Pergament auf dem Tisch dort drüben bereit.«
Anatole beeilte sich. »Aber verfasst ihn in Englisch. Auf eine andere Sprache verstehe ich mich nämlich nicht.«
»Dessen bin ich mir bewusst«, murmelte Prospero und verdrehte die Augen. Dann schwebte er zum Sekretär und ließ sich daran nieder.
Anatole trat hinzu und spähte ihm über die Schulter, bis der Zauberer sich umdrehte.
»Würde es Euch etwas ausmachen? Ich kann mich nur schlecht konzentrieren, wenn mir jemand beständig in den Nacken pustet. Dies ist nämlich ein höchst komplizierter Zauber. Wenn ich einen Fehler begehe, verkehrt er sich auf furchtbare Weise in sein Gegenteil.«
»Ist er gefährlich?«
»Ja, es ist stets mit Risiken verbunden, das Herz einer Frau erobern zu wollen.«
Ja, so konnte man es auch ausdrücken, dachte Anatole und sah in Gedanken Madelines liebes Gesicht. Erste Schuldgefühle überkamen ihn, als er daran dachte, was hier geschah. Er würde sie ihres Willens berauben und sie dazu zwingen, ihn so zu lieben wie er sie.
Als Prospero Sand über die frische Tinte streute, rang Anatole immer noch mit sich. Der Zauberer schüttelte das Blatt aus, rollte es zusammen und reichte es ihm.
Anatole rollte es gleich wieder auf und entdeckte nur einen Satz.
»Das ist aber ein kurzer Zauberspruch.«
»Und dennoch besitzt er die größte Macht.«
»Wie muss ich ihn anwenden? Wann muss ich ihn sprechen?«

»Vielleicht solltet Ihr ihn erst einmal lesen.«
Anatole trat ins Licht der Fackel. Prosperos Schrift war fast nicht zu entziffern. Er beugte sich weiter darüber.
»Liebt sie einfach.«
Der Burgherr starrte verständnislos auf die Zeile.
»Was soll das denn für ein Zauberspruch sein?«, fragte er schließlich und drehte sich um. Doch sein Ahnherr hatte sich bereits zurückgezogen.
»Prospero!«, brüllte er, als ihm bewusst wurde, dass der Geist ihn wieder einmal zum Narren gehalten hatte. Der Zauberer hatte nur mit ihm gespielt und nie wirklich vorgehabt, ihm zu helfen.
»Verflucht sollt Ihr sein!«, krächzte Anatole und zerriss das Pergament in tausend Fetzen.
Er ergriff die Fackel und rannte aus dem Turm. Das Lachen, das ihm folgte, kam aus vollem Herzen, war aber durchaus nicht ohne Mitgefühl.

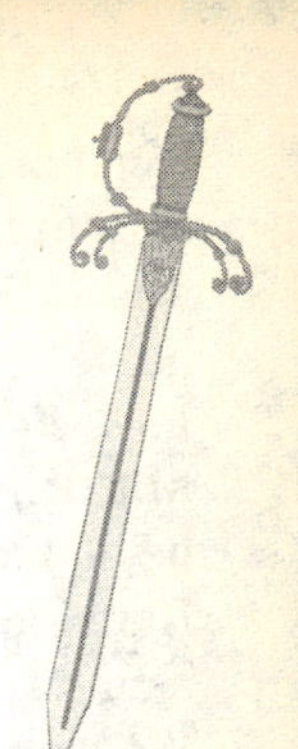

15

Das Unwetter verzog sich und machte morgendlicher Ruhe Platz. Sonnenlicht glitzerte auf taubedeckten Blumen und Gräsern.
Doch Anatole nahm kaum wahr, wie die Sonne ihm die Haut wärmte. Nach der Nacht im Freien trottete er mit steifen Gelenken und wundem Herzen zur Burg zurück.
Schon als Junge war er oft über Nacht draußen geblieben, wenn Kummer und Schmerz ihn wieder einmal zu überwältigen drohten. Auch Stürme und Unwetter hatten ihn nicht davon abhalten können, und der arme Fitzleger hatte sich vor Sorge halb umgebracht.
Manchmal hatten der schwarze Himmel und das Toben der Elemente genug Kraft besessen, um den Schmerz des Jungen in sich aufzunehmen; die Pein darüber, nicht geliebt und nicht gewollt, gefürchtet und verabscheut zu werden.
Während die Wellen gegen die Klippen geschlagen hatten, hatte er seine Gabe dazu benutzt, auf die Felsen am Ufer einzuschlagen, und das mit aller Wut, zu der er fähig war, bis er irgendwann in Ohnmacht gefallen war.
Für gewöhnlich hatte der Reverend ihn am nächsten Morgen gefunden und ins Torhaus zurückgetragen.
Doch in der vergangenen Nacht hatte Anatole weder Linderung noch Ruhe gefunden. Das Hemd kratzte an der Haut, und der Rücken tat ihm weh. Vermutlich war er zu alt geworden, um nachts auf Klippen einzuschlagen.

Die meiste Zeit hatte er nur auf den Felsspitzen gestanden, sich nassregnen lassen und sich immer erbärmlicher gefühlt, während ihm Prosperos Gelächter im Kopf widerhallte.

Liebt sie einfach.

Mit dem idiotischen Rat von dem alten Zauberer war seine letzte Chance vertan, Madelines Herz zu gewinnen. Kein Zaubertrank, kein magischer Spruch, nichts. Er fuhr sich durch die schwarzen Haare und hatte nur noch einen Wunsch.

Ungesehen in seine Burg zurückschlüpfen zu können, damit niemand bemerkte, welche Narretei er angestellt hatte oder wie tief er gesunken war.

Anatole machte einen Umweg, um nicht am Stall vorbeizukommen, wo seine Knechte schon längst auf den Beinen waren. So gelangte er in Deidres Garten, doch auch hier fand er keine Sicherheit.

Denn der Mensch, von dem er am allerwenigsten gesehen werden wollte, kam gerade hier heraus.

Madeline.

Er fluchte leise, weil diese Frau es wieder einmal verstand, ihn zu überraschen. Im letzten Moment brachte er sich hinter einem Strauch in Sicherheit.

Schon als Kind hatte er sich hier verborgen. Anatole kroch tiefer unter die Zweige und verhielt sich vollkommen still.

Früher hatte er auf diese Weise seiner Mutter einmal nahe kommen können. Tränen traten ihm in die Augen, als ihm klar wurde, dass er schon wieder zu einer solchen Maßnahme gezwungen war.

Der Burgherr konnte nur hoffen, dass Madeline nicht gekommen war, um hier einen Strauß Blumen zu pflücken.

Doch als sie näher kam, sah er ihr an, dass auch ihr Tag

nicht fröhlich begonnen hatte. Ihr Blick schien nach innen gerichtet zu sein, und sie bemerkte auch nicht, wie die Stola ihr langsam von den Schultern rutschte.
Anatole verrenkte den Hals, um ihr Gesicht erkennen zu können, doch das lag unter dem Schatten ihrer Haube verborgen.
Endlich hob sie den Kopf und blinzelte verwundert, so als sei sie überrascht, dass ausnahmsweise einmal die Sonne am Himmel stand.
Doch sie sah furchtbar blass aus, und die Neugier auf die Welt, die sonst immer in ihrem Antlitz gestrahlt hatte, schien erloschen zu sein. Die Augen waren rot gerändert und geschwollen, und Anatole fragte sich, ob sie die ganze Nacht geweint hatte.
Nach ein paar Schritten blieb Madeline stehen und starrte in den Garten. Dann seufzte sie und kehrte ins Haus zurück, ohne auch nur eine Blume gepflückt zu haben.
Anatole glaubte, einen Schatten auf ihr zu bemerken, den er nur zu gut kannte. Ein ähnliches Dunkel hatte sich auch in die Züge seiner Mutter geschlichen, bevor sie …
Gott! Anatole presste die Stirn an die Ronde. Er hätte seinem Instinkt folgen und sie gleich am ersten Tag wieder nach Hause schicken sollen.
Doch dafür war es jetzt zu spät. Was konnte er überhaupt noch tun.
Sie einfach lieben.
»Verdammter Prospero«, murmelte er. »Ich weiß nicht, wie ich das anfangen soll.«
Warum fangt Ihr Klotzkopf nicht einfach damit an, ihr zu sagen, was Ihr für sie empfindet?
Hatte der Zauberer gesprochen? Anatole warf einen vorsichtigen Blick über die Schulter. Die Macht des Gespensts hatte nie über die Burgmauern hinausgereicht.

Wie sollte er Madeline denn so etwas gestehen? Lieber würde er einer ganzen Armee von blutdurstigen Mortmains entgegentreten.
Seine Finger glitten wie von selbst an die Narbe. Er erinnerte sich zu gut an das letzte Mal, als er seine Gefühle hatte erklären wollen.
Feigling!
Anatole wirbelte herum. Diesmal hatte er die Stimme ganz deutlich gehört. Aber stammten die Worte wirklich von seinem Urahn oder aus seinem eigenen Innern?
Er verließ sein Versteck und lief den Gartenpfad hinauf. Sein Blick fiel auf die Gänseblümchen am Wegrand, die seine Braut so sehr liebte.
Unter Protesten seines Körpers bückte er sich und fing an, diese Blumen zu pflücken. Seine Hände zitterten, doch er ertrug alles, weil er sich nicht erinnern konnte, wann er einer Lady zum letzten Mal Blumen geschenkt hatte.
Danach schlüpfte er ins Haus und gelangte in den Speisesaal. Niemand hielt sich hier auf. Anatole erschrak, als er sein Spiegelbild in dem Glas über dem offenen Kamin entdeckte.
Er sah aus wie eines dieser Wesen, mit denen die Frauen im Dorf ihre unartigen Kinder zu erschrecken pflegten.
Während der Burgherr noch versuchte, wenigstens mit den Fingern das Haar zu glätten, betrat Bess Kennack den Raum.
Sie trug ein Tablett und wollte wohl das nicht angerührte Frühstück abräumen. Doch beim Anblick Anatoles fuhr sie derart zusammen, dass sie beinahe die silberne Platte hätte fallen lassen.
»Guten Morgen, Sir«, riss sie sich zusammen.
Der Burgherr fragte nur: »Wo ist die Mistress?«
»Im vorderen Salon. Wir haben einen Besucher.«

»Verdammter Fitzleger!«, schimpfte Anatole und schlug mit der flachen Hand auf den Kaminsims. »Er hat sich ja mal wieder den bestmöglichen Zeitpunkt ausgesucht.«
»Nein, Mylord«, informierte das Mädchen ihn, »nicht Fitzleger, sondern der französische Gentleman, der gestern zum Dinner hier war.«
Rochencoeur? Romans kleine Kröte? »Was, zum Teufel, will der denn hier?«
»Ich glaube, er erledigt eine Mission im Namen Eures Vetters, Mylord.«
»Was für eine Mission?«
»Na ja, Mr. Roman St. Leger hat der Mistress das schönste Rosenbouquet geschickt, welches ich je gesehen habe.« Damit warf sie einen verächtlichen Blick auf das Sträußchen Gänseblümchen in Anatoles Hand.
»Ihr könnt jetzt wieder Euren Pflichten nachgehen«, sagte der Burgherr und zerdrückte das, was er in der Rechten hielt.
Als das Mädchen den Raum verließ, warf sie ihm noch ein derart gehässiges Lächeln zu, dass es ihm einen Stich versetzte.

Madeline stellte die Blumen in eine Kristallvase und stach sich in den Finger. Kein Wunder, dachte sie, dass Roman ihr ausgerechnet Rosen geschickt hatte. Diese Pflanzen waren genau wie er: wunderschön, aber tückisch.
In dem Begleitschreiben drückte der Cousin sein tiefes Bedauern über den unglückseligen Ausgang der Gesellschaft aus. Madeline erinnerte sich an Anatoles Verbot und wusste nicht, ob es falsch von ihr gewesen war, Bouquet und Entschuldigung zu akzeptieren.
Doch der kluge Roman war ja nicht selbst erschienen, sondern hatte Yves als seinen Unterhändler geschickt.

Monsieur Rochencœur schien sich nicht allzu wohl dabei zu fühlen, nach Castle Leger zurückgekehrt zu sein. Madeline brachte es daher nicht fertig, ihm mitsamt den Blumen die Tür zu weisen. Wenn Yves wieder fort war, konnte sie sich immer noch des Straußes entledigen.
Während sie mit den Rosen beschäftigt war, lief der Franzose unruhig auf und ab. Gepudert, bemalt und mit Parfüm übergossen, schien er mehr nach Versailles als auf eine Burg im Hinterland von Cornwall zu gehören.
Die St.-Leger-Männer hätten bestimmt über die weibische Erscheinung Rochencoeurs gespottet, doch seine Eleganz brachte Madeline zu Bewusstsein, wie sie mit der Arbeitshaube und dem grauen Kleid wirken musste.
»Bitte, Monsieur, nehmt doch Platz und erlaubt mir, Euch eine Erfrischung zu reichen.«
»Oh, non, Madame, das ist sehr freundlich von Euch, aber ich will Euch nicht aufhalten. Sicher habt Ihr dringendere Dinge zu erledigen. Und auch wird Euer Gemahl« – Yves' rauchige Stimme stockte, und er warf einen unruhigen Blick zur Tür – »nach Euch verlangen.«
Wohl kaum, dachte sie.
»Mylord weilt zur Zeit nicht auf der Burg, Monsieur. Er hat andernorts wichtige Geschäfte zu erledigen.«
Madeline schämte sich dieser Lüge, aber der Franzose wirkte nach dieser Auskunft sichtlich erleichtert.
Sie war froh, ihm nicht die Wahrheit gestehen zu müssen. Nachdem Anatole sie gestern Nacht verlassen hatte, hatte die junge Frau vergeblich versucht, sich in den Schlaf zu weinen.
Als das erste Morgenlicht durch das Fenster schien, fühlte sie sich verzweifelt genug, sein Zimmer aufzusuchen, um sich zu entschuldigen.
Doch sie fand sein Bett unbenutzt vor. Irgendwann mitten

in der Nacht musste er hinaus in Sturm und Dunkelheit gelaufen sein.
Niemand in Castle Leger hatte ein Vorstellung, wohin Seine Lordschaft gegangen sein oder wann er zurückkehren könnte.
Madeline befielen die schrecklichsten Gedanken. Anatole habe sich irgendwo im Moor verirrt oder sei gar die Klippen hinuntergestürzt – und das alles wäre allein ihre Schuld.
Von der Dienerschaft wagte es keiner, seinen Zorn auf sich zu ziehen und sich auf die Suche nach ihm zu machen. Madeline war schließlich so mit den Nerven fertig, dass sogar der alte Spötter Trigghorne Mitleid bekam.
»Regt Euch nicht auf, Mistress. Der Master hat so diese Angewohnheit, mal allein durch die Natur zu laufen. Er kehrt schon zurück, wenn er sich dazu bereit fühlt. Ihr werdet Euch noch daran gewöhnen.«
Nein, niemals!
Verdammter Kerl, dachte sie. Würde er jedes Mal davonrennen, nachdem sie sich geliebt hatten?
Mit solchen Gedanken im Kopf vergaß sie ihren Gast und trat ans Fenster, um die Gardine ein Stück beiseite zu ziehen und auf die Auffahrt zu spähen. Doch der Weg war noch genauso leer wie bei den anderen dutzend Malen, als sie nachgesehen hatte.
Sie ließ den Vorhang los und verwünschte zum wiederholten Mal den Umstand, dass sie den Mund nicht hatte halten können. Wann würde sie es je lernen, nicht mit allem herauszuplatzen, was ihr gerade in den Sinn kam?
Selbst ihr Bruder hatte ihr mehrfach vorgehalten, stets zu glauben, alle Antworten zu kennen und damit nicht hinterm Berg halten zu können.
Mittlerweile musste sie sich eingestehen, nur sehr wenig über Menschen, die Ehe und die Liebe zu wissen.

Die Liebe? Sie war doch nicht etwa verliebt? Wie konnte jemand sein Herz an Anatole St. Leger verschenken, einen Mann, der viel zu düster und einfach nicht zu verstehen war?
»Madame?«
Madeline kehrte dem Fenster den Rücken zu und schämte sich dafür, ihren Gast vernachlässigt zu haben.
Der Franzose hatte Platz genommen.
»Vielleicht darf ich einen Moment bleiben, oui?«
»Das wäre wunderbar«, entgegnete sie automatisch und bedauerte, Rochencœur nicht gehen lassen zu haben, als er noch dazu bereit gewesen war.
Doch sie ließ sich ihm gegenüber auf dem Sofa nieder und war gewillt, eine perfekte Gastgeberin zu sein. Letzte Nacht hatte ihr das eindeutig weniger Mühe bereitet, aber da war Yves auch erheblich redseliger gewesen.
Schließlich räusperte er sich und sagte: »Ich möchte nicht zu aufdringlich erscheinen, Madame, aber ich würde Euch auch gern ein Geschenk machen.«
Damit griff er in seinen Rock und zog ein dünnes Buch heraus und legte es zwischen sie und ihn auf den Beistelltisch.
»Nur zu, nehmt es bitte an Euch.«
Madeline hielt das Bändchen schließlich in den Händen. Es war in blaues Leder eingebunden und mit goldenen Lettern versehen. Bei dem Werk handelte es sich um eine französische Übersetzung von Elektra und Orestes, dem altgriechischen Drama um zwei Kinder, die den Mord an ihrem Vater rächen wollen.
»Monsieur, das muss eines Eurer wertvollsten Bücher sein. So etwas kann ich nicht annehmen.«
»Mais non.« Yves weigerte sich, das Bändchen wieder an sich zu bringen. »Meine teure Gönnerin hat es mir einmal geschenkt, und jetzt sollt Ihr es haben. Denn ebenso wie la

Comtesse Sobrennie seid Ihr eine Lady, die etwas von der Schriftstellerei und der Philosophie versteht. Eine Gabe, die man leider viel zu selten antrifft.«
Daran hegte Madeline keinen Zweifel, vor allem, wenn sie daran dachte, dass Rochencœur ausgerechnet Roman zum Freund gewonnen hatte. Da der Franzose das Buch partout nicht zurücknehmen wollte, akzeptierte sie es schließlich mit einem gemurmelten Dank.
Während sie höflicherweise noch einen Blick hineinwarf, fiel ihr aus dem Augenwinkel auf, dass Yves sie ganz eigenartig betrachtete.
»Vergebung, Madame, aber ich kann nicht umhin, festzustellen, dass Ihr heute ein wenig bedrückt wirkt. Ich vermute, die wenig erfreulichen Ereignisse des vergangenen Abends –«
»Oh nein!«, widersprach sie gleich, weil sie nicht mit jemandem über die Demütigungen sprechen wollte, die ihr gestern zugefügt worden waren. »Ich bin nur müde, und mich … mich plagt wohl ein wenig das Heimweh.«
Sie zwang sich zu lächeln, um dieser Ausrede das nötige Gewicht zu verleihen. Tief in ihrem Innern musste Madeline sich zu ihrer Schande gestehen, dass sie seit ihrer Ankunft auf Castle Leger nur sehr wenig an ihre Familie gedacht hatte. Nur ein Mensch bestimmte ihr Leben: Anatole St. Leger.
Verwundert stellte sie fest, wie sehr sie sich an ihn gewöhnt hatte, an das Stampfen seiner Stiefel, an seine tiefe Stimme, an das Aroma seiner Pfeife.
Und kaum war der Mann einmal nicht da, vermisste sie ihn schon.
Absurd!
»Aber es ist doch ganz natürlich für einen Menschen in der Fremde, sich nach seiner Familie zu sehnen«, seufzte

Rochencœur. »Ich selbst kenne die Schmerzen viel zu gut, von einer geliebten Person getrennt zu sein.«
»Ihr sprecht von Eurem Sohn?«, fragte Madeline und war froh, sein Interesse von ihr ablenken zu können.
»Oui, mein kleiner Raphael. Sehr viel Zeit wird vergehen müssen, ehe ich ihn wiedersehen kann. Denn leider ist mir nicht gestattet, nach Frankreich zurückzukehren, ehe ich nicht meine Aufgabe im Sinne von la Comtesse beendet habe.«
»Ihr meint, der Dame einen englischen Ehemann zu suchen?«
»Ja«, antwortete er und nickte düster. »Manchmal fürchte ich, ich sollte das nicht tun, und lieber nach Frankreich zurückkehren, ehe ich etwas in Gang bringe, das nur in einer Tragödie enden kann. Wer weiß, vielleicht habe ich mich ja geirrt, als ich mich für Roman St. Leger entschied. Aber er ist so kalt und unberechenbar.«
»Verzeiht, wenn ich das sage«, warf Madeline ein, »aber Eure Gönnerin erscheint mir auch ein wenig kalt, wenn sie Euch zwingt, von Eurem Sohn getrennt zu sein.«
»La Comtesse Sobrennie ist eine sehr entschiedene Frau. Ohne Zweifel besitzt sie ein großes Herz, doch sie kennt für niemanden Gnade, der sich ihr in den Weg stellt.«
Damit beugte sich Yves vor, so als wolle er ihr etwas Vertrauliches mitteilen. »Behaltet bitte immer im Gedächtnis, meine gebildete Freundin, dass es auf dieser Welt mehr Grausamkeit und Verzweiflung gibt, als man sich vorzustellen vermag.«
Bei diesen Worten glitzerten seine Augen, als wolle er Madeline vor etwas warnen, das sie jedoch nicht genau deuten konnte. Sie vermutete aber, dass Rochencœur selbst insgeheim in die Gräfin verliebt war.
Sie legte eine Hand auf die seine. »Wenn Ihr auch nur den

geringsten Zweifel an einer Verbindung zwischen Roman und La Comtesse hegt, solltet Ihr von Eurer Mission Abstand nehmen.«
»Dafür sind die Ereignisse leider schon zu weit gediehen. Aber für Euch ist es noch nicht zu spät.«
»Für mich? Was meint Ihr damit?«
Der Franzose senkte den Blick. »Ich fürchte, Eure Betrübnis rührt nicht vom Heimweh her, sondern von Eurem Gatten. Er behandelt Euch wohl schlecht.«
»Monsieur! Ich weiß natürlich, dass Ihr nach den gestrigen Vorfällen einen sehr schlechten Eindruck von Anatole gewonnen haben müsst, aber ich versichere Euch, dass er unter seinem grimmigen Äußeren ein sehr sanfter und –«
»Pah! Er ist ein St. Leger. Ich kenne die Geschichten, welche sich um diese Familie ranken. Ständig erleben diejenigen, die mit ihnen in Berührung kommen, Kummer und Leid.«
Yves ergriff ihre Hand. »Verlasst diesen Ort. Hier erwartet Euch kein Glück. Kehrt heim zu Eurer Familie nach London.«
Madeline starrte ihn mit großen Augen an und konnte nicht fassen, was sie da gerade zu hören bekommen hatte. Doch bevor sie sich eine Antwort überlegen konnte, flog die Tür mit einem lauten Knall auf, und Anatole stand da.
Die junge Frau sprang sofort vor Freude auf, erschrak dann aber über sein Aussehen. Er wirkte wie ein barbarischer Krieger, der von einer verlorenen Schlacht heimkehrte.
Bedrohliche Stille senkte sich über den Salon, als der Burgherr eintrat. Rochencœur fasste sich und stand auf.
»Monsieur St. Leger, ich –«
»Was, zur Hölle, wollt Ihr denn hier?«
Madeline stellte sich rasch zwischen die beiden. »Mylord,

der Monsieur ist nur zu einem Höflichkeitsbesuch erschienen.«
Doch Anatole achtete nicht auf sie und bewegte sich bedrohlich auf den Franzosen zu, bis dieser immer weiter zurückwich.
»Mylord, ich bin nur gekommen, um Madame Rosen zu überreichen, verbunden mit einer Entschuldigung von meinem Freund Roman.«
St. Legers Rechte schoss vor, und Madeline fürchtete schon, er wolle Rochencœur schlagen. Doch die Hand fuhr an dem Mann vorbei und packte stattdessen die Vase mit den Blumen. Anatole schleuderte das Kristall in den offenen Kamin, wo dieses in tausend Scherben zersprang.
»So, die Rosen sind angekommen. Jetzt hinaus mit Euch!«
Yves schlich um Anatole herum in Richtung Tür. Dennoch nahm er sich die Zeit, sich vor der Hausherrin zu verbeugen und ihr leise mitzuteilen:
»Ich werde Euch jetzt verlassen und würde mich überglücklich schätzen, Euch bei Eurer Flucht von diesem Ort zu unterstützen. Wenn Ihr mich sucht, findet Ihr mich in dem kleinen Cottage bei Lost Land.«
Madeline nickte und wünschte, der Mann würde endlich gehen. Tatsächlich verließ Rochencœur jetzt mit erstaunlicher Würde den Salon und zog die Tür hinter sich zu.
Die junge Frau war mit ihrem Gemahl allein.
Sie starrte ihn mit funkelnden Augen an. Den ganzen Morgen war sie vor Sorge um ihn ganz krank gewesen. Sie hatte ihn sogar gegen die Anschuldigungen des Franzosen verteidigt. Und dieser Mann hatte nichts Besseres zu tun, als sich genau so aufzuführen, wie Yves ihn beschrieben hatte.
»Sir! Euer Betragen ist unentschuldbar! Ihr habt diesen armen Mann fast zu Tode erschreckt!«

»Er kann froh sein, dass ich ihm nicht das Genick gebrochen habe. Was hat der Stutzer Euch eben zugeraunt?«

»Monsieur Rochencœur hat nur seiner Sorge um mein Wohlbefinden Ausdruck verliehen. Anscheinend befürchtet er, ich sei mit einem Barbaren verheiratet, der mich mit Gebrüll und Schlägen traktiert. Ich frage mich, wie er wohl einen solchen Eindruck gewinnen konnte.«

»Dieser unverschämte Trottel. Und warum hielt er Eure Hand, als ich unvermutet hereinkam?«

»Er konnte nicht anders, weil ich ihm vorher die meine gereicht hatte.«

Anatole starrte sie an, als wolle er sich auf sie stürzen, und Madeline sagte sich, dass sie jetzt wohl zu weit gegangen war und den St.-Leger-Drachen provoziert hatte.

Dennoch wich sie nicht vor ihm zurück.

»Monsieur Rochencœur fühlte sich … niedergeschlagen, und ich hatte lediglich versucht, ihn aufzumuntern. Dass sich dabei unsere Hände berührten, war reiner, unschuldiger Zufall. Aber Ihr müsst ja gleich wie ein eifersüchtiger Liebhaber über ihn herfallen!«

Anatole lief rot an, unternahm aber keinen Versuch, die Anschuldigung abzustreiten.

»Ich war eigentlich der Ansicht, Madam, mich verständlich genug ausgedrückt zu haben. Keinen Kontakt mit Roman.«

»Es war aber nicht Euer Cousin, der uns seine Aufwartung gemacht hat, sondern Monsieur Rochencoeur.«

»Das ist ein und dasselbe. Dieser Tölpel ist Romans Kreatur, und ich dulde ihn nicht unter meinem Dach.«

»Dann wärt Ihr besser zu Hause geblieben und hättet ihm selbst den Zutritt verboten!«

Anatole ballte die Fäuste, als wolle er sie tatsächlich schlagen. »Warum verschwendet Ihr Eure Zeit mit diesem angemalten Idioten?«

»Yves mag ja ein wenig vertrottelt erscheinen, aber er besitzt eine Eigenschaft, die Euch völlig fehlt: Er ist ein Gentleman.«
»Vielleicht lag Euch ja gar nicht so viel an der Gesellschaft des Franzosen, sondern mehr an den Rosen und Liebesbriefen meines Vetters. Wer weiß, wenn ich Euch das nächste Mal den Rücken zukehre, stehlt Ihr Euch womöglich zu einem Techtelmechtel mit meinem Cousin fort.«
Madeline stockte bei einer solchen Ungeheuerlichkeit für einen Moment der Atem.
»Ich habe nicht das geringste Interesse an Roman oder an Rochencoeur. Und ich habe ihn nur empfangen, weil … weil …«
»Ja, warum?«
»Weil Ihr mich allein gelassen hattet! Weil Ihr ohne ein Wort verschwunden seid! Die ganze Nacht habe ich kein Auge zugetan, und in meinem Kummer suchte ich einfach etwas Gesellschaft und –«
Sie konnte nicht weitersprechen, weil Tränen in ihren Augen brannten. Eine dumme Angewohnheit, die sie sich in der letzten Zeit zugelegt hatte.
Als sie sich wieder unter Kontrolle hatte, fuhr sie fort: »Ich brauchte einen Freund. Jemand, der mir zuhören würde –«
Sie spürte, wie die erste Träne auf ihre Wange topfte. »Verdammt!« Madeline suchte nach ihrem Taschentuch, das sie, wie üblich in solchen Fällen, nicht finden konnte.
»Warum versucht Ihr es dann nicht mit mir?«, fragte Anatole.
»Was?« Sie tupfte sich die Augen ab.
»Wobei auch immer der Franzose Euch zuhören sollte, warum erzählt Ihr es nicht mir?«
Sein Blick fiel auf das Büchlein, das Yves ihr geschenkt

hatte. »Was ist denn das? Habt Ihr Euch etwa darüber unterhalten?«

Madeline schrie, als er das Bändchen an sich nahm, fürchtete sie doch, er würde es zerreißen.

Doch Anatole schlug das Buch nur auf und versuchte angestrengt, darin zu lesen.

»Das ist ja in gottverdammtem Französisch. Solchen Mist kann ich nicht verstehen!«

Er ließ das Buch mit einem Fluch auf den Teppich fallen und kehrte ihr den Rücken zu.

Madeline verlor keine Zeit und brachte das Bändchen an sich. Am liebsten hätte sie sich in ihrem Zimmer eingeschlossen. Vielleicht sollte sie besser noch weiter fortlaufen. Rochencoeurs Warnung und Hilfsangebot ertönten wieder in ihrem Kopf.

Sie eilte zur Tür und warf, dort angekommen, einen Blick über die Schulter. Doch Anatole lief ihr nicht hinterher, sondern hatte sich ans Fenster gestellt. Seine Schultern waren herabgesunken, und er wirkte auch sonst so elend wie jemand, der soeben vollständig besiegt worden war.

Madeline legte verwirrt den Kopf schief. Warum war es so furchtbar für ihn, kein Französisch zu können? Warum hatte er überhaupt versucht, in dem Buch zu lesen?

Das hat er für dich getan, flüsterte ihr Herz.

Unmöglich. Anatole hatte bislang stets nur Verachtung für ihre Interessen an den Tag gelegt.

Doch dann runzelte sie die Stirn, als ihr einige Dinge einfielen. Anatole war mit ihr im Garten spaziert, obwohl er Blumen hasste. Er hatte angeordnet, dass täglich in der Bibliothek der Kamin brannte, obwohl es ihm nicht gefiel, dass sie sich dort aufhielt. Anatole hatte sogar zusammen mit ihr Tee getrunken, auch wenn er sich dabei unbehaglich gefühlt hatte.

Bei allen Himmeln! Konnte es denn möglich sein? Hatte Anatole wirklich auf seine unbeholfene Weise versucht, ihr zu Gefallen zu sein? Und wenn ja, warum war sie dann so blind und dumm gewesen, das nicht zu bemerken?

Madeline ließ den Türknauf los, legte das Buch beiseite und näherte sich ihrem Mann. Das Sonnenlicht, das durch das Fenster hereindrang, unterstrich erbarmungslos jede Linie der Müdigkeit in seinen Zügen. Wohin er letzte Nacht auch verschwunden sein mochte, er hatte dort genauso wenig Ruhe gefunden wie sie.

Anatole wirkte so sehr in Gedanken verloren, dass Madeline glaubte, er habe sie noch gar nicht bemerkt.

Doch dann murmelte er: »Es tut mir Leid, meine Liebe, aber das alles erscheint mir nur noch hoffnungslos. Ihr und ich haben so gut wie keine Gemeinsamkeit.«

Vor wenigen Momenten hätte Madeline ihm noch sofort zugestimmt, doch jetzt war sie sich gar nicht mehr so sicher.

Sie stellte sich neben ihn ans Fenster, ohne ihn jedoch zu berühren.

»Ich könnte Euch das Französische beibringen.«

»Ich fürchte, dafür bin ich zu dumm.«

»Oh nein, Mylord, Ihr könnt alles lernen, wenn Ihr nur wollt.«

Als er nicht antwortete, fragte sie: »Warum hasst Ihr sie so sehr?«

»Wen, Roman und seinen Farbtopf von einem Freund? Ich würde doch annehmen, dass das auf der Hand liegt –«

»Nein, ich spreche von meinen Büchern. Euer eigener Vater war doch ein gelehrter Mann. Sicher hat er Euch zum Lesen ermutigt.«

»Das Einzige, wozu Papa mich ermutigt hat, war, ihm nicht zu nahe zu kommen. Er hat sich in seine Bücher geflüchtet, um den Rest der Welt ausschließen zu können. Besonders mich.«

Er starrte wieder nach draußen, und Madeline fürchtete schon, er würde in sein düsteres Schweigen verfallen. Doch dann rieb Anatole sich die Stirn und begann.

»Nach dem Tod meiner Mutter hat mein Vater sich mit seinem Kummer in die Bibliothek eingeschlossen. Er wollte niemanden empfangen. Außer Roman.

Meine Eltern haben ihn beide sehr geschätzt und wohl in ihm den Sohn gesehen, den sie gern an meiner Stelle gehabt hätten. Der gut aussehende, charmante Roman. Selbst als Papa im Sterben lag, verlangte er nach Roman und nicht nach mir.«

»Oh«, seufzte Madeline. Das erklärte so einiges: die Feindschaft zwischen den beiden Cousins; Anatoles Stirnrunzeln, wenn sie die Bibliothek aufsuchen wollte. Dennoch blieben einige Fragen offen.

»Aber wie konnte Euer Vater so etwas nur tun? Sich vom eigenen Kind abwenden? Ihr ward doch noch so jung, als Eure Mutter starb, wer hat sich denn um Euch gekümmert?«

»Mr. Fitzleger. Er brachte mir bei, was es bedeutet, Erbe von Castle Leger zu sein.«

»Ihr könnt doch damals gerade erst, na ja, zwölf oder so gewesen sein.«

»Zehn. Aber ich bin schnell erwachsen geworden.«

Zu schnell, dachte die junge Frau mit Blick auf die tiefen Linien in seinem Gesicht. Manche seiner Falten schienen einem alten Mann zu gehören. In diesem Moment verspürte sie einen großen Zorn auf Lyndon St. Leger. Wie konnte jemand in seinem Schmerz nur so selbstsüchtig sein?

»In den Tagen, in denen es ihm noch besser ging, hat Papa anderen geholfen und sogar einige Dörfler oder den Reverend zu sich vorgelassen, wenn sie seine Hilfe benötigten. Meine Vater besaß nämlich eine besondere Gabe dafür, verlorene Dinge aufzuspüren. Nur an eines schien er sich nie erinnern zu können – wo er seinen Sohn abgelegt hatte.«

Anatole hatte sich tatsächlich an einem Scherz versucht, konnte jedoch nicht einmal sich selbst damit erheitern.

Madeline sah ihn als Junge vor sich, wie er einsam durch die Schatten geschlichen war und eine Verantwortung hatte tragen müssen, die für ihn viel zu groß gewesen war. Und so sehr er auch darauf gewartet haben mochte – die Tür zur Bibliothek hatte sich nie für ihn geöffnet.

Am liebsten hätte sie ihm die Arme um die Hüften gelegt und ihm gesagt, wie gut sie ihn verstand. Doch sie befürchtete, dass sie damit alles kaputt gemacht hätte. So legte sie nur eine Hand auf seine Faust.

Anatole starrte auf ihre Finger, als sei eine solche Geste ihm vollkommen fremd. Zu ihrer Überraschung schob er plötzlich seine Finger zwischen die ihren.

»Madeline, ich«,– er verzog das Gesicht – »zur Hölle, ich habe mich schon sooft bei Euch entschuldigen müssen, dass man meinen könnte, ich verstünde mich mittlerweile besser darauf.

Also, wegen letzter Nacht …«

Er verstummte wieder, und die junge Frau errötete, weil die Erinnerung daran noch zu frisch war.

»Mir tut, glaube ich, alles Leid. Auch, Euren französischen Freund hinausgeworfen zu haben. Ja, ich war eifersüchtig auf ihn, ich habe eben keine Manieren, und gestern war der schlimmste Tag von allen. Auf Gesellschaften habe ich mich nie wohl gefühlt, und das merkt man mir sicher auch deutlich an.«

»Geht mir genauso.«

Er sah sie verdutzt an.
»Das stimmt. Ich habe diesen unseligen Hang, immer das Falsche zu sagen. Nicht nur von Eurer Tafel bin ich weggeschickt worden, Mylord.
Und ich wollte gestern Abend ganz bestimmt nicht Eure Familie beleidigen. Und Mr. Fitzleger erst recht nicht.«
»Das ist nicht so wichtig.«
»Doch. Ihr habt Euch bereits Euren Verwandten entfremdet, und ich habe alles nur noch schlimmer gemacht. Niemals hätte ich das sagen dürfen, was ich über den Brautsucher und sein Tun von mir gegeben habe.«
»Warum nicht? Ist doch bloß eine närrische Sage aus alter Zeit. Die meiste Zeit glaube ich ja selbst nicht daran.«
Eigentlich hätte das Madeline erfreuen sollen, endlich ließ ihr Gatte von seinem Aberglauben ab. Doch warum erfüllten sie diese Worte mit Trauer?
»Manchmal muss auch der vernünftigste Mensch auf der Welt feststellen, dass er sich wünscht, eine Sage könne wahr werden«, murmelte sie.
Anatole nahm ihre Hand und führte sie an seine Lippen. Ihr Herz reagierte ganz und gar nicht rational darauf.
»Vielleicht haben wir uns nur nicht genug angestrengt«, sagte er. »Manchmal braucht wohl auch eine alte Geschichte ein wenig Hilfe von den Sterblichen.«
»Mag sein. Aber Ihr müsst zugeben, dass uns das nicht gerade leicht fallen dürfte, wenn ich in der Bibliothek sitze und Ihr zu oft in eine Welt verschwindet, in die ich Euch nicht folgen kann.«
»Ich wünschte, ich könnte Euch meine Welt zeigen, Madeline. Hier gibt es noch so viel, das Ihr nicht gesehen habt.«
»Wie der alte Teil der Burg?«
»Nein, der nicht. Ich meine vielmehr mein Land. In diesem Land findet man mehr Energie und Magie als in den Gebei-

nen meiner Vorfahren. Der Nebel rollt über die Hügel wie Dampf aus dem Kessel eines Zauberers. Oder das Meer während eines Gewitters. Ihr solltet den Schaum sehen, der dann wie eine Herde von Schimmeln heranstürmt. Oder die Klippen im Mondschein …«

Sie hatte ihn noch nie mit solcher Leidenschaft reden hören. Doch mittendrin brach er ab.

»Ich muss mich wie ein Idiot anhören. Tut mir Leid, aber ich verstehe mich nur schlecht darauf, gewisse Dinge in Worte zu kleiden.«

»Aber nein, Ihr vermögt das wunderbar!«

Das Auge eines Malers, die Worte eines Dichters und das Aussehen eines Kriegers – eine verlockende Kombination.

»Fahrt doch bitte fort.«

»Wahrscheinlich wäre es besser, ich würde Euch das alles zeigen.«

»Das hätte ich ja gern, aber dann müsstet Ihr unendlich viel Geduld aufbringen, während ich auf einer alten Mähre oder einem Pony hinter Euch her trotte.«

Er überlegte kurz. »Nun, es gäbe da noch eine andere Möglichkeit. Vorausgesetzt Ihr habt genug Vertrauen zu mir, dass ich Euch sicher fest halten würde.«

Ihm vertrauen? Er fragte sie nicht nur mit Worten, sondern auch mit seinen dunklen Augen und der Wärme seiner Rechten, die ihre Hand hielt.

»Ja, Mylord«, antwortete sie schließlich, als ihr bewusst geworden war, wie sehr sie Anatole St. Leger vertraute. Sie würde ihm überall hin folgen.

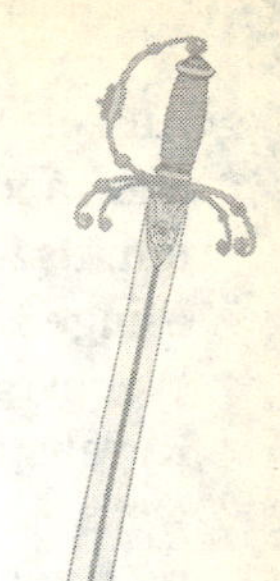

16

Der Rotschimmel preschte am Strand entlang, spritzte Gischt und Sand auf. Madeline hockte vor Anatole im Sattel und spürte seine harten Muskeln, während sie am Hals ihres Gemahls hing. Anatole hatte sich für eines seiner sanftesten Rösser entschieden, einen kräftigen Wallach, der mehr für seine Ausdauer als für Schnelligkeit bekannt war. Doch als Madeline das Pferd gesehen hatte, war ihr dennoch der Schreck in die Glieder gefahren.

Aber Anatole hatte ihr keine Zeit zum Nachdenken gelassen, sondern sie vor sich auf den Sattel gehoben. Und schon ging es los ins Land der einsamen Moore, der jähen Klippen und des endlosen Himmels.

Anfangs hatte sie nur gewagt, unter dem Rand ihres Hutes hervorzuspähen, und die Landschaft war nur so an ihr vorbeigeflogen.

Doch bald verspürte sie eher Atemlosigkeit als Angst. Sie saß zwischen seinen mächtigen Schenkeln, wurde von seinen großen Armen gehalten und war zum Schutz vor der Meeresbrise in seinen weiten Umhang gewickelt.

Die Sonne hatte bereits ihre Abwärtswanderung begonnen, und sie waren schon ein gutes Stück weit gekommen. Über Wiesen und Felder war es gegangen, vorbei an Tieren, Bäumen und einsamen Gehöften, die aus diesem wilden Land selbst gehauen zu sein schienen.

Anatole war über die Dorfstraße geprescht, wo sie Hühner auseinander gejagt und die Fischer, welche ihre Netze flickten, dazu gebracht hatten, von ihrer Arbeit aufzuschauen. Einige Kinder schrien und riefen ihnen etwas hinterher.
Weiter ging's zum Dragon's Fire Inn, wo sich einst die Royalisten versammelt hatten, um zu planen, wie Cromwells Armee vernichtet werden konnte. Vorbei an den Türmen von St. Gothian's und dem ruhigen Pfarrhaus mit dem Efeu an den Steinmauern, wo Fitzleger gerade im Garten mit seiner blonden Enkeltochter spielte.
Madeline blieb kaum mehr Zeit, als dem Reverend zuzuwinken, dann hatten sie das Dorf schon hinter sich gebracht.
Anatole trieb den Rotschimmel nun die steilen Pfade zwischen den Klippen hinauf, um ihr auf einer Hügelkuppe den stehenden Stein zu zeigen.
Er berichtete ihr, dass solche Steine häufiger in Cornwall anzutreffen seien. Ähnlich Stonehenge, wisse niemand so genau, zu welchem Zweck sie errichtet worden seien. Der schwere Granitblock sah aus, als habe ein Riese ihn hier abgesetzt.
Madeline überraschte es wenig, dass ein so merkwürdiger Stein auf dem St.-Leger-Land zu finden war.
Der Burgherr hielt im Schatten des Steins an, damit der Wallach und seine Braut sich erholen konnten. Er schwang sich aus dem Sattel und hob sie auf den Boden. Madeline stakste breitbeinig wie ein Seemann umher, der zu lange nicht mehr an Land gewesen war. Anatole legte einen Arm um ihre Hüften, um ihr Halt zu geben. Der Wallach trabte langsam über das Land und tat sich an dem spärlichen Grasbewuchs gütlich.
Anatole nahm sie an die Hand, als sei es das Selbstverständlichste auf der Welt, und zusammen spazierten sie über das

Heideland. Alle Schatten, Geheimnisse und Missverständnisse schienen von ihnen abgefallen zu sein.
Schließlich standen sie mit dem Rücken zu dem Stein und betrachteten das wunderbar wilde Land. Von diesem erhöhten Punkt aus konnte man bis zu der kleinen Bucht bei Castle Leger schauen.
»Jetzt habt Ihr den Großteil meines Landes gesehen. Wie gefällt es Euch?«
Sie spürte, wie wichtig ihm ihre Antwort war.
»Großartig, Mylord.«
Seine Augen strahlten vor Stolz, und sie betrachtete ihn ebenso. Bevor sie aufgebrochen waren, hatte er gebadet, sich umgezogen und sich das Haar zurückgebunden. Madeline wusste nicht, welcher Anblick ihr besser gefiel, vor allem, als der Wind an seinem Zopf zerrte.
Das Haar lang zu tragen, stand ihm viel besser. Dann wirkte er so ungezähmt, wettergegerbt und frei wie sein Land. Die junge Frau fragte sich, wie sie sich ihn je hatte anders wünschen können.
Als er sie ansah, senkte sie rasch den Blick, weil sie sich genierte, ihn so offen angestarrt zu haben.
»Viel schöner, als ich mir je vorgestellt hätte, bevor ich hier angelangt bin«, sagte sie. »Das Land natürlich.«
»Nun ist es auch Euer Land. Denn Ihr seid die Herrin von Castle Leger.«
Daran hatte Madeline noch gar nicht gedacht. Doch wie sie jetzt Hand in Hand mit Anatole dastand, konnte sie es glauben und spürte die Kraft des Landes und seinen Stolz auf diesen Besitz.
Viel häufiger als je zuvor sahen sie einander an, und niemals war ihnen der Umgang miteinander so leicht gefallen.
Irgendwann löste sie ihre Hand aus der seinen, da sie sich den stehenden Stein genauer ansehen wollte. Ein kreisrun-

des Loch befand sich in seiner Mitte, das wie ein Auge wirkte und groß genug zu sein schien, um hindurchzukriechen.
»Es erfordert schon eine enorme Leistung, um einen solchen Brocken hier heraufzuschaffen«, bemerkte die junge Frau. »Was meint Ihr, wie man das bewerkstelligt hat?«
»Keine Ahnung. Einige im Dorf behaupten, das sei Prosperos Werk gewesen.« Er strich mit einer Hand über den Stein. »Aber ich glaube, der Fels ist viel, viel älter als mein Vorfahr. Vielleicht stammt er aus der Zeit der Druiden.«
Der Burgherr lächelte: »Wie dem auch sei, die Dörfler glauben, dass man nur durch den Stein kriechen muss, um sich von allen möglichen Leiden zu befreien.«
»Und, habt Ihr das jemals selbst ausprobiert?«
»Ein- oder zweimal, als ich noch ein Junge war.«
»Und, hat es gewirkt?«
»Nein.«
Madeline stellte sich vor, wie er als Knabe einsam hier oben spielte, durch den Ring kroch und sich … ja was wünschte? Von dem geheilt zu werden, was ihn in den Augen seiner Eltern so abscheulich machte?
Aber Löcher in Steinen oder sonstige Felsformationen konnten einem keine Wünsche erfüllen. Sie wollte ihm das auch sagen, als sie die Ehrfurcht und Verletzlichkeit in seiner Miene bemerkte.
Die junge Frau betrachtete den Koloss mit neuen Augen und versuchte, sich seiner Magie zu ergeben. Sie zog sich die Handschuhe aus und berührte seine körnige Oberfläche. Dann duckte sie sich, kroch durch den Ring und blieb mit einer Stiefelspitze hängen.
Anatole eilte sogleich zu ihrer Rettung herbei. Sie glaubte, so etwas wie ein belustigtes Glitzern in seinem Blick zu entdecken.

»Au!«, rief sie, als sie sich das Handgelenk aufschürfte. »Euer Fels scheint nicht gerade eine heilende Wirkung auf mich zu haben.«
»Ihr habt es ja auch nicht richtig gemacht. Ihr müsst rückwärts hindurchkriechen, gegen die Sonne, und das neun Mal.«
»Ich glaube, damit warte ich, bis ich wirklich schwer erkrankt bin.«
»Gott bewahre!«, rief er ernst. »Dazu darf es nie kommen!« Er nahm ihre verletzte Hand und glitt sanft mit den Lippen über die Wunde.
Natürlich war es vollkommen irrational, vom Kuss eines Mannes Heilung zu erwarten, genauso wenig wie von einem granitenen Felsblock. Und doch verspürte Madeline eine Wärme, die ihr durch und durch ging und den Schmerz im Handgelenk zu etwas viel Süßerem werden ließ.
Die junge Frau lehnte sich an den Stein, und Anatole betrachtete sie durch halb geschlossene Lider.
»Danke«, sagte er.
»Wofür denn?«
»Für alles. Mich heute mit Euch zusammen sein zu lassen. Mir und meinem Pferd zu vertrauen, und mir nicht zu sagen, für was für einen abergläubischen Trottel Ihr mich haltet.«
Madeline errötete leicht, als ihr wieder einfiel, dass sie ihm vorhin genau das hatte erklären wollen.
»Roman behauptet immer, dieser Stein sei ein Schandfleck. Wenn er der Herr von Castle Leger geworden wäre, hätte er ihn bestimmt längst entfernen lassen.«
»Dann können wir ja von Glück sagen, dass er nicht der Burgherr geworden ist. Euer Cousin hätte nie so eins mit dem Land und seinen Bewohnern werden können wir Ihr.«

Anatole lächelte schief. »Meint Ihr damit, ich sei genauso ungebildet wie die Bauern hier?«
»Nein, gewiss nicht. Ihr versteht die Menschen dieser Gegend und respektiert ihren Glauben. Vermutlich verehren sie Euch deswegen so.«
Er starrte sie an, als hätte sie einen Sonnenstich erlitten.
»Ist Euch das denn nicht aufgefallen? Mir schon. Auch wenn ich erst seit kurzem hier bin, habe ich doch bemerkt, wie Euch alle, von den Dienern, über die Pächter bis hin zu den Dorfbewohnern, sehr schätzen. Mögen sie Euch auch den schrecklichen Lord nennen, so sind die Menschen hier doch sehr stolz auf Euch.«
Anatole lachte laut.
»Und wie seht Ihr mich?«
»Ihr seid ebenfalls mein schrecklicher Lord«, gab sie zurück und senkte dann rasch den Kopf, damit er in ihren Augen nicht etwas entdeckte, von dem sie selbst nicht wusste, was es zu bedeuten hatte.
Madeline zog sich von ihm zurück und tat so, als würde sie sich für einen Schmetterling interessieren, der gerade über die Erika flatterte.
St. Leger sah ihr enttäuscht hinterher. Der Tag war so wunderbar gewesen, dass er schon geglaubt hatte, sich wieder Hoffnungen machen zu dürfen.
Wenn er jedoch ehrlich zu sich selbst war, musste er zugeben, dass er heute bei ihr mehr erreicht hatte, als mit seinen ganzen törichten Bemühungen in der zurückliegenden Woche; mit Spaziergängen, Teestunde und der dämlichen Gesellschaft.
Madeline wirkte auch glücklicher als je zuvor seit ihrer Ankunft auf Castle Leger. Sie lief dem Schmetterling hinterher, nahm den Hut ab und schüttelte ihr Haar aus.
Anatole war es schon zufrieden, sie einfach nur zu betrach-

ten und sich an ihrer Schönheit zu erfreuen. Seine Seele hätte er dafür hergegeben, seine Frau immer so sehen zu dürfen.

Sie einfach lieben.

Die Worte kamen ihm wieder wie ein Vers aus einem Lied in den Sinn, doch jetzt schien er zum ersten Mal die wahre Bedeutung dieser Worte zu begreifen.

Offenbar hatte Prospero ihm wirklich einen Zauber gegeben. Vergesst die Sagen, die Magie und alles andere, versucht lieber, das Herz der Frau zu gewinnen, als sei es ein überaus wertvoller Preis.

Er liebte sie, bei Gott, das tat er wirklich!

Ihm kam es so vor, als lichte sich ein Nebel über seinem Geist. Seine Fähigkeit stieg zu neuer Macht auf, er schloss die Augen, und plötzlich konnte er sie mit seinem Extrasinn wahrnehmen, ihren Herzschlag und ihre Atemzüge wie ein Licht, das sich in seine Seele ergoss.

Anatole spürte, wie sie von ihrem Spaziergang zurückkehrte – zu ihm. Als er die Augen öffnete, stand sie nur wenig von ihm entfernt.

»Ist alles mit Euch in Ordnung?«

Sie kam noch näher, und er streckte die Hand aus, um ihre Wange zu streicheln. Eine mächtige Woge durchfuhr ihn, um er hätte am liebsten gleichzeitig gelacht und geweint.

»Gott segne Mr. Fitzleger«, murmelte er.

»Wie bitte? Geht es Euch auch wirklich gut?«

»Mir ist es noch nie besser gegangen.«

Anatole lachte befreit und fühlte sich endlich wie ein Mann, dem sein Schicksal klar geworden ist: Er wollte diese Frau auf ewig lieben, verehren und beschützen.

Sie hielt den Hut noch in der Hand, und er nahm ihn ihr ab, setzte ihn ihr auf den Kopf und verknotete die Bänder unter

ihrem Kinn. »Den solltet Ihr hier draußen besser aufbehalten.«
»Ich bin doch nicht aus Porzellan, Mylord. Ihr behütet mich ja richtig.«
»Und das werde ich von jetzt an immer tun. Wenn ich die Macht dazu besäße, würde ich den Winden gebieten, sich von Euch fern zu halten.«
»Fast glaube ich, das vermögt Ihr wirklich. Manchmal habt Ihr eine Art an Euch, die ich mir nicht erklären kann.«
»Ja, stimmt!«, grinste er zu ihrem großen Erstaunen.
Madeline wusste nicht, was über ihren Gemahl gekommen war. Sie hatte ihn noch nie so heiter und gelöst erlebt; ganz so, als sei ihm eine große Last von den breiten Schultern genommen worden.
Sie schrie kurz auf, als er sie unter den Armen packte und hoch hob, bis sich ihr Gesicht auf einer Höhe mit dem seinen befand. Dann drehte er sich mit ihr im Kreis, bis Madeline ganz schwindlig wurde und sie ihn anflehte, damit aufzuhören.
Er blieb abrupt stehen und verlor die Balance. Anatole kippte nach hinten und riss sie mit sich. So rollten sie über das Heidekraut und Moos, bis Madeline wieder auf seiner Brust lag und ihr Haar genauso zerzaust aussah wie das seine.
Keuchend blickte er in ihre fröhlichen Augen, und beide lachten, bis ihnen bewusst wurde, in welcher Situation sie sich befanden. Ihr weicher Busen drückte gegen seine stahlharte Brust, ihre Herzen schlugen im Gleichklang, und Madelines Unterröcke waren hochgerutscht, so dass ihr bloßer Oberschenkel auf seiner Hose ruhte.
Die junge Frau erhob sich ein Stück, um eine schicklichere Position einzunehmen, aber seine Arme ließen sie nicht los.

»Ihr hattet Recht.«
»Womit genau, da gibt es vieles«, versuchte sie zu scherzen, doch ihre Stimme klang viel zu heiser.
»Was Ihr gestern im Bett gesagt habt.«
»Nein, bestimmt nicht, ich hätte besser den Mund gehalten.«
»Aber das war richtig. Irgendetwas zwischen uns war furchtbar verkehrt gelaufen.«
»Und jetzt nicht mehr?«
Er lächelte sie verführerisch an und schüttelte den Kopf.
»Dann glaubt Ihr also, wenn wir das nächste Mal ...« Ihre Wangen liefen rot an, als ihr bewusst wurde, was sie ihn da fragte.
Er nickte.
»Drei Tage lang?«, flüsterte sie erschrocken.
»Länger. Mein Großvater hat seinen Rekord nur aufgestellt, damit er von seinen Nachfolgern gebrochen wird.«
Seine Hand fuhr durch ihr Haar, legte sich um ihren Nacken und zog ihre Lippen auf die seinen herab. Kein heftiger Kuss, kein zärtlicher, sondern einer, der genauso stark war wie die Arme, welche sie hielten.
Dann hob er sie hoch und legte sie neben sich, ohne dass sein Mund den ihren auch nur für einen Moment verließ.
Wie im Taumel nahm sie seine Hitze und Zärtlichkeit in sich auf. Irgendetwas war mit ihnen geschehen, seit sie in den Schatten des stehenden Steins gelangt waren.
Anatole hatte sie auch früher schon mit Leidenschaft oder sogar mit Lust angesehen, doch noch niemals derart wie jetzt, so als sei sie das Zentrum seiner Welt und ein untrennbarer Teil von ihm. Aber auch, als könne er in sie hineingreifen und ihr Herz berühren.
Er knotete das Hutband auf, und seine Finger zupften langsam an dem Satin, worunter ihr Körper vor Erwartung zu

beben begann. Dann küsste er sie zärtlich auf den Hals, genau auf die Stelle, wo ihr Puls immer schneller schlug.
Während seine Finger durch ihr Haar glitten, liebkoste er sie mit Küssen, mal zärtlich und mal voller Leidenschaft. Madeline erbebte noch mehr, und ein angenehmes, heftiges Gefühl durchfuhr sie, als sie erkannte, was er beabsichtigte.
Er wollte sie lieben, gleich hier und jetzt, inmitten der duftenden Wildblumen und direkt neben dem magischen Stein. Und, bei den Himmeln, sie wollte ihn auch. Neue Wünsche entstanden in ihr, die ihr doch vertraut waren.
So als hätte sie dies alles einmal in einem Traum erlebt … oder in der Vision des Schwertkristalls gesehen …
Madeline riss die Augen weit auf. Genau so hatte sie es gestern Nacht in dem Stein gesehen: den wilden Ritt über das Land; das starke Gefühl seiner Arme, die sie fest hielten; seinen Kuss, als er sie auf die Heide legte … und jetzt konnte nur noch eins folgen …
Die seltsame Übereinstimmung erschreckte sie ein wenig. Nicht wegen der wunderbaren Dinge, die Anatole nun mit ihr tun würde, sondern weil die Magie der Kristallvision real und echt zu werden versprach.
Seine Finger zogen Kreise auf ihrem Rücken, doch als sie nach den Verschlüssen ihrer Reitjacke strebten, stemmte sie die Hände gegen seine Brust.
»Eins müsst Ihr mir erst versprechen.«
Trotz seiner Erregung brachte er ein Lächeln zustande. »Und was könnte das sein?«
»Versprecht mir, dass, egal, wie es diesmal auch ausgehen mag, Ihr danach nicht wieder davonrennt und mich allein lasst.«
»Madeline …«
»Euer Wort drauf!«

»Ich verspreche es.« Er hob ihre Hände von seiner Brust und küsste sie. »Als wenn ich je wirklich von Euch fort könnte. Viel mehr fürchte ich, dass Ihr eines Tages von mir flieht.«
»Das werde ich niemals tun. In der vergangenen Nacht hatte ich schreckliche Angst, weil Ihr nicht mehr da wart und ich Euch nirgendwo finden konnte. Ich fürchtete schon, etwas Schlimmes sei Euch zugestoßen ... Und einmal befiel mich sogar eine ganz dumme Angst ...
... dass ich Euch zu sehr erzürnt oder enttäuscht haben könnte und Ihr Euch zu einer anderen ins Bett gelegt hättet.«
»Ja, das war wirklich sehr dumm von Euch«, entgegnete er sanft. »Versteht Ihr denn nicht? Ich kann nur eine Frau begehren, und das seid Ihr, meine auserwählte Frau für alle Ewigkeit.«
»Wie in den alten Familiensagen?«
»Ja, genau, wie in unserer Tradition, an die Ihr so hartnäckig nicht glauben wollt.«
»Dann zeigt mir, wie man daran glauben kann.«
Er hielt sie wieder wie vorher, und seine Umarmung war gleichzeitig von Ehrfurcht wie Leidenschaft erfüllt.
Die Zeit selbst schien still zu stehen, und kein Wind zog mehr über das Land. Seine Lippen bedeckten die ihren mit aller wilden Zärtlichkeit, zu der ein St. Leger fähig war. Er durchdrang ihre schwache Verteidigung, bis sie sich mit einem Seufzer ergab.
Madeline zerschmolz unter seinen Berührungen, vergrub ihre Finger in seinem dichten Haar und erwiderte hungrig seinen Kuss.
Sie kniete neben ihm, schlang die Arme um seinen Hals, presste ihre Wange an sein hartes Kinn und ließ sich von ihm entkleiden. Anatole hatte alle Geduld verloren, und er zerrte an ihren Sachen, bis Reitjacke, Kleid, Bluse und Un-

terröcke sich auf dem Boden um sie versammelt hatten und sie sich nackt seinen Blicken darbot.
Doch sie verspürte nicht den Drang, sich zu bedecken. Alle Scham und alle Schicklichkeit waren in der Welt der Rationalität zurückgeblieben, an die sie sich kaum noch erinnern konnte.
Was vorhin über Anatole gekommen war, schien nun auch von ihr Besitz zu ergreifen. Wie eine Keltenmaid, die gerade durch den Ringstein gestiegen war, schüttelte sie das rote Haar zurück und bot stolz ihre Brüste seinen Blicken dar.
Feuer stand in seinen Augen, als er den schwarzen Umhang abnahm, um ihnen ein Lager auf dem Moos zu bereiten. Dann riss er sich das Hemd seiner Brust und entledigte sich seiner Hosen und Reitstiefel.
Wie ein Turm ragte er über ihr auf, und das Sonnenlicht brachte seine braune Haut, seine strammen Muskeln und seine erregte Männlichkeit zum Glänzen.
Madeline bog mit einem Seufzen den Rücken durch, und ihre Haut prickelte an unzähligen Stellen. Lag das am Wind, oder vielmehr an den Berührungen starker, zärtlicher Finger, die ihr Blut durch die Adern rauschen ließ.
Als er sich vor sie hinkniete, strich sie mit den Fingern über die breiten Rundungen seiner Schultern und die sehnige Kraft seiner Arme.
Sie legte die Hände an die harten Muskeln seiner Brust und spielte mit dem dichten Haar. Er ertrug ihre Erkundungen mit der Standhaftigkeit eines geborenen Kriegers, doch sie spürte, wie sein Herz schneller schlug und sein Fleisch unter ihren Fingerkuppen erschauderte.
Reine und ursprüngliche weibliche Begeisterung überkam Madeline, als sie feststellte, wie viel Macht sie über diesen unüberwindlich scheinenden, männlichen Körper besaß.

Mutig geworden ließ sie die Finger zu seinem harten, glatten Bauch hinabwandern, bis hinunter zu der Region, die für sie immer noch das größte Geheimnis darstellte.
Zweimal schon hatte sie die Macht seiner Stöße in sich gespürt, doch nie zuvor hatte sie es gewagt … Madeline hielt den Atem an und schloss langsam die Hand um seinen Schaft, der sich heiß, pulsierend und glatt wie Samt anfühlte.
Stöhnend ergriff er ihre Hände und hielt sie fest.
»Nein, Lady, nicht dieses Mal … Ich will mich nicht über die Schwelle tragen lassen, bevor ich Euch nicht meine Magie bewiesen habe.«
Er versiegelte ihren Mund mit seinen Lippen, und seine Hände fuhren wie ein Wispern über ihre Brüste. Madeline keuchte unter der Hitze seiner Handflächen.
Während seine Lippen ihren Mund immer noch gefangen hielten, verspürte sie die süße Folter seiner harten Daumen an ihren Brustwarzen, bis diese sich schmerzlich aufrichteten.
Anatole legte sie auf den ausgebreiteten Mantel, und sein mächtiger Körper, der über ihr aufragte, schien die Sonne zu verdunkeln. Er sah ihr in die Augen, und über seine Lust legte sich ein Schatten von Bedauern.
»Ach, Madeline, Ihr verdient so viel mehr als mein Schweigen. Wenn ich euch nur sagen könnte … Ich hätte schon vor langer Zeit den Mut dazu aufbringen sollen.«
»Pst!«, entgegnete sie und legte ihm zwei Finger auf den Mund. »Was immer es sein mag, es wird auch später noch da sein.«
»Aber ich habe Euch nie gesagt, wie schön Ihr … wie sehr ich Euch … was ich für Euch …« Er brach ab und schluckte schwer. »Mir fehlen einfach die Worte dafür.«
»Dann zeigt es mir mit Eurem Herzen, Mylord.«

Er beugte sich über ihre Schulter und brachte sie mit der Leidenschaft seiner Küsse in Wallung. Seine Hände glitten über sie und berührten sie nicht länger mit einer Vorsicht, als könnte sie zerbrechen, sondern mit aller Magie, zu der er in der Lage war.
Mit einem Mal schien er die Geheimnisse ihres Körpers besser zu kennen als sie selbst und fand streichelnd, berührend und küssend ihre intimsten Stellen.
Die Leidenschaft wuchs tiefer und heißer in ihr, bis sie es kaum noch aushalten konnte. Wimmernd bewegte sie sich unter ihm, und ihre Finger verkrallten sich in seinem Rücken.
Ja, danach hatte sie sich gesehnt, wurde ihr in diesem Moment zu ihrer Verwunderung bewusst. Das hatte sie sich in den Nächten erhofft, die sie allein in ihrem Bett verbracht hatte. Deswegen war sie von London bis hierher gereist.
Nicht nach einem Dichter mit verträumten Augen und goldenen Worten verlangte sie, sondern nach diesem rauen Mann, der so tief zu schweigen verstand und dem eine ungeheure Kraft innewohnte, nach Anatole mit den schwieligen Händen, dem vernarbten Herzen und dem Mund, der so viel Zärtlichkeit und Verlangen geben konnte.
Als er ihre Schenkel zu teilen versuchte, öffnete sie sich ihm bereitwillig, war sie doch mehr als bereit für ihn.
Für einen Moment vereinigten sich ihre Blicke, bis sie glaubte, er könne bis auf den Grund ihrer Seele und in das brennende Zentrum ihres Begehrens blicken.
Dann drang er in sie ein, und diesmal erwarteten sie nicht Schmerz, Enttäuschung oder Verzweiflung, sondern nur das Zusammenfinden zweier Körper, wie es für Mann und Frau ganz natürlich war.
Sie bewegten sich im selben Rhythmus und wurden ge-

meinsam schneller. Anatole flüsterte ihren Namen, und dieses eine Wort kam ihm wie ein Gebet über die Lippen.
Madeline fühlte sich wie von einer mächtigen Flut gefangen und konnte nicht mehr tun, als sich an seinen Schultern fest zu halten. Sie ließ sich von ihm fort tragen in eine Welt, in der es keine Ratio mehr gab.
Der strahlend blaue Himmel, der uralte Stein und die Heidelandschaft, sie alle vergingen, bis Madeline nichts anderes mehr wahrnahm als den Mann über und in ihr. Seine Brust glänzte vor Schweiß, und sein Körper zitterte, als müsse er eine mächtige Energie im Zaum halten.
Seine dunklen Augen starrten in die ihren, als suchten sie darin nach einer Reaktion von ihr.
Und die regte sich tief in ihr, bis sie sich ihm entgegenbog. Etwas explodierte in ihr, und sie schrie vor Überraschung. Wogen intensiver Lust durchtosten sie und trugen sie hinauf bis in den Himmel. Ihr ganzer Körper bebte, und erst, als das heftige Pochen verging und einer wohligen Wärme Platz machte, sank sie auf die Erde zurück und sah Anatole wieder über sich.
Ein Lächeln tiefster Zufriedenheit umspielte seine Lippen, so als habe er lange auf diesen Moment gewartet. Mit einem letzten Stoß ließ er alle Kontrolle über sich fahren, und ein gewaltiges Schaudern ging durch ihn. Er schloss die Augen, warf den Kopf in den Nacken und stieß einen heiseren Schrei aus.
Der Laut hallte von den Hügeln wider wie der Schlachtruf eines mächtigen Kriegers. Schwer atmend sank er auf Madeline und bedeckte sie mit seiner Wärme.
Für eine lange Zeit herrschte nur Stille hier draußen, gelegentlich unterbrochen vom Schrei einer Möwe.
Anatole rollte sich auf die Seite und zog sie mit sich. Die Sonne war ein gutes Stück tiefer gesunken, und eine Brise

wehte heran, doch Madeline spürte in ihrem Nachglühen nichts davon.
Er deckte das Ende des Umhangs über sie, und sie schmiegte sich an seine Brust. Während sie lauschte, wie sich sein Herzschlag auf Normalmaß verlangsamte, wusste sie, dass nichts mehr so sein würde wie vorher.
Madeline hatte schon vor einiger Zeit gespürt, dass in diesem Mann verborgene Feuer brannten und er sich insgeheim wünschte, zu lieben und geliebt zu werden. Doch es bedurfte der richtigen Lady, um das alles aus ihm herauszuholen.
Lange hatte sie daran gezweifelt, diese richtige Frau zu sein. Jetzt füllten sich ihre Augen vor Glück und Erleichterung mit Tränen.
Aber Madeline blinzelte sie zurück, weil sie wusste, dass Anatole davon beunruhigt sein würde. Tiefer Friede hatte sich auf seinen Zügen ausgebreitet, und er wirkte mit sich und der Welt, mit sich selbst und ihr vollauf zufrieden.
Dann drehte er sich zu ihr um. »Und?«
Sie wusste genau, was er von ihr wollte, doch das alte Teufelchen überkam sie wieder.
»Es war … ganz erträglich.«
Alle Freude und Zufriedenheit wichen sofort aus seinem Blick, und die Düsternis kehrte zurück. Madeline konnte es nicht ertragen, ihn länger zu quälen.
»Ihr wisst sehr gut, was Ihr gerade mit mir angestellt habt, Sir. Und noch etwas ist mir klar geworden.«
»Was denn?«
»Warum Eure Großmutter Euren Großvater drei Tage nicht mehr aus dem Bett lassen wollte.«
Sein Lächeln kehrte zurück, und das mit aller Macht, bis er die blanke St.-Leger-Arroganz zeigte. Doch in Madelines Augen machte ihn das nur noch liebenswerter.

»Ich glaube, es würde mir gefallen, Euch eine ganze Woche lang auf diesem Hügel fest zu halten.«
»Und ich hätte nichts dagegen einzuwenden, Madam. Nur, was wird so lange aus meinem Pferd?«
»Nun, bindet es los, damit es umherwandern und seine auserwählte Stute finden kann.«
»Er ist ein Wallach.«
»Oh … der Ärmste.«
Anatole lachte laut, und seine Augen strahlten sie an. Er küsste sie auf die Nasenspitze, und in diesem Moment erkannte sie, wie viel sich wirklich zwischen ihnen getan hatte.
Nicht länger waren sie zwei verzweifelt einsame Menschen, die ein liebenswürdiger alter Mann zusammengeführt hatte. Aus ihm und ihr waren zwei wahrhaftig Liebende geworden, die alles, selbst das Intimste, miteinander teilten.
St. Leger knabberte an ihrem Ohrläppchen, und Madeline schloss wohlig die Augen. Wenn alle St.-Leger-Männer so waren wie Anatole, konnte sie deren Frauen nur zu gut verstehen.
Nicht nur die Momente der Leidenschaft schweißten sie zusammen, sondern noch mehr, was danach folgte. Das gemeinsame Lachen, die zärtlichen Küsse und das Gefühl, in seinen Armen sicher und geborgen zu sein.
Sie hatte den Rest der Welt schon beinahe vergessen, doch die Welt erinnerte sich zu gut an sie.
Plötzlich hob er den Kopf und lauschte. Sein Körper spannte sich an.
Sie hatte diesen Gesichtsausdruck schon früher bei ihm bemerkt, und Unruhe entstand in ihr. Madeline nahm sich fest vor, sie zu ignorieren. Nichts sollte die Magie dieses Nachmittags zunichte machen.

Madeline legte eine Hand auf seine Wange, um sein Gesicht wieder in ihre Richtung zu drehen, doch er schüttelte ihre Finger ab.
»Verdammt!«, fluchte er. »Wenn wir weiterhin nackt sein wollen, sollten wir das wohl besser in der Abgeschiedenheit meines Gemachs tun. Da kommt nämlich jemand heran.«
Madeline lauschte, vernahm aber nichts bis auf das Rauschen des Windes und das leise Wiehern des Wallachs.
»Ich kann nichts hören«, beklagte sie sich.
Anatole war jedoch schon aufgesprungen und zog sich an.
»Ihr werdet mir einfach vertrauen müssen, Mylady. Mein Verwalter Quimby sprengt heran, als sei der Teufel hinter ihm her. Er mag zwar ein rauer Geselle sein, doch tief in seinem Herzen ist er Puritaner geblieben. Ich kann es mir nicht erlauben, den besten Verwalter zu entsetzen, den ich je hatte.«
Er warf ihr ihre Sachen zu und drängte sie zur Eile. Verwirrt befolgte sie seine Aufforderung, hatte jedoch noch nicht das Mieder angelegt, als sie Hufgetrappel vernahm.
Kurz darauf erschien ein Reiter am Horizont, und Anatole half ihr rasch, sich zu Ende anzuziehen.
Madeline spähte dem Mann entgegen, bis sie seine Glatze erkannte. »Tatsächlich, das ist Quimby. Wie konntet Ihr das wissen?«
»Äh, na ja, das gehört zu den Dingen, die ich Euch erklären wollte. Und das werde ich auch ... sobald wir wieder zu Hause sind.«
Er marschierte auf den Hügel zu, den der Reiter eben erklomm, und winkte ihm zu.
»Quimby, warum schindet Ihr eines meiner besten Jagdpferde derart, als seien die Mortmains Euch auf den Fersen?«
Der Verwalter zügelte das Pferd hart, und selbst aus der

Entfernung konnte Madeline ihm ansehen, dass etwas nicht in Ordnung war.
»Mylord …«, begann der Mann keuchend, »ich habe schon überall nach Euch gesucht … Wir haben nach Doktor Marius geschickt … ein furchtbarer Unfall in der Burg … der junge Will Sparkins …«
Anatole erstarrte, stellte keine Fragen und entließ Quimbly mit einem knappen Nicken. Der Verwalter wendete sein Ross und preschte so rasch davon, wie er gekommen war.
Der Burgherr rannte zu seinem Wallach. Madelines blickte ihm enttäuscht nach. Er schien sie völlig vergessen zu haben. Verwirrt und auch ein wenig ängstlich folgte sie ihm.
»Anatole?«
Er drehte sich nicht einmal zu ihr um. Sie holte ihn erst ein, als er sein Pferd los gebunden hatte.
»Was ist denn geschehen? Was widerfuhr Will?«
Diesmal sah er sie an, doch mit einem Blick, der ihr das Herz zusammenzog.
»Ihr habt Quimby nicht einmal gefragt, was denn passiert ist.«
»Das weiß ich bereits.«
Er sprang in den Sattel und zog Madeline zu sich hoch.
Kaum hatte er das Ross gewendet, schnalzte er laut, und der Rotschimmel stürmte los.
Madeline blieb nichts anderes übrig, als die Arme um ihn zu schlingen. Innerhalb eines Moments war alle Wärme zwischen ihr und Anatole erloschen.

17

Die meisten Diener hatten sich in der großen Halle versammelt. Und alle, ob Knecht, Küchenmägde oder Wildhüter tauschten leise Vermutungen aus.
»Die dunklen Mächte des Herrn haben wieder ihr Haupt erhoben.«
»Aber er hat den Jungen doch gewarnt, oder?«
»Die Visionen Seiner Lordschaft bewahrheiten sich immer, da kann man nichts dagegen machen.«
Das Getuschel verstummte, als der Burgherr selbst hereingestürmt kam und seine Braut ihm, so gut sie konnte, folgte.
Anatole sah die Versammelten kurz an und spürte, wie Furcht vor ihm sie erfüllte. Was hatte Madeline gesagt? Das Volk verehre ihn? Von wegen.
Nicht Liebe stand in ihren Mienen zu lesen, und die meisten wagten nicht, ihn anzusehen. Woher sollten sie auch wissen, bei wem die schreckliche Macht ihres Herrn das nächste Mal zuschlagen würde?
»Zurück an die Arbeit. Raus mit Euch allen!«, donnerte Anatole.
Nach einer Weile stand St. Leger allein in der Halle, wie es immer gewesen war, nachdem sich eine seiner Visionen bewahrheitet hatte.
Nur verhielt es sich heute anders. Mit einem Mal wurde

ihm bewusst, dass er Madelines Hand hielt – so fest, als hinge sein Leben davon ab.
Seine Braut stand zu ihm, aber würde sie das auch dann noch tun, wenn sie die Wahrheit erfahren hatte? Würde sie ihn dann nicht ebenso wie das Gesinde meiden?
Nach dem, was heute zwischen ihnen geschehen war, würde Anatole das nicht ertragen können. Nein, er durfte den Albtraum nicht mit ihr teilen, der ihn schon so lange plagte.
Er ließ ihre Hand los. »Ihr solltet besser nach den Mädchen sehen. Nancy schien kurz vor einem hysterischen Anfall zu stehen. Ich kümmere mich schon um Will.«
»Nein, ich möchte lieber mit Euch kommen.«
Anatole kehrte ihr den Rücken zu. »Tut, worum ich Euch gebeten habe, Madam.«
Als der Burgherr davonging, spürte er geradezu körperlich, wie verletzt sie war; doch durfte er sich davon nicht aufhalten lassen.
Anatole folgte dem Gang ins Gesindehaus und erreichte die Hausbrennerei, in der man schon seit den Tagen, in denen Deidre hier ihren Kräutersud gekocht hatte, die Kranken und Verletzten behandelte.
So sehr hatte er sich beeilt, um hierher zu kommen, doch jetzt, da er vor der Kammer stand, zögerte er. Wie oft hatte er das schon mitmachen müssen.
Diesmal hatte es den jungen Will erwischt.
Lieber hätte er nicht nach ihm gesehen, doch als Burgherr blieb ihm nichts anderes übrig. Ein St. Leger kümmerte sich um die Seinen.
Tief durchatmend stieß er die Tür auf. Der Schein der Kerzen bestrahlte eine grimmige Szene: Will lag auf dem Eichentisch, und man hatte ihm Kissen unter Kopf und Schultern geschoben. Jemand hatte ihm das Hosenbein aufgeschnitten, und eine schreckliche Wunde war zu sehen.

Anatole erstarrte, auch wenn er diese Verletzung schon in seiner Vision geschaut hatte.
Trigghorne stand in einer Ecke, als müsse er hier Wache halten, und Marius behandelte bereits den Jungen. Sanft und geduldig kümmerte er sich um ihn, obwohl seine Miene verriet, dass er schon mehr Leid gesehen hatte, als einem Menschen zugemutet werden konnte.
Der Arzt murmelte dem Jüngling beruhigende Worte zu, während er ihm am Oberschenkel den Pressverband anlegte. Will schrie, und Lucius sprang herbei, um ihn unten zu halten.
Anatole musste sich eingestehen, dass er den Jungen seit der Vision fast vergessen hatte. In den letzten drei Tagen hatte er nur noch Gedanken für Madeline gehabt.
Aber er hätte den Jungen im Gedächtnis behalten müssen und versuchen, eine Rettungsmöglichkeit für ihn zu finden – auch wenn dies ein aussichtsloses Unterfangen war.
Marius bemerkte ihn als Erster. Er wischte sich die Hände an der Schütze ab und befahl Trigghorne, die Wunde mit dem Schwamm zu säubern.
»Nun, Cousin, Euer junger Knecht hat sich in ein schönes Schlamassel gebracht. Aber keine Angst, er wird es überleben.«
»Das weiß ich«, entgegnete Anatole.
»Doch ist seine Wunde zu tief. Ich bin nicht in der Lage, Fleisch und Sehnen wieder zusammenzufügen, wenn sie in einem solchen Maße durchtrennt sind. Ich fürchte, ich werde ihm ein Bein abnehmen müssen.«
»Auch das weiß ich, verdammt noch mal!«
Anatole schob den Arzt beiseite und stellte sich vor Will. Von dem schmucken Jüngling, in den Madeline ihn verwandelt hatte, war nicht viel übrig geblieben. Auf seiner

Miene zeichnete sich das Wissen um die furchtbare Wahrheit ab, von nun als Krüppel leben zu müssen.
»Herr! Tut mir – tut mir Leid. Ich wollte Euch nicht ungehorsam sein, aber ich hatte die Warnung vor der Axt ganz vergessen.«
»Ist schon in Ordnung, Junge.«
»Der Blödian wollte vor den Maiden angeben«, warf Trigghorne mit grimmiger Miene ein.
»Ich wollte nur zeigen, wie stark ich bin … aber die Axt war so schwer … und ist abgeglitten … Tut mir Leid, Herr, so furchtbar –«
»Verflucht, ich habe gesagt, es ist schon in Ordnung«, erwiderte Anatole härter als beabsichtigt. Lieber wäre ihm gewesen, der Junge hätte ihn verwünscht oder angespuckt, wie Bess Kennack es getan hatte.
»Ich bin nicht böse auf Euch.«
»Aber ich habe die schöne neue Livree ruiniert. Was wird die Herrin dazu sagen?«
»Sie wird es verstehen und Euch eine neue besorgen. Jetzt bleibt still liegen, dann wird alles wieder –«
Gut?
Die Lüge blieb ihm im Halse stecken. Marius griff in seinen schweren Arztkoffer und legte die Instrumente zurecht.
»Bei der Liebe Gottes, Vetter«, wandte Anatole sich leise an Marius. »Gibt es denn wirklich keine andere Möglichkeit? Verdammt, Mann, Ihr habt doch in Edinburgh studiert. Ihr müsst doch in der Lage sein …«
Er brachte den Satz nicht zu Ende, als der Cousin nur traurig den Kopf schüttelte.
»Dann bringen wir es lieber gleich hinter uns.«
»Genau das habe ich vor«, entgegnete der Doktor. »Aber für Euch besteht kein Anlass hier zu bleiben und alles …«
»Alles noch einmal durchmachen zu müssen?« Der Burg-

herr lachte bitter. »Das scheint mein Schicksal zu sein, Vetter, jede Katastrophe zweimal erleben zu dürfen.«
»Dann muss ich euch bitten, hinauszugehen. Ich weiß nicht, ob ich beides ertragen kann, seinen Schmerz und den Euren.«
Anatole beschämten diese Worte, schien er doch wieder einmal vergessen zu haben, dass außer ihm noch andere St. Legers an der dunklen Seite ihrer Herkunft litten.
Für Marius würde es in diesem Leben nie mehr Licht geben. Aber Anatole hatte wenigstens Madeline. Er drückte dem Cousin ermunternd die Schulter.
Der Arzt ging an die Arbeit, und der Burgherr sagte sich, dass er wirklich besser die Brennerei verlassen sollte.
»Nein!«, kreischte der Junge, als er begriff, was Marius mit ihm vorhatte. Trigg legte ihm die Hände auf die Schultern, um ihn unten zu halten, aber Will wehrte sich nach Kräften gegen ihn.
»Nein, nicht das! O bitte, Gott, lasst mich lieber sterben! Herr, helft mir, ich will auch nie wieder ungehorsam sein!«
Anatole schloss die Augen und wandte sich ab. Die Verzweiflung des Jungen war ihm unerträglich. Er drehte sich wieder um.
»Mr. Trigghorne, lasst ihn los, und geht.«
»Mylord, ich brauche aber jemanden –«, begann der Arzt.
»Verdammt, so soll es nicht geschehen.«
Will erhob sich langsam auf die Ellenbogen, da er glaubte, dass das Schicksal es doch noch gut mit ihm meinte.
Doch Anatole sah ihm eindringlich in die Augen und legte die Fingerspitzen an die Schläfen. Die Miene des Jungen wurde aschfahl.
»Herr, nein, bitte nicht!«
Aber der Burgherr setzte seine Fähigkeiten dazu ein, den Jüngling nach unten zu zwingen und ruhig zu halten.

»Anatole, Ihr könnt doch nicht –,« warnte Marius.
»Geht Ihr ans Werk, und zwar rasch.«
St. Leger nahm nichts mehr von dem wahr, was um ihn herum geschah. Er war jetzt eins mit Will. Der Schmerz des Jünglings wurde der seine und verstärkte den, der bereits in ihm war.

Die Nacht legte sich über Castle Leger und hüllte die Burg in beruhigende Stille. Wie Samt breitete sich der dunkle Himmel über die Türme und Zinnen.
Anatole stand an seinem Fenster und starrte hinaus. Die Erinnerung an Wills Schreie ließen ihm keine Ruhe, seit er vom Krankenlager geflohen war. Außerdem schmerzte ihm noch der Kopf von der Anstrengung, dem Bewusstsein des Jungen die Operation zu ersparen.
Wie gern wäre er in die Nacht gerannt, um sich zwischen den Klippen zu verkriechen und dort seine Frustration hinauszubrüllen.
Aber er hatte Madeline versprochen, nicht mehr vor ihr davonzulaufen. Niemals hätte er ihr sein Wort geben dürfen, und sie erst recht nicht heute in der Heide lieben.
Verflucht wie er war, hatte er nicht das Recht, für sie Gefühle zu entwickeln.
Anatole wusste nicht, wie er ihr jemals die Wahrheit beibringen sollte. Und so wie sein Kopf jetzt schmerzte, konnte er ohnehin keinen klaren Gedanken mehr fassen.
Er spürte, dass sich ihm jemand näherte, konnte aber nach der Anstrengung bei Will nicht sofort erkennen, um wen es sich handelte.
Mit letzter Kraft konzentrierte er sich …
Madeline.
Schon öffnete sich die Tür.
»Darf ich hereinkommen?«

»Ja.« Was hätte er sonst sagen sollen? Anatole war ihr seit der Rückkehr zur Burg aus dem Weg gegangen, weil er die Fragen fürchtete, die sie ihm stellen würde.
Vielleicht hatte er nicht das Recht, sie zu lieben, aber er konnte nicht anders.
Als sie näher kam, erkannte er, dass sie ebenso erschöpft war wie er. Madeline hatte sich nach Kräften bemüht, die Nerven der Bediensteten zu beruhigen und die Ordnung wieder herzustellen.
Sie blieb am Schreibtisch stehen. »Ich glaube, mittlerweile sind alle zu Bett gegangen. Und auch Will schläft.«
»Gut.«
»Marius wurde allerdings fortgerufen, hat uns aber Anweisungen hinterlassen. Trigg wacht über den Jungen. Sollte sich bei ihm Fieber einstellen, müssen wir Euren Cousin sofort holen.«
»Gut.«
»Der Arzt verabschiedete sich von mir mit den Worten: ›Kümmert Euch um ihn‹.«
»Im Moment ist doch Trigghorne bei ihm.«
»Er sprach nicht von Will, sondern von Euch.«
Anatole verfluchte in Gedanken Marius und starrte wieder zum Fenster hinaus. »Mit mir ist alles in Ordnung.«
Madeline stellte sich neben ihn und strich ihm über das Haar. »Ihr seht vollkommen erledigt aus.«
»So fühle ich mich auch.«
»Dann kommt mit zu Bett.«
Wie lange hatte er auf diese Worte gewartet – und darauf, dass sie ihn so ansehen würde. Ihre Augen leuchteten, nicht so wie heute Nachmittag sondern aus Liebe.
»Tut mir Leid, aber ich würde Euch heute Nacht nur zu wenig Nutze sein.«
»Ich will nicht, dass Ihr mir ›zu etwas Nutze‹ seid, sondern

nur, dass Ihr neben mir liegt und Euch von mir festhalten lasst.«
»Selbst dabei wäre ich Euch eine schlechte Gesellschaft. Geht ohne mich.«
»Bitte, Mylord, tut das nicht. Brecht nicht Euer Wort.«
»Das habe ich doch gar nicht. Ich bin nicht vor Euch davongelaufen, oder?«
»Ja, aber Euer Herz und Eure Seele sind sehr weit von mir fort. An dem dunklen Ort, an den ich Euch nicht folgen kann. Bitte sagt mir, was Euch plagt.«
»Nichts, bis auf die Kleinigkeit, dass ich Marius heute dabei geholfen habe, einem Jungen das Bein abzunehmen.«
»Was mit Will geschehen ist, ist furchtbar, aber es war ein Unfall, nicht mehr. Und dennoch tut Ihr so, als trügt Ihr die Schuld daran.«
»Vielleicht ist es ja so.«
»Nein, Ihr habt alles für den Jungen getan, was Euch möglich war. Ich kenne in London genug Gentlemen, die nicht halb so viel für ihre Frau tun würden, geschweige denn für einen Knecht.«
»Ich sollte in der Lage sein, diejenigen zu beschützen –«
»Ihr meint die Menschen, in deren Augen Ihr geblickt und sie mit Euren dunklen Kräften verflucht habt.«
Anatole fuhr zusammen, als hätte sie eine Pistole auf ihn abgefeuert.
»Woher habt Ihr … Wie seid Ihr …«
»Das habe ich von Bess. Sie hat ein paar merkwürdige Dinge von sich gegeben. Zum Beispiel, was mit ihrer Mutter geschehen sein soll. Oder warum Will seinen Unfall hatte. Das Mädchen behauptete sogar, Ihr wärt ein böser Zauberer und ähnlichen Unfug. Ich glaube, wir sollten sie schleunigst entlassen.«
»Nein.«

»Aber, Anatole, sie bringt nur Unruhe ins Haus, und –«
Sie unterbrach sich, als sie sein Gesicht sah.
»Bei Gott, Mylord, Ihr selbst glaubt das ja!«
Er wollte sich wieder von ihr abwenden, aber sie hielt sein Gesicht zwischen den Händen.
»Ach, Anatole, Liebster. Ich kann versuchen, die Brautsucher-Geschichte zu akzeptieren. Aber das hier, nein, das ist finsterstes Mittelalter, und das werde ich Euch beweisen. Schaut mir in die Augen. Seht Ihr dort irgendetwas wie eine Vision?«
»Oh, Gott!«, stöhnte er und riss sich von ihr los. Er wagte nicht einmal, daran zu denken, dass er eines Tages wirklich eine Katastrophe vorhersehen würde, die Madeline betreffen sollte.
»Lasst mich allein. Ich bin wirklich durcheinander. Aber verlasst Euch drauf, ich bekomme alles in den Griff.«
»Aber das müsst Ihr doch gar nicht. Bitte, wie könnt Ihr Euch von mir abwenden, nach allem, was wir heute gemeinsam erlebt haben. Lasst uns darüber sprechen, und wir finden bestimmt Gründe, Euch das alles auszutreiben.«
»Madeline, manche Dinge kann man nicht mit dem Verstand angehen, die muss man einfach ertragen.«
»Bitte –«
»Lasst mich endlich in Ruhe!«
Sie prallte von ihm zurück. »Also gut, wenn Ihr das wünscht, Mylord.«
Als sie das Zimmer verließ, hätte er eigentlich Erleichterung verspüren müssen, aber es kam ihm mehr so vor, als sei alles Licht von ihm gewichen.
Anatole verfluchte sich dafür, wieder einmal zu feige gewesen zu sein. Aber so, wie er sich heute Nacht fühlte, stand er kurz vor dem Zerspringen, und da war es einfach sicherer für sie, sich nicht in seiner Nähe aufzuhalten.

Er verstand ihre Enttäuschung. Aber gerade wegen dem, was sie heute miteinander geteilt hatten, konnte er ihr die Wahrheit nicht sagen. Nach Jahren der privaten Hölle hatte Anatole in ihren Armen den Himmel erlebt – und das wollte er jetzt nicht aufs Spiel setzen.

Morgen, versprach er sich, morgen, wenn der Kopf nicht mehr so furchtbar schmerzte, würde er mit ihr wieder in die Hügel reiten und sie dort erneut alles Unangenehme vergessen lassen.

Der Burgherr erstarrte. Madeline kehrte zu seinem Gemach zurück. Offensichtlich wollte sie nicht bis morgen warten. Wenn sie nun weinen und ihm Vorwürfe machen würde ... Er wusste nicht, wie er das durchstehen sollte.

Doch als seine Braut dann in der Tür stand, waren ihre Augen klar und trocken. Anatole wurde eigenartig zumute, als er entdeckte, dass sie etwas mitgebracht hatte.

Das St.-Leger-Schwert.

Sie lief entschlossen zum Schreibtisch und legte die Waffe ab.

»Ich gebe Euch dies zurück, Mylord.«

Er starrte verwirrt auf die Klinge.

»Aber das Schwert gehört Euch. Ich habe es Euch gemäß der Familientradition überreicht.«

»Ja, zusammen mit dem Schwur, mich ewig zu lieben.« Sie schüttelte traurig den Kopf. »Fast hättet Ihr es heute geschafft, dass ich daran glaube, dass wir wirklich füreinander bestimmt sind. Aber Ihr haltet Euer Herz weiterhin verschlossen, und ohne Euer Innerstes bedeutet mir dieses Symbol nichts.«

Damit stürmte sie aus dem Raum und ließ Anatole völlig perplex zurück.

Er musste sich hinsetzen. Niemals zuvor hatte eine St.-Leger-Frau das Schwert zurückgegeben. Warum konnte

sie nicht verstehen, dass er nur deswegen schwieg, um sie zu schützen?
Anatole begriff, dass er sie mit seinem Schweigen verlieren würde. Aber wenn er ihr die Wahrheit über sich aufdeckte, würde sie ihm erst recht davonrennen.
Schließlich erhob er sich und gürtete das Schwert um. Kurz vor ihrem Gemach holte er sie ein.
»Also gut, Mylady, Ihr habt gewonnen. Ich werde Euch alles sagen. Alles, was Ihr wissen wollt. Und möge Gott uns beiden beistehen.«

18

Der Fackelschein wanderte über die Steinmauern und erzeugte ein höllisches Glühen auf Anatoles Gesicht. Er stampfte zum alten Teil der Burg und zog Madeline hinter sich her. Sie hatte größte Mühe, mit ihm Schritt zu halten.

Dann ragte die schwere Eichentür mit dem gemalten Drachen über der Oberschwelle vor ihnen auf. Im flackernden Licht schien er die Schwingen zu spreizen und Rauch aus den Nüstern zu pusten. Madeline war sich nicht mehr sicher, ob sie die Wahrheit wirklich erfahren wollte.

Anatole wirkte noch finsterer als sonst und auch ganz so, als hätte sie ihn endgültig zu weit getrieben. Immerhin hatte er heute nach Wills Unfall mehr als genug durchmachen müssen.

Irgendwann begriff sie, dass er Angst hatte. Ihr tapferer Kriegerfürst fürchtete sich. Was mochte sich hinter dieser Tür befinden, wenn Anatole so unruhig wurde?

Bess Kennacks düstere Vermutungen fielen ihr wieder ein. Ihr Verstand wehrte sich zwar dagegen, so etwas für möglich zu halten, aber in ihrem Herzen sah es ganz anders aus.

Irgendeine Uhr im Haus schlug Mitternacht, und die junge Frau fuhr heftig zusammen.

»Anatole, vielleicht kann das wirklich bis morgen warten.«

»Vielleicht bringe ich dann den nötigen Mut nicht mehr auf.«

»Aber Ihr habt den Schlüssel vergessen, und die Tür ist abgesperrt!«
Er starrte auf das Eichenholz, und knirschend schob sich der Riegel zurück, und die Tür öffnete sich.
Madeline hatte nicht einmal gesehen, dass er auch nur eine Hand ausgestreckt hätte. Aber irgendwie musste er das Holz berührt haben, denn … die Alternative war undenkbar.
Der Burgherr zog sie mit sich hinein, und Madeline konnte nur noch denken, dass vermutlich ein geheimer Öffnungsmechanismus im Boden eingelassen war.
Sie fanden sich in Dunkelheit wieder. Die Fackel verbreitete kaum mehr Licht, als wenn man mit einer brennenden Kerze durch die Nacht lief.
»Wartet hier«, verlangte Anatole und verließ sie. Die junge Frau gehorchte zitternd, hätte sich aber lieber an seine Rockschöße gehängt.
Der Burgherr zündete mit der Fackel andere Fackeln an, die in Eisenhaltern an der Wand steckten. Langsam wurde es in dem Raum heller, und Madeline stellte sich vor, welche fürchterlichen Schrecken sie jetzt erwarten mochten. Unheilvoll tanzten die Schatten an den Wänden entlang.
Wandteppiche, zum Teil recht fadenscheinig, hingen an den Wänden, Staub lag fingerdick auf einem Tafeltisch, und an den hohen Stühlen befanden sich Spinnweben.
Ein unheimlicher Ort, gewiss, aber bar aller Schrecken, welche die Burgherrin sich ausgemalt hatte. Keine angeketteten Skelette, keine Folterinstrumente, keine Wahnsinnigen, die hier vor der Welt verborgen wurden.
Nach einem Moment wagte sie wieder zu atmen und trat vorsichtig ein paar Schritte in den Saal hinein. Anatole hatte alle Fackeln entzündet und kehrte zu ihr zurück.

»Dies ist Euer Geheimnis, Mylord?«, fragte sie. »Ich sehe hier nichts, was einem Angst einjagen könnte.«
Als sie ihn ansah, bekam sie aber doch ein ungutes Gefühl. »Warum habt Ihr mich hierher gebracht?«
»Ihr wolltet die Wahrheit, nun sollt Ihr sie hören. Ihr werdet die St. Legers kennen lernen, die nicht zur Abendgesellschaft erschienen sind.«
Madeline brauchte einen Moment, um darüber nachzudenken. »Wollt Ihr etwa behaupten, es spuke auf Castle Leger?«
Anatole nickte.
Die junge Frau sah sich vorsichtig um und erklärte dann mit fester Stimme: »Ich glaube nicht an Gespenster.«
Im selben Moment krachte die Eichentür ins Schloss, und Madeline sprang an Anatoles Seite. Verlegen blickte sie zu ihm hinauf, aber er lachte nicht.
»Was war das?«
»Er.«
Sie sah sich noch einmal um, konnte aber niemanden entdeckten, bis sie feststellte, dass er auf ein Porträt starrte. Ein Ritter in voller Rüstung und mit einem Umhang hing über der Feuerstelle.
Ein hohles Lachen ertönte.
Auch wenn es ihr eiskalt den Rücken hinunterlief, behielt der Verstand die Oberhand. »Das kann nur ein Windhauch gewesen sein. Gemälde können nicht lachen.«
»So weit ich weiß, Madam, der Wind auch nicht.«
Wenn Anatole ihr Angst machen wollte, durfte er sich gratulieren. Doch seine Miene zeigte nur Sorge, und er legte auch noch beschützend einen Arm um ihre Schultern.
Nein, er hatte selbst Angst. Der Mann, der es, ohne mit der Wimper zu zucken, mit ganzen Horden von Mortmains oder Seeräubern aufgenommen hatte, fürchtete

sich vor einem ganz anderen Feind, und dabei schwächten ihn die vermaledeiten Sagen und Traditionen seiner Familie.
Nun, wenn Anatole jemals aus diesem Aberglauben herausfinden sollte, musste sie ihm dabei helfen.
»Also gut, wenn dein Gespenst von einem Ahnherrn unser Erscheinen so amüsant findet, solltet Ihr mich ihm vielleicht vorstellen.«
Er trat zögernd beiseite, damit sie das Porträt besser in Augenschein nehmen konnte. Das Gemälde schien die ganze Halle zu dominieren, und die Farben wirkten nach so vielen Jahrhunderten immer noch so frisch wie gerade aufgetragen.
Der Porträtierte wies die typischen St.-Leger-Züge auf, war Anatole wie aus dem Gesicht geschnitten. In der einen Hand hielt er ein merkwürdiges Buch mit einem Aufdruck, den sie nicht entziffern konnte.
Und in der anderen Hand das Schwert mit dem Kristall.
»Ist das dieselbe Klinge?«, fragte sie flüsternd.
»Ja, dasselbe Schwert, das Ihr vorhin die Güte hattet, mir vor die Füße zu werfen.«
»Das tut mir Leid, Anatole.«
»Muss es nicht. Wartet erst, bis Ihr alles gehört habt, dann werdet Ihr vermutlich bedauern, mir den Stahl nicht in die Brust gestoßen zu haben.«
Diese Worte verwirrten sie so sehr, dass sie nicht wusste, was sie darauf entgegnen sollte. Madeline sah sich noch einmal den Ritter an.
Er schien nicht so groß und breitschultrig wie ihr Gemahl zu sein, besaß aber eine Ausstrahlung, die ihn allmächtig wirken ließ. Und deren Quelle saß zweifelsfrei in seinen exotischen, dunklen und rätselhaften Augen.
»Wer ist das?«, wollte sie erfahren.

»Prospero St. Leger.« Anatole sprach den Namen wie einen Fluch aus.
»Er sieht wirklich prachtvoll aus.«
»Mylady, er war ein gottverdammter Zauberer.«
»Anatole …«
»Das stimmt. Und auch alles, was Bess über mich behauptet hat, entspricht der Wahrheit. Ich stamme in direkter Linie von dem Magier auf dem Gemälde dort ab. Verfluchtes Blut fließt in meinen Adern und denen aller anderen St. Legers.«
»In jeder Familie gibt es das eine oder andere schwarze Schaf.«
»Damit werdet Ihr Prospero nicht gerecht. Niemand weiß, woher er gekommen ist. Wahrscheinlich aus der Hölle selbst. Nach der Sage stand er einfach eines Nachts, als ein fürchterliches Gewitter tobte, an Cornwalls Küste.
Manche behaupten, er stamme von einem Kreuzritter ab, der das Pech hatte, im Heiligen Land den Reizen einer Hexe erlegen zu sein.«
Ein Eishauch zog durch die Halle und ließ die Fackeln flackern. Im Wechselspiel der Schatten verdüsterten sich Prosperos Augen.
Madeline versuchte sich einzureden, dass sie sich das alles nur einbilde. Es gab weder Geister noch sonstige übernatürliche Erscheinungen.
»Mag seine Herkunft auch rätselhaft sein, über sein Ende weiß man Genaueres. Er wurde nämlich wegen Hexerei auf dem Scheiterhaufen verbrannt.«
»Das ist vielen anderen Unschuldigen auch widerfahren.«
»Ja, nur war Prospero nicht unschuldig. Er verstand sich auf allerlei schwarze Künste. Alchimie, verschiedene Zauberflüche und Liebestränke. Keine Lady in ganz England war vor seiner Verführung sicher.«

Madeline hatte keine Schwierigkeiten, das zu glauben. Dieser Mann hatte nicht nur unglaubliche Augen, sondern auch sehr sinnliche Lippen.

»Einige behaupten sogar, er habe den König behext, ihm Castle Leger zu übergeben, wodurch die Mortmains zu unseren Todfeinden wurden. Ganz Cornwall muss erleichtert aufgeatmet haben, als von Prospero nur noch ein Häufchen Asche übrig war.«

»Hat ihn denn niemand beweint?«

»Nein, er starb allein.«

Madeline betrachtete das Porträt mit mitfühlenden Augen, bis ihr einfiel, dass der Mann an ihrer Seite viel mehr ihrer Anteilnahme bedurfte.

Anatole stand schon so lange unter dem Bann der Familientradition, dass er sich in den Wahn hineingesteigert hatte, das verderbte Blut eines Zauberers in sich zu tragen und wie dieser über verfluchte Gaben zu verfügen.

Sie legte ihm eine Hand auf die Brust und war fest entschlossen, mit ihm ganz ruhig und vernünftig über alles zu reden.

»Mylord, diese Geschichten um Prospero hören sich ja ziemlich interessant und auch ein wenig gruselig an, aber bedenkt doch: Wenn Prospero allein und unbeweint gestorben sein soll, wie wollt Ihr dann in direkter Linie von ihm abstammen?«

Anatole seufzte. »Madeline, wenn Ihr versuchen wollt, einen Sinn in meine Familiengeschichte zu bringen, dann sind wir morgen früh noch nicht damit fertig. Und ich will Euch auch noch die anderen Vorfahren zeigen.«

»Noch mehr Prosperos?«

Zur Antwort nahm er sie an die Hand und führte sie zur gegenüberliegenden Wand.

Hier hingen weitere Gemälde, schienen wie Grabsteine in

einer mondbeschienenen Nacht aus dem Gemäuer zu ragen. Männer und Frauen in allen Trachten der vergangenen Jahrhunderte, manche auf einem richtigen Gemälde, andere nur in einer Miniatur dargestellt.
Keiner von ihnen wirkte so verstörend wie Prospero, aber allen sah man an, dass sie zu den St. Legers gehörten.
Madelines Blick blieb an der Darstellung einer jungen Schönen mit pechschwarzem Haar und angetan mit einem Reifrock hängen.
»Das ist Deidre St. Leger«, erklärte er ihr. »Diejenige, von der nur das Herz in der Kirche beigesetzt wurde. Ein Mortmain hat sie ermordet, als sie gerade erst siebzehn war. Wenn sie länger gelebt hätte, wer weiß, welche Hexenkräfte noch bei ihr zu Tage getreten wären.«
»Anatole, selbst der ignoranteste Trottel der Welt würde einem so lieben, unschuldigen Mädchen nicht solche Dinge unterstellen!«
»Nun, Deidre vermochte Blumen zum Gedeihen und Blühen zu bringen.«
»Darauf versteht sich meine Base Harriet auch. Aber deswegen schimpft sie niemand Hexe.«
»Was immer meine Ahnin anpflanzte, erblühte über Nacht.«
Unmöglich, wollte Madeline widersprechen, aber Anatole zog sie schon zum nächsten Bild.
»Das ist ihr älterer Bruder, Drake St. Leger. Er war ein Dieb.«
»Ich hatte selbst einen Großonkel, der als Taschendieb verhaftet wurde.«
»Drake hat Menschen gestohlen. Als er bei einer der Schlachten gegen Cromwell schwer verwundet wurde, hat er sich einfach den Körper eines anderen genommen.«
Und so weiter und so fort. Unzählige St. Legers. Der eine war angeblich Zauberer, der nächste Hellseher, der dritte

Wünschelrutengänger. Auch ein Medium, ein Exorzist und Gott weiß, was sonst noch, fanden sich darunter.
Anatole erzählte ihr eine bizarre Geschichte nach der anderen. Während er völlig überzeugt von all dem wirkte, schwirrte ihr bald der Kopf, und ihre Vernunft schien auf wankendem Grund zu stehen.
Der Burgherr erregte sich immer mehr, und alles Gift, das so lange in ihm gesteckt hatte, musste aus ihm heraus. Am Ende standen sie vor Lyndon, seinem Vater, einem vergleichsweise harmlosen St. Leger, der sich lediglich darauf verstanden hatte, verlorene Gegenstände aufzuspüren und das Eintreffen von Briefen vorherzusagen.
Als Anatole alles berichtet hatte, wagte er kaum, seine Braut anzusehen, weil er sich so sehr vor ihrer Reaktion fürchtete.
Madeline aber stand nur da und betrachtete mit gerunzelter Stirn die Porträts. Das Schweigen sah ihr gar nicht ähnlich. Mit allem hätte er gerechnet – Tränen, bittere Anschuldigungen –, und damit wäre er wohl auch irgendwie zurechtgekommen.
Aber nicht mit diesem Schweigen.
»Nun, habt Ihr nichts zu sagen?«, fragte er schließlich.
»Was sollte es denn dazu zu sagen geben, Mylord?«
»Nun, bislang hattet Ihr noch nie Schwierigkeiten damit, irgendetwas anzumerken oder zu widersprechen. Und wo bleibt die offensichtlichste aller Fragen?«
Als sie ihn ansah, fuhr er fort, da er jetzt nichts mehr zurückhalten wollte: »Nun stellt mir die Frage schon. Wenn alle St. Legers mit irgendwelchen Gaben ausgestattet waren, welches verwünschte Talent habe ich dann mitbekommen?«
»Ich glaube, ich kenne die Antwort darauf schon. Ihr … nun, Ihr glaubt, Visionen zu erhalten. Wenn Ihr jemanden

lange genug anseht und Euch um ihn sorgt, dann treten die Dinge, welche Ihr geschaut habt, auch irgendwann irgendwie ein.«

»Verdammt, Madeline, das sind keine Hirngespinste!«, schimpfte er. Diese Frau konnte einen in den Wahnsinn treiben. Nach allem, was er ihr erzählt hatte, beharrte sie immer noch darauf, dass es für das alles eine rationale Erklärung geben müsse.

»Ich sehe Bilder aus der Zukunft« – Anatole zwang sich zur Geduld und versuchte es ein weiteres Mal, »oft schlimme Dinge. Fast so, als würde ich in den Albtraum eines anderen Menschen geraten. Allerdings treten diese Dinge dann auch etwas später ein, und ich kann nichts tun, sie zu verhindern.«

Mitleid lag in ihrem Blick, und er sagte sich, dass sie ihn wohl für geistesgestört halten musste.

In schierer Verzweiflung zog er das Schwert aus der Scheide und hielt es ihr hin.

»Selbst diese Waffe besitzt Magie und stammt von Prosperos Hexereien. Der Kristall verleiht jedem St.-Leger-Erben eine andere Gabe. Ich, zum Beispiel, kann darin meine eigene Zukunft erblicken.«

»Schon wieder Visionen?«

»Letzten Winter habe ich Euch kommen sehen, Madam. Allerdings nur Euer Haar, nicht Eure Züge. Der Kristall wollte mich warnen. Hütet Euch vor der Feuerfrau.«

»Aber warum habt Ihr mich dann überhaupt geheiratet?«

»Weil mir nichts anderes übrig blieb. Ich kann mein eigenes Schicksal nicht ändern, und nachdem ich Euch kennen gelernt hatte, wollte ich das auch gar nicht mehr; denn mir war klar geworden, dass Ihr nur meinem Herzen gefährlich werden konntet.«

Anatole hoffte so sehr, sie würde ihn nach einem solchen

Geständnis ansehen, aber seine Braut hatte nur Augen für den Kristall. Was er über diese Waffe gesagt hat, schien ihr mehr als alles andere an die Nerven gegangen zu sein.
Bei Gott, er hatte sie nicht erschrecken, sondern sie nur überzeugen wollen. Anatole legte die Waffe auf den Tisch und nahm Madelines Hände. Ihre Finger fühlten sich eiskalt an.
»Tut mir Leid, Madeline, ich weiß selbst, wie eigenartig sich das alles anhören muss. Ich wünschte bei Gott, dass ich Euch nicht auch noch den Rest berichten müsste.«
»Was denn noch?«, fragte sie kläglich.
»Na ja, Ihr habt Euch doch schon einige Male über mein ausgezeichnetes Gehör gewundert. Nun, das ist keine besondere Gabe meiner Ohren ... Ich vermag es zu spüren, wenn jemand kommt, und wenn ich mich darauf konzentriere, erkenne ich auch, um wen es sich handelt.«
»Ist Euch das auch bei mir möglich?«
»Am Anfang nicht. Aber heute Nachmittag unter dem stehenden Stein gelang es mir, nachdem ich endlich begriffen hatte, wie ich Euch lieben muss. Und jetzt kann ich Euch aufspüren, wo immer Ihr Euch auch gerade befindet mögt.«
Eigentlich hatte er sie damit beruhigen und ihr versichern wollen, dass er so stets über sie wachen könne. Doch Madeline riss sich von ihm los, brachte Abstand zwischen sich und ihn und verschränkte die Arme vor der Brust.
»War's das jetzt? Oder erwartet mich noch mehr?«
Wie gern hätte er ihr den Rest verschwiegen. Vor dem jetzt folgenden Geständnis fürchtete er sich am meisten.
»Ja. Ich ... ich vermag Gegenstände zu bewegen, ohne sie zu berühren. Per Geisteskraft.«
Seine Gemahlin verlor den letzten Rest Farbe aus dem Gesicht. Ihr Blick richtete sich auf die Eichentür, die sich vorhin scheinbar wie von selbst geöffnet hatte.

Doch ihr Mund verzog sich zu Zweifeln.
»Beweist es mir.«
»Madeline, Ihr könnt doch nicht ernsthaft von mir verlangen, diese verwünschten Kräfte –«
»Doch! Wenn Ihr wirklich über solche Fähigkeiten verfügt, dann will ich es auch sehen!«
Eigentlich hätte er sich diese Reaktion denken können. Wie sollte er es über sich bringen, ihr eine Kostprobe der Künste zu bieten, die in den Augen seiner Mutter so viel Abscheu und Entsetzen hervorgerufen hatten?
»Was wollt Ihr, dass ich bewege?«
Die junge Frau nagte an der Unterlippe und sah sich in der Halle um.
»Könnt Ihr Prosperos Porträt von der Wand heben?«
»Ja, und es dann gleich im Meer versenken.«
»Nein, ein wenig verschieben würde mir schon reichen.«
Anatole ließ die Schultern sinken und konzentrierte sich auf das Gemälde. Die Verachtung für den Ahnherr verlieh ihm zusätzliche Kraft, und er versetzte dem Bild einen Stoß. Aber nichts geschah.
Er runzelte die Stirn. Das Porträt war ziemlich schwer, aber er hatte schon gewichtigere Gegenstände bewegt. Vielleicht war er noch zu geschwächt von den Anstrengungen bei Wills Operation. Anatole stieß heftiger gegen das Bild. Schon wieder nichts … fast konnte man meinen, unsichtbare Hände hielten das Gemälde fest.
Prospero!
»Ihr sollt verdammt sein!«
»Aber ich habe doch gar nichts gemacht«, beschwerte sich Madeline.
»Ich meinte nicht Euch, sondern *ihn*!«
Die junge Frau sah sich um und blickte dann wieder auf ihren Gemahl, als zweifle sie an seinem Verstand.

»Hört auf, Bube«, zischte die Stimme des Hexenmeisters neben seinem Ohr. *»Schon Eure Schmähungen vernehmen zu müssen, war schlimm genug, aber ich will verflucht sein, wenn ich auch noch zulasse, dass Ihr ein paar Taschenspielertricks mit meinem Bild vorführt, bloß um Eurer Dame zu gefallen.«*
»Kehrt zurück in die Hölle, wo Ihr hingehört!«
»Anatole!«
»Ich habe nicht mit Euch, sondern mit Prospero gesprochen. Könnt Ihr ihn denn nicht hören?«
Sie brachte sich hinter einem Sessel in Sicherheit und starrte ihn entsetzt an.
»Ihr erschreckt sie, Knabe. Bislang habe ich eine wunderbare Geduld an den Tag gelegt, aber Ihr wollt ja keine Ruhe geben. Soll ich Euch einmal etwas raten –«
»Verschwindet endlich, und lasst mich allein!«
Madeline verschwand mit indigniert erhobenem Kopf zur Tür.
»Nein, nicht Ihr, Mylady!«
Sie blieb stehen. »Anatole, vielleicht sollten wir das Ganze lieber lassen –«
»Ihr wolltet, dass ich das verwünschte Gemälde bewege, also werde ich das auch tun.«
»Ihr wollt mich herausfordern? Na gut, dann wollen wir mal sehen, wie dumm Ihr aus der Wäsche schaut, wenn Eure unbeliebten Kräfte Euch im Stich lassen.«
Der Burgherr drängte mit aller Macht gegen das Bild und fletschte vor Anstrengung die Zähne. Wie aus weiter Ferne vernahm er Madelines Flehen, endlich damit aufzuhören.
Aber die Wut und die Frustration, die so viele Jahre in ihm gebrannt hatten, stießen hinzu und verstärkten seine Bemühungen. Er presste die Hände an den Schädel, und die

Adern traten hervor. Anatole sank auf die Knie, doch er ließ nicht nach in diesem titanischen Ringen.
Bis Prospero nachgab. Unvermittelt zog der Zauberer sich zurück, und Anatoles Kräfte wurden freigesetzt, als sei ein Damm gebrochen.
Das Porträt flog hoch und krachte gegen die Decke. Noch während der Rahmen zersplitterte, kippte der Tisch um. Stühle knallten gegeneinander, das Schwert sauste durch die Halle, die Wandteppiche zerrissen, und die Fackeln explodierten.
Entsetzt versuchte Anatole, die Kontrolle über sich zurückzugewinnen. Mit letzter Kraft rang er gegen die frei gesetzte Energie an und zwang sie in sich zurück.
Das Getümmel endete langsam, ein Stuhl drehte sich noch einmal, und Anatole kämpfte darum, nicht die Sinne zu verlieren.
Bei Gott, so hatte er nicht mehr seit jenem Tag in seiner Kindheit gewütet, an dem er Mutters Porzellanfiguren zerschmettert hatte. Diese zerbrechlichen Gebilde …
zerbrechlich …
Madeline!
Was hatte er getan? Anatole zwang sich, die Augen zu öffnen. Die Halle lag in Finsternis da. Nur eine Fackel brannte noch, und die lag ein Yard vor ihm auf dem Boden.
Der Burgherr kroch darauf zu, ergriff sie und zog sich an dem umgestürzten Tisch hoch. Nur die Panik hielt ihn aufrecht.
Wenn Madeline etwas zugestoßen war, würde er sich das nie verzeihen. Er hielt die Fackel hoch und suchte nach ihr. Als er sie rufen wollte, versagte ihm die Stimme.
Schließlich schickte er seine verbliebene Geisteskraft nach ihr aus und entdeckte sie in der entferntesten Ecke hinter einem umgestürzten Sessel.

Anatole taumelte auf Madeline zu, und sie regte sich. Es gelang ihr sogar, aufzustehen – doch nicht ohne fremde Hilfe. Prospero hielt ihre Hand.

»Verschwindet von ihr!«, krächzte der Burgherr.

Der Zauberer verbeugte sich vor ihm und löste sich auf. Madeline hatte ihn nicht bemerkt. Dafür starrte sie aber ihn mit einem Entsetzen an, wie er es nur von seiner Mama kannte.

Anatole streckte die Hand nach ihr aus und wusste doch, dass er ihr wie der Leibhaftige erscheinen musste. Er wollte ihr etwas sagen, sie beruhigen, ihr die Angst ausreden.

Je näher er dem Sessel kam, desto weiter wich sie vor ihm zurück. Schließlich bekamen ihre Hände das Schwert zu fassen, und sie hielt es vor sich, so als wolle sie ihn abwehren.

»Ma-Madeline …«

Aber die junge Frau warf ihm nur einen panikerfüllten Blick zu, drehte sich um und rannte mit dem Schwert aus dem Raum.

Seine schlimmste Befürchtung war wahr geworden: Madeline lief vor ihm davon.

Er versuchte ihr zu folgen, aber als er die Tür erreichte, war von seiner Braut schon nichts mehr zu sehen. Überwältigt von schierer Hoffnungslosigkeit lehnte er sich an den Türpfosten.

Selbst wenn er sie noch einholte, was wollte er ihr denn sagen? Dass sie ihn verstehen und immer noch lieben solle?

Nein, dafür war es zu spät, und vielleicht hatten sie beide nie eine Chance gehabt.

Anatole rutschte an der Wand hinab und blieb auf dem Boden hocken; selbst dann noch, als die Fackel erloschen war. Wieder war er allein in der Dunkelheit.

Reverend Septimus Fitzleger war über seiner Predigt eingeschlafen, an der er den ganzen Abend gearbeitet hatte. Seine unruhigen Gedanken hatten ihm das Schreiben schwer werden lassen und verfolgten ihn auch noch in seinen Träumen.
Gerade als einer der Mortmains die Hände um seinen Hals legte, erwachte der Pastor, und sein Herz klopfte laut.
Mit zitternden Fingern setzte er sich die Brille auf die Nase und stellte enttäuscht fest, dass er sich die Finger mit Tinte beschmiert und das Blau auf seiner Predigt verteilt hatte.
Fitzleger sagte sich, dass er schon vor Stunden hätte zu Bett gehen sollen. Aber die St. Legers hatten seine Gedanken zu sehr beschäftigt. Kein Wunder, dass er so sonderbar geträumt hatte. Sein Herz klopfte immer noch heftig …
Nein, nicht sein Herz. Das kam von der Tür.
Irgendeine arme Seele, die um diese Stunde geistlichen Trost suchte? Nun, es schien ein wirklich dringender Fall zu sein; das Hämmern wollte kein Ende nehmen.
Mit leisem Stöhnen schlurfte er aus dem Arbeitszimmer und begab sich zur Tür. Der Trostsuchende schien immer noch zu beabsichtigen, ihm die Tür zu zertrümmern.
»Ich komme ja schon!«, rief Fitzleger, allerdings nicht zu laut, weil seine Haushälterin schon schlief. Und gar nicht erst zu reden von seiner Enkelin Effie.
Der Pastor zog den Riegel zurück und öffnete die Tür, aber nur einen Spalt weit; schließlich konnte man nie wissen.
Madeline!
Ihr Haar war völlig zerzaust, ihr Antlitz weiß wie ein Leichentuch. Die junge Frau machte den Eindruck, den ganzen Weg von der Burg bis hierher gerannt zu sein.
»Mr. Fitz-Fitzleger!« keuchte sie. »Wir brauchen Eure Hilfe … Anatole … Entweder ist er dem Wahnsinn anheim gefallen … oder ich!«

Sie schwankte und kippte dann dem Pastor entgegen, der sie gerade noch auffangen konnte, ehe sie ihn mit zu Boden gerissen hätte.

19

Das erste Grau der Dämmerung drang durch die Fenster des kleinen Pfarrhauses. Madeline zog das Kissen noch enger an sich, während sie dem Pastor alles berichtete, was sich auf Castle Leger zugetragen hatte.

Fitzleger hatte Tee gekocht, den er ihr jetzt brachte, und auch eine Decke, damit sie es wärmer hatte.

Die junge Frau nippte an dem heißen Getränk, schmeckte nichts und fragte sich, ob sie wohl jemals zu frieren aufhören würde. Das Auf und Ab der Flammen im Kamin schien das Tohuwabohu in ihren Gedanken widerzuspiegeln.

Sie dachte auch an Anatole, wie die Fackel sein Gesicht angestrahlt und das wirre Haar seine Züge halb verdeckt hatte … während er ihren Namen krächzte.

»Ich bin wie der allergrößte Feigling davongerannt und konnte an nichts anderes denken, als dass St. Leger mich verfolgte. Mehrmals habe ich mich umgedreht, aber niemanden entdeckt. Er … er hat doch wohl nicht auch die Gabe, sich unsichtbar zu machen?«

»Nein, ich glaube, das konnte nur sein Großvater.«

Madeline trank noch einen Schluck Tee. Da lag sie hier auf dem Sofa und erzählte dem Pastor die haarsträubendsten Dinge. Am liebsten hätte sie laut gelacht, doch die Vorstellung, dass sie dann vermutlich nie mehr damit aufhören könnte, hinderte sie daran.

»Ich wusste nicht einmal, wohin mich meine Beine trugen. Nur fort von der Burg, das war das Einzige, woran ich noch denken konnte. So stolperte ich durch die Nacht, hieb wie eine Närrin mit dem Schwert in die Schatten und –«

Die Klinge!

Madeline richtete sich kerzengerade auf und verschüttete den Tee. »Großer Gott, Reverend. Ich habe die ganze Zeit sein Schwert mitgeschleppt ... und jetzt weiß ich nicht mehr, wo es geblieben ist. Ich habe es verloren ...«

»Nein, beruhigt Euch, Ihr habt es draußen im Garten fallen lassen. Ich habe es vorhin ins Haus geholt.«

Die junge Frau wusste nicht, ob sie erleichtert sein sollte. Wie konnte man sich in der Gesellschaft eines solchen Instruments jemals sicher fühlen? Die Klinge bescherte einem wirklich Visionen, wie sie aus eigener Erfahrung wusste.

Madeline hatte in dem Kristall vorausgesehen, dass Anatole mit ihr in die Heide reiten und sie dort lieben würde. Aber wie war das möglich, wo sie doch nur dem Namen nach eine St. Leger war.

»Mr. Fitzleger, sind ... sind Anatoles Kräfte ansteckend?«

Er blickte sie erstaunt an. »Nein, meine Liebe. Aber über das Schwert erzählt man sich einige Geschichten. Es heißt, zum Beispiel, die auserwählte Braut könne die in ihm gespeicherte Energie nutzen.«

»Ich will das Ding nie wieder sehen!« Madeline schüttelte sich.

»Und Anatole?«

Auch auf die Gefahr hin, den alten Mann noch einmal so zu enttäuschen wie bei dem Familientreffen, zwang sie sich zur Wahrheit.

»Ich weiß nicht, ob ich jemals den Mut aufbringen werde, zu meinem Gemahl zurückzukehren.«

Der kleine Mann schien vor ihren Augen um Jahre zu altern. »Ihr habt zweifelsohne einen tüchtigen Schock erlitten. Ich kann auch nicht verstehen, warum Anatole dermaßen die Kontrolle über seiner besonderen Kräfte verloren hat. So etwas ist ihm seit seiner Kindheit nicht mehr widerfahren.«
»Daran bin ich wohl Schuld. Ich habe ihn gezwungen, mir endlich alles zu erzählen und seine Fähigkeiten unter Beweis zu stellen. Denn ich wollte ihm beweisen, dass an diesem ganzen Humbug nichts dran sei.«
»Aber Ihr glaubt doch wohl nicht ernsthaft, dass er Euch je auch nur ein Haar krümmen würde.«
Glaubte sie das? Sie erinnerte sich daran, wie er sich in ein Monstrum verwandelt hatte. Doch Ungeheuer hatten für gewöhnlich nicht solche Verzweiflung im Blick. Und dann fielen ihr andere Gelegenheiten ein, wie er sie mit Zärtlichkeit behandelt und stets geschützt hatte.
»Nein, er würde mir niemals etwas zu Leide tun.«
»Warum seid Ihr ihm dann davongelaufen?«
»Ich weiß es nicht ...« Sie hätte einiges darum gegeben, darauf eine Antwort zu wissen.
Vielleicht hatte es damit zu tun, dass sie zum ersten Mal mit etwas konfrontiert worden war, wovor ihre Logik kapitulieren musste.
»Gott steh mir bei, Reverend, aber seid Ihr absolut davon überzeugt, dass ich nicht den Verstand verloren habe?«
Er nahm ihre Hände. »Ihr seid nicht verrückt, mein Kind, und Anatole ist es auch nicht. Ich habe ihn mehrfach gedrängt, Euch alles zu offenbaren, aber er fürchtete sich stets davor, dass Ihr so reagieren könntet, wie Ihr es heute getan habt.«
»Ja, ich habe mich nicht unbedingt wie eine auserwählte Frau verhalten.« Sie lachte bitter. »Beim ersten Anzeichen

des St.-Leger-Drachens bin ich auf und davon. Und mein Verstand weigert sich auch jetzt noch …«

»Zu akzeptieren, dass es mehr Dinge zwischen Himmel und Erde gibt, als unsere Schulweisheit uns träumen lässt?«

»Ja, Shakespeare drückt es treffend aus. Glaubt Ihr, er ist zu seiner Zeit einmal einem St. Leger begegnet?«

»Gut möglich, meine Liebe, sehr gut möglich sogar«, lachte der Pastor.

»Ich habe mich schon als kleines Kind nicht vor der Dunkelheit gefürchtet, und jetzt bin ich zu alt dazu, um noch damit anzufangen.«

»Das müsst Ihr auch gar nicht. Stellt Euch das Ganze doch vielmehr so vor, als seien Eurem Geist neue Möglichkeiten eröffnet worden, zu einer Welt der Wunder und der Magie.«

»Ich fürchte, Anatole sieht das nicht so rosig.«

»Nein, gewiss nicht. Aber der arme Junge musste sich auch viel zu oft ganz allein in der Welt zurechtfinden.«

Und genau das hatte sie in dieser Nacht auch getan: ihn allein gelassen.

»Was ist mit den anderen St. Legers? Sind sie auch wie er?«

»In gewisser Weise, ja«, antwortete der gütige alte Mann. »Nur Roman bildet eine Ausnahme. Ungefähr in jeder Generation gibt es einen St. Leger, der über keine besonderen Talente verfügt. Die anderen hingegen schon. Caleb kann sich mit Pferden verständigen, Paxton hat die Gabe, Metalle aufzuspüren, und der arme Marius kann das Leid der Menschen in ihrer Seele lesen …

Aber Euch muss doch selbst aufgefallen sein, wie fremd Anatole seiner Familie ist.«

»Warum war er denn immer so isoliert, Reverend?«

»Vielleicht, weil er nie von den beiden Menschen akzeptiert

worden ist, die ihm die wichtigsten auf der ganzen Welt waren.«

»Seine Eltern ... Anatole hat mir nur wenig von ihnen erzählt.«

»Wahrscheinlich tut es ihm immer noch zu weh. Seine Lordschaft hat mir geboten, darüber niemals auch nur ein Wort zu verlieren, aber ich glaube, ich nutze ihm jetzt eher, wenn ich Euch, Euer Einverständnis vorausgesetzt, von ihnen berichte.«

Madeline glaubte zwar nicht, dass sie danach Anatoles Wahnsinn besser verstehen könnte, nickte aber dennoch.

Septimus verschränkte die Finger ineinander und begann.

»Cecily Wendham war eine sehr schöne Frau, die jeden Mann verzaubern konnte, und sehr gefühlsbetont. Im einen Moment die schiere Lebensfreude, und im nächsten brach sie in Tränen aus.

Es bedurfte nicht erst eines Brautsuchers, um zu erkennen, dass sie nicht die Richtige für einen St. Leger sein konnte. Aber Lyndon hatte sich Cecily in den Kopf gesetzt, und am Ende blieb uns anderen nichts übrig, als ihm alles Gute zu wünschen und für das Paar zu beten.

Anfangs ging auch alles gut. Die beiden sind viel gereist, und Lyndon hat seiner Braut jede Laune durchgehen lassen. Doch dann starb sein Vater, und er war gezwungen, nach Cornwall zurückzukehren und seinen Platz als neuer Lord einzunehmen.«

Fitzleger lächelte unglücklich. »Castle Leger ist nicht gerade der ideale Ort für jemanden mit schwachen Nerven.«

»War Cecily denn in die Geheimnisse der Familie eingeweiht?«

»O ja, Lyndon hatte ihr alles erzählt. Aber es war nun einmal ihre Art, Störendes zu verdrängen. Doch als Anatole das Licht der Welt erblickte, konnte sie sich nicht länger etwas vormachen.

Der Junge war nicht gerade das, was man einen kleinen Sonnenschein nennt, und er hatte so gar nichts von Roman an sich. Anatole war immer zu groß für sein Alter und hat sehr lange gebraucht, damit zurechtzukommen. Und auch mit seinem aufbrausenden Temperament. Selbst als Säugling hat er nicht geschrien, sondern gebrüllt.«

Fitzleger und sie lächelten sich kurz an, dann fuhr er fort.

»Ich fürchte, Cecily hat ihren Sohn vom ersten Moment an gefürchtet. Und als der Junge seine besonderen Fähigkeiten demonstrierte, wurde es noch schlimmer mit ihr.

Einmal ließ er seine Spielgzeugsoldaten durch sein Zimmer fliegen. Cecily hat einen Schreikrampf bekommen. Sie ließ ihn aus dem Haus schaffen und ins Torhaus einsperren.«

»Aber das ist doch ein altes Gemäuer«, entsetzte sich Madeline.

»Ja. Als ich ihn dort fand, hatte er sich in eine Ecke verkrochen. Ich musste sehr lange auf ihn einreden, bis er wenigstens die Augen öffnete.«

»Anatole muss wohl sehr große Angst gehabt haben.«

»Ja, leider, aber seine Mutter wollte nichts davon hören. Sie behandelte den Jungen, als sei er der Gottseibeiuns. Anatole durfte das Haus nicht mehr betreten und musste in dem alten Gemäuer bleiben, wo sich nur Trigghorne um ihn kümmerte.«

»Und sein Vater hat das zugelassen?«, rief Madeline.

»Ja, das hat er. Lyndon liebte seinen Sohn, aber noch mehr seine Frau. Und er hoffte, Cecily würde den Jungen eines Tages akzeptieren.

Ungefähr zu dieser Zeit verlor Roman seine Mutter. Cecily lud ihn oft nach Castle Leger ein und verwöhnte ihn nach

Strich und Faden – wodurch sich so mancher heutige Charakterfehler Romans erklären lässt. Ich glaube, Lyndons Frau gab sich gern der Vorstellung hin, eine böse Fee habe die beiden Knaben vertauscht, und in Wahrheit sei Roman ihr Sohn.

Der Vater unternahm nichts, um ihr diesen Unsinn auszureden. Im Nachhinein gesehen, muss man wohl zu dem Schluss kommen, dass Lyndon ein sehr schwacher Mann gewesen ist. Sein einziger vernünftiger Entschluss bestand darin, mich ins Torhaus zu schicken, damit Anatole so etwas wie eine Ausbildung erhielte.

Ich habe mein Bestes gegeben, aber ich sah mich nicht in der Lage, den Jungen zu lehren, wie er mit seinen Kräften umgehen musste.«

Septimus schüttelte traurig den Kopf.

»Gesegneter Anatole, irgendwie hat er sich das aus eigener Kraft beigebracht. Er besaß eine rasche Auffassungsgabe, war sehr intelligent und hat trotz allem seine Mutter sehr geliebt. Wenn ihre Kutsche draußen vorbeifuhr, ist er sofort zum Fenster gelaufen, um einen Blick auf sie zu erhaschen.

Glaubt mir, das hat mir manchmal das Herz zerrissen.«

Der Reverend musste sich die Nase putzen, ehe er fortfahren konnte.

»Anatole ist mir bei jeder sich bietenden Gelegenheit entwischt. Meist hat er sich irgendwo im Garten versteckt, um von dort seine Mutter zu betrachten. Im Grunde ist das ja noch nichts furchtbar Schlimmes, aber eines Tages ...«

Fitzleger starrte in das Feuer, so als durchlebe er den schrecklichen Vorfall noch einmal. Madeline musste ihn sanft drängen, ihr auch davon zu berichten.

»Der Junge hatte ein paar Blumen gepflückt und wollte sie seiner Mutter schenken. Aber als Cecily ihn sah, floh sie

vor ihm. Anatole ließ die Blumen auf sie zu durchs Zimmer schweben, und die Mutter bekam einen Schreikrampf. Sie hat ihm eine Vase an den Kopf geworfen ...«
»Allmächtiger, daher die Narbe!«, rief die junge Frau.
»Ja, die stammt aus einer Schlacht, die ein so kleiner Junge niemals sollte führen müssen. Cecily hat ihren Sohn an diesem Tag beinahe umgebracht.
Nun wurde es auch dem Rest der Familie zu bunt. Hadrian verlangte, dass Anatole ihm übergeben würde, damit er sich um ihn kümmere. Lyndon und er haben sich fast um den Jungen geprügelt.
Am Ende aber hat Lyndon sich durchgesetzt, weil er es nicht ertragen konnte, von seinem Sohn getrennt zu sein. Auch brachte er den Mut auf, bei seiner Frau durchzusetzen, dass der Knabe wieder ins Haus durfte.
Diese Zeit wurde für Anatole fast noch schlimmer. Er schlich nur noch wie ein Schatten durch Castle Leger ... ständig auf der Hut, um seine Mutter nicht noch einmal zu erschrecken.
Doch mit Cecily wurde es dennoch ständig schlimmer. Sie schwankte nur noch zwischen Depressionen und Nervenzusammenbrüchen hin und her, und schließlich geschah das, was alle, bis auf Lyndon, schon seit längerem befürchtet hatten.«
»Sie starb an gebrochenem Herzen«, warf Madeline ein. »So hat Anatole es mir erzählt.«
»Nein, meine Liebe, Cecily hat sich das Leben genommen. Eines Nachts schlich sie aus ihrem Gemach, lief durch den Garten zu den Klippen und stürzte sich dort ins Meer.«
Der jungen Frau lief ein Schauder über den Rücken. Sie selbst hatte die Schönheit und gefährliche Macht der See geschaut. Anatole hatte sie im Garten fest gehalten und ihr verboten, jemals auf die Klippen hinauszutreten.

Jetzt verstand sie seine Gründe dafür.
»Die wahre Tragödie besteht jedoch darin, dass Anatole den Tod seiner Mutter in einer Vision vorausgesehen hat. Der arme Junge hat sich Tag und Nacht mit diesem Wissen gequält, aber sein Vater wollte ihm nicht zuhören. Lyndon glaubte nämlich, Cecily liebe ihn viel zu sehr, um ihn auf solch eine Weise zu verlassen.
Nach ihrem Ende kapselte er sich von allem ab. Vor allem von Anatole, dem er die Schuld an dem tragischen Vorfall gab.«
Fitzleger sackte sichtlich in seinem Sessel zusammen. Aber er musste nicht mehr erzählen, denn Madeline kannte den Rest der Geschichte. Während der Vater immer mehr verfiel, hatte Anatole die Verantwortung für Castle Leger auf seine viel zu jungen Schultern geladen. Sie wusste, dass sie das Gehörte so rasch nicht vergessen würde. Vor allem nicht den armen Sohn der St. Legers, den sie für ihre verrückte Liebe geopfert hatten.
Auch musste der Reverend ihr nichts von der Einsamkeit und Verzweiflung berichten, die Anatoles Leben so viele Jahre lang geplagt hatten. Die hatte sie schließlich selbst an ihm gesehen, auch wenn sie erst jetzt begriff, wie die Melancholie in seine Augen gekommen war.
Immer wieder war er verstoßen worden ... und eine Zurückweisung musste heute seine größte Angst sein. Madeline erkannte mit Scham und Entsetzen, dass sie ihm heute Nacht genau die zugefügt hatte. Gott im Himmel, sie benahm sich kaum besser als die geisteskranke Cecily!
»Mr. Fitzleger, ich muss sofort nach Hause!«
»Nein, Madeline, wartet noch. Nach allem, was ich Euch berichtet habe, würde Eure Rückkehr nach London –«
»Nicht nach London. Heim nach Castle Leger. Ich muss mit meinem Mann sprechen.«

»Bleibt noch etwas. Erstens seid Ihr noch zu geschwächt, und zweitens würdet Ihr ihn nie finden.«
Madeline musste sich eingestehen, dass der gütige kleine Mann Recht hatte. Anatole hatte sich auch früher schon irgendwo versteckt, und sie hatte bis heute nicht herausgefunden, wohin er sich dann begab.
»Ihr kennt doch bestimmt sein Versteck, Mr. Fitzleger. Verratet es mir.«
»Ich würde das nicht für klug halten ... Versteht bitte, ich will nicht in erster Linie Euch schützen, sondern meinen jungen Master. Könnt Ihr mir garantieren, ihm entgegenzutreten, ohne wieder zusammenzuzucken oder erneut schreiend davonzulaufen?«
Die junge Frau versprach ihm das sofort, schwieg dann aber, als sie ihre eigenen Zweifel in seinem Blick widergespiegelt sah. Mochte der Brautsucher auch sehr viel für sie übrig haben, ihm war deutlich anzumerken, dass er kein Vertrauen mehr zu ihr hatte.
»Bleibt bitte hier, meine Liebe, zumindest so lange, bis Ihr zu Euch selbst zurückgefunden habt. Ich werde hinausgehen und nach Anatole suchen ... so, wie ich das früher oft genug getan habe. Gott steh mir bei, hoffentlich finde ich einen Weg, alles wieder ins Lot zu bringen.«
Der Pastor legte ihr beruhigend eine Hand auf die Schulter und schlurfte dann hinaus, um sich den Mantel umzulegen. Doch als er ging, wirkte er so niedergeschlagen, dass Madeline sich fast noch mehr sorgte als vorher.
Allein auf der Couch sitzend, fand sie keine Ruhe. Wo mochte Anatole stecken? Was dachte und fühlte er gerade? Ob er sie jetzt verachtete?
Nein, so etwas würde der Burgherr niemals tun. Er hatte gewiss ihre Reaktion gefürchtet und war sicher auch davon sehr enttäuscht gewesen.

Aber er würde ihr keine Vorwürfe daraus machen.
Vermutlich sorgte er sich gerade genauso sehr um sie wie sie sich um ihn.
Nein, dank seiner Geistfähigkeiten wusste er, wo sie sich befand und dass sie zumindest körperlich wohlauf war. Als Anatole ihr diese Gabe eingestanden hatte, war sie sehr erschrocken und hatte sich vollkommen entblößt gefühlt. Doch jetzt war ihr die Vorstellung doch sehr angenehm, dass Anatole sie immer und überall aufspüren konnte. Sie fühlte sich geborgen wie in seinem Umhang, der so angenehm nach ihm roch.
Und der Gedanke ließ ihr die Trennung noch unerträglicher erscheinen; denn sie … sie liebte ihn.
Als Madeline klar wurde, was ihr da gerade durch den Sinn gegangen war, blieb ihr für eine Sekunde das Herz stehen. Niemals hatte sie diese Worte gedacht, geschweige denn laut ausgesprochen – selbst in den leidenschaftlichsten Moment zwischen ihnen nicht.
Trotz allem, was an ihm und in ihm war – Nein! –, wegen all dem, was an ihm und in ihm war, liebte Madeline ihn. Wenn sie nur früher auf ihr Herz gehört hätte, wäre ihr das auch schon länger bewusst gewesen.
Die junge Frau richtete sich wieder gerade auf. »Ihr habt Euch nicht geirrt, Mr. Fitzleger. Ich mag zwar eine Närrin sein, aber ich bin dennoch die Auserwählte für Anatole St. Leger.«
Wie sollte, konnte sie ihren Gemahl nur finden? Wenn sie doch nur ein wenig seiner Gaben besäße …
Das Schwert!
Madeline zuckte bei der Vorstellung zusammen, sich der mysteriösen Magie dieser Waffe zu bedienen. Nun los, zwang sie sich; hatte sie heute nicht schon genug Feigheit an den Tag gelegt?

Tapfer erhob sie sich und suchte in dem kleinen Haus nach der Waffe. Keine allzu schwere Aufgabe, denn der Reverend hatte die Klinge auf dem Tisch in der Diele abgelegt.
Madeline nahm allen Mut zusammen, fühlte sich wie der junge Artus, als er zum ersten Mal Excalibur aus dem Stein zog, und befreite das Schwert aus seiner Scheide.
Vorsichtig trug sie die Waffe zum Kamin und hielt den Kristall mit den Fingern umschlossen. Wenn der Stein jetzt angefangen hätte zu glühen oder sonst etwas Verrücktes zu tun, wäre sie bestimmt schreiend aus dem Haus gelaufen.
Und was jetzt? Musste man eine Beschwörung murmeln oder sonst etwas anstellen? Nein, beim ersten Mal war sie ohne solchen Firlefanz ausgekommen.
Man sah nur in den Kristall und konzentrierte sich …
»Wenn du wirklich Magie besitzt, dann zeig mir, wo ich Anatole finden kann.«
Madeline starrte auf den Stein, bis ihr die Augen brannten. Nach einer Weile zeigte der Kristall zumindest wabernde Nebel.
Darin tauchte … ihr Kopf auf … und verschwand wieder hinter den Nebelschleiern. An einer anderen Stelle riss der Nebel auf und zeigte – Anatole.
Er kniete vor etwas … und war nicht allein … Jemand schlich sich an ihn heran, den Madeline nur von hinten sehen konnte. Doch die Gestalt trug langes rotes Haar!
Die junge Frau konzentrierte sich stärker. Offenbar bekam sie eine Szene gezeigt, die sich erst noch ereignen würde. Die Rothaarige holte aus, Stahl blitzte auf, und Anatole brach, in der Brust getroffen zusammen.
Mit einem spitzen Schrei ließ Madeline das Schwert fallen, und lange Zeit brachte sie es nicht über sich, die Waffe anzusehen.

Als sie es schließlich doch wagte, wieder hinzuschauen, funkelte der Kristall erneut im matten Feuerschein.
Aber die Vision blieb in ihr lebendig.
Anatole lag in seinem Blut.
Das durfte doch nicht sein … hatte er ihr nicht einmal etwas Ähnliches erzählt. Dass er in einer Vision eine Frau mit roten Haaren gesehen hatte, vor der er sich hüten solle?
Und doch hatte Madeline sich in dem Stein gesehen. Mit einem Messer in der Hand …
»Lieber Gott, bitte nein. Das wird niemals geschehen. Ich würde doch nicht … Nichts und niemand könnte mich dazu bringen …«
Sich gegen ihren Mann zu wenden? Aber hatte sie nicht genau das heute Nacht getan? Hatte sie ihn nicht mit dem Schwert abzuwehren versucht? Und wenn er noch näher gekommen wäre, hätte sie dann gezögert, zuzustoßen?
Die Vision durfte nicht wahr werden, auch wenn Anatole ihr gesagt hatte, dass man nichts dagegen unternehmen könnte.
Madeline schwor sich, einen Weg zu finden. Und ihr fiel nur eine Möglichkeit ein.
Sie durfte ihren Gemahl nie wieder sehen.

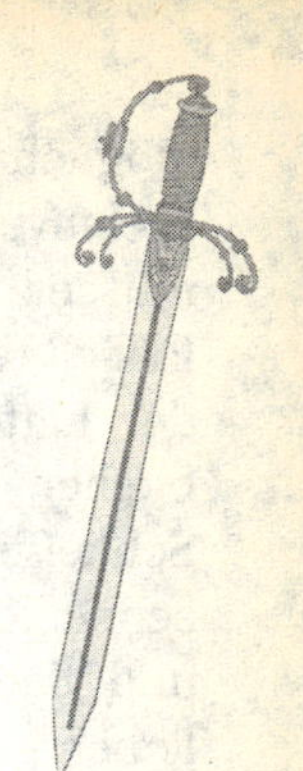

20

Auf Castle Leger herrschte alles andere als Ruhe und Frieden. Getuschel flog durch das Gemäuer wie Herbstlaub, das der Wind vor sich her treibt.

Die neue Herrin sei Seiner Lordschaft fortgelaufen und weigere sich, zurückzukehren. Zum ersten Mal habe Mr. Fitzleger einen Fehler begangen. Wahrscheinlich sei er für sein Amt zu alt geworden, und leider habe sich noch kein Nachfolger für ihn gefunden. Die dunkle Zeit stünde wieder bevor. Alles deute auf eine Wiederholung der Vergangenheit hin, als Cecily dem Wahnsinn anheim gefallen war und Lyndon sich in der Bibliothek eingeschlossen hatte.

Bess Kennack war aus den Diensten der Burg entlassen worden und verbreitete nun überall im Dorf, der Niedergang der St. Legers sei vom Schicksal beschlossen, und bald würde auch der Letzte von ihnen untergegangen sein. Doch keiner der Dörfler teilte ihre boshafte Freude, denn so lange es den St. Legers gut ging, gedieh auch ihr Grund und Boden.

Anatole wanderte ziellos durch sein Anwesen, das von Madelines früherer Anwesenheit heimgesucht zu werden schien. Irgendwo fiel ihm die *Odyssee* in die Hände, und er erinnerte sich dunkel daran, dass er, um ihr zu gefallen, sie gebeten hatte, ihm daraus vorzulesen.

Doch die Geschichte hatte ihn mehr gepackt, als er das für

möglich gehalten hätte. Anatole fühlte sich dem Krieger seelenverwandt, der so viele Mühen hatte auf sich nehmen müssen, um heim zu seiner Frau zu finden.
Er ließ das Buch auf den Sessel fallen, auf dem er es gefunden hatte. Anatole hatte angeordnet, dass alles so zu verbleiben hätte, wie die Mistress es zurückgelassen habe. Schließlich wollte er sich und seine Burg für den unwahrscheinlichen Fall bereithalten, dass ein Wunder geschah und Madeline feststellte, dass sie einen Teufel wie ihn doch lieben könne.
Und mit jedem Tag, der verging, ohne dass seine Gebete erhört worden waren, ließ er alles ein wenig mehr verkommen. Keine Feuer mehr in der Bibliothek, die Blumen verwelkten in der Vase, ein neuer Vorhang, der nicht mehr aufgezogen wurde. Bis das Haus so düster geworden war wie seine Stimmung.
Anatole entdeckte, dass Hoffnung eine scharfe Waffe sein konnte, die Stück für Stück von einem abschnitt. Mehr als einmal wurde es ihm zu viel, und er stand kurz davor, auf sein Pferd zu springen und zum Pfarrhaus zu reiten.
Doch eines hielt ihn stets zurück. Madelines entsetzter Gesichtsausdruck, als sie in jener Nacht vor ihm geflohen war. Er würde ihn nicht noch einmal ertragen können.
Seine einzige Hoffnung bestand in Fitzleger. Wenn es dem alten Mann doch nur gelänge, Madeline zu überreden, die schrecklichen Ereignisse zu vergessen, ihrem Gemahl zu vergeben und wenigstens zu versuchen, ihn zu akzeptieren.
»Mylord?«
Die Stimme riss ihn aus seinen Gedanken. Doch nicht der Reverend stand in der Tür, sondern sein Vetter Marius; der Teufel wusste, wie lange schon.
Am liebsten hätte er ihn gleich wieder fortgeschickt, doch es ging um Will.

»Was macht unser Patient heute?«, fragte der Burgherr.
»Die Wunde heilt gut. Wir haben großes Glück gehabt. Kein Fieber, keine Infektion, nur …«
»Nur was?«, wollte Anatole unwirsch erfahren.
»Der Junge schwindet dahin. Mr. Trigghorne sagte mir, er könne Will nicht einmal dazu bewegen, auch nur ein wenig seiner Mahlzeiten anzurühren.«
»Dann zwingt ihn doch zum Essen. Ihr kennt sicher ein Gebräu, seinen Appetit anzuregen.«
»Ich verstehe mich nur auf Arzneien für den Körper, nicht aber für die Seele. Will setzt sich nicht einmal auf, und die Krücken, welche Ihr für ihn habt anfertigen lassen, stehen ungenutzt in der Ecke. Der arme Junge sieht keinen Sinn mehr im Weiterleben.«
»Dann können wir also nichts mehr für ihn tun?«, fragte Anatole, der ganz ähnlich fühlte wie Will.
»Ich nicht, aber Ihr.«
»Seit wann bin ich denn Arzt?«
»Ihr seid sein Herr.«
»Ich komme mir aber nicht so vor.«
Glaubte Marius wirklich, er könne ein verdammtes Wunder bewirken? Aber die St. Legers kümmerten sich um die Ihren. Und was würde Madeline dazu sagen, wenn er die Hände in den Schoß legte und Will zugrunde gehen ließ?
Anatole stieß einen Fluch aus und schob sich an dem Arzt vorbei. Er stürmte in die Kammer im Gesindeteil des Hauses, in dem der Junge lag.
Verdammter Bengel. Der Burgherr hatte nicht übel Lust, ihm das Essen in den Rachen zu stopfen. Madeline hätte sicher gewusst, wie man mit ihm reden musste.
Aber seine Frau war nicht hier.
Als Anatole den Raum erreichte, war sein Zorn größtenteils verflogen. Will lag zusammengesunken in seinem Bett und

war schon so apathisch, dass er nicht einmal den Kopf hob, als Seine Lordschaft eintrat.
Trigghorne, der gerade vergeblich versucht hatte, den Jungen zu ein paar Löffeln Suppe zu überreden, erhob sich jedoch sogleich und nahm respektvoll Abstand.
Anatole glaubte, in dem leeren Blick des jungen Knechts seinen eigenen wieder zu erkennen. Wenn er doch wenigstens Deidres Gabe besessen hätte. Doch ihm standen nur seine eigenen zur Verfügung.
Er legte dem Jungen eine Hand auf die Wange. »Will, seht mich an. Ich möchte, dass Ihr mir in die Augen schaut.«
Marius, der ihm gefolgt war, erstarrte, und Trigghorne schrie: »O Gott, bitte, nein, Mylord. Nicht noch eine verwünschte Vision!«
Doch Will befolgte den Befehl ohne Furcht: »Ich hoffe, Herr, diesmal seht Ihr meinen Tod voraus.«
Anatole konzentrierte sich, und tiefe Falten zeigten sich auf seinen Zügen.
»Was ich erblicke, ist schlimmer als der Tod – Ihr werdet heiraten!«
Der Junge lachte ungläubig. »Wer würde mich denn schon zum Mann nehmen, einen hilflosen Krüppel?«
Der Burgherr richtete sich zur vollen Größe auf. »Wagt Ihr etwa, an meiner Macht zu zweifeln?«
»N-nein, Herr ...«
»Ich vermag das Gesicht des Mädchens nicht zu schauen, doch Ihr werdet zwölf Kinder zeugen.«
»Der Herr steh ihm bei!«, stöhnte Trigghorne.
»Daher rate ich Euch dringend, wieder mit dem Essen zu beginnen. Ihr werdet Eure Kräfte dringend brauchen.«
Will nickte, und tatsächlich kehrte etwas Farbe in sein Gesicht zurück.
Anatole ließ ihn allein und ging in sein Arbeitszimmer zu-

rück. Er hatte sich gerade an seinem Schreibtisch niedergelassen und wollte sich von Neuem in die düstersten Gedanken versenken, als Marius bei ihm erschien.
»Allmächtiger, Cousin, Ihr solltet den Jungen sehen. Will schaufelt Essen in sich hinein, als müsse er noch heute das Dutzend Kinder zeugen. Wie eigenartig, zum ersten Mal hattet Ihr eine Vision, die nicht eine Katastrophe voraussagte.«
»Ich wusste gar nicht, wie gut ich mich aufs Lügen verstehe.«
»Was?«
»Ich habe mir das alles nur ausgedacht; oder glaubt Ihr, ich hätte mich plötzlich in einen Engel des Lichts verwandelt?«
Er erwartete, von dem Arzt mit Vorwürfen überschüttet zu werden, doch Marius sah ihn nur bewundernd an.
»Ihr seid wirklich geschickt. Will wird erst sehr spät dahinter kommen, dass Ihr ihn angeschwindelt habt. Und wer weiß, vielleicht trifft Eure Prophezeiung ja sogar ein. Wie ist Euch das nur eingefallen?«
»Seit meiner Vermählung mit Madeline bin ich ziemlich gut darin geworden, mir Geschichten auszudenken.«
Bei der Erwähnung ihres Namens verfielen beide Männer in Schweigen. Marius' Miene trübte sich noch mehr.
»Anatole, ich wollte Euch schon die ganze Zeit sagen, wie Leid mir das alles tut –«
»Lasst es gut sein«, warnte der Burgherr ihn. Er konnte das Mitgefühl des Vetters jetzt nicht ertragen, von einem Mann, der ebenso gut wie er wusste, was Einsamkeit und Verzweiflung bedeuteten.
Marius seufzte, kam aber nicht mehr dazu, etwas zu entgegnen, weil in diesem Moment der Brautsucher ins Zimmer geführt wurde.

»Fitzleger!« Anatole sprang auf und konnte sich nicht dagegen wehren, dass Hoffnung in ihm aufkeimte.
Als sie allein waren, erkannte der Burgherr, wie sehr der Pastor in den letzten Tagen gealtert war. Er ging gebeugt, und seine luftigen weißen Haare hingen schlaff herab. Anatole konnte die Antwort in den Augen des Mannes lesen, doch er musste es genau wissen.
»Habt Ihr … habt Ihr mit Madeline gesprochen?«
Der alte Mann sagte nichts und zog einen länglichen Gegenstand aus seinem Umhang.
Das St.-Leger-Schwert.
»Sie weigert sich also, mich zu sehen«, murmelte der Burgherr und schluckte schwer. »Habt Ihr meiner Frau gesagt, dass ich geschworen habe, meine Kräfte nie mehr einzusetzen? Dass ich mich zu ihr auf Distanz halten werde?«
»Es tut mir sehr Leid, Mylord … Ich habe ihr alles ausgerichtet, was Ihr mir aufgetragen habt. Aber ihr Entschluss steht fest. Madeline wünscht, sofort nach London zurückzukehren.«
St. Leger musste sich eingestehen, dass er mit dieser Antwort gerechnet hatte. Wie ein Häftling auf sein Urteil hatte er eine solche Entscheidung erwartet.
Er sank auf seinen Stuhl zurück. Madeline würde ihn verlassen. Nicht für eine Woche oder einen Monat, sondern für immer.
»Also gut«, murmelte er.
Anatole besorgte sich Feder und Tinte, zog ein Blatt aus der Schublade und fing an zu schreiben.
»Ich beauftrage meinen Anwalt, ihr ausreichend Mittel zur Verfügung zu stellen, damit sie ein sorgenfreies Leben führen kann. Den Rest ihrer Habe lasse ich nach London nachschicken. Ach ja, ihre Bücher, die wird sie auch zurückhaben wollen.«

Marius, der bislang geschwiegen hatte, rief: »Bei Gott, Anatole, Ihr könnt sie doch nicht gehen lassen!«
»Was soll ich denn Eurer Meinung nach tun, Vetter? Sie hier anketten?«
»Eure Lady fürchtet sich nicht wirklich vor Euch. Sicher, ich wäre auch erschrocken, wenn mir die halbe Burg um die Ohren geflogen wäre, aber ich habe Madeline ins Herz gesehen und dort nur Mut und Liebe für Euch entdeckt.«
»Eure Kräfte scheinen nachzulassen, Marius. Mylady kann mich niemals lieben.«
Fitzleger seufzte. »Möge Gott mir beistehen. Das alles ist mein Fehler.«
»Nein, alter Freund, Ihr habt Euer Bestes gegeben. Die Schuld liegt allein bei mir.«
Doch der Reverend ließ sich davon nicht beruhigen. Er lehnte sich an den Kaminsims und legte den Kopf auf den Ärmel. Septimus weinte.
Anatole und der Arzt sahen sich hilflos an. Dann starrte Marius den alten Mann an und konzentrierte sich auf ihn.
»Er verbirgt etwas vor Euch, Anatole … etwas über Madeline.«
Der Burgherr konnte das zunächst nicht glauben. Fitzleger war immer der ehrlichste Mensch gewesen. Nur einmal hatte er ihn zurückhaltend erlebt – damals, als der Pastor ihm angekündigt hatte, dass seine Braut unterwegs sei …
»Fitzleger?«, fragte Anatole streng.
Der Reverend schien in sich zusammenzusacken. »Ich glaube nicht, dass ich das noch länger ertragen kann … Seine Lordschaft so am Ende zu sehen … Doch ich habe Madeline ein Versprechen gegeben.«
»Worauf habt Ihr Euer Wort gegeben?«
Als der Pastor schwieg, bemerkte Marius: »Es hat wohl et-

was mit dem Grund zu tun, warum die Lady Euch nicht mehr sehen will.«
Fitzleger gab sich geschlagen. »Wir beide kamen überein, Euch darüber im Unklaren zu lassen, Mylord …«
»Worüber?«
»Madeline reist nicht fort, weil sie Euch fürchtet, sondern weil sie *um Euch* fürchtet.«
»Redet so, dass man es auch verstehen kann, Mann!«
»Mylady sorgt sich, wenn sie bei Euch bliebe, würde sie Euch ermorden … Sie hatte nämlich eine Vision …«
»Ihr wisst genau, Reverend, dass das unmöglich ist. In Madelines Adern fließt kein St.-Leger-Blut.«
»Sie hat den Kristall befragt. Von dem hatte sie nämlich schon früher einmal eine Prophezeiung erhalten. Die hielt sie zuerst nur für ein Phantasiegebilde, aber dann wurde sie tatsächlich wahr. Das Schwert hatte ihr nämlich gezeigt, dass Ihr mit ihr ausreiten würdet, zum stehenden Stein.«
»Das glaube ich einfach nicht.«
»Warum nicht, Vetter, Ihr seid ein St. Leger und daher daran gewöhnt, so gut wie alles für möglich zu halten.«
Anatole biss die Zähne zusammen. Der Arzt hatte Recht. Sein Blick wanderte zu der Klinge, die auf dem Schreibtisch lag. Natürlich hatte er selbst auch die Geschichten von den St.-Leger-Frauen gehört, die sich seiner bedient hatten.
Ach, Madeline …
Es gab nur eine Möglichkeit, der Sache auf den Grund zu gehen. Anatole musste selbst einen Blick in den Kristall werfen.
Er hielt das Schwert in die Höhe, starrte auf den Stein und konzentrierte sich.
Als der Nebel sich teilte, sah er die rothaarige Frau. Die-

selbe Feuerlady, vor der er schon vor Monaten gewarnt worden war.
Anatole konzentrierte sich, um den Nebel ganz zu vertreiben, und endlich schaute er die Szene in ihrer ganzen Klarheit.
Er wusste jetzt, warum er früher stets davor zurückgeschreckt war. Selbst ein St. Leger benötigte ungeheuren Mut, seinen eigenen Tod vorauszusehen.
»Nun?«, fragte der Arzt, nachdem der Burgherr die Waffe wieder abgelegt hatte.
»Fitzleger hatte Recht. Madeline hat tatsächlich etwas gesehen: meinen Tod.«
Marius erbleichte noch mehr und murmelte eine Verwünschung.
Anatole hingegen fühlte, wie eine lang entbehrte Ruhe in ihn zurückkehrte. Madeline verließ ihn nicht, weil sie sich vor ihm fürchtete. Und wenn sie nicht diese Vision gehabt hätte, würde sie zu ihm zurückkehren und ihn akzeptieren. Ihn vielleicht sogar lieben …
Natürlich konnte er seinem Tod nicht entgehen. Aber in der wenigen Zeit, die ihm noch blieb, wollte er nichts unversucht lassen, Madeline zu finden.
Doch ihm kam ein weniger angenehmer Gedanke. Wenn Madeline glaubte, sie würde ihm den Tod bringen, hatte sie die Vision nicht in aller Klarheit erblickt, und damit wüsste sie auch nichts von der Gefahr, in die sie selbst geraten würde.
Und mit einem Mal wurde ihm so manches klar: die geheimnisvolle Frau, welche Fitzleger gesehen hatte, Romans Kauf von Lost Land und das Auftauchen seines merkwürdigen Freundes Yves de Rochencoeur …
Eines stand jedoch absolut fest: Madeline war nicht die Feuerfrau!

Anatole setzte sich in Bewegung. »Ich muss meine Frau finden.«
»Nein!«, rief Fitzleger. »Genau das dürft Ihr nicht! Versteht doch, Madeline will Euch schützen!«
»Das hat sie bereits.«
Bevor die beiden ihn aufhalten konnten, rannte der Burgherr schon aus dem Arbeitszimmer, durch die Burg und hinaus auf den Hof …
Dicker Nebel hatte sich über das ganze Land gelegt, und Anatole blieb stehen. Der Dunst in der Vision war also nicht bloßer Zufall gewesen.
Er hoffte, dass ihm wenigstens noch etwas Zeit zur Verfügung stünde, aber ihm schwante, dass die Prophezeiung schon bald in Erfüllung gehen würde. Sicher noch heute, vielleicht vor Ablauf dieser Stunde.
Der Burgherr stürmte zum Stall und rief schon von weitem, dass man den Hengst satteln solle. Die Hunde bellten unheimlich und unsichtbar durch den Nebel. Ranger gebärdete sich wie wahnsinnig und wollte unbedingt mit. Fast so, als ahnte er, was seinem Herrn bevorstand …
Anatole schickte seine besonderen Sinne aus. Zum Dorf. Zum Pfarrhaus. Zu Madeline.
Doch sie hielt sich nicht mehr dort auf.
Endlich wurde der Rappe aus dem Stall geführt, und St. Leger saß sofort auf. Aber er konnte noch nicht los, weil Marius auftauchte und sich ihm in den Weg stellte.
»Bei der Liebe Gottes, Anatole! Fitzleger ist außer sich und steht kurz vor einen Kollaps. Ihr müsst –«
Der Arzt unterbrach sich, und beide St. Leger spürten das Gleiche. Einer aus ihrer Familie würde heute sterben.
»Ich kann meinem Schicksal nicht entrinnen. Kümmert Ihr Euch um den Reverend, ich habe noch einiges zu erledigen, ehe …«

Doch Marius wollte noch nicht aufgeben.
»Was würdet Ihr denn tun, Cousin?«, fragte Anatole. »Wenn Ihr die Chance erhieltet, Eure Anne noch einmal in den Armen zu halten, würdet Ihr dann zögern? Selbst wenn es Euch das Leben kostete?«
Der Arzt sagte nichts, aber der schmerzliche Blick in seinen Augen sprach Bände. Marius trat beiseite.
Anatole wendete das Ross und preschte in den dichten Nebel hinaus. Er lenkte den Hengst zu den Klippen, achtete darauf, nicht vom Weg abzukommen, und versuchte, sich auf Madeline zu konzentrieren.
Nur ein kleines Licht, kaum fassbarer als ein Regenbogen. Sie entzog sich ihm, doch das Licht reichte aus, um ihm zu zeigen, wo sie sich befand – und in welcher Gefahr sie schwebte.
Seine Gemahlin bewegte sich auf den Ort zu, den sie nicht aufsuchen durfte.
Lost Land.

Der Nebel umringte Madeline wie eine Mauer, und die Kälte kroch selbst unter den dicken Umhang. Sie packte den kleinen Handkoffer fester, in den sie das Notwendigste geworfen hatte.
Ihr kam es vor, als würde der Nebel plötzlich noch dichter und kälter. Ihr Verstand sagte ihr, dass die Nähe des Meeres dafür verantwortlich sei, doch ihr Instinkt warnte sie, dass sie sich Lost Land näherte.
Sie hatte einen Fischer gefunden, der für ein paar Münzen seine Furcht vor diesem Ort überwunden und sie in die Bucht gerudert hatte, von der aus es nicht mehr weit bis zu ihrem Ziel war.
Die Ruinen des alten Manors ragten vor ihr auf, und Madeline fragte sich, welcher Irrsinn sie hierher getrieben haben

mochte. Die Stätte erweckte den Eindruck, als sei hier selbst der Frühling zu Grunde gegangen.
Die junge Frau hatte sich stets für eine vernünftige und mutige Person gehalten, aber davon war jetzt nicht mehr viel übrig. Mehr noch, sie zitterte vor Furcht.
Sie musste sich zwingen, einen Fuß vor den anderen zu setzen, vielleicht trieb sie auch die Verzweiflung an. Wie weit musste sie fortlaufen, um der Prophezeiung zu entkommen?
Irgendwann war Madeline zu dem Schluss gelangt, dass London noch viel zu nah war. Am besten reiste sie über das Meer, um in der Fremde über ihre nächsten Schritte nachzudenken.
Nur ein Mann würde ihr dabei helfen können: Yves de Rochencœur. Der Franzose hatte ihr bei seinem letzten Besuch versprochen, ihr in jeder Weise behilflich zu sein, wenn sie ihrem Gemahl entfliehen wolle.
Madeline wusste nicht, ob sie darauf viel geben konnte. Aber hatte sie denn eine andere Wahl? Auf Fitzleger war kein Verlass mehr, denn ihm war Anatole ebenso wichtig wie sie, und er würde ihm sicher weiteres Leid ersparen wollen. Außerdem hatte sie den Eindruck gewonnen, er habe sie bei sich festhalten wollen, bis irgendein Wunder geschähe und die Prophezeiung sich als unwahr erwiese. Eine törichte Vorstellung, der sie sich allerdings auch eine Weile hingegeben hatte.
Doch als sie an diesem Morgen aufgewacht war und den Nebel gesehen hatte, wusste sie, dass sie fort musste. Madeline hatte dem Reverend aufgetragen, den Burgherrn davon in Kenntnis zu setzen, dass sie sofort abreisen wolle.
Sie hatte dem alten Mann hinterher gesehen, wie er sich auf seinen schweren Weg gemacht hatte, und bezweifelte,

dass der Pastor noch lange in der Lage sein würde, Seiner Lordschaft etwas vorzumachen.
Solange Anatole glaubte, Madeline habe Angst vor ihm, würde er sich ihr nicht nähern. Aber wenn Fitzleger die Wahrheit nicht länger für sich behalten konnte …
Die junge Frau wusste, dass Eile geboten war. Zunächst hatte sie überlegt, sich an Hadrian zu wenden, der viele Schiffe sein eigen nannte. Aber die St. Legers waren ein eingeschworener Clan …
Nein, sie durfte dieses Risiko nicht eingehen. Auch konnte sie sich nicht an ihre Familie wenden. Die Eltern und Geschwister würden glauben, ihr Geist habe sich getrübt, wenn sie anfing, ihnen von alten Sagen, geheimnisvollen Kräften und Visionen zu berichten.
So war sie zu dem Schluss gelangt, dass ihr nur eine Hoffnung blieb – der französische Architekt.
Madeline stapfte an den rußgeschwärzten Mauerresten vorbei, und wegen des Nebels hatte sie große Mühe, das Cottage zu entdecken, in dem Yves untergebracht war.
Seit einigen Minuten hatte sie das Gefühl, nicht allein zu sein. Kein bedrohliches Wesen war hinter ihr her, sondern etwas, das ihr Liebe entgegensandte.
Anatole.
Wie weit reichten seine Kräfte wirklich? Madeline musste sich zwingen, ihr Herz nicht nach ihm rufen zu lassen.
Ein scharfer Knall ertönte, wie ein abbrechender Ast, oder wie … Erschrocken drehte sie sich um und bemerkte, dass sie nur noch wenige Yards von dem Cottage entfernt war.
Erfreut rannte die junge Frau darauf zu, nur um nach wenigen Schritten abrupt stehen zu bleiben.
Eine graue Stute stand angebunden vor dem Häuschen, und Madeline glaubte zu wissen, wem dieses Pferd gehörte.

Roman.
Ihr sank das Herz bei der Vorstellung, sein spöttisches Lächeln ertragen zu müssen. Verdammt, warum hatte sie vorher nicht daran gedacht, dass er hier auftauchen könnte. Immerhin war Yves der Architekt, der ihm auf diesem Land seinen Wohnsitz erbauen sollte.
Roman hasste Anatole, und wenn er erführe, dass Madeline am Tod seines Vetters maßgeblich beteiligt sein würde, würde er in seiner teuflischen Art alles unternehmen, um die Prophezeiung in Erfüllung gehen zu lassen.
Die junge Frau überlegte, sich zu verstecken, bis Roman wieder fort war. Doch da flog die Cottagetür auf, und er kam heraus.
Sie wollte in den Nebel flüchten, als ihr auffiel, dass etwas nicht mit ihm stimmte. Roman torkelte wie ein Betrunkener und musste sich am Pfosten des Gartentors festhalten. Er hatte die größte Mühe, die Zügel seines Pferdes loszubinden, und als ihm das endlich gelungen war, brach er auf die Knie.
Madeline sah einen dunkelroten Fleck, der sich auf seinem Umhang ausbreitete.
Entsetzt lief sie zu ihm, um Hilfe zu leisten. Er hob den Kopf und starrte sie aus glasigen Augen an.
»Cousine? Was –«
Roman kippte vornüber. Sie versuchte, ihn auf den Rücken zu rollen. Aber er schob sie mit seiner letzten Kraft fort.
»Verschwindet von hier!«
»Aber Ihr seid verletzt!«
»Keine Zeit mehr … für Fragen …« keuchte er. »Steigt auf mein Pferd … holt Hilfe.«
Das würde Roman nicht durchstehen, und sie konnte ihn doch nicht einfach hier liegen lassen.
Plötzlich riss die Stute den Kopf hoch, wieherte laut und

stürmte reiterlos davon. Der Blutgeruch musste sie wohl erschreckt haben … oder etwas anderes.
Madeline spürte ihn hinter sich stehen, ohne dass sie ihn kommen gehört hatte.
»Ah, ma cherie, was führt Euch denn hierher?«
Das war eindeutig Rochencoeurs Stimme. Die junge Frau drehte sich zu ihm um. Seine elegante Kleidung war zerrissen, und die Perücke saß schief auf seinem Kopf. Am schlimmsten aber war die Pistole in seiner Hand, aus deren Lauf Rauch aufstieg.
»Yves?«, brachte sie ungläubig hervor.
»Nein, meine Teure, da muss ich Euch enttäuschen.« Der Franzose nahm die Perücke ab. »Ich heiße vielmehr Evelyn Mortmain.«
Doch Madeline bekam diese Enthüllung nur am Rande mit; denn sie hatte das Gefühl, der Boden würde ihr unter den Füßen weggerissen. Die Vision des Schwertkristalls bekam mit einem Mal eine völlig neue Bedeutung.
Die junge Frau sah entsetzt zu, wie Yves/Evelyn sich das Haar ausschüttelte: eine wilde rote Mähne, genau wie ihre eigene.
»Großer Gott, die Feuerfrau!«

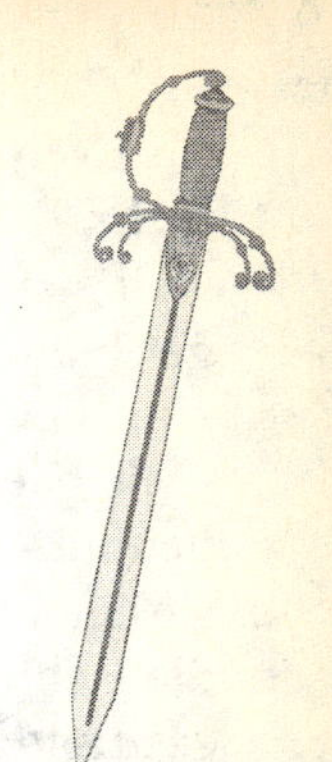

21

Fort von hier, rasch, und so weit wie möglich, drängte eine Stimme in ihr, aber die Beine blieben wie angewurzelt stehen.
Madeline konnte nur auf die Person starren, die sie bis eben noch für Yves de Rochencœur gehalten hatte. Ihr Verstand war noch nicht in der Lage, die Verwandlung des Architekten in diese Frau mit den roten Haaren zu begreifen, deren zerrissenes Hemd den Blick auf Brüste freigab, die von einem Korsett flachgepresst wurden.
»Seht mich nicht an, als wär ich ein Gespenst«, knurrte Evelyn, und jeglicher französische Akzent war aus ihrer rauchigen Stimme verschwunden. »Ich bin eine Frau genau wie Ihr, wenn auch nicht mit solcher Anmut gesegnet. Doch wir Mortmains waren noch nie für unsere Schönheit bekannt.«
»Aber ... aber ich dachte, alle aus Eurer Familie wären tot!«
»Mir scheint, da war bei den St. Legers der Wunsch der Vater des Gedankens«, erwiderte Evelyn erheitert.
Sie kam ihr näher, und Madeline wich zurück. Doch die seltsame Frau schritt an ihr vorbei und blieb vor dem Mann stehen, der auf dem Weg in seinem Blut lag.
Roman! In ihrem Entsetzen hatte Madeline ihn völlig vergessen. Sie musste ihm irgendwie helfen, auch wenn ihr Verstand ihr sagte, dass sie nichts mehr für ihn tun konnte.

Als Evelyn ihn rau in die Seite trat, rührte Roman sich nicht mehr. Die Mortmain lächelte befriedigt.
»Ich glaube, jetzt muss ich mich um einen St. Leger weniger kümmern.«
»Ihr habt ihn getötet?«
»Mir blieb wohl keine Wahl. Roman kam hinter mein Geheimnis, geriet in Wut und griff mich auf eine Weise an, wie sie einem Gentleman einer Lady gegenüber nicht geziemt.« Sie lachte keckernd. »Seltsam, nicht wahr? Seit ich in dieses Land zurückgekehrt bin, fürchtete ich mich vor den unheimlichen Fähigkeiten der St. Legers. Und ausgerechnet derjenige von ihnen, der über keine solche Gaben verfügte, musste mich enttarnen.«
Madeline erschauerte. Evelyn sprach so gelassen, als säßen sie in ihrem Haus beim Tee zusammen. Wie hatte sie die Vision im Kristall so falsch interpretieren können. Hierher zu kommen, war ein großer Fehler gewesen. Anatole, der sie schon suchte, würde über kurz oder lang Lost Land erreichen und womöglich sein Leben verlieren.
Madeline geriet in Panik. Sie musste von hier fort, ihren Mann suchen, ihn warnen und – nein, das wäre genau das Falsche. Vielmehr sollte sie alles daran setzen, Evelyn von ihm fern zu halten. Vielleicht war es ihr ja sogar möglich, die Mortmain zu überwinden …
Madeline zwang sich zum Nachdenken, was ihr jedoch nicht leicht fiel, da die andere Frau jetzt auf sie zu kam und die Pistole auf sie richtete.
»Und jetzt, meine Liebe, seid bitte so gütig, mir zu verraten, was Euch hierher geführt hat.«
»Ich … ich bin meinem Mann weggelaufen.«
»Da erzählt Ihr mir nichts Neues. Jeder Bauerntölpel im Umkreis von vielen Meilen kann ja von nichts anderem mehr reden, als dass dem Schrecklichen Lord die Frau

durchgebrannt ist. Das erklärt aber noch nicht, was Ihr ausgerechnet in Lost Land wollt.«
»Ihr sagtet, Ihr würdet mir helfen, wenn ich je aus Cornwall fort wollte.«
»Ja, das ist richtig, aber wie Ihr unschwer begreifen werdet, seid Ihr zu einem höchst ungelegenen Zeitpunkt hier erschienen.«
»Dann sollte ich mich vielleicht woanders nach Hilfe umsehen.«
Evelyn lachte schrill.
»Oder noch besser, wir gehen zusammen«, beeilte sich Madeline hinzuzufügen. »Ihr wollt doch sicher auch von hier fort, nun, da Eure Maskerade aufgedeckt ist. Wir könnten ein Boot suchen, das uns nach Frankreich übersetzt.«
Nach einer kleinen Pause schüttelte die Mortmain den Kopf. »Für mich besteht keine Notwendigkeit zu fliehen. Nur zwei Menschen kennen mein Geheimnis, und der eine davon ist bereits tot.«
Die Frau richtete die Pistole jetzt auf Madelines Brust.
»Ich würde doch niemandem etwas erzählen, verabscheue ich die St. Legers doch genau so wie Ihr. Ein jeder von ihnen hat etwas Angsteinflößendes an sich, und mein Gemahl ist von allen der Schlimmste. Wir sollten beide von hier verschwinden, solange wir noch eine Möglichkeit dazu haben.«
Evelyn fasste Madeline ans Kinn und zog ihren Kopf hoch. »Ihr seid eine schauderhaft schlechte Schauspielerin, meine Teure. Euer Gemahl mag mehr als merkwürdig sein, aber wie alle St.-Leger-Frauen habt Ihr Euch längst in ihn verliebt.«
Die junge Frau befreite sich vom Griff der Mortmain. »Besitzt Eure Familie etwa auch besondere Gaben?«
»Nein, ich habe mir alle Informationen auf die Weise be-

schafft, wie das auch unser zu gescheiter Freund Roman tat, indem ich nämlich einen Spion in Castle Leger einschmuggelte.«

»Keiner von Anatoles Bediensteten würde jemals … Bess Kennack!«

»Ich bewundere Euren Scharfsinn, mein Liebe. Ja, ich habe Bess überredet, sich bei Euch eine Anstellung geben zu lassen, um mir dann alles zu berichten, was mir dabei nützen könnte, den St. Legers ihr Ende zu bereiten.

Das dumme Ding hat kaum etwas dafür verlangt, macht sie Euren Gatten doch immer noch für den Tod ihrer Mutter verantwortlich. Hass kann sehr nützlich sein, wie ich selbst auch schon erfahren durfte.«

Madeline erinnerte sich, wie Bess sich stets in irgendwelchen Ecken herumgedrückt hatte oder leise durch die Gänge geschlichen war. Hatte das Mädchen etwa an den Türen gelauscht, sogar dann, wenn Madeline mit Anatole im Bett lag – oder sich wieder einmal mit ihm stritt. Bei der Vorstellung wurde ihr ganz schlecht.

»Zwanzig Jahre habe ich auf meine Rache gewartet«, fuhr Evelyn mit triumphierenden Lächeln fort. »Ich habe alles über die St. Legers in Erfahrung gebracht, was ich wissen wollte. Und erst dann bin ich selbst hier aufgetaucht.

Ich wusste, dass Roman das schwächste Glied in der Kette war, und habe deswegen seine Bekanntschaft gesucht. Es fiel mir nicht schwer, seine Freundschaft zu gewinnen, denn ich konnte ihm das nötige Geld für den Erwerb dieses Grundstücks borgen und ihm außerdem noch die Heirat mit einer reichen Gräfin in Aussicht stellen.

Roman ließ sich vollkommen davon blenden. Zumindest habe ich das geglaubt.

Doch der Mann war einfach zu misstrauisch. Vielleicht hätte er ja noch weiter meinen Zwecken dienen können, aber als er mein kleines Geheimnis entdeckte, bekam er einen furchtbaren Wutanfall. Wer weiß, vielleicht fiel ihm in dem Moment ein, dass St.-Leger-Blut in seinen Adern floss ...«

Madeline lief es eiskalt den Rücken hinunter, als sie hörte, wie gefühllos diese Mortmain von Roman sprach.

»Zwanzig Jahre lang habt Ihr Eure Rache geplant?«, fragte die junge Frau. »Dann müsst Ihr vollkommen irrsinnig sein!«

»Nein, nur geduldig. Ihr müsst wissen, Madeline, dass dieser schwarzverrußte Trümmerhaufen dort einmal mein Zuhause gewesen ist.

Ich war damals vierzehn und konnte dem Feuer nur mit knapper Not entkommen. Früher einmal hatte ich eine Stimme so lieblich wie die Eure. Doch in jener Nacht verlor ich sie, weil Rauch und Hitze meiner Kehle zu sehr zusetzten. Ich konnte nicht einmal mehr schreien, als ich in einer Ecke kauerte und mit ansehen musste, wie meine ganze Familie in den Flammen umkam.«

»Aber ... aber Euer Vater hatte doch das Feuer gelegt!«

»Das stimmt, doch was blieb ihm anderes übrig. Er wollte sich selbst davor bewahren, gefangen genommen und wie ein Hund in Ketten abgeführt zu werden.

Er hat oft den Umstand beklagt, nicht mit einem Sohn gesegnet zu sein, der seinen Kampf gegen die St. Legers fortsetzen könnte.

Und er hatte Recht; ich war schwach, bin in jener Nacht geflohen und habe mich versteckt.«

»Das hättet Ihr nicht tun müssen«, entgegnete Madeline. »Die St. Legers hätten Euch nichts getan, sondern im Gegenteil dafür gesorgt, Euch irgendwo unterzubringen –«

»Glaubt Ihr etwa, ich hätte mich der Gnade dieser mörderischen Familie ausgeliefert? Nein, für mich gab es nur eine Möglichkeit – weit fort von Cornwall.

Ich verbarg mich auf einem Fischerschiff und reiste als blinder Passagier nach Frankreich. Als der Kapitän mich dort entdeckte, ließ er mich einfach am Strand aussetzen …«

Ein schreckliches Feuer brannte in den Augen der Mortmain, und sie stand jetzt direkt vor Madeline.

»Könnt Ihr Euch vorstellen, was es heißt, sich ganz allein in einem fremden Land durchschlagen zu müssen? Nachdem man mich vergewaltigt hatte, erkannte ich rasch die Vorteile, die es mit sich bringt, wenn man sich als Jüngling verkleidet.

Das Lebensnotwendige habe ich mir auf die unterschiedlichsten Arten verschafft. Als Schauspielerin bei einem Wandertheater, durch Taschendiebstähle und auch durch Prostitution.

Nur ein Gedanke hielt mich aufrecht: Ich wollte hierher zurückkehren und meinem verstorbenen Vater beweisen, dass ich doch zu etwas taugte; dass es auch mir gelingen würde, die St. Legers auszulöschen.«

»Das tut mir Leid«, sagte Madeline leise, weil sie sich vor dem Wahnsinn in Evelyns Augen fürchtete.

»Ihr braucht mich nicht zu bedauern«, erwiderte die Mortmain. »Hebt Euch Euer Mitgefühl für Anatole auf.«

Die Erwähnung seines Namens ließ ihr Herz stocken. »Ihr habt keinen Streit mit ihm; denn er hat nichts mit dem Ende Eurer Familie zu tun.«

»Das spielt keine Rolle. Anatole ist ein St. Leger und auch noch das Oberhaupt dieser elenden Familie. Deshalb muss er sterben, genau wie alle anderen aus dieser Brut.«

»Aber Ihr werdet niemals alle St. Legers umbringen können. Höchstwahrscheinlich verliert Ihr dabei selbst das Leben. Bitte, Evelyn, es lässt sich immer ein Weg finden. Nun gut, Roman ist tot, aber das könntet Ihr doch als Notwehr

hinstellen … oder als tragischen Unfall … Ihr müsst nur von Eurem Wahnsinn ablassen.«
»Warum sollte ich?«, entgegnete die Mortmain mit schneidender Kälte. »Und so gut, wie ich mich bislang aufs Planen verstanden habe, wird es mir auch gelingen, sie alle, einen nach dem anderen, zu beseitigen.«
Wenn nur der Irrsinn in Evelyns Augen geleuchtet hätte, wäre Madeline wohl eher damit fertiggeworden als mit der kalten Ruhe, die die Rachsüchtige ausstrahlte.
Gab es denn keine Möglichkeit, diese Frau aufzuhalten?
»Tut mir Leid um Euch, Madeline. Ich habe Euch wirklich gemocht.«
Warum redete die Mortmain in der Vergangenheitsform?
»Doch da Ihr nun schon einmal hier seid, könnt Ihr mir auch von Nutzen sein. Ich schätze, Euer Gemahl wird sich auf die Suche nach Euch machen.«
»Nein, nein, das tut er bestimmt nicht!«, rief Madeline etwas zu hastig.
»Wenn ich mich nicht irre, besitzt er doch diese besondere Gabe, Euch überall ausfindig zu machen, oder?«
»Davon habe ich noch nie gehört.«
»Versucht nicht, mich zu täuschen, meine Liebe. Ich weiß über Anatoles Fähigkeiten bestens Bescheid. Was ich von Roman nicht erfuhr, konnte mir Bess berichten, und umgekehrt.
Dieser Mann stellt eine ganz besondere Herausforderung an mich dar. Wie kann man jemanden vernichten, der einen vermittels seiner Geistesgaben augenblicklich fortschleudern kann?
Man muss ihn überraschen.
Doch wie soll das möglich sein, wenn er des weiteren über eine überragende Wahrnehmung verfügt? Nun ja, ich glaube, wenn Anatole ausreichend abgelenkt ist, funktionieren

seine besonderen Sinne nicht mehr so gut. Und wie könnte man ihn ablenken?
Vermutlich mit der Todesfurcht von jemandem, der ihm sehr nahe steht, was?«
Madeline verstand sofort, was die Mortmain meinte. »Oh nein, ich werde mich nicht von Euch als Lockvogel für Anatole missbrauchen lassen!«
Evelyn richtete wieder die Pistole auf sie. »Ich fürchte, meine Teure, Euch bleibt keine große Wahl.«
»Ihr wollt mich erschießen wie Roman? Nur zu, lieber sterbe ich, als Euch meinen Gemahl auszuliefern.«
»Seid nicht albern.«
Madeline machte sich darauf gefasst, von einer Kugel durchbohrt zu werden. Doch nachdem einige Sekunden verstrichen waren, fragte sie sich, warum Evelyn noch nicht abgedrückt hatte? Bei ihm hatte sie nicht gezögert.
Bei Roman …
»Ihr blufft. Die Pistole ist nicht nachgeladen.«
»Wollt Ihr die Probe aufs Exempel machen?«, entgegnete die Mortmain mit einem Lächeln.
»Nachdem Ihr Roman umgebracht hattet, fandet Ihr noch keine Gelegenheit, eine neue Kugel in den Lauf zu schieben!«
Evelyns Gesicht verzog sich zu einer Fratze. »Ihr seid ja ein richtiger Schlaukopf«, knurrte sie.
Schon sprang die Mortmain sie an, und Madeline blieb keine Zeit, ihr auszuweichen. Evelyn bekam sie am Arm zu fassen, und die beiden rangen für einen Moment miteinander.
Dann lag Madeline am Boden, da sie gegen die unfassbare Körperkraft der Mortmain nicht ankam. Evelyn holte mit dem Pistolengriff aus, um ihn auf den Kopf ihres Opfers zu schlagen.

Madeline schrie, konnte den Kopf wegdrehen, und der Schlag traf schmerzhaft ihre Schulter. Die Finger der anderen Hand bekamen Erdreich zu fassen. Ehe die Wahnsinnige ein weiteres Mal die Waffe erheben konnte, schleuderte Madeline ihr den Dreck ins Gesicht.
Fluchend ließ Evelyn von der jungen Frau ab und rieb sich die Augen. Madeline nutzte den kurzen Moment, um aufzuspringen und blindlings in den Nebel zu rennen.
Nur fort von Lost Land und der Mortmain. Sie hörte, wie Evelyn ihren Namen schrie und sie mit Verwünschungen bedachte.
Madeline lief, was ihre Beine hergaben. Sie gelangte auf einen Hang und kam schlechter voran. Einmal fiel sie, konnte sich aber wieder aufrappeln, und stolpernd strebte sie der Kuppe zu.
Sie atmete rasselnd und bekam Seitenstiche, und nach einer Weile glaubte Madeline, genug Abstand zwischen sich und Evelyn gebracht zu haben. Aber die Mörderin hatte sich bestimmt längst von dem Anschlag erholt und kannte sich wohl auch deutlich besser in diesem Landstrich aus.
Wohin soll ich mich wenden?, dachte die junge Frau, während ihre Schritte immer langsamer wurden. Eine Waffe finden. Vielleicht ein Stein, den sie der Mortmain auf den Schädel schlagen konnte …
Aber nein, Madeline schreckte vor dem Gedanken an so viel Gewalt zurück. Besser wäre es, sie würde irgendwo Hilfe holen und in der Zwischenzeit darum beten, dass Anatole Evelyn vorher nicht über den Weg lief.
Die junge Frau musste stehen bleiben und zu Atem kommen. Sie lauschte, um Evelyns Kommen zu vernehmen, hörte aber nichts bis auf Rauschen.
Das Meer. War sie der See schon so nahe gekommen.

Madeline trat einen Schritt zurück und schrie, da sich plötzlich kein Boden mehr unter ihrem Fuß fand.
Sie ruderte mit den Armen durch die Luft, rutschte zusammen mit Kieseln und Steinen immer tiefer ab und bekam endlich eine knorrige Wurzel zu fassen. Daran baumelte sie so lange, bis ihre Füße Halt auf einem schmalen Felsvorsprung gefunden hatten.
Das Herz schlug ihr wie rasend, und sie verwünschte ihre Dummheit, als ihr bewusst wurde, wohin sie gelaufen war – zu den Klippen. Zu ihrem Glück fielen die hier nicht so jäh hinab wie bei Castle Leger. Der Nebel über dem Meer befand sich nur einige Yards unter ihren Füßen, und jedes Mal wenn sich eine Welle brach, spritzte Wasser hoch und nässte den Saum ihres Gewands.
Madeline blickte nach oben und versuchte festzustellen, wie tief sie abgestürzt war. Der Klippenrand befand sich einige Fuß über ihr. Wenn sie genügend Kraft aufbrachte und die Wurzel hielt, könnte sie es vielleicht schaffen.
Doch da hörte sie über sich eine Bewegung, und im nächsten Moment erschien Evelyns Gesicht am Rand.
Madeline wich zurück, als die Mortmain eine Hand nach ihr ausstreckte. Sie wusste schließlich nicht, ob die Wahnsinnige sie als Geisel nehmen oder sie endgültig ins Meer stoßen wollte.
Die Frau zog die Hand wieder zurück und lächelte unangenehm, dann verschwand sie vom Klippenrand.
Im nächsten Moment hörte Madeline es auch. Jemand näherte sich und rief ihren Namen.
Anatole!
»Grundgütiger, nein!« Die junge Frau schloss die Augen. Sie hatte der Mortmain geholfen, ihn in eine Falle zu locken!

Wenig vorher hatte Anatole Lost Land erreicht.
Er zügelte den Hengst, und nicht nur er, sondern auch das Tier schien die Gefahr zu spüren, die hier auf sie lauerte.
Seine außergewöhnlichen Sinne wurden mit einer wahren Flut von Eindrücken bombardiert. Hinter ihm hatten sich Marius und Fitzleger auf den Weg gemacht, ihn zu suchen, und vor ihm breitete sich die Aura des Mortmain-Anwesens aus.
Sie musste hier irgendwo sein, die Feuerfrau. Ihre Gegenwart fuhr wie mit glühenden Fingern durch Anatoles Geist. Er wehrte ihren Einfluss ab und suchte weiter nach seiner Frau, doch irgendetwas hielt sie vor ihm verborgen.
Langsam ritt er weiter, und plötzlich scheute sein Ross vor einem Menschen, der quer auf dem Weg lag. Der Burgherr fluchte, brachte das Pferd wieder unter Kontrolle und starrte nach unten.
Roman.
Blutflecke markierten den Weg zurück zum Cottage und legten Zeugnis über sein verzweifeltes Bemühen ab, von hier zu entkommen. Anatole spürte, dass noch Leben in dem Mann steckte. Offensichtlich hatte sein Mörder – und er zweifelte keinen Moment daran, um wen es sich dabei handelte – ihn für tot gehalten und liegen lassen.
Der Burgherr brachte es nicht über sich, einfach weiter zu reiten. Dass sein Vetter erschossen worden war, vergrößerte nur seine Sorge um Madeline. Dabei hatte Roman sein Schicksal verdient, war er es doch gewesen, der die verhasste letzte Mortmain in ihre Mitte geführt hatte.
Unter Verwünschungen stieg Anatole ab, kniete sich neben seinen Cousin und drehte ihn vorsichtig um.
»Roman?« Er löste ihm die Halsbinde. Der Mann regte sich unter der Berührung.
»Anatole?«

»Ja, ich bin es. Was ist geschehen?«
»Die verdammte Hure hat mich niedergeschossen ... hat mich zum Narren gehalten ... Es gab nie eine reiche Gräfin ... sie ist eine elende Mortmain!«
»Ja, das weiß ich inzwischen auch. Aber sagt mir, was mit Madeline ist.«
»Sie versuchte ... mir zu helfen ... doch da trat die Teufelin dazwischen ... ich habe mich tot gestellt ... fiel mir gar nicht schwer ...«
»Wo steckt Madeline jetzt?«
»Weiß nicht ... die Mortmain hat sie angegriffen ... aber Eure Gemahlin konnte entkommen ... beide sind im Nebel verschwunden ...«
Anatole wollte sofort aufspringen, aber Roman hielt ihn zurück.
»Wartet noch ...«
»Ich muss Madeline finden! Marius wird bald hier eintreffen.«
Aber er vermag wohl kaum noch etwas für ihn zu tun.
»Muss Euch etwas sagen, ehe« – Roman hielt Lyndons Uhr in der Hand, – »Sie gehörte ... immer Euch ... auf dem Totenbett hat Euer Vater ... mir die Uhr mit den Worten überreicht, dass ... er Euch stets geliebt habe und Euch ... um Verzeihung für alles bitte ...
Aber das habe ich ... Euch verschwiegen ... weil Ihr doch schon ... alles besaßet ... Castle Leger und ...«
»Verdammt, Roman, das spielt jetzt keine Rolle mehr. Ich muss los –«
Der Cousin war kaum noch zu verstehen: »Mir aber war es wichtig ... will nicht sterben ... ohne es Euch gebeichtet zu haben ... dass ich Euch bestohlen ... und belogen habe ...«
»Und jetzt verlangt Ihr von mir die Absolution?«
»Nein ... dafür ist es schon zu spät ... seit dem Moment, als

ich … Euch mit dem Messer … verletzte … verdammt eigenartig, nicht wahr … erst im Tod … fühle ich mich als … St. Leger …«

Seine Hand fiel herab, und die Lider schlossen sich. Anatole fühlte etwas reißen, so wie wenn ein Ast von einem Baum abgebrochen wird, und Roman war tot.

Er erhob sich und steckte die Uhr ein. Nie hätte er erwartet, über den Tod seines Cousins so etwas wie Bedauern verspüren zu können.

Der Burgherr kehrte zu seinem Pferd zurück. Da Romans Geist nicht länger seine Fähigkeiten trübte, konnte er sich stärker auf Madeline konzentrieren.

Sie war irgendwo da draußen und befand sich in der Hand der Todfeindin. Panik befiel ihn, doch er kämpfte dagegen an. Zu große Angst um seine Braut würde ihm nur die Sinne trüben, und gerade jetzt brauchte er einen klaren Kopf.

Wo steckten die beiden? Hier, zwischen den Ruinen? Nein. Er presste die Finger gegen die Schläfen … in der Bucht vor Lost Land …

Der Burgherr wollte aufsitzen, blieb dann aber auf der Erde stehen. In dem Nebel wäre es Selbstmord gleichgekommen, dorthin zu reiten.

Er band den Hengst an und machte sich zu Fuß auf die Suche. Seine Schritte führten ihn Hügel aufwärts. Jeder seiner Muskeln war angespannt, da er jeden Moment mit einem heimtückischen Angriff rechnen musste.

Anatole spürte die Mortmain immer stärker, diese merkwürdige Frau, die sich als leicht vertrottelter Franzose verkleidet und ihre Gedanken so unter Kontrolle gehalten hatte, dass nicht einmal Marius sie durchschauen konnte.

Nun wartete sie hasserfüllt auf das Familienoberhaupt der St. Legers. Er konnte seinem Schicksal nicht entrinnen und

nur hoffen, vor seinem Ende Madeline retten und in Sicherheit bringen zu können.
Die Feindin steckte irgendwo da vorn im Nebel; unsichtbar, genau wie die Vision es ihm gezeigt hatte. Evelyns Hass legte sich wie eine düstere Wolke auf seinen Geist, dennoch vermochte er, auch Madeline auszumachen.
Als er jedoch ihren Aufschrei hörte, vergaß er alle Besonnenheit und rannte los.
»Madeline?«
Verdammt, warum antwortete sie ihm nicht? Sie war doch ganz in der Nähe. Anatole rief erneut nach ihr, schickte seinen Geist auf die Suche und entdeckte sie.
Doch als er an der Stelle anlangte, war von ihr nichts zu sehen, nur der Rand der jäh abfallenden Klippen. Seine Eingeweide zogen sich zusammen.
Der Burgherr fiel auf die Knie und kroch zum Rand. Ein Stück weiter unten hing Madeline, hielt sich verzweifelt an einer Wurzel fest und befand sich außerhalb seiner Reichweite.
Als sie ihn sah, erstarrte sie und zeigte keinerlei Anzeichen von Freude oder Erleichterung.
»Nein! Fort von hier! Flieht!«
Anatole ignorierte ihre Rufe. Er legte sich an den Rand und konzentrierte all seine geistigen Fähigkeiten, bis sie sich wie eine starke Hand um Madelines Arm schlossen. Trotz der rasenden Schmerzen in seinem Kopf ließ er in seinem Bemühen nicht nach und zog die junge Frau herauf, bis sie in die Reichweite seiner Hände gelangte.
Als er sie zu packen bekam, zog er sie rasch höher und rollte sie schließlich über den Rand.
»Anatole! Achtung!«
Er spürte die Mortmain, deren Präsenz sich wie schwarze Schwingen über seinen Geist legte. Ihm blieb keine Zeit

mehr, sich zu ihr umzudrehen. Gerade noch konnte er Madeline loslassen, da krachte auch schon der Pistolenknauf an seinen Schädel, und der Burgherr kippte betäubt zur Seite.
Wie durch einen Nebel erkannte er die Teufelin. Ihr hexenrotes Haar tanzte im Wind, und ihre grotesk bemalten Züge verzogen sich zu einer grauenhaften Fratze.
Etwas blitzte an ihrer Hand auf.
Anatole war zu benommen, um seine Kräfte gegen den Angriff einsetzen zu können. Madeline, die wieder ein Stück abgerutscht war, nachdem er sie losgelassen hatte, krallte sich an Gras und Steinen fest, um das letzte Stück nach oben zu schaffen ... um sich auf die verhasste Feindin zu stürzen.
Aber sie kam zu spät. Der Stahl sauste wie in der Vision herab und traf Anatole in der Brust. Sein Schrei hingegen war furchtbar real.
»Nein!« Madeline stürmte vor und klammerte sich an Evelyns Arm, ehe die noch einmal zustoßen konnte.
Die beiden rangen miteinander um den Dolch und kamen dabei dem Abgrund immer näher. Die Mortmain fletschte die Zähne, aber Madeline kämpfte mit ebensolcher Besessenheit, um ihren Gemahl zu schützen.
Plötzlich gelang es ihr, Evelyn den Arm umzudrehen und ihr gleichzeitig die Schulter in die Brust zu rammen. Die Attacke riss die beiden Frauen von den Füßen.
Evelyn taumelte zurück, bis sie plötzlich nichts mehr fand, auf dem sie stehen konnte. In ihrer Verzweiflung streckte sie die Arme aus, bekam Madeline zu fassen und zog sie mit sich in die Tiefe.
Himmel, Felsen und die verzerrte Miene der Mortmain drehten sich vor ihr, bis sie plötzlich von starken Armen gehalten und ihr Sturz abgebremst wurde.

Die Mörderin konnte sich nicht mehr an ihr fest halten und fiel sich überschlagend die Klippen hinab, und ihr Schrei ging im Tosen des Meers unter. Dann schlug sie unten auf den Felsen auf, und die kalten grauen Wogen trugen sie davon.

Madeline schwebte nach oben, und als sie wieder festen Grund unter den Füßen spürte, zitterten ihre Beine, als würden sie jeden Moment zerbrechen.

Benommen warf sie einen Blick nach unten, aber von Evelyn Mortmain war nichts mehr zu sehen. Sie trat vom Rand zurück und suchte die Geborgenheit der starken Arme, die sie gerade heraufgezogen hatten.

Doch er stand nicht hier und erwartete sie. Madeline entdeckte ihn schließlich an der Stelle, wo die Mörderin ihn niedergestochen hatte. Er lag dort auf der Seite und presste eine Hand an die Stirn.

Jetzt begriff Madeline. Anatole hatte seine letzte Kraft dazu eingesetzt, sie zu retten und vor dem Aufschlag unten zu bewahren.

Madeline atmete scharf und erschrocken ein, als seine Hand kraftlos von der Stirn rutschte, und sofort eilte sie zu ihm und kniete sich vor ihn hin. Sie drückte mit beiden Händen gegen seine Brustwunde, um die starke Blutung zu stoppen. Aber sie spürte nur zu genau, wie das Leben aus ihm herausströmte.

Während ihr die Tränen über die Wangen liefen, suchte sie in ihrem Innern nach der praktischen, logischen Madeline, die immer einen Rat wusste. Doch die schien verschwunden zu sein.

»Warum musstet Ihr auch hierher kommen?«, heulte sie.

Mit einem Mal öffnete er die Augen. »Ich konnte nicht anders; denn auch ich habe die Vision gesehen.«

»Dann wusstet Ihr doch, was Euch hier erwartete!«

»Ich musste Euch doch in Sicherheit bringen, auch wenn es das Letzte wäre, was ich in diesem Leben zustande bringen würde.«
Madeline ärgerte sich über sich selbst. Da hockte sie hier und flennte wie eine Idiotin, statt etwas zu seiner Rettung zu unternehmen.
Kurz entschlossen riss sie ihr Kleid hoch und fing an, Streifen aus den Unterröcken zu reißen, um Anatole damit die Wunde zu verbinden.
Doch Hilfe nahte schon. Aus einiger Entfernung näherte sich Hufgetrappel. Und dann hörte sie auch eine Stimme, die nach ihr und ihrem Gemahl rief.
Marius!
Zuerst drang nur ein erstickter Schrei aus ihrer Kehle, doch als sie sich geräuspert hatte, klang sie schon deutlich lauter.
»Hier sind wir! Hier!«
Dann wandte sie sich an Anatole. »Haltet durch, Mylord. Alles wird gut. Marius ist schon auf dem Weg hierher!«
Aber er schüttelte nur den Kopf. »Man kann einer Vision nicht trotzen, meine Liebe.«
Seine Augen trübten sich, und sie wusste, dass sie ihn verlor. »Diesmal bezwingen wir sie, hört Ihr mich, Anatole? Ihr werdet nicht sterben, bloß weil ein dummes Stück Kristall das prophezeit hat. Ich lasse das nicht zu, denn ich liebe Euch viel zu sehr!«
»Auf immer und ewig?«, fragte er matt.
»Ja, und auch noch länger.«
Seine Augen schlossen sich, aber er brachte ein Lächeln zustande, während ihn die willkommene Dunkelheit umfing.

Epilog

Die Beerdigung fand eine Woche später statt, und nur Madeline und Fitzleger nahmen daran teil. Die Sonne schien an diesem Tag hell und schickte ihr Licht durch die Baumwipfel, während die beiden an dem Grab standen.

Während sie zusah, wie Evelyns sterbliche Überreste hinabgelassen wurden, fragte sie sich, ob es richtig war, der Frau die letzte Ehre zu erweisen, die versucht hatte, ihren Mann zu ermorden.

Aber Madeline konnte die Mortmain nicht hassen, sondern nur Trauer für die Frau empfinden, die allein gelassen und furchtsam die Folgen eines Wahnsinns hatte tragen müssen – den Wahnsinn ihres Vaters, die St. Legers zu vernichten.

Man hatte Evelyn am Strand gefunden, wo die Wellen sie an Land gespült hatten. Von ihr war wenig übrig geblieben, und man hatte sie allein anhand ihres feuerroten Haars identifizieren können.

Im Cottage war man auf die wenige Habe gestoßen, die sie zurückgelassen hatte. Schminkkoffer, Perücken, ein paar Münzen und die Miniatur von einem lockenköpfigen Knaben. Der Sohn hielt sich irgendwo in Frankreich auf und wartete vergeblich darauf, dass seine Mutter zurückkehrte.

Madeline hielt das kleine Bild in der Hand, als der Reverend und sie den Friedhof verließen. Endlich fand sie Gelegenheit, ihm die Fragen zu stellen, die ihr schon den ganzen Morgen auf der Zunge lagen.

»Habt Ihr mit Bess gesprochen?«

»Ja. Sie konnte mir aber nur wenig Neues über die letzte der Mortmains berichten. Auch verhielt sich Bess sehr trotzig und wollte mir kaum Antwort geben.

Sie wird dieses Land verlassen und oben im Norden ein neues Leben beginnen. Ich hatte den Eindruck, sie war froh, von hier fortzukommen.«

»Es erleichtert mich, das zu hören«, meinte die junge Frau, aber auch sie hatte sich erhofft, mehr zu erfahren. Der Bericht des Agenten, den man unter Romans Angelegenheiten gefunden hatte, wusste kaum etwas über Evelyn zu sagen, außer dass sie zuletzt in Paris gelebt habe. Von einem kleinen Sohn stand nichts darin zu lesen.

Sie hielt Fitzleger die Miniatur hin. »Bei der Abendgesellschaft auf Castle Leger hat Evelyn mir das hier gezeigt. Der Junge heißt Raphael.«

»Ein hübscher Knabe, aber seid Ihr Euch sicher, dass es ihn überhaupt gibt? Vielleicht war er nur ein weiterer Bestandteil ihres teuflischen Plans.«

»Nein, Sir, dafür hat sie zu stolz von ihm gesprochen. Ich bin der festen Überzeugung, dass er existiert. Wir müssen ihn finden.«

»Das wird nicht einfach sein. Und bedenkt, dass er wahrscheinlich mit dem Gift des Hasses auf alle St. Legers infiziert wurde.«

»Diese Familienfehde muss jetzt ihr Ende finden. Wenn dieser Hass wie eine Krankheit ist, dann könnten Liebe und Wärme die rechte Medizin dagegen sein. Anatole und ich sind entschlossen, den Knaben zu finden und bei uns aufzunehmen.«

»Dazu kann ich Euch nur Gottes Segen wünschen. Wenn

ich in irgendeiner Weise behilflich sein kann, dann lasst es mich bitte wissen.«
Madeline hakte sich bei dem alten Mann unter, und dieser fragte:
»Wie geht es meinem jungen Herrn heute?«
»Oh, sehr gut. Marius ist ganz begeistert von Anatoles Fortschritten.«
»Und sicher auch erleichtert. Ich wage die Vermutung, dass Seine Lordschaft nicht der geduldigste und folgsamste aller Patienten ist.«
»Nein, da irrt Ihr, Mr. Fitzleger. Mein Gemahl unterwirft sich jeder Anordnung des Arztes.«
Der Reverend zog verwundert die buschigen Brauen hoch, und Madeline konnte es ihm nicht verdenken. In den letzten Tagen verhielt sich Anatole so still, dass es selbst sie manchmal ein wenig irritierte.
Natürlich hatte sie selbst immer schon den Großteil des Redens übernommen, aber ihr Gemahl schien seit dem Mordanschlag noch schweigsamer geworden zu sein. Wenn sie ihm das Kissen richtete, ihm etwas brachte oder ihn sonst wie umsorgte, beschwerte er sich nicht ein Mal, wie er das früher immer getan hatte.
Aber immerhin hatte der Mann den Tod vor Augen gehabt. Kein Wunder, wenn er da etwas Zeit brauchte, um sich zu fassen. Irgendwann würde er schon wieder der Alte sein.
Romans Tod hatte die ganze Familie zusammenkommen lassen, und so lernte Madeline endlich auch die Frauen der St. Legers kennen. Sein Ende versetzte den Clan nicht gerade in Bestürzung, aber man bedauerte sein Ableben, vor allem, weil er sich zuletzt doch noch als einer der ihren erwiesen hatte.
Er war vor einigen Tagen beigesetzt worden, und am Abend dieses Tages war Madeline rechtschaffen erschöpft

gewesen. Doch ein gewisser Stolz hatte sich in ihre Gedanken geschlichen. Sie war nun eine richtige St. Leger, und das nicht nur dem Namen nach.
Dennoch war sie froh gewesen, als die Verwandtschaft abreiste. Und heute hatte sich auch Marius einstweilen verabschiedet, weil seine Dienste bei Anatole nicht mehr dringend erforderlich waren. Madeline freute sich, endlich mit ihrem Mann allein sein zu können.
Der Pastor brachte sie zur Kutsche.
»Ihr braucht Euch um Anatole nicht mehr zu sorgen«, versprach sie dem alten Mann beim Abschied. »Glaubt mir, bei mir ist er in den besten Händen.«
»Dessen bin ich mir absolut sicher, weiß ich jetzt doch, dass Ihr tatsächlich die Richtige seid, um diese schwierige Aufgabe zu erfüllen.«
»Vielen Dank«, entgegnete sie verlegen. »Ich bin mir jedoch durchaus bewusst, dass ich Euch so manche Kopfschmerzen bereitet habe.«
»Meine Liebe, ich habe nie so sehr an Euch als an mir selbst gezweifelt. Für einige Zeit befürchtete ich sogar, meine Fähigkeiten verloren zu haben.«
»Das habt Ihr nicht, denn Ihr wart der beste Brautsucher und werdet das auch immer sein.« Sie küsste ihn leicht auf die Wange und gab dem Kutscher das Zeichen, loszufahren.
Fitzleger errötete bis unter die Haarspitzen, wartete am Gartentor und winkte, bis von der Karosse nichts mehr zu sehen war.
Der Reverend hatte innerhalb einer Woche zwei zerstörte Seelen zur letzten Ruhe gebettet, Roman und Evelyn, und er fühlte in sich eine Zufriedenheit, die nicht mehr über ihn gekommen war, seit er in Madeline die Auserwählte für Anatole entdeckt hatte.
Die düsteren Wolken, die das ganze Dorf bedrückt hat-

ten, waren an dem Tag abgezogen, an dem die Braut dem Schicksal getrotzt und ihren Mann vor dem Tod bewahrt hatte.
So hatte sich alles doch noch zum Guten gefügt, und der Pastor hatte dem Herrn ein langes Dankgebet geschickt. Madeline war wirklich und wahrhaftig die Braut für Anatole, und er durfte sich freuen, dass seine Instinkte ihn nicht im Stich gelassen hatten.
Doch leider harrte immer noch eine Frage ihrer Antwort. Was würde geschehen, wenn er selbst unter der Erde lag? Er war nur zu bereit, sein Amt abzugeben, wenn sich ein geeigneter Nachfolger zeigen würde.
Bislang hatte er vergeblich gehofft.
Während er mit solch traurigen Gedanken zum Pfarrhaus zurückkehrte, flog die Tür auf, und seine kleine Enkelin kam herausspaziert.
Sie drohte ihm mit einem Finger. »Du kommst zu spät zum Tee, Großvater.«
»Tatsächlich? Nun, dann bitte ich tausend Mal um Vergebung, Mylady.«
Das Mädchen trug einen Hut mit einer Feder und einen viel zu langen Musselinschal. Die Eltern verwöhnten die kleine Effie sehr, und der alte Fitzleger befürchtete, dass er ihnen darin in nichts nachstand.
Er streckte die Arme aus, und das Mädchen kam überraschenderweise zu ihm gelaufen. Normalerweise beschwerte sie sich immer, gedrückt zu werden, denn das zerknautsche ihre Kleider und Hüte.
Doch als der Pastor sie hoch hob, schlang sie ihm die Arme um den Hals und küsste ihn schmatzend auf die Wange.
»Bei allen Segen, wofür war denn der?«
»Ich dachte, du könntest einen Kuss gebrauchen, Großvater, weil du so traurig bist.«

»Ja, das war ich auch, mein Kind, aber jetzt bin ich das nicht mehr. Eine Sache, die mir große Sorgen bereitete, hat sich doch noch zum Guten gewendet.«

»Und was war das?«

Fitzleger wollte sie erst mit einer typischen Erwachsenenausrede abspeisen, aber die Enkelin sah ihn so ernsthaft an, dass er sie absetzte und an die Hand nahm.

»Es ging um zwei Freunde von mir. Du erinnerst dich doch bestimmt noch an die wunderschöne Lady, die für eine Weile bei uns gewohnt hat.«

»Ja, die Dame, die zu dem dunklen Mann in der Burg gehört.«

»Richtig. Ich vermute, Mrs. Beamus hat dir das erzählt.«

»Nein, darauf bin ich von ganz allein gekommen. Als ich die Lady gesehen habe, wie sie mit dem Lord auf dessen riesigem Pferd geritten ist, war mir ganz springelig zumute.«

»Springelig?«

»Du weißt schon, Großvater, wenn man hier so ein komisches Gefühl bekommt.« Effie zeigte auf ihr Herz.

Bevor der alte Mann sie genauer befragen konnte, riss das Mädchen sich los und rannte davon. Er starrte ihr fassungslos hinterher.

Großer Gott, konnte das denn wahr sein? Dass der nächste Brautsucher weiblich war und sich die ganze Zeit vor seiner Nase aufgehalten hatte, ohne dass er auch nur etwas davon ahnte?

Bislang hatte immer ein Mann den St. Legers eine Braut gesucht. Aber nirgendwo stand geschrieben, dass nicht auch eine Frau dieses Amt innehaben konnte.

Effie hatte ihm gerade das gleiche Gefühl beschrieben, das ihn stets befiel, wenn er wusste, dass er die richtige Wahl getroffen hatte. Nur hatte Fitzleger dafür nie einen Namen gehabt.

Springelig … Ja, das traf es ziemlich gut.
Bebend vor Aufregung eilte er seiner Enkelin hinterher und erreichte sie bei den Rosenstöcken. »Mein liebes, gutes Kind«, murmelte der alte Mann.
»Was ist mit dir, Großvater? Du siehst mich so eigenartig an.«
»Mir ist gerade bewusst geworden, dass dich eine einmalige Zukunft erwartet. Du wirst die nächste Brautsucherin sein.«
»Was ist das denn?«
»Du wirst den St. Legers die Ehepartner finden, so, wie ich das mein ganzes Leben lang getan habe.«
Effie rümpfte die Nase und war offensichtlich von dieser Aussicht wenig angetan. »Nein, das werde ich nicht. Zuerst einmal will ich mir einen eigenen Ehemann suchen.«
Der Reverend lächelte nachsichtig. Seine Enkelin war noch so jung; da stand ihm viel Zeit zur Verfügung, sie auf ihre Aufgabe vorzubereiten.
Frohen Mutes ließ er sich von ihr zum Tee ins Haus führen.

Als Madeline auf Castle Leger eintraf, war Anatole nirgends zu sehen. Doch sie hatte eine ziemlich genaue Vorstellung, wo sie ihn finden könnte.
Sie lief durch den Speisesaal und gelangte von dort in Deidres verwunschenen Garten. Die junge Frau durchquerte ihn, und als sie an den Rhododendronbüschen vorbeigelaufen war, entdeckte sie ein Stück voraus ihren Gemahl.
Madeline zögerte, weiter zu gehen, denn dies war sein geheimes Versteck, wohin er sich so viele Male zurückgezogen hatte. Sie kam sich wie ein Eindringling vor und wollte schon ins Haus zurückkehren.
Aber Anatole hatte sie gespürt. Er drehte sich langsam zu seiner Frau um und winkte sie zu sich.

Als sie zu ihm eilte, streckte er die Rechte aus. Madeline ergriff sie und stützte ihn, auch wenn sie genau wusste, dass sie endlich damit aufhören musste, ihn wie einen Invaliden zu behandeln.
Der Burgherr wirkte noch etwas blass, und schwarze Schatten lagen unter seinen Augen.
»Mylord, haltet Ihr es für klug, Eure Genesung zu gefährden, indem Ihr schon wieder herumlauft?«
»Ich kann doch nicht immer im Bett bleiben, Madeline, vor allem nicht, wenn ich ganz allein darin liege.«
Die junge Frau errötete. So viel hatten sie bereits in ihrer kurzen Ehe durchgemacht, und dieser Mann schaffte es immer noch, mit einem Wort und einem Blick ihre Wangen zum Glühen zu bringen.
»Das ist also dein geheimer Ort. Ich muss gestehen, hier ist es wirklich schön.«
»So habe ich ihn auch immer gesehen. Und Mama ebenso. Vielleicht ist sie deshalb in jener Nacht hier herausgekommen, um …«
»Oh.« In diesem Moment verlor der Ort etwas von seinem Zauber, und sie begriff, warum Anatole nie gewollt hatte, dass sie hierher kam. Selbst jetzt hielt seine Rechte ihre Hand ziemlich fest.
»Ich bin immer hier herausgekommen, wenn ich allein sein und nachdenken wollte. Aber auch, als ich das Bett hüten musste, habe ich mir viele Gedanken gemacht.«
»Worüber denn?«
»Über viele Dinge. Meinen Vater, meine Mutter … sogar über Roman … und warum ich noch am Leben bin.«
»Bitte nicht, Anatole.« Die junge Frau wollte nicht für einen Moment darüber nachdenken, warum die schreckliche Vision sich nicht bewahrheitet hatte. Ihr Verstand tadelte sie für eine so unsinnige Einstellung, aber sie hatte das Gefühl,

wenn sie an dem Wunder rühre, würde sie es womöglich ungeschehen machen.

Anatole spürte ihre Nervosität und wechselte das Thema. »Eine eigenartige Erfahrung, nach so vielen Jahren des Hasses eine Verbindung zu Roman zu spüren, und sogar zu der letzten Mortmain.

Das mag sich befremdlich anhören, aber ich erkannte, dass Roman, Evelyn und ich uns in manchen Punkten ziemlich ähnlich gewesen sind. Wir alle waren einsam und verbittert und fühlten uns in der Vergangenheit gefangen.«

Er strich Madeline eine Strähne aus der Stirn. »Ich habe Euch noch nicht um Verzeihung für das gebeten, was ich Euch im alten Teil der Burg angetan habe.«

»Ach, Anatole, ich bin es, die um Verzeihung bitten muss. Niemals hätte ich vor Euch fortlaufen dürfen.«

»Das ist längst vergeben.«

Der Burgherr ging mit ihr zurück ins Haus, doch sie las in seinen Augen, dass er immer noch von den alten Schmerzen und Ängsten gequält wurde.

Äußerlich wirkte er wie ein unerschütterlicher Riese, der mit einem einzigen grimmigen Blick einen Feind in die Flucht schlagen konnte. Doch für Madeline sah er jetzt höchst verletzlich aus, und auch wie jemand, der mit seinen Gefühlen nicht klar kommt. Sie hatte das Bedürfnis, ihn zu beschützen, und wusste, dass ihre Liebe für ihren Gemahl nie versiegen würde.

Mit einem Mal ging ihr auch auf, warum er seit einigen Tagen so still und angespannt war. Anatole versuchte, aus Rücksicht auf sie, seine besonderen Fähigkeiten zu unterdrücken.

»Schickt mir Blumen«, forderte Madeline ihn auf.

»Was?« Sie spürte, wie er verkrampfte, als ihm klar wurde, was die junge Frau wirklich von ihm verlangte. »Wenn Ihr

Blumen möchtet, brauche ich nur in den Garten zu gehen und sie zu pflücken, ohne deswegen meine teuflischen Kräfte zu bemühen.«
»Nun, es war eine dieser teuflischen Kräfte, die mir das Leben gerettet hat, Anatole. Da oben am dem Strauch wachsen ein paar sehr hübsche Blüten. Schickt sie mir bitte.«
Der Burgherr rang mit sich. Madeline wusste zwar mittlerweile, welche Geheimnisse ihn umgaben, und schien das auch akzeptiert zu haben, dennoch befürchtete Anatole, mit einer neuerlichen Demonstration ihre Liebe zu gefährden.
Doch sie sah ihn aus ihren wunderschönen grünen Augen an, und er wusste, dass sie für immer die Seine bleiben würde.
»Also gut.«
Er konzentrierte sich auf die rosafarbenen Rhododendronblüten und legte die Finger an die Schläfen. Kurz darauf löste sich die erste Blume samt Stiel von einem Zweig und schwebte auf die junge Frau zu.
Madeline fing sie in der Luft auf. Anatole sah sie besorgt an, doch Madeline schien keine Angst bekommen zu haben, sondern im Gegenteil so etwas wie Ehrfurcht zu empfinden.
Der Burgherr konzentrierte sich wieder, und Blüte um Blüte flog heran, bis Madeline einen ganzen Strauß im Arm hielt und fröhlich lachte.
Sie roch an den duftenden Blumen. »Wie … wie funktioniert das? Wie vermögt Ihr, etwas so Wunderbares zu bewirken?«
Wunderbar? So hatte er seine Talente noch nie gesehen. »Ganz genau weiß ich das auch nicht. Ich konzentriere mich einfach auf etwas, im Kopf entsteht ein stechender

Schmerz, und im nächsten Moment bewegt sich das Objekt.«
»Ihr leidet dabei Schmerzen?«, fragte sie besorgt.
»Na ja, ein wenig.«
»Oh, dann werdet Ihr so etwas nicht mehr tun.«
Anatole hätte am liebsten laut gelacht, weil diese Erklärung so typisch für seine Gemahlin war, stattdessen legte er jedoch die Arme um Madeline und drückte sie an sich.
Lange Zeit standen sie so da. Mit dieser einfachen Feststellung hatte Madeline Jahre der Schmerzen, der Ängste und der Abscheu vor sich selbst vertrieben, und er glaubte zu spüren, wie die Fesseln der Vergangenheit von ihm abfielen.
Der Burgherr beugte den Kopf und küsste sie auf den Mund, die Stirn und das seidige Haar.
»Madeline«, erklärte er, »ich weiß, Ihr möchtet nicht, dass ich darüber rede, aber der Grund dafür, dass die Schwertvision sich nicht erfüllt hat und ich am Leben geblieben bin, seid Ihr.
Niemals hatte ich die Macht, die Zukunft zu ändern, doch Euch, mein Herz, scheint das möglich zu sein. Und meine eigene Zukunft habt Ihr schon auf immer verändert. Mir will als einziges wirkliches Wunder nicht der Umstand erscheinen, dass ich noch lebe, sondern der, dass Ihr immer noch bei mir seid und mich liebt.«
»Das werde ich immer tun«, flüsterte sie.
Das Herz hätte ihm vor Liebe zu ihr zerspringen können, doch es gelang ihm, zu lächeln.
»Immer ist ein ziemlich langer Zeitraum, wenn man diesen mit einem alten Grobian auf einer verwunschenen Burg am Meer verbringen muss.«
»Ich glaube, damit komme ich schon zurecht.«
Doch als er sie wieder küssen wollte, bog Madeline den

Kopf zurück. »Äh, Mylord, was die verwunschene Burg angeht, nun, da muss ich Euch wohl etwas gestehen …«
Sie spielte nervös mit den Knöpfen ihrer Bluse. »Während Ihr nämlich die ganze Woche im Bett gelegen habt, bin ich … habe ich … den alten Teil der Burg aufgesucht und mit Prospero gesprochen.«
»Was?« Das Lächeln verging ihm auf der Stelle, und er erstarrte bei der Vorstellung, dass seine Liebste sich in den Klauen des furchtbaren Hexenmeisters befunden hatte. »Madeline, Eure Neugier wird mich noch vorzeitig ins Grab bringen!«
»Na ja, es war nicht nur Neugier, die mich zu ihm trieb, ich hatte vielmehr etwas mit Eurem Ahn zu bereden.
Also, ich habe ihm gesagt, dass ich seine Rolle als Gründer dieser Familie durchaus respektiere, es aber gleichwohl nicht dulden würde, wenn er weiter hier herumspuke oder Euch sonst wie plage. Und dann …
Und dann habe ich ihn einfach gebeten, sich zu verziehen und uns fürderhin in Ruhe zu lassen.«
»Zur Hölle, was hat er darauf getan? Einen Blitz auf Euch geschleudert? Oder Euch nur ausgelacht?«
»Weder, noch. Prospero war sehr charmant und erklärte sich einverstanden. Er versprach, sich so lange nicht mehr blicken zu lassen, wie ich mich um Euch kümmern und Castle Leger gedeihen würde.«
Anatole starrte sie fassungslos an. Wie lange schon hatte er den alten Quälgeist loswerden wollen? Er hatte sich sogar an Vetter Zane gewandt, der sich auf Exorzismus verstand. Doch der Cousin hatte sich geweigert, seine Künste gegen ein Familienmitglied einzusetzen.
Anatole hatte damals allerdings vielmehr den Eindruck gewonnen, Zane fürchte sich zu sehr vor Prosperos Macht.

»Seid Ihr jetzt böse auf mich?«, fragte Madeline mit kläglicher Stimme.
»Meine tapfere und schöne Gemahlin. Nie hat es eine St.-Leger-Braut gegeben, die sich mit Euch vergleichen ließe. Was soll so ein ungehobelter Kerl wie ich nur mit einer Lady wie Euch anfangen?«
»Liebt mich einfach«, forderte sie ihn mit ihrem besonderen Lächeln auf.

In dieser Nacht brannten unzählige Kerzen im Schlafgemach, denn Anatole war nicht länger ein Mann, der etwas zu verbergen hatte.
Er näherte sich seiner Lady mit dem Schwert.
»Madeline, ich überreiche Euch diese Waffe ein weiteres Mal, doch diesmal im vollen Bewusstsein dessen, was mit dieser Zeremonie verbunden ist.«
Er kniete vor ihr nieder und hielt ihr die Klinge hin. »Wollt Ihr das Schwert jetzt bitte huldvollst entgegennehmen? Und auch den Schwur, Euch auf ewig mein Herz und meine Seele zu weihen?«
»Ja«, flüsterte Madeline. Ihre Rechte schloss sich um den goldenen Griff, und heute war sie sich der Macht dieser Zeremonie und des großen Vertrauens bewusst, das damit verbunden war.
»Ich verspreche, Euer Herz und Euer Schwert gut aufzubewahren und zu hegen.«
»Und Ihr wollt seine Kraft auch bestimmt nicht wieder nutzen?«, fragte Anatole vorsichtig.
»Nein, Mylord. Alles, was ich über die Zukunft wissen möchte, leuchtet in Euren Augen. Ich werde die Klinge sicher verwahren, bis wir eines glücklichen Tages einen Sohn haben.«
Beide besiegelten ihr Versprechen mit einem zärtlichen

Kuss. Anatole erhob sich, und sie legte die Waffe beiseite, um in seine Arme zu eilen.
Der Burgherr bewahrte noch ein Geheimnis vor ihr. Eigentlich hatte er sich gesagt, sie solle es auf die von der Natur dafür vorgesehene Weise erfahren, aber Madeline war jetzt so sehr zu einem Teil von ihm geworden, dass er nichts mehr vor ihr zurückhalten wollte.
»Madeline, Ihr tragt bereits meine Söhne in Euch.«
»Söhne?«
»Ja, Zwillinge.«
»Aber wie kann das ... wie ... Ach, hört nicht auf mich. Was für eine törichte Frage.«
Sie umschlang seine Hüften, und ihr Ausdruck größten Erstaunens verwandelte sich in tiefste Freude. Anatole war mindestens ebenso froh darüber, doch fühlte er sich verpflichtet, sie zu warnen.
»Madeline, das Leben, das in Euch heranreift, ist nicht einmal einen Monat alt. Was werdet Ihr tun, wenn sich herausstellt, dass die beiden über Fähigkeiten ähnlich den meinen verfügen?«
»Sie genau so lieben wie Euch«, lächelte sie. »Ich werde Ihnen das Lesen beibringen und sie lehren, dass es durchaus spaßig sein kann, im Garten einen Ball schweben zu lassen, es aber von schlechten Manieren kündet, bei Tisch die Gabel durch die Luft zu schicken.«
Ihre Worte verbannten alle Ängste, die sich noch in seinem Herzen befunden hatten. Er fing an, laut zu lachen, und war selbst am meisten überrascht darüber, wie befreit und fröhlich er klingen konnte.
Und daraus erwuchs ein anderes, viel tiefer gehendes Gefühl. Madeline spürte es ebenfalls, als sie einander in die Augen sahen und er sie schließlich ins Bett trug.
Dort entkleidete er sie mit zärtlicher Hingabe, küsste, lieb-

koste und liebte sie. Wieder und wieder führte Anatole sie auf den Höhepunkt der Leidenschaft, bei dem sich die Herzen berühren und die Seelen eins werden.
Und im Laufe dieser Nacht wurde eine neue Sage geboren.

Pamela Kaufman

Die Herzogin

Roman

Sie war schön und hoch gebildet. Sie wurde Königin von Frankreich und England und fürchtete weder Kaiser noch Papst. Einer ihrer Söhne war Richard Löwenherz.

Eleonore von Aquitanien lebte im rauhen 12. Jahrhundert und ist bis heute eine der interessantesten Frauengestalten der westlichen Welt. Pamela Kaufman lässt sie in diesem außergewöhnlich spannenden historischen Roman wieder lebendig werden.

»Ein Lesevergnügen von der ersten bis zur letzten Seite ...«
Bücherschau

Knaur

Roland Mueller

Der Goldschmied

Eine Lesereise durchs Mittelalter,
die einen farbigen Bogen von London
über Augsburg nach Venedig spannt.

Als der junge Gwyn Carlisle in London seine Ausbildung zum Goldschmied beginnt, wird bald klar, dass er über außergewöhnliches Talent verfügt. Er findet Aufnahme bei einem der berühmtesten Meister, Randolph Borden, der ihn nach Kräften fördert. Gwyn ist jedoch bald in tiefe Leidenschaft zu der jungen und schönen Frau des Meisters verstrickt – eine Liebe, die ihm nach dem Tode des Meisters fast zum Verhängnis wird und ihn zur Flucht quer durch Frankreich bis nach Augsburg und Venedig treibt.

Ein neuer Autor – und sein faszinierender Roman
aus dem mittelalterlichen Europa.

Knaur